I0603968

# SPENDE

## Ein packendes und düsteres dystopisches Abenteuer

# Emma Ellis

Dieser Roman behandelt ernste und düstere Themen. Leser sollten sich darauf einstellen, dass das Buch Themen wie Abtreibung, Fehlgeburt und Selbstverletzung behandelt.

Übersetzung aus dem britischen Englisch ins Deutsche

Urheberrecht © [2023] von [Emma Ellis]

(Unit 149542, PO Box 7169, Poole, BH15 9EL)

Alle Rechte vorbehalten.

Kein Teil dieses Buches darf ohne die vorherige schriftliche Genehmigung des Verlags oder der Autorin in irgendeiner Form reproduziert, vervielfältigt oder verbreitet werden, außer in den Fällen, die im britischen Urheberrechtsgesetz ausdrücklich erlaubt sind.

Umschlaggestaltung: GetCovers

# KAPITEL 1

*Die Gesellschaft ist sicher für alle ihre Bürger, da alle Bürger dazu beitragen, sie sicher zu halten.*
*Alle Augen sind unsere Augen.*
*Manifest-Versprechen von Eyes Forward.*

***

Mae geht an Häusern mit farbigen Fensterrahmen vorbei – Rosa, Gelb, Himmelblau. Die alte Farbe blättert in dünnen, gewundenen Streifen ab, pastellfarben und sanft, als würden die Fassaden leise miteinander harmonieren. Schneeflocken rieseln wie feine Schuppen auf den Gehweg. Blumenkästen, gefüllt mit glänzenden, schimmernden Steinen, fallen ins Auge – funkelnd und verführerisch, als wäre sie eine Elster. All das, um ihren Geist beschäftigt zu halten. Gedanken führen zu mehr Gedanken. Dunkleren.

*Was werden wir tun —*

Gedanken.

*Ich bin nicht bereit dafür —*

Gedanken.

Panik kriecht ihr das Rückgrat hinab – langsam, kalt. Es ist nicht die flüchtige Unruhe, wenn sie zu spät zur Arbeit kommt. Das hier ist anders. Tiefer. Ursprünglich, roh. Eine Panik, die sie an Ort und Stelle festnagelt, ihren Atem stocken lässt, während ihr Herz wie wild schlägt.

Sie starrt geradeaus, doch ihre Augen verlieren den Fokus. Die Häuser, Straßenmöbel, die endlosen Reihen von Menschen verschwimmen zu einer formlosen Bewegung. Langsame Spuren des Fußgängerverkehrs vermischen sich mit den schnellen, doch anders als sonst stört es sie nicht. Ihr Geist ist zu ungeordnet, um Ordnung überhaupt wahrzunehmen. Sie überlegt weiterzugehen, an ihrer Adresse vorbei und weiter – wohin auch immer die Straße führt. Sie ist diesen Weg noch nie so weit gegangen. Nicht seit langer Zeit. Die Straße scheint endlos zu sein, ein Pfad ins Ungewisse. Es gibt kein Entrinnen vor dem eigenen Verstand.

Gewitterwolken türmen sich über ihr auf und schlucken das Leuchten der gläsernen Steine. Der Wind wirbelt die gemalten Schuppen um ihre Füße, als wolle er sich schmücken, als könnte er die Dunkelheit der Welt übertönen. Dann denkt sie an sein Lächeln, seine Begeisterung – warm, bestärkend. Sie setzt einen Fuß vor den anderen, nicht nur wegen der Menschenmenge, die hinter ihr ins Stocken gerät.

„Entschuldigung." Ein Mann mit rauer Stimme drängelt sich an ihr vorbei, sein Gesicht ist weniger höflich als seine Worte. Er sieht jedoch alt aus. Sie kann ihm das verzeihen. Er ist nicht der Schlimmste von ihnen.

Sie merkt, dass die Ampel wohl umgesprungen sein muss, als ein Strom von Fahrrädern heranrast und ihre Knöchel mit schmutzigem Pfützenwasser bespritzt.

Braune Flecken auf ihrer cremefarbenen Strumpfhose – wie Dreck auf Papier. Fasst ihren Tag gut zusammen.

Sie flucht und schüttelt das Gröbste ab. Sie sollte wirklich schnell nach Hause gehen, ihre Füße abtrocknen, duschen, pinkeln und sich der Sache stellen.

Sie bleibt eine Weile auf der Veranda stehen – lange genug, um Aufmerksamkeit zu erregen. Gardinen bewegen sich, Telefone liegen griffbereit. Die Gesellschaftspolizei ist in Berkshire allgegenwärtig. Sie würde es genauso machen, wäre sie an deren Stelle. Ihr Lebenspunktestand ist nicht hoch genug für ihren derzeitigen Lebensstil, ganz zu schweigen von dem, was kommen könnte. Ein paar zusätzliche Punkte würden gut tun.

Kann sie sich selbst melden? Der Gedanke bringt sie zum Lachen. Einen Moment lang lässt sie ihren Geist abschweifen, gibt sich der Versuchung der Prokrastination hin. Doch schließlich ebbt das Gefühl ab. Sie tritt ein und stapft die Treppe zu ihrer Wohnung hinauf.

„Und?" Pasha grinst, als sie durch die Tür tritt. Seine Augenbrauen schnellen über seinen Haarschopf, sein Gesicht strahlt eine Freude aus, die sie selbst kaum in sich findet.

„Ich hab's noch nicht gemacht."

„Na dann mach schon. Ich sterbe vor Neugier!" Er hüpft ungeduldig auf und ab, als müsste er selbst dringend aufs Klo. „In einer Minute kommen die Nachrichten."

„Ich weiß. Aber es werden keine guten Nachrichten sein. Ich kann es spüren."

„Geh es einfach machen! Ich halte es nicht mehr aus."

Für einen Moment entspannt sich sein Lächeln, gerade lange genug, um sie auf den Mund zu küssen. Doch ihr Stirnrunzeln bleibt hartnäckig. Mit leuchtenden Augen scheucht er sie ins Bad, während ihre eigenen vor Schuldgefühlen gesenkt sind.

Sie sollte aufgeregt sein, nicht ängstlich. Dies sollte ein glücklicher Tag sein.

Sie tritt seitwärts ins Bad – mehr ist nicht nötig, so winzig ist der Raum. Lächerlich, zu glauben, dass ein ganzer weiterer Mensch hier hineinpassen könnte.

„Mach lauter, ja? Ich kann es nicht hören", ruft sie durch die geschlossene Tür.

„Du pinkelst nur auf einen Streifen. Wie laut kann das schon sein?"

„Mach einfach lauter. Ich will zuhören."

„Okay, warte. Ich verbinde es per Bluetooth mit dem Lautsprecher da drin. Schalte ihn ein."

Sie streckt sich über den Schrank, steht auf Zehenspitzen und Sekunden später dröhnen die Nachrichten herein. Die aufgeregte Stimme des Sprechers rattert die Schlagzeilen herunter, als wäre er ein Kind an Weihnachten.

„Ich hasse diesen Typen", murmelt sie, während sie nach dem Testkit in ihrer Tasche greift.

„Und?" Pasha steckt den Kopf durch den Türspalt.

Sie seufzt. „Offensichtlich hab ich's noch nicht gemacht."

„Tut mir leid, ich bin nur aufgeregt."

„Schon gut. Aber geh raus und warte draußen. Ein bisschen Privatsphäre wäre nett."

*Der Premierminister sagt, dass bei der Konferenz bedeutende Fortschritte erzielt wurden, wobei sich jedes Land der Welt darüber einig ist, wie am besten vorzugehen ist.*

„Funktioniert der Lautsprecher gut?"

„Ja, ist in Ordnung."

*Und jetzt schalten wir live zur Downing Street.*

„Der Premier sieht fertig aus", meint Pasha. „Kein leichter Job, mit jedem anderen Land der Welt darüber zu streiten, wie man die Bevölkerung am besten kontrolliert."

„Psst. Ich brauche keinen visuellen Kommentar. Ich versuche zuzuhören."

„Du solltest pinkeln."

„Ich lese die Anweisungen."

*Guten Morgen, Leute. Es waren ein paar harte Wochen, während die ganze Welt gemeinsam Entscheidungen darüber trifft, wie wir am besten vorgehen. Aber dies ist ein bedeutsamer Tag, da alle Länder zu einer Übereinkunft gekommen sind. Die Bevölkerungskrise wird global angegangen und jede einzelne Nation ist sich einig. Ein wahrhaft historischer Moment in der Menschheitsgeschichte. Noch nie zuvor wurde eine solche Zusammenarbeit erreicht.*

„Ich kann dich pinkeln hören."

„Psst."

*Unsere eigenen Bemühungen, das Bevölkerungswachstum der Menschheit einzudämmen, sind gescheitert. Mit dem Erreichen der Zwanzig-Milliarden-Marke wird deutlich, dass jedes Land bei dieser Aufgabe versagt hat – einschließlich unserer Großen Britischen Gesellschaft. Unsere Anreize, keine Kinder zu bekommen, haben sich als wirkungslos erwiesen.*

*Die Hormonzusätze in unseren Lebensmitteln haben Hinterhof-Fruchtbarkeitsbehandlungen nicht aufgehalten. Wir haben einen sanfteren Ansatz versucht, doch er hat nicht funktioniert. Dies ist kein Problem, das wir individuell bewältigen können. Wir müssen als ein Planet zum Wohle aller handeln.*

„Du hast aufgehört zu pinkeln."

„Das ist mir durchaus bewusst."

„Und?"

„Warte einfach und sei still."

*Wir wissen, dass die Gesellschaft ein leuchtendes Beispiel für den Rest der Welt sein wird. Unsere Gesellschaft, die alle unabhängig vom Lebenspunktzahl-Status einschließt, ist der Neid der Welt. Jeder Bezirk ist ein Kuchenstück der Gesellschaft-*

„Ach, er benutzt schon wieder Essensmetaphern", bemerkt Mae.

„Macht mich hungrig."

*-und jedes Stück muss seinen Beitrag leisten, um jeden Bezirk zu unterstützen. Die gesamte Gesellschaft. Wir haben eine Liste globaler Gesetze entworfen, die von jeder Person in jeder Nation eingehalten werden müssen. Diese Gesetze treten sofort in Kraft.*

*Diese neuen Gesetze lauten wie folgt: In Bezug auf das Pharmazeutikum Pres-X steht dessen globale Legalität noch zur Überprüfung. Der Hersteller des Medikaments, XL Medico, wird uns über seine Zahlen informieren. Pres-X wird nicht über den Nationalen Gesundheitsdienst verfügbar sein und wir werden seine Verwendung überwachen. Internationale Regierungen tun dasselbe.*

„Na, das überrascht nicht", sagt Pasha. „Die reichen Machthaber wollen weitere siebzig Jahre leben und jung bleiben. Ich wette, er hat eine Behandlung bekommen. Ein Mann in dem Alter, der so jung aussieht?"

„Es ist wahrscheinlich nur Make-up."

„Mae! Seit wann gibst du ihnen den Vorteil des Zweifels?"

„Seit ich will, dass du ruhig bist."

*Das wird keinen von euch überraschen. Aber der enorme Anstieg der Lebenserwartung bleibt nicht ohne Folgen. Kommen wir also zur Frage der Erschaffung von Leben. Die Schwangerschaftsregistrierung wird fortgesetzt, aber streng überwacht. Alle müssen sofort registriert werden. Jeder, der eine Schwangerschaft absichtlich nicht registriert, wird mit bis zu achtzehn Jahren Gefängnis bestraft.*

„Also, haben wir eine zu registrieren?"

„Ich sagte, warte!"

*Die nächsten Schritte werden schwerer sein, aber müssen vollständig umgesetzt werden. Es mussten harte Entscheidungen getroffen werden. Ab sofort wird jeder Mensch über neunzig Jahre alte keinen Zugang mehr zu Medikamenten haben, außer zur Schmerzlinderung.*

„Scheiße. Hast du das gehört?" Die Energie in Pashas Stimme weicht Besorgnis.

„Ja, hab ich. Gott, das scheint hart."

Sie öffnet die Tür mit zitternder Hand; der Teststreifen liegt auf dem Boden, sein Ergebnis lässt ihre Muskeln erschlaffen.

*Jede Schwangerschaft, die heute nach Mitternacht registriert wird, darf nur durch eine Opferung ausgetragen werden.*

Sie muss nichts sagen, der Ausdruck auf ihrem Gesicht sagt mehr als tausend Worte. Vielleicht können unausgesprochene Worte die Wahrheit ungeschehen machen. Keine Chance. Als Pashas Jubel zurückkehrt, hebt er sie hoch und wirbelt sie herum. „Wir bekommen wirklich ein Baby!"

„Ja. Ich schätze schon." Sie windet sich aus der Umarmung seiner Arme. „Warte einfach. Wir müssen zuhören."

„Wen kümmert das? Wir bekommen ein Baby."

„Pasha, halt die Klappe. Was hat er über Opferung gesagt?"

*Das bedeutet, dass für jedes geborene Kind ein älterer Bürger sich freiwillig melden muss, um an dessen Stelle euthanasiert zu werden. Wenn bis zum achten Monat kein Freiwilliger gefunden wird, muss die Schwangerschaft abgebrochen werden oder die werdenden Eltern werden strafrechtlich verfolgt.*

„Scheiße." Maes Knie werden weich und sie setzt sich. Die freiliegenden Federn des Sofas bohren sich in ihre Oberschenkel. Der Raum dreht sich, als ihre Schultern nach vorne fallen, als hätte ihr jemand in den Magen geschlagen.

Er setzt sich neben sie und nimmt ihre Hand. „Hat er das gerade wirklich gesagt?"

*Jüngere Menschen mit lebenseinschränkenden Erkrankungen können sich ebenfalls freiwillig für Euthanasie melden. Wir werden die neueste Nanotechnologie einsetzen, um ein friedliches Ende zu gewährleisten. Das Nan-E-Medikament wird zum Zeitpunkt der Registrierung dem Opfer verabreicht und so eingestellt, dass es eine Stunde nach der Geburt ak-*

*tiviert wird. Damit erhält der Freiwillige eine Stunde, um das neue Leben zu genießen, das er ermöglicht hat.*

„Das können sie nicht ernst meinen", sagt Mae, ihre Stimme rau wie Sandpapier.

„Doch, das tun sie. Wie spät ist es?"

Sie schaut auf ihre Uhr. „Halb sieben."

„Ich hole den Laptop."

Er öffnet ihn und meldet sich an. Flinke Finger fliegen über die Tasten. Die Nachrichtenwebsite hat einen Link zum Anmeldeformular. Er klickt darauf und wartet. „Hier", er reicht ihr ein Tablet. „Versuch du es auch. Mein Laptop ist langsam."

Sie nimmt es und versucht den Link erneut. „Die Website ist down."

„Oh, das ist nicht dein Ernst."

„Ich schätze, Tausende versuchen sich zu registrieren."

„Ich bezweifle, dass Tausende gerade erst herausgefunden haben, dass sie schwanger sind. Wette, die wussten es schon lange und geraten jetzt in Panik."

„Es ist okay." Sie atmet tief durch. „Wir haben noch ein paar Stunden. Ich mache einen Tee."

„Darfst du in deinem Zustand Tee trinken?"

Sie blickt finster aus der Kochnische zurück und stellt den Wasserkocher an.

„Es gibt auch eine Telefonnummer. Sollen wir die versuchen?" Er wählt schon, bevor sie geantwortet hat.

„Klar."

Er stellt sein Telefon auf Lautsprecher. *Sie sind Nummer zehntausendfünfhundertzweiundfünfzig in der Warteschleife.* „Verdammt."

„Versuch es weiter. Es wird schon klappen. Wir haben noch viel Zeit." Sie schaut wieder auf ihre Uhr. Tippt mit dem Fuß. Fünf Stunden. Eine Ewigkeit.

Nach einer Stunde macht sie noch einen Tee. Das Telefon klingelt jede Minute mit einer lächerlich fröhlichen Ansage. *Sie sind Nummer zehntausendvierhundertvierundzwanzig in der Warteschleife.*

„Vielleicht sollten wir es woanders versuchen – in ein Café gehen oder so?", schlägt sie vor, während sie in Kreisen auf und ab geht. Sie braucht keinen Kaffee. Sie braucht etwas Beruhigendes, Kamille vielleicht. Wie das Zeug, das Moira macht, wenn sie Mae sagt, dass sie mehr schlafen muss, nachdem sie ihre dunklen Augenringe und ihren fahlen Teint kritisiert hat. Moira ist nicht diejenige, an die sie jetzt denken sollte. Sie benötigt beruhigende Gedanken. Glückliche Gedanken. Gedanken, um die Panik abzuwehren, anstatt Unsicherheiten in das Chaos zu bringen.

„Vielleicht ist unser Internet langsam?", wirft sie ein. Ein nützlicher Kommentar. Produktiv. Hilfreich.

„Schau dir diese Kommentare online an." Er zeigt auf den Bildschirm und starrt ihn finster an, als könnte ein strenger Blick das Internet schneller machen. „Viele Leute kommen nicht auf die Seite, das Ding ist abgestürzt."

„Ich wette, diejenigen mit einer besseren Lebenspunktzahl kommen durch. Die kriegen die ganze Bandbreite. Unsere Punktzahl erlaubt uns nicht einmal, ein verdammtes neues Sofa zu kaufen." Ihre Stimme klingt bitter, als sie nach einem Kissen greift, um sich darauf zu setzen. Ein altes rotes aus einem Secondhand-Laden – ein Schandfleck auf dem pfirsichfarbenen Sofa.

Die Art von samtiger Textur, die sie an die Vorhänge in einem Altenheim erinnert. Pashas Onkel Charlie gibt ihnen eines, wenn sie zu Besuch kommen, als würde er ihnen einen Gefallen tun, bevor er mit seiner bigotten Tirade und allgemeinem Gejammer beginnt. Sie ignoriert den Farbkontrast und setzt sich obendrauf, schiebt das Kissen unter sich und fühlt sich kein bisschen bequemer.

Die Nachrichten laufen immer noch – nur ein Hintergrundgeräusch, das sie ignoriert hat. Doch über den Bildschirm laufen Updates zur Ankündigung. Reaktionen, bereits durchgeführte Umfragen. Fünfundsiebzig Prozent sind derzeit für die neuen Maßnahmen. Noch keine Altersaufschlüsselung. Das wird zweifellos später kommen. Dieselbe übertrieben begeisterte Nachrichtensprecherin nimmt Anrufe von aufgewühlten werdenden Eltern entgegen. Mae dreht die Lautstärke auf.

*Und wir haben Kyle in Leitung zwei. Guten Abend, Kyle.*

*Eigentlich ein verdammt schrecklicher Abend. Wie sollen wir uns registrieren, wenn die Seite abstürzt?*

*Viele Leute kommen durch. Wann ist Ihr Kleines fällig?*

*In drei Monaten.*

*Nun, der Registrierungsprozess läuft schon seit einiger Zeit. Dumm von Ihnen, es so spät zu versuchen.*

„Schau Mae, es gibt eine Ausnahmeliste."

„Wirklich?"

Sein Finger gleitet über den Bildschirm, er nimmt jedes Wort in sich auf. „Es heißt, wenn beide Eltern Waisen sind, kann eine Ausnahmegenehmigung erteilt werden – abhängig davon, wie viele bereits gewährt wurden."

„Nun, darauf sollten wir uns nicht verlassen."

„Da hast du recht. Obwohl. Ich war noch nie so glücklich über den Tod meiner Eltern."

„Bisschen hart, aber mir geht's genauso."

Vier weitere Stunden vergehen. Die Weinflasche auf der Theke beginnt zu rufen und sie verflucht ihren Zustand. Zustand ist ein gutes Wort dafür, denkt sie mit mehr als einem Anflug von Schuldgefühlen. Krankheit. Störung. Alles Worte, die ihr die Kontrolle entziehen – die ihren Körper als bloße biologische Einheit statt als Person beschreiben. Worte, die sagen, dass sie der Mutter Natur ausgeliefert ist. Das wäre normalerweise schon schlimm genug. Aber jetzt ist sie auch noch miesem Internet und Weltführern mit machthungrigen Idealen ausgeliefert. Der Wein ruft lauter. Das eine Mal, wo sie wirklich einen Drink braucht – und sie kann ihn nicht haben. Sie dreht die Flasche in der Hand, liest das Etikett, während Pasha vom Sofa aus missbilligend schnalzt. Diese bestimmte Art von verurteilendem Schnalzen, die sie auf die Palme bringt. Also schnalzt sie lauter – ein passiv-aggressives Duell der Missbilligung. Er hat natürlich recht. Ein Prozent Alkohol ist immer noch Alkohol.

Das Handy klingelt erneut. *Sie sind Nummer achttausendzwölf in der Warteschleife.*

„Das ist hoffnungslos", sagt sie, ihre Stimme eine ganz eigene Art von jämmerlich. „Noch eine Stunde übrig."

„Die Seite hat die nächste Seite geladen, dann ist sie abgestürzt."

Sie lehnt sich auf dem Sofa zurück. Der Aktualisierungsbildschirm auf dem Tablet ist in der Schwebe eingefroren. Sie schaut weg, aus dem Fenster, hinaus aus dem sich verkleinernden Raum ihrer Wohnung. Das Mondlicht küsst die Gebäude. In der Ferne kreischt eine Füchsin, schreit nach ihrem Gefährten, danach, dass ihr Körper das tun darf, was sie will, dass er tut. Die Füchsin fordert, was sie will, wann sie es will. Kündigt an, dass sie bereit ist. Verdammte Füchse haben mehr Rechte als Menschen.

Mae schaut auf die Uhr. Zehn vor zwölf. Noch zehn Minuten.

„Ich bin drin! Ich bin drin!", ruft Pasha und macht einen Luftschlag. Immer wie ein Kind.

„Endlich. Gott sei Dank."

„Scheiße, die Informationen, die in diesem Formular gefordert werden, sind irre. Was ist deine Sozialversicherungsnummer?"

„Hier, ich fülle meine Details aus, dann machst du deine." Sie nimmt den Laptop und beginnt. „Warum zum Teufel brauchen sie den Mädchennamen meiner Oma?"

„Keine Ahnung. Bist du fertig?"

„Fast. Offensichtlich wollen sie unsere Lebenspunktzahl."

„Man kann nicht mal in einen Pub gehen, ohne den anzugeben."

Sie gibt ihre Zahlen ein und reicht ihm den Laptop.

„Einkommen, Familie."

„Nur noch zwei Minuten, Pasha."

„Ich weiß, ich weiß!" Er hämmert auf die Tasten. „Berufe der Eltern, meine Abschlüsse, verdammt nochmal. Man sollte meinen, unsere Punktzahl wäre genug. Sie sind diejenigen, die sagen, dass diese Zahl ihnen alles sagt, was sie wissen müssen."

„Pasha, beeil dich!"

„Das tu ich ja! Wer ist unser verdammter Arzt?"

„Doktor Hookway."

„Fertig. Absenden. Fertig. Puh." Er wischt sich über die Stirn und sinkt zurück aufs Sofa. Der Laptop piept und Pasha liest vor: „Bestätigungs-E-Mail erhalten. Formular abgeschickt um genau... Scheiße."

„Was?"

Er antwortet nicht sofort. Sie überprüft die Zeit, schaut dann über seine Schulter und kann kaum atmen.

„Es steht null Uhr zwei."

# Kapitel 2

Mae öffnet die Weinflasche und wählt die beiden am wenigsten angeschlagenen Gläser aus. Sie stellt sie zu fest auf die Arbeitsplatte, wodurch ein neuer Riss entsteht. Es ist ihr egal. Was spielt das schon für eine Rolle? Alles ist kaputt. Alle ihre Teller haben Makel, jede Teetasse ist beschädigt, jede Oberfläche hat Kratzer. Fasst die Dinge ganz gut zusammen, denkt sie. Eine kleine abgebrochene Scherbe prallt ab und verschwindet in den Lücken des gefliesten Bodens, versteckt sich in den Schatten, die das schwache Licht nicht erreichen kann. Das angenehme *Gluck-Gluck*-Geräusch des eingegossenen Weins übertönt ihre Gedanken – nur für einen Moment – und übertönt zumindest den Fernseher. Das Symbol der Partei „Eyes Forward". Ein großes Auge mit Mauern, die sich auf beiden Seiten des Bildschirms drehen, während ihr Manifest-Versprechen zur Musik im Hintergrund läuft. Das Manifest erinnert alle daran, dass die Tage von links und rechts vorbei sind. Jetzt schauen sie nur noch in eine Richtung, vorwärts. Eher mit Scheuklappen, denkt Mae, während sie dem Fernseher den Rücken zukehrt. Das Geräusch des Weins ist definitiv angenehmer. Weißes Rauschen, um das Dunkle zu verdecken. Wie in Trance füllt sie zu viel ein. Rotwein sammelt sich auf der Arbeitsplatte, ein kleiner Strom Bordeaux mäandert in Richtung Spritzschutz.

„Macht sich das Babyhirn schon bemerkbar?", fragt Pasha, als sie ihm ein Glas reicht. Er zieht die Augenbrauen hoch, allerdings nicht auf die begeisterte Art wie zuvor.

„Es steht drauf, dass er biologisch ist, kaum Alkohol und ›beruhigende Kräuterzutaten‹ enthält." Sie macht Anführungszeichen in der Luft, bevor sie einen großen Schluck nimmt und dann die Arbeitsplatte abwischt. „Ich wette, Stress ist nicht gut für schwangere Frauen."

*Schwangere Frauen.* Sie hört für einen Moment auf zu wischen und lässt diese Bezeichnung auf sich wirken, die sich in kühlen Nadelstichen über ihre Kopfhaut ausbreitet. *Schwanger.* Sie schaut noch einmal auf die Weinflasche, liest den enttäuschenden Alkoholgehalt und wünscht sich, sie könnte etwas Stärkeres haben. Etwas viel Stärkeres, stark genug, um diesen Tag zu vergessen, um alles zurückzusetzen. Oder stark genug, um ihr die Courage zu geben, die sie braucht. Der Gedanke *Ich bin nicht bereit* ist immer noch der dominanteste. Sie erschaudert, als sich Schweißperlen an ihrem Haaransatz bilden, und sie wischt sie mit der Hand trocken.

„Es wird schon gut gehen", sagt er mit einer Spur von Gleichgültigkeit, als hätten sie nicht gerade dieselben Nachrichten gesehen. „Ich werde mir etwas einfallen lassen."

Die Oberfläche sieht sauber aus, aber sie wischt trotzdem weiter, ihre Augen sehen Flecken, die gar nicht da sind, Flecken, die für die meisten nicht wahrnehmbar sind, aber sie weiß, dass sie existieren müssen. Sie nimmt die Olivenölflasche und die Becher von der Seite, stellt sie auf den Boden, wischt um die Stelle herum, wo sie standen, macht das Tuch nass und fängt von vorne an. Jetzt in den Schränken. Ihr Schrubben wird schneller und härter. Sie scheuert die Oberfläche ab und entfernt die Flecken des Tages. Reibt jede Spur der letzten vierundzwanzig Stunden weg. Sie räumt die Dosen beiseite und zählt dabei. Sechzehn Dosen. Sie wringt das Tuch so fest aus, dass es reißt, dann schrubbt sie weiter, bis sie schwitzt und ihr Arm verkrampft.

Dann liegt eine andere Hand auf ihrer. Er steht neben ihr, seine starke Hand umklammert ihre, ringt ihre Sorgen aus. „Hey", sagt er, während er sich zu ihr beugt. „Es ist sauber. Du weißt, dass es sauber ist."

Ihr wird erst bewusst, dass sie zittert, als seine Ruhe so nah ist. Ein stabiler Fels in einem reißenden Fluss. Sie nickt und nach einem Atemzug lässt sie den nassen Lappen los, der zu Boden fällt.

„Ich habe gesagt, ich werde mir etwas einfallen lassen. Ich werde nicht zulassen, dass etwas Schlimmes passiert. Du vertraust mir doch, oder?"

Sie nickt wieder und spürt, wie die Wärme seiner Hand ihren Arm hinaufkitzelt. Ein Kissen um sie herum. Sie lehnt sich in die weiche, aber feste Stütze seines Körpers, und sein anderer Arm umschließt sie. Er hält immer noch ihre Hand.

Sie lassen sich auf das Sofa fallen, wo sie sich eine Weile an ihn lehnt und ihm erlaubt, einen Teil des Gewichts zu tragen. Sie gähnt und wischt sich eine müde Träne aus dem Auge. Die Haut ihres Bauches sammelt sich in kleinen Falten an ihrer Taille, wie ein leerer Stoff, ohne Füllung.

„Wie wäre es, wenn wir einen der alten Obdachlosen an der Straßenecke kidnappen und ihn zwingen, für unser zukünftiges Baby zu sterben?" Überzeugung in ihrem Ton, als wäre es nicht die schlechteste Idee, die sie je hatte.

Er wirft ihr einen Seitenblick zu und nippt an seinem Wein. Er hat ihre Hand immer noch nicht losgelassen.

„Es muss doch irgendeine Schonfrist geben", sagt sie, obwohl ihre Stimme vor Zweifel bricht. „Es ist nicht unsere Schuld, dass die Website abgestürzt ist."

Sein Griff wird fester. „Mach dir keine Sorgen. Ich will nicht, dass du dich stresst." Er stellt sein Glas auf den Boden, beugt sich dann hinunter, um ihren Bauch zu küssen, und hebt ihr T-Shirt hoch, als würde er ein zerbrechliches Paket auspacken. „Und du musst dir auch keine Sorgen machen, Kleines. Alles wird gut."

Sie schiebt ihn weg. Sein heißer Atem auf ihrer Haut ist eher aufdringlich als beruhigend. „Hör auf damit."

„Womit?"

„Mit meinem Bauch zu reden."

„Na ja, da ist ein Baby drin."

„Kaum."

„Komm schon, Mae-Käferchen, freu dich. Wir bekommen ein Baby."

Sie verdreht die Augen, als sie ihren Kosenamen hört. Sein Lächeln kommen zu leicht, als wäre Freude immer nur einen Satz entfernt. „Ich bin schwanger, Pasha. Das ist ein Unterschied."

Er greift nach ihr, während die Wohnung sich zusammenzieht. Der winzige Raum wird mit jeder Sorge kleiner. Diese Sorgen, die über sie kriechen und ihr eine Gänsehaut bereiten. Sie zieht ihre Hand weg, dann rutscht sie auf dem Sofa weiter weg von ihm, weg von seinen mitleidigen Blicken und erwartungsvollen Zuneigungen. Er versteht nie ihr Verlangen nach Raum. Ihr Leben in Einsamkeit ist für ihn unerklärlich. Sie könnte in einem Raum mit hundert Menschen sein und wäre trotzdem allein. Nicht aus freien Stücken. Durch Konditionierung. Durch Unbeholfenheit. Immer auf der anderen Seite irgendeiner Mauer, andere Luft atmend. Die Welt sieht durch ihre Augen so anders aus als durch seine. Sie gibt ihm ihren besten *Lass mich in Ruhe*-Blick und windet sich um die Federn, plüscht das zusätzliche Kissen auf, um darauf zu sitzen, und scrollt dann durch das Tablet. Die Website hat neue Dokumente hochgeladen – die neuen Regeln und Allgemeinen Geschäftsbedingungen. Als ob schwanger zu werden jetzt eine Art Vertrag mit der Regierung sein sollte.

„Es steht da, dass wir acht Monate Zeit haben, einen Freiwilligen zu finden", sagt sie. „Wenn wir nicht als ausgenommen zertifiziert werden."

„Das ist doch alles Quatsch. Es müssen Tausende von Menschen auf der ganzen Welt in dieser Situation stecken. Es war bloß ein IT-Fehler. Es wird schon gut gehen."

Die Falten auf seiner Stirn sagen das, was seine Stimme nicht vermitteln kann. Normalerweise ist sie so schlecht darin, die Gesichtsausdrücke anderer zu lesen. Die von allen, außer seinen. Er ist so einfach zu entschlüsseln wie eine leichte Matheaufgabe und sie kennt die Formel. Sie streckt die Hand aus und streicht durch sein Haar, ordnet das zottelige Durcheinander so, dass es seine Stirn bedeckt. Jetzt kann sie stattdessen seiner Stimme glauben. Sie liebt sein Haar mehr als alles andere. Es ist das einzige Durcheinander, das sie jemals tolerieren kann.

„Ich mache mir Sorgen um deine Oma", meint sie, als sie ihr Glas austrinkt. Die entspannenden Kräuterzutaten sind der Aufgabe offensichtlich nicht gewachsen. Elf Pfund hat diese Flasche gekostet. Was für eine Abzocke. „Welche Medikamente nimmt sie? Sie wird bald neunzig. Die werden alle abgesetzt."

„Sie ist ein zähes altes Huhn. Sie wird schon zurechtkommen. Wahrscheinlich wird sie irgendein System hacken und ihre Identität ändern, um sich jünger zu machen oder so."

Mae unterdrückt ein Lachen. „Sie ist ziemlich einfallsreich."

Als sie und Pasha zusammenkamen, hatte die alte Iris Details über jede ihrer früheren Beziehungen, ihre Ausbildung, jede Adresse, an der sie je gelebt hatte, sowie ihren Handyvertrag und ihre Fitnessstudio-Mitgliedschaft ausgegraben. Nicht aus Bosheit, einfach nur aus Neugier. Einfach nur, um etwas zu tun zu haben. Um ihre Hacking-Fähigkeiten zu trainieren – ein Reflex, so selbstverständlich wie das Kratzen eines Juckreizes. „Use it or lose it", hatte sie gesagt. Ihr glattes graues Haar verlieh ihren Worten einen Hauch von Eleganz und deutete an, dass sie mehr meinte als nur Technologiekenntnisse. Das methodische Gehirn, das sie hat, ist beruhigend, denkt Mae immer. Sie ist eine Person, bei der sich Mae nicht unbehaglich fühlt: Seelenverwandte. Wenn man Informationen braucht, wenn man Antworten braucht, sind sie da. Ein paar Klicks, etwas Programmierung. Zeichenketten aus Zahlen und Symbolen. Diese Art von Schnüffelei ergibt Sinn. Mehrdeutige Fragen und unleserliche Ausdrücke sind ein viel größeres Rätsel.

„Hör zu", beginnt Mae und nimmt nun seine Hände. Ihre Augen durchbohren die seinen. „Vielleicht sollte ich einfach abtreiben. Es ist ja nicht so, als hätten wir versucht, schwanger zu werden. Das war nur ein Unfall. Nichts muss sich ändern. Es gibt diese Fötus-Spende für die Wissenschaft. Das wird gut bezahlt." Sie legt sorgfältig Betonung auf den Teil mit *Nichts muss sich ändern.*

„Auf keinen Fall! Nein. Komm schon, Mae. Ich - *wir* wollten doch immer ein Baby."

Mae zuckt bei seinen Worten zusammen. Ihre früheren *Ich bin nicht bereit*-Gedanken schwirren noch immer in ihrem Kopf herum. Schlagkräftiger als der Schmerz in seiner Stimme. Hartnäckiger als seine Beteuerungen.

„Also wird das schon klappen", fährt er fort.

Dieses verdammte K-Wort. Mae fragt sich, wie oft er es sagen muss, bis auch er glaubt, dass es wahr ist.

„Mir wird schon etwas einfallen", sagt er. „Lass uns ins Bett gehen. Morgen wird alles besser aussehen. Morgen ist Samstag. Was möchtest du machen?"

Ein Samstag ohne Pläne ist normalerweise ein Genuss. Keine Arbeit zu erledigen, keine Freunde, die ihre Zeit für die Feier irgendeines banalen Nicht-Lebensereignisses fordern: Neue-Job-Party, Neue-Wohnung-Party, Komm-zum-Essen-und-schau-dir-meinen-neuen-Teppich-an-Party, Fünf-Punkte-gestiegenen-Lebenspunktzahl-Party, Neuer-Welpe-Party, Enthüllung-der-neu-gestrichenen-Küche-Party, Neue-Möbel-Enthüllungs-Party. Ihre Wohnung braucht nicht einmal eine Grundreinigung. Nichts zu tun. Nur jetzt wäre irgendeine lächerliche Ausrede, um ihren Geist zu beschäftigen, willkommen. Jetzt sehnt sie sich nach Ablenkung.

Sie überlegt einen Moment. „Brunch? Vielleicht eine Weile im Park sitzen, ein Buch mitnehmen?"

„Klar. Perfekt."

Die Türklingel läutet und sie sehen sich mit gerunzelter Stirn an. Mae schaut auf die Uhr. Ein Uhr morgens. „Erwartest du jemanden?"

„Nein. Sicher nicht um diese Zeit. Wahrscheinlich irgendein Betrunkener." Er steht auf und drückt dann die Gegensprechanlage. „Hallo?"

Der Videobildschirm zeigt keine Person, sondern eine dicke schwarze Scheibe mit roten Laseraugen. Die Stimme kommt grob und roboterhaft durch.

*Schwangerschaftsregistrierungsdrohne. Öffnen Sie bitte die Tür.*

„Mae. Es ist eine Drohne für dich."

„Eine was?"

„Anscheinend haben wir jetzt Schwangerschaftsregistrierungsdrohnen."

„Scheiße, glaubst du, die Nachbarn haben das gehört?"

Pasha summt die Haustür auf, öffnet dann die Wohnungstür einen Spalt breit und späht durch die Lücke. Kühle Nachtluft weht herein und Mae zieht ihre Strickjacke enger. Ein Schauer kriecht ihren Nacken hinauf und die Haare auf ihren Armen stellen sich auf. Der Geruch von Bratöl, der von den Imbissen unten auf der Straße heraufweht, lässt sie einen kleinen Würgereiz unterdrücken. Sie hat nie zuvor bemerkt, wie stark dieser Geruch ist.

Das surrende Brummen der Drohne, die die Treppe heraufkommt, hallt durch den Flur. Es ist ein Uhr morgens, erinnert sich Mae. Die meisten werden im Bett sein. Sicher hört niemand zu. Allerdings informieren sie Schritte aus der gegenüberliegenden Wohnung vom Gegenteil. Ein Riegel aus der Wohnung zwei Türen weiter links ist zu hören. Ein schmaler Lichtstreifen fällt durch den Spalt in den Flur, während das kalte Leuchten einer Handykamera durchs Treppenhausfenster dringt. Gedämpftes Flüstern steigt von unten herauf. Die Sensorlichter flackern auf, als sich die Drohne nähert, und auf der anderen Seite des Flurs zucken Jalousien und Vorhänge hin und her.

Die Drohne wirkt größer als auf dem Bildschirm. Ihr glänzender Körper ist so tiefschwarz, dass er das Licht zu verschlucken scheint – ein schwebendes schwarzes Loch. Ihre roten Laseraugen scannen die Umgebung, kühl und unerbittlich, voller Prüfung.

*Die schwangere Person muss ihren Arm an das rote Licht halten,* sagt sie mit einem mechanischen, emotionslosen Ton – zu laut für diese Nachtzeit – und verrät schamlos ihr Geheimnis.

Mae tritt um Pasha herum und die Drohne wiederholt ihre Nachricht. Sie bringt sie zum Schweigen und fühlt sich dumm dabei, eine gefühllose Maschine zum Schweigen zu bringen. Bevor sie wieder sprechen kann, hält sie ihren Unterarm vor ihre Augen.

„Aua!" Sie zieht ihren Arm zurück, eine rote Erhebung ist nun auf ihrer Haut zu sehen.

*Dies wird mit Ihrem Spender synchronisiert, sobald dieser gefunden wurde.*

Sie versucht erneut, die Drohne zum Schweigen zu bringen. Der Instinkt überwiegt den gesunden Menschenverstand.

*Ihre Nan-E wird mit Ihren Geburtshormonen koordiniert. Haben Sie einen schönen Tag und herzlichen Glückwunsch.*

„Alles in Ordnung, Mae?" Pashas Stimme ist voller Sorge, als er die Tür schließt und dann seine weit aufgerissenen Augen auf sie richtet.

Sie blinzelt heftig, als ob sie versuchen würde, das Geschehene rückgängig zu machen, aber als sie auf ihren Arm schaut, ist die rote Markierung immer noch da. „Was zum Teufel? Ich wurde getaggt? Versuchen sie, der Schwangerschaft zu schaden?"

„Ich glaube nicht, dass sie bereits Abtreibungsspritzen machen." Er nimmt ihren Unterarm und küsst die rote Stelle. Die Berührung seiner Lippen lässt ihre Kühle ein wenig schmelzen.

„Komm schon", sagt er und nimmt ihre Hand. Nicht einmal ein Zittern. Ihr stabiler Fels in der Brandung. „Wir werden das später klären. Lass uns ins Bett gehen."

***

Maes Lippen verziehen sich, als sie auf dem Weg zum Café an einigen Obdachlosen vorbeigehen, die an der Straßenecke um Kleingeld betteln. Der beißende Geruch von Urin reizt ihre Nase und sie unterdrückt einen Würgereiz. Früher gab es nicht so viele Obdachlose. Man musste nicht aufpassen, wo man hintrat, musste nicht über Menschen hinwegsteigen, nur um die Straße entlangzugehen. Sie macht einen größeren Bogen, platziert Pasha zwischen sich und ihnen. Wo sie die Nase rümpft, hebt sich sein Mundwinkel. Wo ihre Augen sich misstrauisch verengen, werden seine weich und feucht.

„Eine traurige Welt für so viele", sagt er.

Ihre Reaktion war nicht richtig. Hormone, überreizte Sinne, Stress. Ihr Verstand versucht, sich zu entschuldigen, aber ihre

Sommersprossen reichen nicht aus, um die Scham zu verbergen, die ihre Wangen rötet. Sie kramt in ihrer Handtasche nach ihrer Bankkarte und wischt dann über jeden ihrer Zahlungsautomaten, wobei sie den Atem anhält, während sie sich nähert.

„Vielleicht solltest du dich beim Ausgeben etwas zurückhalten?", flüstert Pasha fast.

„Es sind nur Spenden."

„Lass uns zum Café gehen. Komm schon." Er packt ihr Handgelenk und zieht sie weg, bevor sie zum letzten Obdachlosen in der Reihe kommt.

Sie gehen an sieben Cafés vorbei, bis sie eines finden, das zu ihrer Lebenspunktzahl passt und noch freie Plätze hat. Maes Hunger lässt sofort nach, als eine schwere Duftwolke aus Eiern und Fett vorbeizieht. Galle brennt in ihrem Hals. Pasha macht eine Show daraus, ritterlich zu sein, indem er ihren Peacoat zum Aufhängen nimmt und ihr dann einen Stuhl herauszieht. Sie gibt nach und schluckt die heiße Welle der Übelkeit hinunter, wobei sie ihren grünlich werdenden Teint hinter einer Speisekarte verbirgt.

„Du isst jetzt für zwei, denk daran."

„Ich glaube nicht, dass das wirklich eine Sache ist."

Er trägt ein gelbes T-Shirt – die Farbe der Hoffnung, denkt sie. Oder des Sommers. Zu hell für diese Jahreszeit. Es hat einen kleinen Fleck nahe am Kragen, der ihren Blick auf sich zieht. Ihre Haut ist angespannt, juckend, als wäre sie eine Schlange, die sich häuten will. Er hat den Fleck heute Morgen einfach nicht bemerkt, sagt sie sich. Es ist nicht seine Schuld. Die Waschmaschine hat es nicht richtig sauber bekommen. Es spielt keine Rolle. Sie wird das T-Shirt wegwerfen, wenn sie nach Hause kommen.

Er wird es nie erfahren. Sie blinzelt ein paar Mal absichtlich und zwingt dann ihren Blick weg, um sich stattdessen auf die Speisekarte zu konzentrieren.

Ihnen gegenüber lehnt sich ein junges Paar eng aneinander, mit verliebten Augen und lauter Lächeln. Ein Paar mittleren Alters an einem anderen Tisch sitzt schweigend da, gut gekleidet, mit ernsten Gesichtern, ihre Hände berühren sich auf der Tischplatte. Die gedämpften Geräusche werden von dem Kichern eines Kleinkindes irgendwo hinter ihr durchbrochen. Sie dreht sich nicht um, aber in Pashas Augen blitzt es auf, sein Grinsen ist instinktiv. Ein Raum voller Glück, Zufriedenheit, Zusammengehörigkeit. Es erdrückt sie. Ihr Gefühl der Einsamkeit wird von den Wünschen anderer überwältigt. Sie hebt die Speisekarte höher und blendet alles andere aus.

„Immer noch nichts in den Nachrichten, keine Kehrtwende, keine Schonfrist", bemerkt sie sachlich hinter der Speisekarte hervor.

„Es ist Wochenende. Ich bin sicher, bis Montag werden sie etwas bestätigen."

Sie legt die Speisekarte zurück auf den Tisch und sieht sein Kinn in einer entschlossenen Linie, seine Brust aufgeblasen, als wäre er voller Zuversicht. Als hätte er diesen Krieg schon gewonnen.

„Wir brauchen einen Plan, Pasha. Einfach zu sagen, dass alles in Ordnung sein wird, reicht nicht aus."

Er strafft die Schultern, hebt das Kinn und nimmt eine Alpha-Pose ein, als könnte das ihre Bedenken abwehren. „Es wird einfach so sein. Was auch immer nötig ist. Ich möchte nicht, dass du dir Sorgen machst. Ich werde mir etwas einfallen lassen."

„Ich habe schon eine Idee. Was ist, wenn wir mit deinem Onkel Charlie sprechen?"

„Gütiger Himmel, warum? Dieser Mann ist der Schlimmste." Die Erwähnung seines Onkels reicht aus, um die Alpha-Pose zusammenbrechen zu lassen, und er kauert sich zusammen. „Wir haben versprochen, ihn nach seiner letzten Tirade nie wieder zu besuchen."

„Vielleicht will er von seinem Elend erlöst werden."

Sein Gesicht verzieht sich und er verschränkt die Arme. „Du kannst so etwas nicht sagen."

„Wir müssen solche Dinge sagen. Das ist genau das, was wir tun müssen. Außerdem ist der Mann der miserabelste Mensch, der lebt. Es kann nicht schaden zu fragen."

„Lass uns einfach nächste Woche abwarten." Er steht auf und küsst ihre Stirn. „Das Übliche?"

Der Gedanke an Eggs Benedict verdreht ihr den Magen. „Nur etwas Müsli und einen Orangensaft."

„Im Ernst? Das ist alles?"

Sie nickt und er zuckt mit den Schultern, dann macht er sich auf den Weg zur Theke, leichtfüßig, fast hüpfend. Zweifellos wird er ihr trotzdem noch eine Portion Rösti oder Pfannkuchen bestellen, nur für den Fall, und so tun, als würde er sich um sie kümmern, wenn alles, was sie will, weniger Aufhebens und mehr Planung ist. Er lehnt sich zur Bedienung und grinst sein allzu leichtes Grinsen, lacht, während sie sich unterhalten, als hätte er keine Sorgen in der Welt. Sie hat das immer an ihm geliebt. Seine Sorglosigkeit, seine Selbstsicherheit, seine unerbittliche Fröhlichkeit. So ein Kontrast zu ihr selbst und ihren endlosen Nörgeleien und Flüchen. Sie sind wie eine chinesische

Speisekarte, würde sie in einem ihrer eigenen unbeschwerten Momente sagen, süß-sauer. Im Moment jedoch fühlt sich seine Ausgelassenheit wie ein Schlag ins Gesicht an.

Eine vertraute Stimme trifft sie – jene Stimme, die ihren Nacken sofort versteifen und ihre Stirn unwillkürlich anspannen lässt. Die rauchige, selbstbewusst projizierte Stimme von Aliya, begleitet vom quengelnden Ton ihrer Tochter Candice. Aliya bestellt einen mageren Hafer-Kombucha mit extra Blasen und entschuldigt sich lautstark bei der Bedienung, dass es zum Mitnehmen sein muss, da sie einfach zu beschäftigt ist, um sich hinzusetzen und zu bleiben. Aliya ist aus dem Spinning-Kurs und liebt es, allen ihren BMI zu erzählen, während sie anschließend in der Umkleidekabine herumstolziert und sagt, wie einfach der Kurs für ihresgleichen war, wie teuer ihre neue Küche ist und wie Candice das tollste Kind ist, das je gelebt hat. Mae ballt jedes Mal die Fäuste, wenn sie sie sieht. Aliya gibt vor, ihre Lebenspunktzahl müsse in den Achthundertern liegen, geht aber in ein Fitnessstudio für unter Vierhundert. Nur um sich überlegen zu fühlen.

Mae kneift die Augen zu. *Bitte sieh uns nicht, bitte sieh uns nicht!*

„Oh, Mae. Bist du das? Deine roten Haare fallen so auf, es ist unmöglich, dich zu übersehen."

Maes Inneres verkrampft sich. *Verdammt.* „Hi Aliya, schön, euch zu treffen."

„Euch ist wohl das passendste Wort." Sie lächelt breit und streicht mit den Händen über ihren kleinen Bauch, den sie direkt unter Maes Nase nach vorne streckt.

„Oh, du bist wieder schwanger. Wie wunderbar."

Candice findet einen Stift in der Handtasche ihrer Mutter und kritzelt dann auf der Tischplatte herum.

„Ja. Das Bäuchlein wurde noch vor dem Stichtag vollständig registriert."

„Herzlichen Glückwunsch", sagt Mae mit zusammengebissenen Zähnen und ist sich sicher, dass die Temperatur im Raum um einige Grade gestiegen ist.

„Kinder sind so teuer. Ich bin mir nicht sicher, ob wir das schaffen werden." Sie wickelt das Ende ihres glänzenden Zopfes um ihren Finger. „Candice hier ist eine so ausgezeichnete Tänzerin, die Beste in ihrer Ballettklasse. Ich bin mir sicher, dass sie eines Tages auf der Bühne stehen wird. Stimmt's, Candice?"

Candice steht weiterhin über den Tisch gebeugt und tritt dann einen leeren Stuhl um.

Auf der anderen Seite des Cafés ist die nackte Ziegelwand mit gerahmten Fotos und Kunstwerken bedeckt. Sechsundzwanzig Stück, zählt Mae. Acht davon hängen schief, was gegen die Linie der Ziegelsteine so offensichtlich ist. Sie stellt sich vor, sie alle gerade zu rücken. Ah, die Befriedigung.

„Computer, Designerkleider, Musikinstrumente", fährt Aliya fort, ohne Maes leeren Blick zu bemerken. „All diese Dinge summieren sich wirklich. Zum Glück sieht Candice in jeder Farbe und jedem Schnitt gut aus, sodass es zumindest schnell geht, ihr Kleidung zu kaufen. Aber die Musikstunden, die Tanzstunden, all ihre Bücher – sie ist so eine gute Leserin, sehr fortgeschritten für ihr Alter – das braucht Zeit. Es ist ein Wunder, dass ich überhaupt Zeit habe, die Putzfrau reinzulassen. Und jetzt ist ein weiteres Kind unterwegs." Sie seufzt so theatralisch, dass Mae sie fast einen Oscar halten sieht. „Nun, es wird eine echte Herausforderung sein."

„Wie engagiert du bist." Jeder Muskel in Maes Körper ist zum Zerreißen gespannt, ihre Schläfen kurz vor dem Platzen.

„Hallo, Aliya." Pasha kehrt vom Bestellen zurück und Aliya richtet ihren Bauch stattdessen auf ihn, während sie ihre vollen Lippen schmollt. „Oh, du bist schwanger. Du und Mae werden sich viel zu erzählen haben."

Sie hebt ihre Augenbrauen und sieht Mae an, wobei sich ihre Mundwinkel leicht nach unten ziehen. „Du auch?"

Maes zusammengepresste Lippen versuchen ein Lächeln und sie nickt.

„Nun ja..." Aliya zieht ihren Bauch ein und legt die Hände in die Hüften. „Ich hoffe, du hast die Registrierung rechtzeitig erledigt."

„Nein, ein paar Minuten zu spät", sagt Pasha und Mae wirft ihm einen Blick zu. „Ich denke, es wird eine Nachfrist oder so etwas geben. Die Website ist abgestürzt."

„Ich hoffe doch sehr, dass es keine ›Nachfrist‹ gibt!" Aliya macht Anführungszeichen in der Luft, ihre raue Stimme bricht in ein Quieken. „Ihr habt gehört, was die Regierung gesagt hat. Es gibt zu viele Menschen. Jeder muss seinen Beitrag leisten. Ich bin vor fast vier Monaten schwanger geworden. Ich finde es sicherlich nicht richtig, jetzt ein Baby zu versuchen, wo die Welt zwanzig Milliarden erreicht hat. Aber ihr habt doch ältere Familienmitglieder, oder?"

„Nun, ja, aber–"

„Also, dann ist das ja geklärt." Sie winkt Pasha mit einer Handbewegung ab. „Das ist doch nicht so schlimm. Und wenn ihr euch nach Zeit mit alten Menschen sehnt, könnt ihr gerne Zeit mit einem meiner Großeltern verbringen. Sie sind alle schrecklich und es würde mich davon befreien, sie unterhalten zu müssen", sagt sie und lacht schnaubend.

„Toll. Danke", sagt Pasha.

„Nun, Glückwunsch, schätze ich. Schade für den Planeten, aber zumindest kann euer Baby neutralisiert werden. Und ich bin sicher, es wird sehr schön für euch sein."

Aliya holt ihr Essen zum Mitnehmen ab und geht dann, wobei Candice auf dem Weg hinaus einen weiteren Stuhl umtritt. Die offene Tür lässt eine willkommene eisige Brise herein, die etwas Straßenmüll mitbringt: eine Schokoriegelverpackung, etwas Folie, die über den Boden raschelt, und einen kleinen Schmutzwirbel. Der Herbst ist endlich da, stellt Mae fest. 26. November. Sie zählt an ihren Fingern acht Monate von jetzt an. Sie wird Ende Juli fällig sein. Im Juni könnte sie gezwungen sein, eine Abtreibung vorzunehmen oder einen der Ältesten der Gesellschaft zum Sterben anzumelden. Vor acht Monaten waren sie im Urlaub in Aldermaston. Sie war wütend gewesen, dass die Frühlingssonne ihr Bräunungsstreifen über die Schultern gegeben hatte, die bei Moiras und Rolans Hochzeit noch sichtbar sein würden. Pasha hatte ihr gesagt, dass sie bis dahin verblassen würden; dass Selbstbräuner sie überdecken würde. Er hatte Unrecht und natürlich hatte Moira es bemerkt und gesagt, sie hätte die Bilder der Brautjungfer ruiniert.

Acht Monate sind wie im Flug vergangen und doch scheint es jetzt wie eine Ewigkeit her. Solche Banalitäten plagten sie damals, nagten an ihr. Variablen, die sie nicht kontrollieren konnte, ließen sie sich fühlen, als würde sie ertrinken. Wegen Bräunungsstreifen und einer verärgerten Braut. Wie viel schlimmer werden die Dinge in weiteren acht Monaten sein? Werden sich die heutigen Probleme in bloße Belanglosigkeiten verwandeln, wie es die von gestern getan haben?

„Wie hoch war die Bevölkerungszahl, als sie schwanger wurde? Neunzehneinhalb Milliarden?" sagt Pasha mit einem Schnauben und lehnt sich so fest in seinen Stuhl zurück, dass er knarrt.

„Warum musstest du es ihr sagen?"

„Was? Ich dachte, es wäre schön für dich, eine schwangere Freundin zu haben."

„Sie ist keine Freundin. Sie ist abscheulich."

„Ja, sie scheint wirklich eine ziemliche Zicke zu sein."

Ihre Getränke kommen an und Mae begutachtet ihren Orangensaft. Er riecht merkwürdig; das Fruchtfleisch erinnert sie an Erbrochenes. Sie schwenkt ihn im Glas herum und schiebt ihn dann weg.

„Was, wenn es keine Nachfrist gibt?", fragt sie mit einem Anflug von Panik. „Was tun wir dann?"

„Wir werden uns etwas einfallen lassen. Lass uns einfach dieses Wochenende genießen. Am Montag wird alles besser aussehen."

Seine dunklen Augen leuchten vor Freude statt vor Besorgnis. Sie wünschte, seine Freude wäre ansteckend, als könnte sie von seinem Funken zehren. Sie ertappt ihn dabei, wie er verstohlene Blicke auf ihre Taille wirft und dann glücklich zu dem Kleinkind schaut, das hinter ihnen immer noch kichert, versunken in seine Freude und ahnungslos gegenüber ihren Sorgen. Sein „Wir werden uns etwas einfallen lassen" tut nichts, um ihre Bedenken von „Wir müssen etwas tun" zu zerstreuen. Er sieht sie an wie ein

Kind, das auf Weihnachten wartet. Als wäre sie die Verpackung und alles, was er will, ist das, was drin ist.

Ihr Essen kommt an, ihr Müsli ist nicht appetitlicher als der Orangensaft – banaler Joghurt überzieht Haferflocken und ausgetrocknetes Ex-Obst. Der Kellner stellt einen Stapel Rösti neben sie.

„Nur für den Fall, dass du noch Hunger hast", meint Pasha.

*So vorhersehbar.* Mae murrt nicht. Sie schiebt ihr Müsli herum. Das schmatzende Geräusch, das es an der Seite der Schüssel macht, reicht aus, um ihren Hunger zu unterdrücken.

„Oh, schau mal, die Nachrichten sind im Fernsehen. Mach bitte lauter", ruft er dem Kellner zu.

Bevor die Lautstärke erhöht wird, nimmt Mae die Szene in sich auf. Ihr Kopf pocht an Stirn und Schläfen. Trotz ihrer Steifheit hängen ihre Schultern herab. Die Nachrichtensprecherin trägt eine Tweed-Jacke, die bis zum Hals zugeknöpft ist. Ihre Haare sind so straff zurückgezogen, dass Maes Kopfschmerzen sich allein beim Anblick verschlimmern. Ein Versuch, ihre Stirn zu glätten, nimmt sie an. Diese Nachrichtensprecherin ist schon so lange im Fernsehen – sie muss Pres-X genommen haben, um so jung auszusehen, und Mae ist sich sicher, dass sie einen hellrosa Teint durch ihr Make-up schimmern sehen kann. Die konservierte Haut wird während der Regressionsjahre immer hellrosa. Ihre Stirn kann nicht auf natürliche Weise so glatt sein. Ein Pferdeschwanz kann nicht so viel Haut straffen.

Die Innenstadt Londons sieht aus wie ein Festival, mit flatternden Bannern und Fahnen, Menschen, die im Hintergrund Trommeln schlagen. Echte Polizei – Mae kann sich nicht erinnern, wann sie zuletzt eine echte Polizei gesehen hat – ist auf Pferden und Fahrrädern präsent. Ein Mann steht auf einem Auto und zündet eine Leuchtfackel. Rosa Rauch steigt in die Luft, bevor der Mann von drei Polizisten in voller Kampfmontur weggetragen wird. Richtige Polizei, nicht nur Gesellschaftspolizei. Reservisten, die nur in Zeiten der Unruhe einberufen werden. Die restliche Sicherheit des Landes ist seit Jahren der Allgemeinheit überlassen worden. Jeder ist ein Spitzel. „Alle Augen sind unsere Augen", so lautet der Slogan der Regierung. Aber für diese neue Gesetzesänderung haben sie die Kavallerie gerufen.

Der Kellner dreht die Lautstärke auf und der volle Lärm erfüllt das Café. Unverständliches Geschrei und Krach kommen von den Trommeln statt Musik. Die Nachrichtensprecherin schreit über den Tumult hinweg.

„Proteste beginnen auf beiden Seiten der Debatte. Die Hauptgruppe, die sich gegen die Maßnahmen stellt, *Pro Grow*, ist jetzt hier bei mir."

Die Pro Grow-Gruppe vor der Kamera ist jung, vielleicht in ihren Zwanzigern, eine Mischung aus Geschlechtern, aber alle mit düsteren Gesichtern, angespannt und ernst. Einige in der ersten Reihe sehen professionell aus, denkt Mae – vernünftig. Nicht wie die regenbogenhaarigen Taugenichtse im Hintergrund. Keine Älteren, stellt sie fest. Oder zumindest keine offensichtlich Älteren. Pres-X-Nehmer lassen sich nicht von jungen Menschen unterscheiden.

„Diese neuen Gesetze kamen völlig aus heiterem Himmel. Den aktuellen Beschränkungen wurde nicht genug Zeit gegeben. Es hätte noch viel mehr getan werden können. Die Reduzierung von Verschwendung und Konsum hätte eine viel größere Wirkung gehabt als von der Regierung sanktionierter Mord."

„Es ist aber nicht wirklich Mord, oder? Die Nation hat seit Jahrzehnten eine Pro-Sterbehilfe-Haltung. Die einzigen in Frage kommenden Spender sind diejenigen, die sowieso für eine Sterbehilfebehandlung in Frage kämen."

„Die Regierung verweigert Medikamente, also erzwingen sie sowieso ihr Lebensende. Und es sind nur die mit niedrigeren Lebenspunktzahlen. Die Reichen nehmen Pres-X, also werden sie sich kaum freiwillig melden. Nennen wir das Kind beim Namen, ja? Das ist eine Säuberung."

Mae greift nach Pashas Hand. Plötzlich sind seine Zuneigungen eher mangelhaft als erdrückend. Seine Versicherungen nicht genug statt übermäßig. Der Puls seines Daumens schlägt auf ihrem Handrücken. Sie zählt die Schläge, während sie drückt und er erwidert, eine klamme Verbindung bildet sich zwischen ihnen.

„Säuberung ist ein aggressiver Begriff. Alle Spender werden Freiwillige sein, die sich der größeren Sache hingeben, nämlich dem Überleben unseres Planeten."

„Es ist von der Regierung sanktionierter Mord."

„Zurück ins Studio."

„Siehst du?", Pasha legt seine andere Hand auch auf ihre. „Es sind Proteste geplant und alles Mögliche. Vertrau mir, das wird uns nicht betreffen. Können wir nicht einfach für einen Moment glücklich und aufgeregt sein?"

Sie blickt auf ihr Müsli, auf ihren faden Orangensaft und atmet dann den Gestank von Bratfett und bitterem Kaffee ein. Die Welt lässt ihren Magen sich umdrehen, aber seine Hände bewirken das Gegenteil.

Sie begegnet seinem Blick, seine tiefen Augen brennen sich in ihre, sein Glück hängt von ihr ab. „Sicher", sagt sie. „Wir können glücklich sein."

# KAPITEL 3

Am Sonntag übergibt sich Mae, sobald sie aus dem Bett steigt. Die Erleichterung danach ist die vorherige Übelkeit kaum wert. Sie wäscht ihr gerötetes Gesicht, wobei der berühmte Schwangerschaftsglanz, den sie eigentlich haben sollte, definitiv ausbleibt. Ihr rotes Haar ist fettiger als sonst und ihre sommersprossige Haut fleckig. Sie greift nach Cremes, Lotionen und allen Kosmetika, die versprechen, jemanden aufzuhellen und zu verjüngen, der schlaflos und gestresst ist. Töpfchen, die Wunder versprechen, aber nur eine bescheidene Verbesserung bringen. Ihre Augen sind vom Würgen so geschwollen und blutunterlaufen, dass sie trotz großzügigen Auftragens der Produkte immer noch aussieht, als hätte sie tagelang nicht geschlafen. Zweifellos wird Moira wie immer perfekt aussehen. Immun gegen den Stress, den ihr Job mit sich bringt, sowie gegen Alter und alles andere, was die Haut beeinträchtigt. Und sie weiß das auch.

Als sie ihre Cremetöpfe zurückstellt, stößt sie Pashas Medikamentenpackungen aus dem Schrank. Sie hebt sie auf und ordnet sie wieder so an, wie sie waren: Morgen- und Abendpillen in der richtigen Reihenfolge, die kleinen grünen und die größeren weißen gut sichtbar, die Wochentage auf den Blisterpackungen zur Erinnerung für ihn. Die Sonntagmorgenpille wurde noch nicht genommen.

Sie findet Pasha, wie er durch die Fernsehkanäle zappt. Kochshows erinnern sie an das, was sie gerade die Toilette heruntergespült hat, mit Soundtracks, die sich für sie nur wie jaulende Katzen anhören. Sie schmunzelt. Er ist so leicht zu amüsieren.

„Du hast deine Sonntagmorgenpille noch nicht genommen."

„Ich nehme sie nach dem Frühstück", sagt er, ohne in ihre Richtung zu schauen.

Sie steht in der Türöffnung, zappelt mit den Füßen und ihre Lippen zucken, während sie nach Worten sucht. „Ist es vererbbar?", fragt sie schließlich.

„Was?"

„Deine Motoneuronerkrankung."

„Nö. Und selbst wenn, zwei Pillen am Tag, und es ist kein Problem."

„Was, wenn sie auch deine Medikamente streichen?"

„Hey! Ich bin zwei Jahre älter als du, noch lange nicht neunzig."

Sein Sarkasmus dient nur dazu, sie aufzuregen, und sie schnaubt. „Du weißt, was ich meine."

Er dreht sich jetzt zu ihr um, sein Teint gesünder als ihrer, die Augen hell, die Muskeln definiert, nicht einmal ein einziges Zahnloch. Schwer zu glauben, dass er so eine Krankheit hat. Sein Gehirn tickt in normaler Geschwindigkeit. Er ist so scharfsinnig wie jeder andere, keine der Trägheit, vor der die Medikamente warnen.

„Mach dir keine Sorgen, Mae-Käferchen, ich bin ein produktives Mitglied der Gesellschaft", sagt er mit einem Lächeln. „Du hast gelesen, was sie sagen. Die Demografie der Welt ist aus dem Gleichgewicht. Dreißigjährige umzubringen ist kaum der Weg, den sie einschlagen wollen."

Sie erwidert sein Lächeln. Der Mangel an Physiotherapeuten wird überall berichtet. Produktive Gesundheitsfachkräfte zu töten, ist sicher kein vernünftiger Ansatz, da war sie sich sicher. Andererseits, ist es vernünftig, die Älteren der Gesellschaft auszusieben und Wissen, Familien und Erfahrung zu beenden? Vernunft scheint für Eyes Forward keine Priorität zu haben. Pashas Beruhigungen tragen wie üblich wenig dazu bei, ihre Ängste zu lindern.

„Kann ich dir etwas bringen?", fragt er. „Wie fühlst du dich? Du siehst wunderschön aus. Strahlend."

Das würde er selbst sagen, wenn sie mit Dreck bedeckt wäre und Warzen hätte. Sie ist nichts Besonderes, zumindest nicht so besonders, wie Pasha denkt. Aber die kleine Schönheit, die sie hat, ist vergänglich, nur ein Moment in der Zeit. Jeder ist irgendwann schön. Die Vergänglichkeit der Perfektion macht ein solches Kompliment brüchig und fehlerhaft, und doch sagt es jeder. Warum nicht ihr Gehirn, ihre Persönlichkeit, etwas anderes loben? Trotzdem kann sie nicht umhin zu bemerken, wie unverschämt attraktiv Pasha heute Morgen aussieht. Sein Unterhemd zeigt seine definierten Schultern. Die durch das Fenster scheinende Sonne hebt seine Kieferlinie hervor und sein erdiger

Duft lockt sie. Vielleicht können sie noch eine Weile in der Wohnung bleiben.

„Fühle mich etwas besser, danke", sagt sie. „Wann erwarten sie uns?"

„So gegen eins. Hör zu, da ist noch eine Sache." Er dehnt 'eine Sache' aus, als wären es eigentlich eine Million Dinge. Oder eine wirklich große Sache.

„Okay...?"

„Nun, ich glaube, Moira ist auch schwanger. Tatsächlich weiß ich es."

Maes Nacken beugt sich, ihr Kopf schwer. „Toll. Noch eine zickige Schwangere."

„Sie ist nicht so schlimm."

Sie ist definitiv so schlimm. „Wie kann sie schwanger sein? Rolan kann keine Kinder zeugen, es sei denn, sie haben jetzt etwas Bemerkenswertes in der Trans-Chirurgie erreicht. Haben sie irgendwo illegal Sperma bekommen?"

„Nein, nicht wirklich." Sein Gesicht wird röter. Zum ersten Mal ist er derjenige, der auf den Boden schaut.

„Pasha, sag's mir."

„Ich habe vielleicht ausgeholfen. Ich habe ihnen einen Becher von meinem... du weißt schon… meinem Zeug gegeben."

Mae verbirgt ihr Gesicht in ihren Händen und braucht einen Moment, um zu verarbeiten, was Pasha genau mit *Zeug* meint. So offensichtlich es auch ist, der Wunsch, es nicht zu glauben, übertrumpft die Wahrheit.

Er steht auf und nimmt ihre Hände in seine. „Wir haben darüber gesprochen. Vor einer Weile-"

„Ja. Und wir haben entschieden, dass es zu gefährlich ist. Viel zu gefährlich für dich. Die Gesellschaftspolizei ist überall dahinter her. Was, wenn du erwischt wirst?"

„Ich war vorsichtig. Wirklich vorsichtig. Ich weiß, wir haben entschieden, dass es zu riskant ist, aber ich wollte nicht, dass du dich darüber stresst. Ich wollte Rolan so sehr helfen. Er hatte es schwer als Kind. Ich war ein mieser Bruder. Ich habe ihm nie geholfen, als unsere Eltern sich von ihm abgewandt haben. Ich möchte jetzt ein besserer Bruder sein."

„Indem du seine Frau schwängerst?"

„Du lässt es schlimmer klingen, als es ist. Unser Baby ist das einzige, das von mir ist. Ihres gehört ihnen. Nur, naja, die Sache ist..."

Ihre Augen flammen unter ihrer gesenkten Stirn auf, während sie darauf wartet, dass er seine Worte findet.

„Es ist jetzt völlig illegal. Es ist schon illegal genug, Sperma zu spenden, aber doppelt illegal, zwei Nachkommen gezeugt zu haben."

„Aliya erwartet ihr zweites."

„Sie ist aber weiter. Und eine Achthundert-Plus. Selbst Moiras Sechshundert-Plus reicht nicht aus, um das Kind legal zu machen. Und dass unseres das spätere ist, könnte, naja, Schmuggelware sein."

„Das ist ein schrecklicher Begriff für diese Schwangerschaft."

Er sieht sie an, seine Augenbrauen halb hochgezogen in dieser entschuldigenden Art, wie ein Welpe, der gerade ein Tischbein angeknabbert hat. Er hat beim Trimmen seines Bartes eine Stelle übersehen. An seiner rechten Kieferlinie sind ein paar Haare länger. Sie kann das beheben – nur eine Schere und alles wird wieder in Ordnung sein.

„Wir müssen es einfach geheim halten, okay?", sagt er ganz leise, mit der Art von Stimme, mit der er ihr morgens ins Ohr flüstert. „Niemand muss es wissen. Es bleibt in der Familie. Es wird doch schön sein, meinst du nicht, wenn unser Baby einen Cousin hat? Rolan wird ein toller Vater sein."

„Ja", sagt sie. „Das wird er."

Pashas Herz ist zu groß, um ihm zu erlauben, Risiken richtig einzuschätzen. Sein Wunsch zu helfen lässt wenig Raum für Vorsicht und Selbsterhaltung. Es ist eine der Eigenschaften, die Mae sowohl liebenswert als auch nervig findet. Sie geht zur Küchenzeile, um die Schere zu holen. Zumindest neutralisiert Pashas Dummheit etwas von ihrer eigenen Schuld. Dieses Gefühl, das an ihr nagt, eine kleine Stimme, die ihr sagt, dass sie nicht geliebt werden sollte, dass sie ihn von der Last ihrer Person befreien sollte.

„Hoffentlich bitten sie nicht deine Oma, Spenderin zu sein."

„Das werden sie nicht. Sie haben sich rechtzeitig angemeldet."

Sie lehnt sich über die Küchentheke, ihre Beine zu schwach, um sie zu tragen. „Toll. Verdammt toll."

***

Die Fahrt zu Moira und Rolan führt sie durch das Zentrum von Reading, den Hügel hinunter zum Fluss, diesmal auf den langsameren Gehwegen. „Kostbare Fracht", sagt Pasha und rechtfertigt damit die vorsichtige Route. Lieferdrohnen fliegen über ihnen, ihr gebrochenes Weiß weniger bedrohlich als die obsidianschwarzen Ungeheuer von Eyes Forward. Ihr Summen ist weniger einschüchternd; ein sanfter Klang, der im Hintergrund verschmilzt, überdeckt von Stimmen und Verkehr.

Sie nehmen den gemeinsamen Weg entlang der Themse und der Picknickbereich daneben ist gefüllt mit Familien, die die paar Stunden Sonnenschein genießen, die der Wolkenaufbruch verspricht. Sie schieben Kinder auf Fahrrädern, füttern Babys, versorgen aufgeschürfte Knie und versuchen, Kinder zum Anziehen von Jacken zu bewegen. Schreie, Kichern und Weinen erfüllen die Luft, mürrische Gänse jagen dreiste Kinder davon und suchen nach Sandwichkrusten. Pasha schwärmt von den glücklichen Kindern, während sie bei jedem Schrei und Kreischen zusammenzuckt. Ihre Beine sind träge, als würde ihr Fahrrad mehr wiegen als früher. Jeder Pedaltritt ist eine Anstrengung.

Ein Kind läuft vor ihr Fahrrad und sie bremst scharf. Er schaut zu ihr auf, die blauesten Augen starren sie direkt an, als würde er sie kennen. Er durchschaut ihre Maskerade. Der Vater kommt und zieht das Kind mit einer Flut von Entschuldigungen und Ermahnungen weg. Mae tritt in die Pedale und fährt davon, ein Schauer kriecht über ihre Schultern.

Pasha füllt Maes Lücken und sagt die Worte, die sie nicht findet. „Kein Problem. Hoffe, dem Kind geht's gut, keine Sorge", oder so ähnlich. Seine Worte sind mit Lächeln und funkelnden Augen gespickt. Wie ist ihr das nie zuvor an ihm aufgefallen, sein väterlicher Instinkt? Sein Mitgefühl erstreckt sich auf mehr als nur sie, erinnert sie sich. Sie hat noch nie ein Baby gehalten, geschweige denn Zeit mit Kindern verbracht, doch für ein paar Sekunden stellt sie sich vor, wie ihr Kind aussehen würde — ihre roten Haare, seine dunklen Augen, vielleicht. Sie kneift die Augen zu und konzentriert sich stattdessen auf den Asphalt. Schwanger sein und ein Baby zu haben sind nicht dasselbe. Nicht mehr.

Sie schlängeln sich durch Horden von Touristen in der Nähe des Bahnhofs. Alle offensichtlich aus Oxfordshire. Ihre glatt-geraden Bobs, Scheitel auf der linken Seite und braunen Umhängetaschen dienen als Neonschild über ihren Köpfen. Ihre Akzente sind subtiler, als Mae sich vorgestellt hat. Allein an ihren Stimmen würde sie vielleicht nicht erkennen, dass sie Außenseiter sind. Sie gehen anders; drängen sich enger zusammen und scheinen sich doch mehr auszubreiten. Sie hebt den Kragen ihres Berkshire-Mantels und zieht ihren Berkshire-Zopf über die Schulter, wie ein Vogel, der sein Gefieder aufplustert, oder ein Hund, der pinkelt, um sein Revier zu markieren. Pasha richtet sich auf. Trotz der kühlen Brise öffnet er den obersten Knopf seiner Jacke und präsentiert sich auf die richtige Berkshire-Art. Beide klingeln mit ihren Fahrradglocken, als sie sich nähern, und die Touristen weichen zur Seite. Handykameras überall erhoben, machen noch mehr Aufsehen um sich selbst. Offensichtlich keine Gesellschaftspolizei. Sie wackeln zu sehr mit ihren Handys, sprechen über die Videos mit aufgeregten Stimmen und setzen ihre eigenen Gesichter mit ins Bild.

Vor dem Bahnhof hängen noch alte Überwachungskameras. Zerschlagen und vandaliert. Ihre einzige Funktion ist es, die Menschen daran zu erinnern, wie es früher war. Bevor die meisten Polizisten aufgelöst und die Sicherheit der Nation in die Hände der Öffentlichkeit gelegt wurde, bevor jeder mit Botschaften bombardiert wurde, dass es am besten ist, in der eigenen Grafschaft zu bleiben. Verbrecher scheißen nicht, wo sie essen, so lautet die Devise. Wenn niemand zu weit reist, wird die Nation sicherer sein. Überwacht. Eyes Forward nennt sich die Regierung. Eyes Forward, aber Spitzel sind überall. *Alle Augen sind unsere Augen* steht unter dem Eyes Forward-Logo, das an jeder Bushaltestelle in der Stadt zu sehen ist. Und mit einer Nation von Informanten – alle mit Kamerahandys, eifrig darauf bedacht, ihren Lebenswert zu erhöhen, wer braucht da noch die Kosten für die echte Polizei? In einer Gesellschaft, in der deine Aussichten von einer Zahl bestimmt werden, die dir im Alter von achtundzwanzig zugewiesen wird, basierend auf dem Einkommen deiner Eltern und wo du zur Schule gegangen bist, zahlt es sich aus, ein Spitzel zu sein.

Sie radeln an Plakaten vorbei, die sie daran erinnern, dass sie in Berkshire sind, als ob das Meer von Mänteln und Zöpfen nicht deutlich genug wäre. *Behaltet euer Geld in Berkshire. Kurbelt Berkshires Wirtschaft an! Es gibt keinen Ort wie Berkshire. Berkshire: die beste Grafschaft zum Leben! Lust auf ein Abenteuer? Erkundet Berkshire.* Worte vor idyllischen Hintergründen mit freundlichen Orten. Mehr Achthundertplusser als in jeder anderen Grafschaft, dank der Tatsache, dass die Leute ihre Ausgaben auf ihre eigene kleine dezentralisierte Wirtschaft beschränken. Ein glücklicher Nebeneffekt davon, dass das Überschreiten von Grafschaftsgrenzen zum Tabu wurde.

„Warum sollte jemand irgendwohin gehen wollen, wo er so sehr auffällt?", fragt Mae.

„Weiß Gott." Pasha knöpft seine Jacke wieder zu. „Vermutlich besiegt die Neugier den gesunden Menschenverstand und den Gemeinschaftssinn. Solange sie hier kein Geld ausgeben, richten sie wohl keinen Schaden in ihrer eigenen Grafschaft an."

„Scheint idiotisch, irgendwohin zu gehen, nur um begutachtet und angestarrt zu werden. Sieh dir all die Gesellschaftspolizisten an, die sie überprüfen.“

Es ist leicht, die örtliche Gesellschaftspolizei von den Touristen zu unterscheiden, nicht nur an der Kleidung und den Haaren, sondern auch an der Art, wie sie herumschleichen. Die Touristen betrachten die Gebäude und den Raum, aber die Aufmerksamkeit der Gesellschaftspolizei gilt allein den Menschen. Solche Orte sind Jagdgründe für die Gesellschaftspolizei. Touristen fallen auf, selbst wenn sie nichts Falsches tun, außer Wirtschaften außerhalb ihres eigenen Landkreises zu unterstützen. Die eifrigsten der Gesellschaftspolizisten sind nicht einmal wegen der Lebenspunkte dabei. Sie sind wegen des Nervenkitzels ein Petzer. Diese Gesichtsaufnahmen werden hochgeladen. Jeder, der in der Datenbank seines Heimatlandkreises nachschaut, wird sehen können, wer gereist ist. Wie viele missbilligende Blicke und hochgezogene Augenbrauen kann jemand ertragen?

Jetzt, da sie vom Bahnhof weg sind, wirft Mae ihren Zopf über die Schulter und zieht ihren Mantel wieder zurecht.

„Oxfordshire ist groß genug“, sagt sie. „Dumm, so weit von zu Hause wegzugehen.“

„Sag das Moira. Sie denkt, andere Landkreise zu besuchen, sei etwas, wonach wir streben sollten.“

Mae stöhnt. „Ich liebe deinen Bruder wirklich, das tue ich. Aber Moira? *Bäh.* Was sieht er nur in ihr? Klar, sie ist hübsch, aber das war’s auch schon. Abgesehen von ihrem Lebenspunktestand. Und Ro ist bestimmt nicht so oberflächlich.“

„Nun, sie bekommen ein Baby, also müssen wir wohl mit ihr klarkommen.“

Sie fahren ein paar Minuten schweigend, die Sonne ist jetzt von Wolken verdeckt und der graue Himmel wirft Schatten. Sie halten kurz an, um ihre Fahrradlichter einzuschalten.

„Lust auf Bingo?", fragt Pasha.

„Moira-Bingo?"

„Genau." Er lacht.

„Klar, okay." Sie überlegt ein paar Momente und grinst. Ihr regelmäßiges Spiel macht die Aussicht, Moira zu sehen, viel unterhaltsamer. „Full House, wenn..." Sie denkt noch ein paar Sekunden nach. „Sie einen passiv-aggressiven Kommentar darüber macht, dass wir ihre, was war es nochmal, Küchenfarben-Enthüllungsparty verpasst haben?"

„Vielleicht Möbel-Enthüllung? Aber ja, das ist eins."

„Prahlt mit ihrem Lebenspunktestand. Bezieht sich auf etwas, das so einfach ist, 'dass sogar ich es könnte'." Mae zählt die Bingo-Punkte an ihrer Hand ab. „Macht eine Show daraus, nach uns aufzuräumen oder impliziert, dass wir ein Chaos anrichten werden... und... erwähnt beiläufig einen Designer oder Promi, den sie getroffen hat."

„Das sind fünf. Das ist ein Full House." Er lacht und schüttelt den Kopf. „Ich glaube, das wird leicht sein."

Sie kommen am Gebäude von Rolan und Moira an und parken ihre Fahrräder im Schatten seiner zwanzig Stockwerke. Erst wenige Jahre alt, aber falsche Holzbalken kreuzen die Fassade, um es wie ein restauriertes Relikt aussehen zu lassen, mit einer Mischung aus reflektierendem Glas und geschmacklosen, gebogenen Eisenfenstergittern, um 'ein Gefühl von Kultur' hinzuzufügen, wie Moira gesagt hatte. Die Berkshire-Flagge mit dem welkenden Stechpalmenbaum hängt über der Tür und in mehreren

Fenstern. Mae glättet ihren vom Helm zerzausten Haaransatz und zieht dann ihren Zopf wieder über ihre Schulter. Ihr T-Shirt klebt unangenehm und sie wedelt es von sich weg, die synthetischen Fasern eher entflammbar als atmungsaktiv.

Moira begrüßt sie an der Tür mit überschwänglichen Willkommensrufen und übertriebenen Umarmungen, laut Luftküsse gebend, der Abstand ihres Halses gerade genug, um Mae ihr Parfüm zu offenbaren. Sie sieht makellos aus, wie immer. Ihre kurvige Figur eng in ein grünes Kleid geknöpft, kein Haar und kein Saum außer Platz. Mae richtet ihre Jeans, steckt ihr T-Shirt hinein und fächelt sich dann den Schweiß aus dem Gesicht.

Rolan folgt, umarmt Pasha, und auch Mae erhält eine Umarmung mit beiden Armen, wobei Rolan sie nah an sich zieht, als gehöre sie auch zur Familie. In der Sekunde, in der sie die Umarmung erwidert, atmet Mae eine Lungenfüllung seines Aftershaves ein. Es ist intensiv männlich und völlig überwältigend. Sein Wunsch zu überkompensieren ist unnötig, denkt Mae immer. Er ist größer und breiter als Pasha, hat einen Designer-Dreitagebart, der sein markantes Kinn betont, und eine Tiefe in seiner Stimme, die die meisten Frauen erröten lässt. Er ist immer ein Gentleman und dieses Mal ist es nicht anders, als er anbietet, Maes Mantel aufzuhängen. Moira schnappt ihn sich und prüft das Etikett. Dann rümpft sie die Nase beim Anblick der Billigmarke.

Der Eingang zur Wohnung riecht nach gerösteten Kräutern und Gebäck. Natürlich perfekt köstlich. Der Tisch ist mit gemessener Präzision gedeckt, jeder Platz mit identisch angeordnetem Besteck, einer perfekt gefalteten Serviette, alles auf einer makellosen weißen Tischdecke, in deren Nähe Mae nicht

einmal zu atmen wagt. Sie hätte gedacht, die sauberen Ober-
flächen und das akribisch gerade Geschirr würden sie beruhigen
und ihr einen Grund weniger zum Stressen geben. Aber anstatt
sich in der Ordentlichkeit wohlzufühlen, hat sie das Gefühl,
einzudringen. Ihr Geist ist zu chaotisch, um sich an einem so
übertrieben ordentlichen Ort zu entspannen. Es ist zu makellos,
zu methodisch und lässt sie sich wie ein Schandfleck fühlen. Ein
Trümmerhaufen.

Mae geht drei Schritte durch den Flur, bevor Moira sie
daran erinnert, dass sie noch ihre Schuhe anhat, und dann
auf die Gästehausschuhe zeigt. Pasha macht Augenkontakt mit
ihr, zwinkert und hält einen Finger hoch. Ein Bingo-Punkt
erledigt, fehlen noch vier. Maes unbestrumpfte Füße, komplett
mit zerfransten abgebrochenen Zehennägeln und rissiger Haut,
schlüpfen hinein, und sie drückt ihre Zehen um das plüschige
Vliesfutter. Sie nimmt Pasha an der Hand, als sie hindurchgehen.
Ihre Schritte fühlen sich auf dem Eichenboden weich an.

„Riecht wunderbar, Moira."

„Danke. Es ist ein einfaches Rezept. Sogar du könntest es
schaffen. Ich schicke es dir per E-Mail, wenn du möchtest?"

„Toll. Danke." Mae schaut zu Pasha hinüber und formt mit den
Lippen: „Zwei."

„Das Esszimmer wird eine Überraschung für euch sein, da ihr
unsere Möbel-Enthüllungsparty verpasst habt."

„Ja, tut uns leid deswegen. Ich glaube, wir hatten Grippe." *Drei.*

Pasha nimmt ein Grissini vom Tisch und isst es, ohne Moiras
Missbilligung zu beachten. „Wie läuft's bei der Arbeit, Ro?"

„Ach, du weißt schon, zu viele Stunden, wie immer. Aber der Bonus macht es alles wert. Hab meinen Punktestand jetzt auf 550 gebracht."

„Wow", sagt Pasha, während einige Krümel auf den Boden fallen. „Das ist gut."

„Noch nicht ganz bei meinen 650, aber er holt auf", sagt Moira mit schmalen Lippen und beäugt das kleine Durcheinander, das Pasha anrichtet. „Wie viel habt ihr jetzt?"

Mae schaut auf ihre Füße, hauptsächlich um ihr Lächeln zu verbergen, und zählt den vierten Bingo-Punkt. „370."

„Ach, na ja, fast am 400-Meilenstein." Moira klingt, als würde sie ein Kätzchen ansprechen.

„Ich hab's geschafft", sagt Pasha. „410."

„Wirklich?" Maes Stimme quietscht. Ihr Herz stolpert, während sie verarbeitet, was er gerade gesagt hat. „Wann wolltest du mir das sagen?"

Er beißt sich auf die Unterlippe und zuckt mit den Schultern. „Ich dachte an ein Überraschungsessen in diesem 400-plus-Thai-Restaurant in der Church Street. Aber jetzt ist die Katze aus dem Sack."

„410", sagt Mae ein paar Mal, als ob die Wiederholung es verständlicher machen würde. „Wie hast du das geschafft?"

Er gibt ihr einen Kuss auf die Wange. „Das erzähle ich dir später."

Für einen Moment herrscht eine unzusammenhängende Stille, während Mae völlig verblüfft darüber ist, wie Pasha eine solche Steigerung zustande gebracht haben könnte. Rolan sieht beeindruckt aus und Moira blinzelt anerkennend.

Moira bedeutet ihnen, sich zu setzen, und verzieht das Gesicht, als Mae und Pasha ihre Stühle über den Boden ziehen, anstatt sie anzuheben. Rolan bemerkt es nicht. Er füllt ihre Gläser mit alkoholfreiem Rotwein, dessen satte Farbe gegen die weiße Tischdecke Maes Herz schneller schlagen lässt. Sie sitzt auf ihren Händen und riskiert keine Bewegung.

Pasha streichelt unter dem Tisch ihr Knie, als ob er versuche, ihre Ängste wegzureiben. Er hebt sein Glas und trinkt sorglos, ohne sich darum zu kümmern, dass die weiche Einrichtung wahrscheinlich mehr kostet als ihre kombinierten Jahresgehälter. Er und sein Bruder tauschen Lächeln und Prost aus, entspannt und zufrieden. Mae beißt sich auf die Innenseite ihrer Wange, jetzt nicht nur ein Dorn im Auge, sondern auch unhöflich, da sie noch nicht getrunken und am üblichen Anstoßen teilgenommen hat, das ein Verschütten und Anstoßen der Gläser riskiert. Sie mustert den Raum, nichts ist fehl am Platz. Sie zählt die Besteckteile auf dem Tisch, zwanzig. Acht Gabeln, acht Messer, vier Löffel, plus vier Servierlöffel.

„Alles okay, Mae?", fragt Rolan auf eine aufrichtige Art. Nicht in dem quietschigen, herablassenden Ton, den Moira für sie reserviert hat.

Sie nickt, atmet tief durch und hebt dann ihr Glas. „Prost", sagt sie, und sie stoßen an, ohne einen Tropfen zu verschütten. Sie nippt. Es schmeckt himmlisch.

„Oh, mach dir keine Sorgen um die Tischdecke", sagt Moira, als sie zurückkommt. „Wir haben die billige für euch rausgeholt."

Maes Kiefer verkrampft sich, aber Pashas Fingerspitzen drücken in ihr Knie.

„Danke, Moira", sagt er, während Mae seine Fingernägel spürt, die sich in ihr Knie bohren.

Moira bringt Tabletts aus der Küche, silberne Platten mit geröstetem Gemüse und überquellenden Pasteten, die vor Sauce triefen. Zum ersten Mal an diesem Wochenende lässt der Geruch des Essens Mae nicht würgen, doch sie schafft es nicht, Hunger zu verspüren, denn ihr Kopf dreht sich immer noch. Als Moira zarte Scheiben von dickem Wellington auf ihren Teller stapelt, starrt Mae nur auf ihr Essen, während sich die Zahl 410 in ihrem Kopf dreht. Pasha ist Physiotherapeut für ältere Menschen. Mieses Geld, aber er liebt es. Wie zum Teufel hat er seine Punktzahl auf 410 erhöht? Sie ist Buchhalterin, verdient mehr als er und ist immer noch unter 400. Sie hat mit einer niedrigeren Punktzahl angefangen, ohne eine Familien- Punktzahl zu erben. Aber sie war nicht *so* weit zurück.

„Es ist das neue Gebäude in Zone zwei", sagt Rolan, als ob ihre Überraschung seine Punktzahl galt und nicht Pashas. „Ich war Assistenzarchitekt beim Entwurf. Alles sofort verkauft, teils Wohnungen, teils Hotel, teils Büroräume. Wahnsinnig teuer, aber die Aussicht... man kann die ganze Stadt sehen."

„Planst du immer noch, nach London zu ziehen?", fragt Pasha.

„Jetzt nicht mehr. Nicht mit dem Kleinen unterwegs", sagt Moira, als sie sich setzt und ihren Stuhl anhebt, um ihn zurückzuschieben, wie Mae bemerkt.

„Oh ja, herzlichen Glückwunsch", sagt Mae.

„Wir sind euch beiden so dankbar", meint Rolan. „Ihr gebt uns die Familie, von der wir immer geträumt haben."

Pasha drückt Maes Hand und sie blickt hinüber, um sein tränenreiches Lächeln zu sehen.

„Wir sind wirklich aufgeregt deswegen", verkündet Moira. „Zum Glück haben wir es auch noch geschafft, bevor der ganze Spender-Kram losging."

„Schön für euch", sagt Mae durch zusammengebissene Zähne.

„Nun, wir haben auch Neuigkeiten", meint Pasha. „Wir erwarten auch ein Baby."

Die darauffolgende Stille füllt den Raum schneller als Licht und ist intensiver als der Geruch des Essens. Ihnen allen wird der Atem geraubt. Die Nachricht hängt in der Luft, bis sie von Spannung niedergedrückt wird. Moiras Lächeln verblasst und Rolans Gabel prallt klirrend von seiner Hand auf den Teller.

„Wir hatten keine Ahnung, dass ihr Kinder wollt", sagt Rolan, als das Gesprächsvakuum unerträglich peinlich wird.

„Natürlich wollen wir das", bestätigt Pasha. „Es ist alles, was wir je wollten. Stimmt's, Mae?"

Mae sucht nach ihrer Stimme. Sie konnte noch nie lügen. „Nun-"

„Aber... ihr könnt nicht", beginnt Moira. „Ich meine, wenn sie es herausfinden, wird euer Baby illegal sein."

„Ähm, warum unser Baby und nicht eures?", kontert Mae.

„Unseres wurde zuerst gezeugt", erwidert Moira und überbetont dabei jeden Konsonanten und Vokal.

„Mit illegalen Methoden."

„Du willst doch nicht etwa andeuten, dass wenn ein Baby abgetrieben werden muss, es unseres sein sollte? Wir waren zuerst, hörst du?"

„Ich sehe nur nicht, warum euer Baby gültiger sein sollte als unseres."

„Hört zu", Rolan hebt die Hände, als würde er sie physisch trennen. „Ihr beide, es wird nicht so weit kommen. Ich werde niemandem erzählen, dass wir einen Samenspender benutzt haben."

„Na, wo zum Teufel denkst du, werden die Behörden glauben, dass das Sperma herkam?", faucht Mae, erschrocken über die Schärfe in ihrer Stimme.

„Ich bin seit fünfzehn Jahren als Mann registriert. In meinem Pass steht männlich, in allen meinen Ausweisen. Warum sollte jemand weiter nachforschen?"

„Außerdem, naja, du weißt schon", sagt Moira. „Wessen Baby werden sie wohl wirklich wegnehmen? Das von dem Paar mit unserer kombinierten Lebenspunktzahl oder eures?"

Mae steht auf, ihr Stuhl quietscht hinter ihr über den Boden. Sie gibt sich der angenehmen Fantasie hin, dass er tiefe Kratzer auf dem ganzen Weg hinterlässt. „Also gut, du-"

„Komm schon, Mae. Wollen wir nicht nach Hause gehen?" Pasha legt beide Hände auf ihre Unterarme, als denke er, sie würde gleich auf jemanden losgehen. „Ihr Damen müsst euch jetzt nicht aufregen."

Mae reißt sich aus seinem Griff los und dreht sich dann mit verengten Augen zu ihm um. *Herablassender Arsch.*

„Moira, wie konntest du nur?" Rolans missbilligender Tonfall klingt zumindest aufrichtig.

„Es ist schon okay, Rolan", beschwichtigt Pasha. „Es sind die Hormone, nehme ich an."

Mae stampft mit dem Fuß auf. „Dass Moira sich wie eine Zicke benimmt, liegt nicht nur an verdammten Hormonen! Und nein, es ist nicht okay. Ich kann für mich selbst sprechen."

„Lass uns einfach gehen", sagt Pasha. So ruhig. So verdammt cool. „Komm schon."

Sie verlassen die Wohnung ohne die üblichen Luftküsse und Abschiedsworte, das Essen bleibt praktisch unberührt. Mae zieht die Pantoffeln aus und schlüpft in ihre Schuhe. Dann läuft sie dreimal den Flur auf und ab, aus keinem anderen Grund, als Moiras Blut zum Kochen zu bringen. Anschließend knallt sie die Haustür so heftig zu, dass sie hofft, der blöde Designergriff möge dabei kaputtgehen.

In den ersten Minuten der Heimfahrt fahren sie schweigend. Mae umklammert den Lenker so fest, dass ihre Knöchel weiß werden. Sie nimmt Pasha neben sich wahr, sein Grinsen breiter als je zuvor.

„Worüber grinst du so?"

Er schaut sie an, immer noch lächelnd, als hätte er gerade im Lotto gewonnen.

„Im Ernst? Das war schrecklich. Wir haben nicht mal ein Full House beim Bingo geschafft. Sie hat keinen einzigen Promi erwähnt."

„Ich lächle wegen dir."

„Was ist mit mir?"

„Du hast es unser Baby genannt. Nicht nur schwanger. Baby."

Ihr Treten wird langsamer und sie lässt den Streit in ihrem Kopf Revue passieren. Ihre Abwehrhaltung, ihre Wut, ihr Baby. *Baby.*

„Ja", sagt sie. „Das habe ich wohl."

# KAPITEL 4

Mae fühlt sich am einsamsten in der Nacht, wenn Pasha schläft und sie nur die knarrenden Rohre und das Geschehen draußen als Gesellschaft hat, wenn der Wind an den Fensterscheiben vorbeipfeift und der Fuchs aus der Nachbarschaft kreischt. Nur ihre Ohren nehmen es wahr. Die Betrunkenen bemerken es nicht, die nächtlichen Cafébesucher behalten ihre Kopfhörer auf. Sie hat zu viele Erinnerungen, um zu schlafen. Zu viele Jahre, die sich immer wieder abspielen. Sie starrt zur Decke, in alle Ecken, wo die Schatten selten weichen. Das kalte Mondlicht dringt durch den Spalt in den Vorhängen und wirft Formen in die Dunkelheit, die kriechende Vertrautheit schattenhafter Nichtigkeit wie alte Kameraden. Nur sie und die Finsternis.

Es ist nie wirklich still. Selbst nachts fahren häufig Busse vorbei. Mae stört der Lärm nicht. Er hilft ihr, ihre Schlaflosigkeit zu verfolgen. Die Stunden abzuzählen. Sie kann anhand des Busses die Uhrzeit bestimmen. Einer hält für einen Moment und das Zischen der entweichenden Luft verrät ihr, dass er an der Bushaltestelle vor dem 600 plus Café in der Nähe hält. Ein

Nachtcafé, das jedes Getränk mit Bläschen und jedes Essen mit einer Beilage aus antioxidativer Melasse serviert. Der Bus wartet einen Moment, bevor er losfährt und kurz nach ihrem Gebäude rechts abbiegt. Das muss die Linie sechsundzwanzig sein, was bedeutet, es ist 12:30 Uhr. Die Scheinwerfer werfen einen wandernden Lichtstrahl über die Decke, bevor sie Mae wieder nur mit dem dämmrigen Schein der Straßenlaternen zurücklassen. Das Geräusch der Imbisse, die ihre letzten Kunden hinauswerfen, der herunterrasselnden Rollläden und irgendeines Typen, der sich übergibt, hallt wider.

In dieser Nacht schläft Pasha mit seiner Hand auf ihrem Bauch – eine Geste der Verbundenheit nicht nur für sie, sondern auch für das, was in ihr heranwächst. Seine sanften Augen und sein schelmisches Lächeln, er akzeptiert sie mit all ihren „Marotten", wie er es nennt. „Wer will schon normal sein? Du bist außergewöhnlich", hatte er bei einem ihrer ersten Dates gesagt, als sie die Bar verlassen musste, weil die Einrichtung so gar nicht zusammenpasste und der Kellner zu laut war.

Vor Jahren hatte sie sich geschworen, sich nie zu verlieben. Aus Gründen, die jetzt schwer zu begreifen sind. Zu kompliziert, zu unwürdig, zu viele Fragen. Es gibt kein Anleitungsbuch, keine Formel, die man lösen kann. Doch für jemanden, der nicht weiß, wie man liebt, war es so einfach, sich in ihn zu verlieben, wie sich auf einem weichen Sofa zusammenzurollen. Akzeptierend, vergebend, tröstend. Er liebt sie nicht nur; er ist ihr ergeben. Das weiß sie bis in die Knochen. Und Pasha ist keiner, der nachbohrt. Er ist zufrieden mit den Brocken an Informationen, die sie ihm über ihr früheres Leben gibt. Er fragt nie, warum sie keine Freunde hat – das ist offensichtlich. „Was spielt die

Vergangenheit schon für eine Rolle", würde er sagen. „Es geht um dich und mich, hier und jetzt."

Wie wird sie ihr Kind lieben können? Wenn sie außer Pasha nie jemanden wirklich geliebt hat. Ein Herz ist doch nur ein Muskel, oder? Ungenutzt verkümmert es. Wie kann sie, die so schwer zu lieben ist, auch nur einen Moment lang glauben, dass das Kind sie lieben wird? Es ist unmöglich, das Pasha zu erklären. Wie kann er solch brutale Zweifel verstehen? Die Veränderung ist zu groß und das Unbehagen des Umbruchs lässt sie ihre Haut abstreifen wollen wie eine Schlange. Sie ist nicht bereit zu teilen. Sie weiß nicht wie.

Selbst wenn sie sich in ihr dunkelstes Selbst zurückzieht, an den Ort, wo ihr Verstand Mauern aus massivem Stahl errichtet – schalldicht und kalt bei Berührung – kann Pasha durchbrechen. Er kann sie durch die endlosen Ozeane ihrer Traurigkeit erreichen, die über sie hereinbrechen, wenn die Erinnerungen an ihre früheren Jahre sie aus heiterem Himmel überfluten und wie Wellen treffen. Ihr fehlen die Worte, um ihm zu sagen, dass sie ihn braucht, aber er sieht es in ihrem Gesicht, ihren Händen, ihrem ganzen Körper. Seine Berührung ist ihr Rettungsboot. Nur jetzt ist es nicht nur sie, die er zu retten versucht.

Während sie wach liegt und an die Decke starrt, kann die Wärme von Pashas schläfriger Berührung ihre Kälte nicht auftauen. Dies ist eine Mauer, die er nicht durchbrechen kann. Sie zittert und vergräbt sich tiefer unter der Decke. Trotz ihres Versprechens, glücklich zu sein, trotz ihrer Bezeichnung der Schwangerschaft als Baby, fürchtet sie, dass sie einsamer ist als je zuvor.

***

Während sie am Montagmorgen an der Bushaltestelle wartet, siebt ihre Nase das Aroma von feuchtem Beton, durchsetzt mit Noten von Fahrradschmiermitteln, gummiartigen Busbremsen und dem billigen Aftershave des Mannes neben ihr. Doch am stärksten ist Pashas Duft, der noch immer auf ihrer Haut haftet. Sie hatte schon immer einen ausgeprägten Geruchssinn. Jetzt, schwanger, ist er bionisch.

Die meisten Gebäude in Mae und Pashas Straße sind Reihenhäuser, die vor fast zweihundert Jahren gebaut wurden. Alte Gebäude, der Länge und Breite nach aufgeteilt, um mehr Menschen, Paare, Familien unterzubringen – Wohnungen, die nur einen Bruchteil ihrer ursprünglichen Größe haben. Auf den Bürgersteigen davor, in den schnellen und langsamen Fußgängerspuren, hasten Eltern mit ihrem Nachwuchs, der fest an ihre Körper geschnallt ist. Keine Spur mehr von den Kinderwagen aus alten Zeiten, an die sich Mae noch erinnert. Solche Dinge gibt es seit mindestens einem halben Jahrhundert nicht mehr. Diese sperrigen Relikte sind längst auf Müllhalden gelandet – in einer Stadt, die keinen Platz für Ungetüme hat.

Eine Mutter tröstet ein weinendes Kleinkind und blockiert mit ihrem Getue die langsame Spur. Mürrische Leute steigen über die kauernde Frau hinweg und fluchen dabei laut. Doch die Mutter bewahrt zärtliche Zuneigung und Geduld. Sie lässt sich nicht aus der Fassung bringen und bemerkt den Aufruhr, den sie verursacht, kaum. Ihre Aufmerksamkeit gilt einzig und allein dem Kind.

Könnte Mae so eine Mutter sein? Die Zuneigung ihrer eigenen Mutter beschränkte sich auf einen kalten Teller Essen, der auf der Seite stand, und einen Ruf von „Bedien dich selbst", während sie die Tür hinter sich schloss. Ihre Arbeit war ihr immer wichtiger als die Betreuung von Mae. Sie hatte sie zu jung bekommen, sagte sie immer. Das Leben der Lebenden zu verlängern war die Mission ihrer Mutter. Mehr zu erschaffen, nun, das war unverantwortlich. Mae war unnötig – einer der Überschüsse des Lebens, der wie ein Impulskauf beiseite geworfen werden sollte. Und am Ende ein Versuchskaninchen.

Maes Gedanken geraten ins Trudeln, während sie versucht, unbemerkt zu bleiben und sich einzufügen. Eine alte Frau, die sich als jüngere tarnt, ist hart für die Sinne. Die Welt ist laut, zu laut. Mae hat sich nie an den Glanz und die Helligkeit von allem gewöhnt. Selbst das Grau blendet.

Sie hält ihre Hände an den Seiten, die Ärmel bis über die Finger gezogen, den Blick auf den Boden gerichtet. Heute trägt sie ein dunkelblaues Hemd – die Farbe des Vertrauens. Montag, hatte Pasha gesagt, wird der Tag sein, an dem die Regierung eine Gnadenfrist ankündigt, ein Umdenken, irgendwelche Nachrichten, die sie sich weniger wie eine Verschwörerin, Mörderin, Kontaminatorin fühlen lassen.

„Vertrau mir", hatte er fast hundertmal gesagt.

Sie zieht ihre Ärmel noch weiter herunter und ballt dann ihre Manschetten zu Fäusten. Marineblau, die Farbe des Vertrauens.

Erinnerungen der Gesellschaftspolizei plakatieren die Bushaltestelle, das Symbol der Regierung „Eyes Forward" mit den Worten *Alle Augen sind unsere Augen* darüber geschrieben. Als ob irgendjemand daran erinnert werden müsste. Handys in jedermanns Hand, fast hundert Prozent der Menschen haben die App. Sogar Pasha hat sie.

„Nur für den Fall, dass wir etwas Schreckliches sehen", hatte er gesagt und vorgeschlagen, dass sie es auch herunterladen sollte. „Falls wir einem Opfer helfen können."

Nur geht es den meisten bei der Nutzung der App nicht darum, Opfern zu helfen, es sei denn, man zählt diejenigen mit einem niedrigen Lebenspunktestand zu den Opfern. Manchmal fühlt es sich so an. Kleinere Regelverstöße sind bei weitem die am häufigsten gemeldeten Vergehen. Es funktioniert, sagt die Regierung. Die Eindämmung der kleinen Delikte verhindert die großen. Die gesamte Gesellschaft besteht aus Petzen. Es gibt nirgendwo ein Versteck. Und das ist alles, was Mae manchmal tun möchte. Sich verstecken.

Durch die Busfahrplan-Ankündigung blitzte die übliche tägliche Aktualisierung: *Über eine Million Lebenswertpunkte wurden diesen Monat an erfolgreiche Gesellschaftspolizisten vergeben. Wir machen unsere Grafschaft stolz! Weiter so, Berkshire. Alle Augen sind unsere Augen.*

Nichts hat sich geändert, nicht wirklich. Die Ankündigungen, die Updates und Erinnerungen sind wie immer. Dennoch fühlt sich Mae auffälliger denn je. Die rote Beule von der Drohne muss so offensichtlich sein, wie ein zusätzliches Gliedmaß, das durch ihre Kleidung sticht. Sicherlich muss es durch ihren Mantel leuchten. Sie hat sich zweimal die Zähne geputzt und ein halbes Päckchen Ingwerkekse gegessen, um ihre Übelkeit in Schach zuhalten. Riecht sie nach Ingwer? Vielleicht wird sie der Geruch verraten.

Sie dreht sich kurz um. Ihre weit aufgerissenen, ängstlichen Augen scannen das Meer von Gesichtern um sie herum. Die dichte Menschenmenge, die auf den Bus wartet, muss voll von eifrigen Gesellschaftspolizisten sein, die die Arme aller Frauen beäugen, nur für den Fall, dass sie ein rotes Mal haben. Bereit zu urteilen. Gespannt darauf, jede falsche Bewegung zu melden. Ihr flüchtiger Blick bleibt ergebnislos, also wagt sie einen weiteren. Alle schauen auf ihre Handys, oder die Straße hinunter, oder auf den Boden. Keine Augen sind auf sie gerichtet... noch nicht. Niemand bemerkt das rote Mal durch ihre Kleidung. Sie legt ihre Hände hinter ihren Rücken, um es noch mehr zu verbergen, und behält sie dort. Dann wird ihr klar, dass diese Haltung ihre Taille herausdrückt. Nicht dass sie etwas zeigt, aber zu versuchen, es so aussehen zu lassen, als ob sie es tut, scheint irgendwie schlimmer. Sie bringt sich zurück in eine gerade Haltung und schüttelt ihre Arme aus. Wie unbeholfen ist es, natürlich zu stehen, wenn man sich dazu zwingt? Sie atmet tief ein, streckt ihren Nacken und zählt dann die Bordsteine zwischen den Bushaltestellen, obwohl es nicht nötig ist. Sie weiß bereits, dass es elf sind.

Mit dem Gefühl, zur Schau gestellt zu sein, wie ein Tourist in ihrer eigenen Stadt, verflucht sie sich dafür, nicht mit dem Fahrrad zur Arbeit gefahren zu sein. Wolken türmen sich am Himmel, die schwere Luft wird rau, während der Herbst die Straße hinaufkriecht. Die Gesellschaftspolizei schien eine geringere Bedrohung als das Wetter zu sein, als sie heute Morgen zur Arbeit aufbrach. Jetzt, da die Paranoia jeden Zentimeter von ihr durchdringt, ist sie sich nicht mehr so sicher. Schwanger zu sein ist nicht illegal, erinnert sie sich. Derzeit hätten sie nichts zu melden. Doch sie weiß, wie die Dinge laufen. Einmal etikettiert und bekannt, wird sie nirgendwo hingehen können, ohne dass Leute sie gierig fotografieren, als hinge ihr Leben davon ab, einen Fehler bei ihr zu finden. Für einige von ihnen mit den schlimmsten Lebenspunktezahlen tut es das wahrscheinlich auch.

Der Bus ist vollgestopft, seine Luft dick und abgestanden. Alte Pilze und Hefe sind die vorherrschenden Gerüche. Sie quetscht sich gegen einen Mann mit begrenzter persönlicher Hygiene, sein Berkshire-Pony hängt in dicken, fettigen Strähnen an seiner Stirn. Als sie ihren Kopf wegdreht, um eine volle Gesichtslandung in seiner Achselhöhle zu vermeiden, steht sie einer Frau gegenüber, die hinter ihr einsteigt. Offensichtlich schwanger. Niemand bewegt sich. Die Frau quetscht sich durch die Menge zum Echo von Schnalzlauten und Spott. Das Gesicht der Frau färbt sich in ein kraftloses Gelb und der Schweiß auf ihrer Stirn schimmert im Sonnenlicht.

„Geben Sie der Frau einen Sitzplatz, ja?", sagt Mae zu einigen der Passagiere, die ihr am nächsten sitzen.

Niemand kommt der Aufforderung nach. Sie heben ihre Handys höher und blockieren ihre Sicht auf sie. Zweifellos melden sie sich gerade in der Gesellschaftspolizei-App an, bereit für einen Tumult.

„Hey, kommt schon! Sie fühlt sich offensichtlich nicht gut." Maes Wangen erhitzen sich, während sie mit ihrer Zunge nach Überresten von Ingwerkeksen um ihre Zähne sucht. Sie hebt ihre Hand, um ihr Gesicht vor den Kameras abzuschirmen. Neun Handys sind auf sie gerichtet, soweit sie es von ihrer begrenzten Sicht aus sehen kann, ohne zu riskieren, sich umzuschauen, um mehr zu zählen.

„Dann hätte sie eben nicht schwanger werden sollen", erwidert ein Mann beiläufig.

Mae stockt der Atem und sie keucht: „Wie bitte?"

Der Mann lehnt sich näher, schlägt seine Beine über seinen teuer aussehenden Anzug und verschränkt dann die Arme, wobei er juwelenbesetzte Manschettenknöpfe und eine Hologramm-Uhr enthüllt. „Warum sollte ich meinen Sitzplatz einer Frau überlassen, die sich in einer überbevölkerten Welt fortpflanzt? Scheiß auf sie. Mit etwas Glück hat sie gleich hier eine Fehlgeburt."

Mae keucht auf und legt instinktiv ihre Hände auf ihren Bauch, als eine Welle der Zustimmung von den anderen Passagieren ertönt. Maes Schultern sinken herab und krümmen sich, während ihr Kopf tief hängt. Sie kneift ihre Augen zusammen und wünscht sich, sie wäre kleiner, winzig, ein Staubkorn anstatt ein normalgroßer Mensch mit einem großen Mund. Warum musste sie sich einmischen? Jeder schaut sie an. Selbst durch geschlossene Augen kann sie es spüren. Ihr Herz sagt es ihr, während es gegen ihre Brust hämmert, als würde es an eine Tür klopfen, um zu sehen, ob sie da ist. Sie hält den Atem an und zählt dann bis zehn. Sie ist nicht da und bald wird sie verschwinden. Bald wird sie niemand mehr bemerken.

„Hier, Liebes. Nimm meinen Platz."

Mae öffnet die Augen, als ein Mann langsam aufsteht. Sein gebrechlicher Rücken ist fast doppelt gebeugt, seine zitternde Hand klammert sich an den Griff. Die schwangere Frau zögert einen Moment, setzt sich schließlich, murmelt ein leises Dankeschön und verbirgt ihr Gesicht in den Händen.

„Umweltverschmutzer-Sympathisant!", schreit der Mann mit den Manschettenknöpfen.

Niemand fällt in seine Beschimpfungen ein. Die Frau wischt eine Träne weg und legt schützend die Hände um ihren Bauch. Allmählich kehrt Farbe in ihre Wangen zurück und ihr Schweiß trocknet, während sie die Wange an das kühle Fenster lehnt. Maes Herzschlag verlangsamt sich, ihr zitternder Atem findet zurück zur Ruhe.

Es gibt doch noch etwas Empathie auf der Welt.

Als es sich die Frau auf ihrem Sitz gemütlich macht, verschwinden die Kameras. Enttäuschung statt Erleichterung hängt in der Luft. Kein Tumult, nur eine schwangere Frau. Nichts zu sehen hier.

Mae schaut auf ihren eigenen flachen Bauch. Wie lange würde es dauern, bis man es sieht? Ein paar Monate vielleicht. Wie viele Morgen kann sie die Übelkeit noch in Schach halten? Sie kann ihren Zustand nicht für immer verheimlichen, besonders jetzt, da die Königin des Klatsches, Aliya, es weiß.

Sie steigt eine Haltestelle früher aus, denn die zusätzlichen paar Minuten Fußweg sind erträglicher als die bedrückende Atmosphäre im Bus. Die Wolken halten ihr Versprechen und lassen einen feinen Schauer niedergehen, der den Schmutz der Straße aufwirbelt. Ihre Schuhe sind schnell durchnässt. Es ist kein Platzregen, sondern dieser feine, beharrliche Nieselregen, der selbst unter Regenschirme kriecht und an den Rändern ihrer Kapuze vorbei auf ihre Wangen trifft. Doch bei ihrem Koffeinmangel fühlt sich die kühle Feuchtigkeit fast belebend an – angenehmer als die abgestandene Luft im Bus.

Sie wirft einen Blick auf ihre Uhr und passt sich dem Tempo der langsamen Spur an, schlurft mit den Älteren und denen, die keinen Grund zur Eile haben. Die kühle Herbstluft vertreibt die Erinnerung an die stickige Busfahrt. Keine Hektik – sie hat Zeit. Dreiundzwanzig Minuten für einen siebzehnminütigen Spaziergang. Während sie an den Backsteingebäuden vorbeigeht, tanzen Graffitischriftzüge über die Wände. „Genug ist genug!" ist am häufigsten zu lesen, gefolgt von „Nicht mehr" und „Zeit abgelaufen!" Sie bemerkt Rechtschreibfehler, ein unbedeutendes Detail, das sich dennoch festsetzt. Ihr Gesicht bleibt reglos, emotionslos. Relevanz ist nicht gefragt.

Ein Blick auf die anderen in ihrer Spur zeigt, dass sie bei weitem die Jüngste ist. Würde das Verdacht erregen? Die Leute denken lassen, dass sie eine Krankheit hat, die sie langsam sterben lässt. Wieder überkommt sie Paranoia und füllt ihren Kopf mit Fragen und Zweifeln. Sie hebt den Kopf, strafft die Schultern und versucht, natürlich, stark und gesund auszusehen. Was auch immer sie tut, sie ist sich sicher, dass es sie hervorstechen lässt. Sie ist wie ein Schwangerschafts-Leuchtfeuer mit einem Neonschild über ihrem Kopf. Wahrscheinlich riecht sie auch schwanger. Ihr Körper gehört ihr nicht mehr, ist nicht mehr privat. Sie ist exponiert, verantwortlich. Ihr Herz rast bei jedem Gedanken, wodurch sie sich zu schnell für die langsame Spur bewegt, und wechselt schließlich in die schnelle. Hitze steigt in ihr auf, fast joggt sie. Seltsam, wie sie in ihrer leichten Panik normaler aussieht und mehr zu den anderen Pendlern passt als wenn sie versucht, sich zu entspannen.

Ihr Handy piept mit Nachrichten von Pasha. „Geht es dir gut"-Nachrichten. „Ich liebe dich"-Nachrichten. „Wie war die

Fahrt"-Nachrichten. Keine „Ich hab's rausgefunden und alles ist definitiv okay"-Nachrichten. Sie wischt ihre feuchte Hand an ihrer Jacke ab und antwortet mit: „Gut. Liebe dich. Xxx"

Sie steckt ihr Handy ein und setzt ihren Weg zur Arbeit fort. Sie ist immer noch benommen vom Mittagessen bei Rolan und Moira und hat seitdem nicht viel mehr als einsilbige Antworten gegeben. Pashas Handlungen sowie seine Geheimnistuerei und Unvorsichtigkeit gehen ihr auf die Nerven, obwohl es sie nicht überrascht. Er würde sich unter einen Bus werfen, wenn sein Bruder ihn darum bitten würde. Moira hatte jedoch recht. Eine kombinierte Lebenspunktezahl von 1200 gegenüber Mae und Pashas von weniger als 800 würde sie immer in einem besseren Licht erscheinen lassen, wenn die Behörden wählen müssten. Bis jetzt hatte sie die Nachricht von Pashas Punktezahl vergessen. Zu wütend auf Moira, um an etwas anderes zu denken, gestresst wegen der Schwangerschaft, hatte sie es aus ihrem Kopf verdrängt. Es war wahrscheinlich eine Lüge. Ein Versuch, Moiras herablassende Haltung wegzuprahlen. Auf keinen Fall würde Pasha zum Sonderagenten der Gesellschaftspolizei werden, um seinen Wert zu erhöhen. Auf keinen Fall. Es war eine Lüge. Es muss eine Lüge sein. Oder gibt es einen anderen Grund?

Ein kleines Kribbeln der Furcht durchzuckt sie, als sie versucht sich vorzustellen, was dieser Grund sein könnte. Immer wieder fragt sie sich: Was für eine Dummheit hat er jetzt schon wieder angestellt?

# Kapitel 5

Maes Büro liegt eingekeilt zwischen zwei Wettbüros in der Friar Street. Jedes Mal fragt sie sich, ob das eine Art makabrer Scherz war – ein Buchhaltungsbüro zwischen zwei Spielhöllen. Auch ihre Kunden machen sich gerne darüber lustig, doch immer nur halb im Ernst. Der Ruf des Unternehmens lässt keinen Zweifel daran, dass hier mehr als nur Zahlen jongliert werden.

Sie kommt an ihrem Schreibtisch an, als Sadie, effizient und pünktlich wie immer, ihr einen Kaffee bringt, den sie zwar annimmt, aber beiseite schiebt. Hat Kaffee schon immer so stark gerochen? Es ist, als würde sie in einer Tasse davonschwimmen.

„Alles in Ordnung? Du siehst etwas blass aus", bemerkt Sadie.

Jeder würde neben Sadie blass aussehen. Und müde. Und zerzaust. Ihr Zopf ist wie immer seidig glatt, als wäre sie in einem hermetisch verschlossenen Behälter zur Arbeit gekommen, um die Luftfeuchtigkeit zu vermeiden. Er hängt über ihre Schulter, dick und lang, und Mae vermutet, zu neunundneunzig Prozent künstlich. Sie glaubt, sie könnte mit diesem Zopf ein Gebäude erklimmen. An der Spitze dieses Gebäudes würden Sadies weiches und immer fürsorgliches Gesicht, ihre militärische Organisation und eine ganze Kosmetiktheke voller Make-up warten.

Mae versteckt ihren eigenen dünnen Zopf hinter sich. „Mir geht's gut", versichert sie mit einer Handbewegung. Es ist sowieso eine rhetorische Frage. „Was steht heute auf der Tagesordnung?"

„Die Nachfrage ist heute Morgen verrückt. Ich bin seit einer halben Stunde hier und mein Posteingang ist voll mit Leuten, die Termine wollen. Sie denken, ihr Buchhalter könne irgendwie das Gesetz für sie ändern."

„Gesetz?"

„Hast du die Nachrichten heute Morgen nicht gesehen?"

Mae schüttelt den Kopf. Sie ignoriert die nationalen Nachrichten seit Freitagabend. Es gibt nur so viele lebenzerstörende Updates, die sie verkraften kann. Pasha wird ihr schon Bescheid geben, wenn es gute Nachrichten gibt. Bis dahin plant sie, sie so gut wie möglich zu vermeiden.

„Neues Erbschaftssteuergesetz", sagt Sadie. „Um die Finanzen der Gesellschaft zu retten, da alle Älteren massakriert werden."

„Es wurde aber noch niemand tatsächlich getötet. Ich bin sicher, sie werden irgendeine Art von Kehrtwende machen."

„Unwahrscheinlich. So zahlreich die *Pro Grow*-Demonstranten auch sind, die Unterstützer der Gegenbewegung sind doppelt so viele. Die Anhänger der *Enough*-Kampagne sind laut."

Mae beißt sich auf die Lippe und erinnert sich an ihre Fahrt zur Arbeit. Es scheint, als könne kein Regen und keine Herbstbrise schlechte Morgen dauerhaft aus dem Gedächtnis verbannen.

„Jedenfalls", fährt Sadie fort, Maes Ahnungslosigkeit zu offensichtlich, um sie zu verbergen, „liegt die Erbschaftssteuer jetzt bei fünfundneunzig Prozent."

Der Husten, den sie wegen des Kaffeegeruchs zurückgehalten hatte, bricht nun aus. „Wow! Wirklich?"

„Ja. Und alle älteren Mitglieder der Gesellschaft sowie ihre Nachkommen sind jetzt im Panikmodus und versuchen verzweifelt herauszufinden, wie sie ihre Familienjuwelen behalten können. Es hängt nicht einmal von der Lebenspunktzahl ab. Die gesamte Gesellschaft ist von dem Gesetz betroffen. Endlich ist das Gesellschaftsmodell vollständig inklusiv."

*Inklusiv?* Mae knirscht mit den Zähnen. Wenn man der Regierung glauben soll, war das Ziel des Lebenspunktzahl-Systems, alle einzubeziehen, eine umfassende Bestandsaufnahme zu erstellen und soziale Mobilität zu fördern. Kein beliebiges Schema, das vor einer Generation von einem Mathegenie entworfen wurde, um Menschen zu kategorisieren und die Privilegierten von den Benachteiligten zu trennen. Mae kennt die Wahrheit; sie sieht diese Zahlen, wie sie wirklich sind. Keine Ermutigung, sondern Ausgrenzung. Nicht repräsentativ, sondern voreingenommen. Solch komplexe Algorithmen geben ihr normalerweise das Gefühl von Balance, so ausgeglichen wie eine mathematische Gleichung. Doch der Lebenspunktzahl-Algorithmus ist hässlich in seiner Simplizität. Manche Menschen akzeptieren das Modell, glauben, es helfe den Bürgern, ihren Platz in der Gesellschaft zu verstehen – Sadie gehört dazu. Als sie achtundzwanzig wurde, erhielt sie dank des Vermögens ihrer Familie eine Lebenspunktzahl von 500 und steigerte sie auf 600, indem sie Kredite bis zum Limit ausschöpfte und zurückzahlte.

Das war alles. Sie hat einen schlechter bezahlten Job als Mae, ist weit weniger qualifiziert, doch ihr vorteilhafter Start bringt ihr mehr Belohnung. Und sie hält das System für weitgehend fair. So sehr Mae Sadie als Kollegin mag – sie leben in völlig verschiedenen Welten.

Der bittere Kaffee zu ihrer Linken beginnt verlockender auszusehen, als Mae ihre aktualisierte E-Mail-Liste durchsieht. „Gut, buche mir heute Morgen keine Termine. Ich brauche ein paar Stunden, um die Details durchzulesen."

„Klar doch." Sadie lächelt und will gehen, dreht sich dann aber noch einmal um. „Hab Aliya heute Morgen im Beanies Café gesehen. Übrigens Glückwunsch."

Mae ringt sich ein Lächeln ab. „Danke." Aber als Sadies Gesicht einfällt, ihre falschen Wimpern über feuchten Augen flattern, ihre Haut sogar durch die Selbstbräuner hindurch erbleicht, fügt sie hinzu: „Was ist mit dir und Chrissy?"

Sie zuckt mit den Schultern. „Bin mir nicht sicher. Aber ich kann mir nicht vorstellen, wie das umsetzbar sein soll. Schon vorher war es schwer genug, einen Samenspender zu finden – jetzt brauchen wir auch noch einen Lebensspender. Und ich will nicht, dass meinetwegen ein Älterer sterben muss."

Sadie und ihre Partnerin sind zwar den schlimmsten Überwachungen der Gesellschaftspolizei entkommen, aber nicht völlig verschont geblieben. Die Türen lesbischer Paare werden überall belagert, während die eifrigsten Mitglieder der Gesellschaftspolizei darauf hoffen, Beweise für illegale Samenspenden zu finden. Solche Vergehen bleiben selten unentdeckt – es ist schlicht unmöglich, „allen Augen" zu entgehen. Dass

Pasha unbemerkt blieb, wirkt fast wie ein unmöglicher Zufall. Das Risiko war einfach zu groß.

„Es ist schwer vorstellbar", sagt Mae. „Ich bin sicher, es wird sich etwas ergeben."

„Sicher. Jedenfalls habe ich dir alle Details per E-Mail geschickt. Ich habe einen kurzen Blick darauf geworfen – scheint wasserdicht zu sein. Keine Treuhandgesellschaften, keine Offshore-Schlupflöcher. Ich schätze, sie sitzen schon eine Weile darauf. Unmöglich, dass sie das erst seit der Bevölkerungskonferenz entworfen haben."

„Richte eine automatische Antwort ein. Wenn jemand wegen der neuen Erbschaftssteuergesetze mailt oder anruft, müssen sie warten, bis ich alles verdaut habe."

„Schon erledigt. Natürlich ist Katlyn wütend. Sie sagte aber, sie würde heute zu Hause bleiben. Ziemliche Erleichterung. Keine Sorge, ich habe ihr nicht erzählt, dass du schwanger bist."

„Großartig. Danke, Sadie."

Sadie macht sich auf den Weg zurück zu ihrem Schreibtisch, macht lange Schritte in ihrem perfekt sitzenden Hosenanzug und beherrscht die Absätze auf eine Weise, die Mae sich nicht einmal vorstellen kann. Ihre funktionalen Flats tun ihr sogar im Sitzen weh. Sadies Füße, wie der Rest von ihr, arbeiten hart und beschweren sich nie. Sie könnte wahrscheinlich einen Marathon in Absätzen laufen, ohne eine Blase zu bekommen, wenn es bedeutet, dass die Papierarbeit rechtzeitig erledigt wird.

Mae minimiert ihr E-Mail-Fenster und vertraut darauf, dass Sadie sich darum kümmert. Stattdessen konzentriert sie sich auf das PDF mit den neuen Vorschriften. Vierhundertsechsundfünfzig Seiten neuer Steuergesetze und -vorschriften, die erst vor wenigen Stunden veröffentlicht wurden. Die Presse wird in der Regel vor den Buchhaltern, Anwälten und allen anderen informiert, die solche Dinge überwachen müssen. Vom Empfang aus beantwortet Sadie den ununterbrochenen Strom von Anrufen und wiederholt: „Die Buchhalter brauchen mehr Zeit" und „Nein, wir haben derzeit keinen Kommentar für die Presse. Versuchen Sie es bei den Buchhaltern in der Broad Street." Die Antworten voller Missbilligung und Wut hallen laut genug bis in ihr Büro, Ärger und Missfallen schwingen in jeder Silbe mit. Schließlich schließt Mae die Tür. Unpersönlich und unhöflich, denkt sie – aber wenn kein Kunde im Büro ist, spielt es keine Rolle. Vierhundertsechsundfünfzig Seiten verlangen den Großteil ihrer Konzentration und im Moment fühlt sich ihr Gehirn an, als bestünde es aus Watte und zähem Kaugummi. Sie nimmt einen Schluck Kaffee, würgt kurz und zwingt sich dann, sich der Arbeit zu widmen.

Zunächst überfliegt sie alles, macht sich Notizen, markiert Stellen und beginnt dann von vorn. „Seniorenschutz" nennen sie es, was Mae zum Lachen bringt. Sie wollen sicherstellen, dass Menschen nicht schwanger werden, um das Familienvermögen früher zu erben. Man kann seine Oma nicht umbringen und ihr Geld nehmen. Das ist die Aufgabe des Staates. Sie stöhnt und versucht einen weiteren Schluck des inzwischen kalten Kaffees. Die Bitterkeit schärft ihre Sinne, bevor das Koffein wirkt.

Selbst auf stumm geschaltet, nervt ihr Computer sie. Ihr Posteingang zeigt jetzt eine dreistellige Zahl an. Sadies automatische Antwort scheint den Punkt nicht deutlich genug zu machen. Fast alle ihre Kunden sind Senioren der Gesellschaft, und offenbar verliert der Spruch *Schieß nicht auf den Überbringer der Nachricht* seine Gültigkeit, wenn der Überbringer dein Buchhalter ist. Sie scrollt durch ihre E-Mails und bereut es sofort. *Es muss doch etwas geben, was wir tun können*, steht immer und immer wieder geschrieben. Ebenso wie: *Ich habe mein ganzes Leben dafür gearbeitet.* So aufrichtig ihr Mitgefühl auch ist, ihre eigentlichen Sorgen sind persönlicher Natur. Wenn sie durch all das ihr gesamtes Geschäft verliert und ihr Chef unzufrieden ist, könnten ihre Stunden gekürzt werden – und damit würde auch ihre eigene Lebenspunktezahl sinken.

Sie schreibt ehemaligen Kollegen und liest die E-Mails, die sie selbst erhält. Größtenteils bestehen sie aus Absätzen voller Schimpfwörter. Mitbuchhalter raufen sich die Haare – alle haben lange Listen aufgebrachter Kunden, die sich weigern zu glauben, dass das wirklich geschieht. Ihre Kollegen kommen nicht hinterher. Sie sitzen alle im selben Boot. Dieses neue Steuergesetz ist das wasserdichteste Dokument, das je produziert wurde. Der einzige Rettungsanker für die Wohlhabenden ist, dass Lebenspunktezahlen immer noch vererbt werden können, nur nicht das Bargeld. Und jeder weiß, dass es mit einer höheren Lebenspunktezahl einfacher ist, mehr Reichtum anzuhäufen. Das wird die Wut der Unzufriedensten nicht völlig besänftigen, aber wahrscheinlich gerade genug, um die Massen ruhigzustellen.

Wo Mae normalerweise Trost und Lösungen in Zahlen findet, da Zahlen genutzt werden können, um Menschen zu helfen und zu stärken, muss sie jetzt Worte benutzen, und zwar Worte, die zu stumpf sind, um höflich zu sein. Sie kann es nicht beschönigen. Sie verfasst eine Standardantwort auf alle Anfragen, wohl wissend, dass Sadie das erforderliche Maß an Mitgefühl und Bedauern hinzufügen wird. *Das ist jetzt das Gesetz. Ein Steuersatz von 95 Prozent gilt für alles. Die Lebenspunktezahl wird weiterhin vererbt,* ist alles, was sie schreibt, und leitet es dann an Sadie weiter.

der Kühlschrank wird geöffnet und wieder geschlossen, und Sadie seufzt, während ihre Finger über die Tastatur fliegen. Offensichtlich hat sie das Telefon stumm geschaltet – Gott sei Dank. Das schrille, unaufhörliche Klingeln am Morgen treibt einen sonst in den Wahnsinn. Kein Wunder, dass Katlyn zu Hause geblieben ist.

Mae sitzt einen Moment lang ganz still, nachdem sie die E-Mail abgeschickt hat. Der Gedanke schleicht sich ein: Wenn sie keine Buchhaltungskunden mehr hat, wie sollen sie dann jemals für ein Baby sorgen? Pashas Lebenspunktezahl und Gehalt reichen nicht aus – selbst mit seiner jüngsten, überraschenden Erhöhung. Immer noch überzeugt, dass er nur aus Prahlerei gelogen hat, schiebt sie den Gedanken erneut beiseite.

Beim Durchgehen ihrer Kundenliste wird ihr klar, dass sie sich umschulen lassen muss – vielleicht in Unternehmenssteuern oder Immobilien, vielleicht mit mehr Selbsteinschätzungen. Ältere Kunden machen den Großteil fast aller Branchen aus, auch ihrer. Fällt diese Gruppe weg, verliert sie achtzig Prozent ihrer Arbeit. Sie muss der Entwicklung voraus sein, ein Gebiet finden, das KI noch nicht dominiert hat. Vielleicht Buchhaltungssoftware-Programmierung. Oder Lehrtätigkeit. Sie schreibt Pasha eine Nachricht und erhält seine übliche Antwort: *Es wird schon gut gehen.*

Wie kann er sich immer so sicher sein – wie ein Kind, ohne eine Sorge in der Welt? Wenn die Gesellschaft auf positiver Einstellung und Hoffnung basierte, würden sie sicher gut zurechtkommen. Aber so funktioniert es nicht. Wie um alles in

der Welt soll es gut werden? *Vertrau mir.* Das wäre seine nächste
Zeile. Als wäre er ein allwissendes Wesen mit ultimativer Macht.
Schlagwörter und motivierende Floskeln sind für ihn wie Gum-
misaft, für sie wie Kryptonit. Aber wenn sie ehrlich ist, vertraut
sie ihm – so sehr es sie auch wahnsinnig macht, das zu denken.
Diese beiden kleinen Worte sind manchmal alles, was sie hören
muss. Dass er die Last trägt.

„Es tut mir leid, gnädige Frau, aber wir arbeiten nur mit
Terminen", sagt Sadie laut, eine Warnung an Mae ebenso wie
eine Aussage an die Person auf der anderen Seite der Tür.

„Sie wird mich empfangen. Ich weiß, dass sie das tun wird",
antwortet die atemlose Stimme.

Mae kennt diese atemlose Stimme, oder hat zumindest eine
kurze Liste von Personen, zu denen sie gehören könnte. Wer
auch immer es ist, klingt, als hätte der Weg in die Praxis sie näher
an die Schwelle des Todes gebracht. Ein Stöhnen unterdrückend,
steht Mae auf und öffnet ihre Tür. Mrs. Osborne kam zuletzt
an ihrem neunzigsten Geburtstag zu ihr, bewaffnet mit Kuchen
sowie ihrem Investmentportfolio. Sie sieht aus, als wäre sie seitdem um weitere neunzig Jahre gealtert. Ihr Rücken ist wie eine
welke Blume gebeugt, ihr weiser alter Kopf zu schwer für ihren
dünnen Hals.

„Schon gut, Sadie", sagt Mae und öffnet ihre Tür weiter. „Ich
könnte sowieso eine Pause gebrauchen vom Starren auf meinen
Bildschirm. Hallo, Mrs. Osborne. Kommen Sie rein."

Mrs. Osborne humpelt herein, ihre Lungen suchen hörbar
nach Atem. „Ich fürchte mich vor dem Tag, an dem meine
Medikamente ausgehen."

„Ich weiß, es gibt heute viele schreckliche Nachrichten", sagt Mae so laut, wie sie höflich sprechen kann.

„Nun, Not kennt kein Gebot." Sie greift nach dem Stuhl hinter sich, während Mae ihre Hand zur Armlehne führt. „Wie geht es Ihnen, Liebes?"

„So gut wie möglich. Danke. Kann ich Ihnen ein Glas Wasser bringen? Eine Tasse Tee?"

Mrs. Osborne schüttelt den Kopf und hält ihre Brust, während sich ihre Atmung beruhigt. Mae betrachtet ihre Hände – das Geflecht aus papierdünnen Linien, eine zerbrechliche Karte von Erinnerungen und Zeit.

„Ich weiß, Sie haben sicher viel zu tun, also will ich nicht zu viel Ihrer Zeit in Anspruch nehmen." Mrs. Osborne holt erneut Luft, schiebt ihre Brille die Nase hoch und lockert ihren Schal. Ihr dunkelrosa Lippenstift wurde akribisch aufgetragen und nur ein hauchdünner Streifen grauer Haaransatz ist zu sehen. Ihr Zopf sieht ordentlicher aus als Maes. Dünner, auf jeden Fall, und kürzer. Aber sie pflegt sich auf eine Weise, für die Mae nie die Energie aufbringen könnte. Sogar ihr Schal scheint gebügelt zu sein. „Ich möchte wissen, ob es eine Möglichkeit gibt, dass mir jemand eine große Summe Geld zahlt – oder besser gesagt, meiner Familie eine Summe für meine Lebensspende zukommen lässt."

Mae kann ihre Überraschung nicht verbergen. „Sie wollen Ihr Leben verkaufen?"

„Ich sterbe. Da kann ich das genauso gut sinnvoll nutzen. Ich habe darüber nachgedacht, dieses Pres-X-Medikament zu nehmen, länger zu leben und zu hoffen, dass sich das alles bis dahin erledigt hat. Aber anscheinend bin ich nicht gesund genug dafür. Und außerdem bin ich mir nicht sicher, ob das der richtige Weg ist, an die Situation heranzugehen. Nicht, dass ich mich hinter die *Time's Up*-Bewegung stelle. Sie haben sie im Fernsehen gesehen?"

Mae schüttelt den Kopf.

„Sie schreien viel in die Kameras. Sie sind alle so wütend. Denken, wir Alten sollten freiwillig gehen, wir hätten unsere Zeit gehabt. All diese Leute, die mit diesem Medikament jünger werden, das scheint nicht ganz richtig zu sein. Finden Sie nicht auch?"

„Es ist eine seltsame Welt."

„Jedenfalls, da meine Familie mein Geld nicht erben kann, können sie auf andere Weise bezahlt werden?"

„Nun, also..." Mae lehnt sich in ihrem Stuhl zurück und denkt nach. „Jeder kann Geld verschenken. Ich nehme an, Sie sprechen von einer großen Summe?"

„Ich denke, eine Million ist ein fairer Preis. Das entspricht in etwa dem, was sie sowieso aus meinem Nachlass erhalten hätten."

„Also möchte Ihre Familie Sie nicht selbst als Spender nutzen?"

„Nein. Sie planen keine Familien. Einige von ihnen haben sich sogar für die *Enough*-Kundgebungen angemeldet. Die haben Sie sicher gesehen, nehme ich an?"

„Habe ich."

„Ich glaube nicht, dass sie Randalierer sind, wie manche von ihnen." In ihrer Stimme liegt ein Zittern, das einen Hauch von Zweifel verrät. „Sie denken nur, dass es genug Menschen gibt. Es ist komisch, nicht wahr? In meinem Alter sollte ich wirklich Meinungen haben. Aber ich denke, sie alle haben gute Argumente." Sie räuspert sich. „Ich möchte aber eines klarstellen: Diese

Zahlungsidee ist meine Idee. Meine Familie weiß nicht, dass ich hier bin." Ihre Stimme zittert vor Lautstärke und Schwur.

„Okay. Nun, ich würde sagen, es ist ethisch gesehen eine Grauzone-"

„Ich denke, wir sind an dem Punkt vorbei, an dem Ethik eine Rolle spielt."

Mae nickt langsam, ihr Kopf ist voller Prozentsätze und Berechnungen. „Nun, ein Geschenk wäre wohl das Sinnvollste. Es würde zwar immer noch besteuert werden, aber das wäre in Einklang mit der Einkommensteuer anstatt der fünfundneunzigprozentigen Erbschaftssteuer. Es ähnelt der früheren Erbschaftssteuer, also würde es wohl auf dasselbe hinauslaufen. Was die Frage betrifft, wie man das so verknüpft, dass sie wissen, dass Sie seriös sind und das Geld sicher ist – das wäre eine Aufgabe für einen Anwalt."

*Eine Million Pfund.* Sie rechnet weiter im Kopf. Könnten sie und Pasha sich das leisten? Sie könnten einen Teil des Eigenkapitals aus ihrer Wohnung nehmen und so etwas aufbringen. Sie haben einige Ersparnisse. Sie hat Anteile an der Firma... *Nein!* Sie tadelt sich selbst. Sie ist keine Kopfgeldjägerin. Wie konnte sie überhaupt so etwas in Erwägung ziehen?

„Danke für Ihre Hilfe", sagt Frau Osborne und macht sich bereit aufzustehen. „Ich werde einen Termin bei meinem Anwalt machen."

Mae hilft ihr auf und begleitet sie zur Tür. Der Herbstwind stürmt herein, und Mrs. Osborne knöpft den obersten Knopf ihrer Cabanjacke zu.

„Ich habe den Herbst immer geliebt", sagt sie. „Ich bin froh, dass ich diesen noch erleben darf. Es hat etwas sehr Beruhigendes zu wissen, dass es mein letzter sein wird, dass der Schmerz bald vorbei ist." Sie lächelt jetzt, ein zufriedenes Lächeln, das Mae mit offenem Mund zurücklässt.

„Passen Sie gut auf sich auf, Mrs. Osborne. Lassen Sie mich wissen, wie es läuft." Mae schließt die Tür hinter ihr und lehnt sich einen Moment lang dagegen, während das Gespräch noch nachhallt.

„War das ihr Ernst?", fragt Sadie. „Tut mir leid, ich konnte nicht anders als zuzuhören. Sie spricht ziemlich laut."

„Ja, sie ist ziemlich schwerhörig. Und ja, sie zieht tatsächlich in Erwägung, für ihren Tod bezahlt zu werden."

Mae steht vor Sadies Schreibtisch, ihr eigenes Büro ist in ihrem schockierten Zustand zu weit entfernt. Eine Million Pfund. Bezahlt werden, um zu sterben. Ihr Kopf pocht und sie reibt sich die Schläfen.

„Das ist verrückt. Einfach verrückt", sagt Sadie und lehnt sich in ihrem Stuhl zurück. „Hast du die Kundgebungen in den sozialen Medien gesehen? So viel Liebe für die Regierung wegen dieser Sache."

Sadies Computerbildschirm zeigt die Nachrichten. Die begeisterte Regierung erklärt, wie erfolgreich das Programm bereits ist: viertausend Spender wurden gefunden, zwei Milliarden Pfund an Einnahmen generiert – und das nur wenige Tage nach der Ankündigung. Wie kann man dagegen argumentieren? Die Nachrichtensprecherin zählt auf, wie viele Ärzte und Lehrer man mit diesem Geld bezahlen kann, wie viele Straßen damit repariert werden können. Als ob Mrs. Osborne nur dazu da wäre, ein paar Schlaglöcher zu füllen.

„Die Leute im Bus haben heute Morgen einer schwangeren Frau das Leben schwer gemacht", erzählt Mae.

„Ernsthaft? Scheiße, das ist übel."

„Es war schrecklich. Die arme Frau."

„Machst du dir Sorgen?"

„Ja." Mae zappelt eine Weile herum, während Sadie in ihre Kaffeetasse starrt, bevor sie in ihr Büro zurückkehrt.

Ein offenes Gespräch mit Sadie würde nichts ändern und ihre Arbeit auch nicht erledigen. Sie setzt sich an ihren Schreibtisch und holt einen Taschenrechner heraus. Natürlich wird sie keinen der Älteren der Gesellschaft bezahlen. Aber wenn doch – wenn jemand bereit wäre, vielleicht … Sie meldet sich bei ihrem gemeinsamen Sparkonto an. Ihre monatlichen Einzahlungen sollten inzwischen etwas gewachsen sein. Sie verbringt ihr Leben damit, das Nettovermögen ihrer Kunden zu berechnen, doch ihr eigenes überprüft sie selten. Es wird nicht viel sein, doch sie leben bescheiden und sparen.

Während ihre Bank lädt, scrollt sie durch Immobilienpreise. Selbst eine kleine Wohnung wie ihre ist einiges wert. Sogar ziemlich viel. Es sollte kein Problem sein, etwas Eigenkapital herauszunehmen. Sie könnten wahrscheinlich einen Kredit bekommen. Noch ein paar Klicks, um die Informationen ihres Sparkontos zu laden und... Fünftausend Pfund. Das ist alles? Das kann nicht stimmen. Sie aktualisiert den Bildschirm, aber der Betrag ändert sich nicht. *Was zum Teufel?* Sie kann es nicht verstehen. Sie blinzelt ein paar Mal, reibt sich die Augen, doch die Zahl bleibt gleich. Es sollte mindestens viermal so viel sein! Wo ist der Rest hin? Sie scrollt durch die Kontoauszüge und bemerkt eine große Abhebung vor nur einem Monat – auf Pashas persönliches Konto.

*Seine Worte hallen in ihrem Kopf wider.* Waren sie nur für ihn selbst bestimmt? Läuft er mit ihrem Geld davon? Ihm wird es gut gehen – aber ihnen beiden? Nein. Er ist ihr ergeben. Sie ist diejenige, der es schwerfällt zu lieben. Für ihn kommt es leicht, wie alles andere. Aber wenn er das Geld nicht dafür ausgegeben hat, sie an einen abgelegenen Ort zu bringen, wo die Regierung sie nicht finden kann – was dann? Sie kann sich nicht vorstellen, wie das Verpulvern von über fünfzehntausend Euro irgendetwas „gut" gemacht haben soll.

Ihr Computer piept, obwohl er stummgeschaltet ist. Bestimmte E-Mails ignorieren jegliche Stummschaltungseinstellungen. Öffentliche Bekanntmachungen, Notfallwarnungen und die Polizei. Sie liest und ihr Magen zieht sich zusammen. Die Polizei. Eine letzte Warnung wegen Störung der öffentlichen Ordnung, bevor Lebenspunkte abgezogen werden. Jemand hat ein Video von ihr aus dem Bus heute Morgen in die Gesellschaftspolizei-App hochgeladen. Die Software hat ihr Gesicht erkannt und jetzt bekommt sie eine Warnung, weil sie versucht hat, einer schwangeren Frau zu helfen.

Sie schlägt sich gegen die Stirn und bedeckt ihre Ohren.Ihr Kopf dröhnt vor Sirenen der Verleugnung und Vernunft. Sie blendet die Stille ihres Büros aus und lässt ihren Puls sie erden. Störung der öffentlichen Ordnung? Weil sie versucht hat, etwas Gutes zu tun? Sie knirscht mit den Zähnen, drückt ihre Ohren fester zusammen und versucht, den Wahnsinn wegzudrücken.

Ihr Tacker steht schräg auf ihrem Schreibtisch, ihr Block mit Post-its ebenfalls schief. Sie richtet sie gerade, zählt ihre Stifte, atmet ein paarmal durch und tauscht die Post-its und Stifte aus. Eine bessere Anordnung. Nicht wie Moira, die Dinge sinnlos an bestimmten Positionen platziert, nur um anzugeben. Mae ordnet die Dinge methodisch an, vernünftig. Sie stellt das Telefon in einem leichten Winkel für optimale Nutzung auf, dann richtet sie es wieder gerade – definitiv besser gerade.

Ihr Puls beruhigt sich, das Klingeln in ihrem Kopf verschwindet und ihre Gedanken ordnen sich. Es ist nur eine Warnung. Ihr Gewissen ist rein. Zumindest wurden keine Punkte abgezogen. Pasha ist es, worauf sie sich konzentrieren muss. Pasha und seine Unehrlichkeit sind im Moment besorgniserregender.

# KAPITEL 6

Das Poster auf der gegenüberliegenden Seite in Maes Büro zeigt ein älteres Paar, das Händchen hält. „Übernehmen Sie die Kontrolle über Ihre Finanzen", steht darauf, mit einigen zitierten Kundenrezensionen darunter. Kontrolle ist eine schwer zu fassende Sache, schwer zu ergreifen und noch schwerer zu behalten. Der obere Rand des Posters ist ausgefranst, was kaum überrascht, denn es hängt schon seit Jahren dort. Sie hat es schon immer gehasst. Der Hintergrund ist in einem widerlichen Cremeton gehalten, der sich von ihrer gebrochen weißen Wand abhebt. Die Farbkombination soll edel wirken, sieht aber in Wirklichkeit ausgewaschen aus. Sie nimmt einen Streifen Klebeband und klebt den ausgefransten Rand fest. Es ist keine deutliche Verbesserung, aber zumindest fühlt sie sich wohler, wenn sie es ansieht. Als sie beginnt, eine Bestandsaufnahme der Teelöffel, Zuckertütchen und Kaffeepads zu machen, sagt Sadie ihr, sie solle nach Hause gehen.

„Es gibt acht Teelöffel", sagt Sadie. „Weißt du, woher ich das weiß? Weil du sie vor ein paar Monaten gezählt und es mir gesagt hast, als Katlyn wegen des schief gelaufenen Software-Upgrades auf dem Kriegspfad war. Du hast mir auch ein paar Monate davor gesagt, dass es acht Teelöffel sind, als Herr Singh hereinkam und über seine Strafe vom Finanzamt wetterte. Sie müssen nicht noch einmal gezählt werden."

Mae gibt keine verbale Antwort, aber ihre Wangen erröten, als Sadies mitleidiger Blick ihre schlechten Gewohnheiten beschämt. Ein kleiner Büroraum ist wie ein Vergrößerungsglas für Seltsamkeiten. Ihr Wunsch, unbemerkt zu leben, wie ein Staubkorn, ist am Arbeitsplatz unmöglich. Zählt sie laut? Vielleicht. Und sie ist sich sicher, dass es jetzt nur noch sieben Teelöffel sind. Sie widersteht dem Drang, erneut zu zählen. Vielleicht liegt einer irgendwo auf einem Schreibtisch. Sie scannt das Büro und vergisst dabei Sadies prüfenden Blick.

„So bist du niemandem eine Hilfe", meint Sadie, mit mehr Fürsorge in ihrem Ton, als ihre Worte vermuten lassen. „Schlaf dich aus. Sprich mit Pasha. Morgen früh wird alles besser aussehen. Du hast morgen Termine, also ist es besser, wenn du einen klaren Kopf hast."

Geschlagen lässt Mae den Kopf hängen, greift nach ihrer Cabanjacke und macht sich auf den Weg zur Tür, wobei sie ein Gemurmel von Dankesworten, Entschuldigungen und „Bis später" von sich gibt. Sie hält nur für einen Moment inne, um den fehlenden Teelöffel auf dem Regal im Wartebereich zu bemerken. Sie wird ihn morgen wegräumen.

Ein Blick auf ihr Handy auf dem Weg zur Bushaltestelle lässt sie sich selbst in den Hintern treten. Was bringt es, noch mehr schlechte Nachrichten zu lesen? Pasha wird einen Zauberstab brauchen, um dieses Chaos in Ordnung zu bringen. Entweder das – oder eine Million Pfund und einen depressiven Rentner. Sogar die Promi-Seiten sind voll davon und beschämen Schauspielerinnen und Sängerinnen dafür, schwanger zu sein. Ihre Karrieren und PR-Images stürzen beim bloßen Hauch ihrer frohen Botschaft ab. Nominierungen für Preise werden zurückgezogen, Sponsorenverträge beendet, Plakate beschmiert, *Umweltverschmutzer* darüber gesprüht, *Planetenkiller*. Heiße Wellen der Übelkeit steigen in Maes Innerem auf und drücken bis zu ihrem Hals. Sie verlangsamt ihr Tempo, wechselt von der Überholspur zurück auf die Kriechspur – der Neunzigjährigen-Schlurfer ist das einzige Tempo, mit dem ihr Magen klar kommt.

Der Bereich um die Bushaltestelle ist abgesperrt, Polizeiabsperrband drumherum, und sie wird angewiesen, zur nächsten Haltestelle zu gehen. Sie schleppt sich die Straße entlang – zweihundert Schritte bis zur nächsten Bushaltestelle. Die Herbstsonne brennt den morgendlichen kühlen Nebel weg. Ist es wirklich so heiß oder ist es nur ihre Übelkeit? Sie knöpft ihren Mantel auf, was für diese Jahreszeit unangebracht wirkt. Das Augenrollen und die missbilligenden Schnalzlaute der Eiligen auf der Überholspur lassen sie sich wie eine Pennerin fühlen. Trotzdem wird ihr noch heißer.

Sie schielt zur Feinkosttheke – ein Kühlschrank mit kühlen Getränken und Snacks –, doch die siebzehn Personen lange Schlange lässt sie sofort umdenken. Alles, was sie heute zu sich genommen hat, ist ein halber Kaffee, trockener Toast, eine Handvoll Ingwerkekse und ein Apfel. Kein Wunder, dass ihr schwindelig ist. Gerade als sie die Bushaltestelle erreicht, färbt sich ihre Sicht grünlich-gelb, und die Luft wird stickig. Wie kann Außenluft so abgestanden sein? Sie lehnt sich an die Haltestelle –

nicht ihr rechtmäßiger Platz in der Schlange, aber um Höflichkeit kann sie sich später kümmern. Jetzt muss sie nur nicht in Ohnmacht fallen. Nicht trocken würgen. Keinen öffentlichen Auftritt hinlegen, schwanger zu sein – ohne Spender. Wolken schieben sich vor die Sonne, nehmen etwas von der Hitze. Ihr kochender Körper kühlt langsam ab, die Luft wird wieder klarer, und ihre Sicht normalisiert sich.

„Sie haben sich vorgedrängelt, Fräulein", bemerkt die Frau von ein paar Plätzen weiter hinten, gnädigerweise erst, nachdem Mae sich größtenteils erholt hat. Solch ein kleiner Segen ist ein Gewinn.

„Oh, tut mir leid. Ich habe es nicht gemerkt." Mae findet wieder Halt und macht sich auf den Weg nach hinten. Die Menge ist dort sowieso lichter. Sie zählt die Leute vor ihr. Sie wird es in den zweiten Bus schaffen. Nicht so schlimm.

Gemurmel von Klatsch und Tratsch geht durch die Schlange, die länger ist als normal, da die andere Bushaltestelle geschlossen ist. Die Leute stöhnen über ihre schmerzenden Füße, den längeren Weg und die Verspätung ihrer Reise. Ein paar Frauen mit streng geschnittenem Pony und dünnen, fest geflochtenen Zöpfen stehen Schulter an Schulter, als würden sie leise miteinander flüstern, anstatt die Neuigkeiten mit der ganzen Schlange zu teilen.

„Überfall, anscheinend. Deshalb mussten wir so weit laufen."

„Sie haben eine schwangere Frau zusammengeschlagen."

„Die *Enough*-Gruppe schlägt Frauen in der ganzen Gesellschaft zusammen. Jede Frau, die schwanger ist, damit sie das Baby verliert."

„Es stimmt. Ich habe es in den Nachrichten gelesen. Etwa dreißig Frauen wurden zusammengeschlagen. Zwei sind gestorben. Es gibt noch keine Verhaftungen."

„Die Polizei kommt nicht an die Gruppe ran. Es sind so viele von ihnen."

„Ich habe gehört, sie sind von der Regierung genehmigt."

Mae bedeckt ihren Mund, um ihr Keuchen zu verbergen, während sich wieder Schweiß an ihrem Haaransatz sammelt. Sie macht einen Schritt von ihnen weg. Ihre Beine zittern, bevor ihre Füße wieder Halt finden. Hinter ihr hören die Gerüchte nicht auf. Jetzt eine Gruppe von Männern, den Geräuschen nach zu urteilen, obwohl sie ihren Kopf nicht dreht, um nachzusehen.

„Ich habe gehört, es sind Rentner, die Schläger anheuern. Die Frauen töten, anstatt sich selbst zu Spendern zu machen."

„Niemand zwingt sie dazu. Sie müssen sich freiwillig melden."

„Ja, jetzt. Aber wer weiß, was in einem Jahr passieren wird? Die *Time's Up*-Gruppe wird wahrscheinlich als Nächstes die alten Leute ins Visier nehmen. Eine Art Vergeltung, denke ich."

„Es sind wahrscheinlich die Konservierten. Diese Hundertjährigen auf Pres-X werden nicht glücklich sein, bis die Welt von Menschen über hundert bevölkert ist, die aussehen, als wären sie unter dreißig. Genau darauf läuft es hinaus. Sie behaupten, die Nutzung zu überwachen, aber sie werden es nicht verbieten. Die Reichen und Mächtigen wollen schließlich auch noch siebzig Jahre länger leben. Ein süßer Deal für alle mit einer Punktzahl von 900 oder mehr."

„Wenn ich 900 erreiche, werde ich das nie tun."

„*Wenn!* Bring mich nicht zum Lachen, Sid. Du bleibst für immer im Club der unter 400."

„Du musst gerade reden."

Mae macht auch einen Schritt von ihnen weg. Rentner, die Frauen umbringen, die Regierung, die dasselbe versucht, und schwangere Frauen, die zu Tode geprügelt werden. Gerüchte, erinnert sie sich selbst, immer noch nicht wagend, die Nachrichten auf ihrem Handy anzusehen. Es sind nur Gerüchte. Die Welt ist noch nicht so verrückt geworden. Mit schwindelndem Kopf muss sie nachsehen und nimmt ihr Handy heraus.

Über ihren Bildschirm ziehen sich dreizehn Nachrichten von Pasha, die alle mehr oder weniger gleich lauten: *„Geht es dir gut?"*

*Ja, mir geht's gut,* antwortet sie. Sie erwähnt nicht, dass sie kleine Würgeanfälle unterdrückt und akut gestresst ist, weil er ihr Sparkonto ohne ihr Wissen geleert hat, dass ihre Kollegin sie nach Hause geschickt hat, weil sie zu seltsam war, und dass sie möglicherweise einen großen Teil ihres Einkommens verlieren wird. „Gut" scheint ziemlich weit von der Wahrheit entfernt zu sein. Aber das ist es, was er immer sagt.

Seine Antwort kommt schnell. *Sei vorsichtig. Ich denke, du solltest von jetzt an von zu Hause aus arbeiten.*

Sie denkt an ihre winzige Wohnung, an dieses knubbelige Sofa, ihren Rücken, der sich über ihren schäbigen Laptop beugt. Und sie müsste trotzdem an manchen Tagen ins Büro gehen, um Kunden zu treffen. Mae muss jetzt ihren Wert beweisen, nicht vor der wenigen Arbeit zurückschrecken, die ihr wahrscheinlich noch bleibt.

Sie antwortet: *Noch nicht nötig, vielleicht in ein paar Monaten.*

Sie blickt auf ihren flachen Bauch hinunter. Noch nicht. Im Moment geht es ihr gut. Etwas wird sich ändern. Die Welt ist noch nicht so verrückt geworden.

Dann schaut sie die Nachrichten an.

*Scheiße.*

# KAPITEL 7

Pasha ist noch auf der Arbeit, als sie nach Hause kommt. Die Wohnung ist sauber und aufgeräumt, sodass sie nichts hat, um ihren Geist zu beschäftigen. Als sie den Fernseher einschaltet, sieht sie die Nachrichten – die gleichen, die sie auf ihrem Handy gelesen hat, aber als Video, was weitaus schrecklicher ist. Porträts von Frauen, bevor sie zu Tode geprügelt wurden, Social-Media-Beiträge von Menschen, die das Ende ihres Lebens feiern, ein sprunghafter Anstieg der Pres-X-Nutzung, da ältere Menschen länger leben wollen, bis sich die Erbschaftssteuergesetze ändern, Werbung für Lebensverkäufe und *Time's Up*-Gruppen, die die Älteren der Gesellschaft verprügeln. Es sind erst drei Tage seit der Ankündigung vergangen, erinnert sich Mae. Nur drei Tage. Und sie hat noch acht Monate Schwangerschaft vor sich.

So viele schwangere Frauen werden in der gesamten Gesellschaft verprügelt – weit mehr, als die plaudernden Leute an der Bushaltestelle behaupteten. Die Gesellschaftspolizei meldet es nicht, selbst wenn sie es sieht. Es ist, als herrsche ein gesetzloser Umsturz. Und die wenigen echten Polizisten, die es noch gibt, sind entweder nicht in der Lage oder nicht willens, Verhaftungen vorzunehmen. Die *Enough*-Gruppe ist zu zahlreich, zu lautstark, zu unangreifbar – zumindest, wenn man dem Tonfall der Nachrichtensprecherin glaubt. Bildet sich Mae das nur ein? Diese Gleichgültigkeit der Sprecherin gegenüber solchen Verbrechen? Es sollte Empörung geben, Forderungen nach Gerechtigkeit. Doch stattdessen liest die Moderatorin die Namen der Opfer vor, als würde sie eine belanglose Einkaufsliste herunterbeten. Kein Anflug von Mitgefühl. Sie lächelt sogar.

Die *Pro Grow*-Kundgebungen werden von der *Enough*-Bewegung in den Hintergrund gedrängt. In den Menschenmengen, die durch die Großstädte marschieren, jubeln Männer und Frauen, Junge und Jungaussehende, Alte – eine breite demografische Mischung, die weltweit Unterstützung für die neuen harten Maßnahmen zur Eindämmung des Bevölkerungswachstums zeigt. Die *Time's Up*-Bewegung wirkt im Vergleich dazu unorganisiert – keine Kundgebungen, nur ein paar Social-Media-Beiträge und vereinzelte Gewaltausbrüche. Rachsüchtige junge Menschen und neidische Ältere, die nicht über die nötige Lebenspunktzahl verfügen, um sich Pres-X leisten zu können, verkündet die Nachrichtensprecherin.

Weitere zweitausend Spender haben sich allein heute Nachmittag angemeldet. Wenn ihre Erbschaftssteuer eintrifft, werden das ein paar Milliarden mehr in den Kassen sein. Jubel aus dem Nachrichtenstudio über die Ergebnisse – Freude, wo Mae Bestürzung fühlt. Ein paar Münder weniger zu füttern, sagen sie. Mehr Platz für den Rest von uns.

Schuldgefühle überkommen Mae, als sie die Bilder sieht: endlose Schlangen, überfüllte Deponien, karge Flächen, wo einst Wälder standen, ausgetrocknete Wasserreservoirs. *Die Reduzierung von Treibhausgasen war nicht genug*, sagt die Nachrichtensprecherin. *Der Fleisch-Fußabdruck ist der neue $CO_2$-Fußabdruck.* Es gibt einfach zu viele Menschen auf der ganzen Welt. Die Kamera schwenkt wieder auf Kinder mit verschwommenen Gesichtern, so viele Kinder weltweit. Im Nachrichtenstudio verhöhnen und zischen sie beim Anblick eines Elternteils mit mehreren Nachkommen. Elternteil, warum denkt Mae das? Es ist nie irgendein Elternteil, den sie zeigen. Es sind Mütter. Jede Aufnahme zeigt Mütter im Zentrum des Weltproblems. Als würden Männer nicht zur Sache beitragen.

Die Wut und Unzufriedenheit im Nachrichtenstudio wird lauter, als sie gleichgeschlechtliche Paare zeigen. Entsetzt darüber, dass Frauen männlichen Paaren ermöglicht haben, ein Baby zu bekommen, vergleichen sie das Vermieten ihres Bauches mit einem gierigen Vermieter. Zwei Frauen in einer Beziehung verdoppeln die Gebärkapazität. *Was haben wir getan?*, fragen die Nachrichtensprecher. *Wie konnten wir das nicht kommen sehen?*

Mae schaltet den Fernseher aus und lässt die Fernbedienung fallen, als sie mit dem Finger auf den Standby-Knopf drückt. Sie zieht ihre Schuhe aus, schleppt sich ins Badezimmer und nimmt dann eine Dusche. Sie peelt sich am ganzen Körper, schrubbt wütend, als könnte sie ihre Sorgen einfach abwaschen, das Alte von sich reiben. Wenn sie nur von vorn beginnen könnte. Doch tote Hautzellen sind nicht alles, was sie loswerden will. Sie möchte Jahre abschrubben, zurück in eine Zeit, in der die Welt noch nicht so war – in längst vergangene Jahre, als das Leben einfach und berechenbar schien. Als sie einfach *sein* konnte. Als ihr Körper noch ihre eigene Angelegenheit war. Gerade als sie sich abtrocknet, klickt die Tür auf, und Pashas Stimme erfüllt das Wohnzimmer.

„Ich bin zu Hause. Wie fühlst du dich? Verrückte Sachen in den Nachrichten. Ich habe unsere Ausnahmegenehmigung beantragt. Wir haben gute Chancen, aber es dauert eine Weile, bis man was erfährt."

Sie tritt aus dem Bad, in ein übergroßes Handtuch gewickelt, die nassen Haarsträhnen hängen ihr ins Gesicht, noch gekräuselt vom Zopf. Er geht auf sie zu, küsst sie – eine sanfte Geste, die nichts daran ändert, dass der Zorn in ihr brodelt. Der Nachhall seiner Berührung ist nur eine weitere Schicht, die sie am liebsten fortwaschen würde.

„Was ist mit unserem Sparkonto passiert, Pasha? Fünfzehn Riesen. Fünfzehntausend Pfund sind weg."

Er tritt einen Schritt zurück, lächelnd, trotz seines angespannten Körpers. „Hör zu, es ist eine gute Sache."

„Eine gute Sache? Ich bin Buchhalterin, Pasha. Ich kann mir nicht vorstellen, was du getan hast, das eine gute Sache sein könnte." Sie zieht ihr Handtuch fester, hält es mit verschränkten Armen und geballten Fäusten hoch.

„Setz dich. Beruhige dich, ich werde es erklären."

„Hör auf, mir zu sagen, ich soll mich beruhigen."

„Okay. Okay. Ich habe es dir nicht gesagt, weil es besser ist, wenn du es nicht weißt. Ich wollte nicht, dass du in Schwierigkeiten gerätst. Ich wollte nicht, dass du dir Sorgen machst."

„Oh Gott. Scheiße, Pasha. Du hast etwas wirklich Dummes getan, oder?" Sie setzt sich, ihr Handtuch durchnässt das Sofa.

Er setzt sich neben sie, ihr zugewandt, versucht dann, ihre Hand zu nehmen, aber sie zieht sie weg.

„Es ist clever. Hör einfach zu. Wir haben gesagt, wir müssen unsere Punktzahl erhöhen, und ich sagte, ich würde mir etwas überlegen. Also habe ich etwas zusätzliche Steuern gezahlt, das ist alles. Ich habe eine Steuererklärung abgegeben und gesagt, ich hätte neben meinem Job ein eigenes Unternehmen. Ich habe ein ordentliches zusätzliches Einkommen deklariert, die Steuern darauf bezahlt und es hat meine Lebenspunktzahl um vierzig Punkte erhöht. Das hat meine Punktzahl auf über 400 gebracht. Es ist clever, wie ich sagte. Eine gute Sache."

Sie reibt sich die Stirn. Hatte er wirklich gerade ihre Ersparnisse an das Finanzamt übergeben? „Mein Gott. Das ist nicht clever. Das ist Betrug."

„Warum sollten sich die Behörden um Betrug kümmern, wenn sie mehr Geld bekommen? Jeder versucht, Steuern zu umgehen, nicht mehr zu zahlen. So etwas wird nicht einmal auf ihrem Radar sein."

„Wenn es herauskommt, werde ich meinen Job verlieren. Sie werden annehmen, dass ich dir einen so dummen Rat gegeben habe." Sie rutscht weiter auf dem Sofa weg von ihm und schafft Abstand zwischen sich und seiner Rücksichtslosigkeit. Ihre nasse Haut bekommt Gänsehaut, kalt und exponiert.

Er lehnt sich vor, rückt näher, wie ein Überraschungsjäger, denkt sie. „Sie können nichts beweisen. Niemand wird erfahren, dass ich keine Patienten privat sehe. Viele Physiotherapeuten machen das ohnehin. Ich habe es ernsthaft in Erwägung gezogen. Es wird keine Fragen aufwerfen. Ersparnisse zählen fast nichts für die Lebenspunktzahl, es sei denn, es sind Millionen, das weißt du. Wir waren auf schlechten Schulen, also müssen wir immer aufholen, ohne nennenswertes Familienvermögen. Ich habe mir einfach eine Gehaltserhöhung von fünfzigtausend Pfund im Jahr gegeben. Das gibt uns ein paar Jahre, um es herauszufinden."

Ihre Schultern versteifen sich und ihr Kiefer verkrampft sich. Ein paar Jahre scheinen wie eine Ewigkeit, wenn die Regierung so drastische Änderungen so schnell umsetzen kann. Sie reibt sich die Schläfen. Warum sieht er das nicht? Kein Puffer mehr, kein 'für alle Fälle'-Geld.

„Mit der Änderung des Erbschaftssteuergesetzes werde ich wahrscheinlich meinen Job verlieren und meine Lebenspunktzahl senken, nicht verbessern", erklärt sie, ohne Blickkontakt aufzunehmen. Sie wendet sich zur Wand, aber seine Augen brennen sich in ihren Hinterkopf. „Wir bekommen ein Baby. Kaum Ersparnisse. Scheiße, Pasha. Du hättest mit mir reden sollen. Es ist auch mein Geld. Das war dumm. Wirklich dumm."

„Wir können jetzt alles auf Kredit bekommen, was wir wollen. Neue Couch, Babymöbel. Aber am wichtigsten ist, dass wir das Baby sogar in eine bessere Kita für die über 400 bringen können. Die Kitas für unter 400 sind Mist."

Das lässt sie etwas aufrechter sitzen, ihre Schultern entspannen sich leicht und die Tränen, die kurz davor waren zu fallen, trocknen. Sie muss zugeben, dass er damit einen Punkt hat. Auf dem Weg zu ihrem Fitnessstudio gibt es eine Kita für unter 400. Dreißig Kinder pro Erwachsenem und das Personal raucht draußen Kette. Die Kita für über 400 hat nur die Hälfte pro Erwachsenem und ein Rauchverbot, laut den Frauen in ihrem Fitnessstudio. Sie sind sogar flexibler mit ihren Bring- und Abholzeiten. Fünfzehntausend Euro extra an Gebühren würden nicht ausreichen, um sich in die bessere Kita einzukaufen. Alles hängt von der Lebenspunktzahl ab.

„Wir können jetzt sogar dieses Restaurant an der Ecke der South Street ausprobieren, wenn du möchtest“, sagt er sanft, als ob sie gleich zerbrechen würde. „Das ist für alle über 400. Und es riecht fantastisch.“

„Mit welchem Geld?“

„Es tut mir leid. Ich hätte zuerst mit dir sprechen sollen, aber ich wollte nicht, dass du dich deswegen stresst. Du weißt, dass es keine so schlechte Idee war.“ Er lehnt sich näher, als sie weniger Widerstand leistet. „Alles, was ich tue, ist für dich, Mae-Käferchen. Für uns.“

Er zieht sie in eine Umarmung, wobei ihr nasses Haar sein Hemd durchnässt. Sie erwidert die Umarmung nicht und behält ihre Ellbogen bei sich, lässt aber zu, dass sein Kontakt etwas von ihrer Kälte nimmt.

„Es gab heute keine Kehrtwende“, sagt sie in seine Halsbeuge.

„Ich weiß. Es ist noch Zeit.“

„Vielleicht noch zwei Monate, bevor man es mir ansieht. Also noch zwei Monate, bevor ich in Gefahr bin.“

„Glaubst du, wir finden bis dahin einen Spender?“

Sie zieht sich zurück, sucht in seinem Gesicht nach der Wahrheit in seinen Beteuerungen und findet nur einen leeren Ausdruck – unmöglich zu lesen und nicht im Geringsten tröstlich. Alles nur Gerede. Kein Plan. „Ich dachte, du hättest gesagt, du würdest dir etwas anderes einfallen lassen? Glaubst du, nur weil wir über 400 sind, lassen sie uns einfach davonkommen?“

„Sie haben für den Befreiungsantrag nach Lebenspunktzahl gefragt. Es kann nicht schaden. Aber nur für den Fall. Ich schätze, sie wollen diese *Enough*-Schläger nicht noch mehr verärgern."

„Na ja, wir werden sehen, was die nächsten paar Monate bringen." Es ist das Pragmatischste, was ihr einfällt, aber es lässt ihre Lungen schrumpfen, als sie es sagt. Ihr Plan ist, keinen Plan zu haben. Zu warten. Zuzusehen, wie die Wochen in ein schwarzes Loch des Unbekannten gleiten.

Schmerz hämmert wie ein schwerer Hut auf ihrem Kopf, als sie in die Kochnische geht und den Wasserkocher aufsetzt, nachdem sie sich vergewissert hat, dass die Waschmaschine fertig ist, um den Strom nicht zu überlasten. Pashas Lebenspunktzahl muss noch etwas höher sein, bevor sie ein großzügigeres Strompaket genehmigt bekommen.

Pasha schaltet den Fernseher wieder ein und stellt ihn stumm, als derselbe aufgeregte Nachrichtensprecher die neuesten Statistiken verkündet. Sie scheinen sie jede Stunde zu aktualisieren.

„Oma hat angerufen", meint er.

„Du hast es ihr doch nicht erzählt, oder?"

„Nein, nein, natürlich nicht. Sie wird es trotzdem wissen. Sie hat diese Intuition."

„Wenn du es *Intuition* nennst, jeden Computer in der Stadt zu hacken …" Sie verschränkt die Arme. „Ich würde es hassen, wenn sie denkt, wir würden sie als Spenderin fragen."

„Sie hat nichts dergleichen erwähnt. Sie hat uns nur zum Abendessen morgen Abend eingeladen. Sie sagte, sie würde Gemüsepastete kochen."

Mae lächelt. „Klar. Ich liebe Oma."

***

Sie liegt in dieser Nacht wach, lauscht Pashas sanftem Schnarchen, zählt seine Atemzüge, spürt das leichte Zucken seiner Finger. Seine Liebe, seine Hingabe – sie gehören nicht mehr nur ihr. Sie werden geteilt. Wie egoistisch von ihr, eifersüchtig zu sein, ihn ganz für sich haben zu wollen. Aber … ist es nicht nur fair? Jemand, der sein Leben lang so wenig Liebe erfahren hat, möchte sie ganz für sich behalten. *Schlechte Mutter*, sagt sie sich. *Schlechte Mutter, schlechte Mutter.* Und dabei ist sie noch nicht einmal eine. Sie ist nur eine *Fötus-Beherbergerin*, ein *Ofen*, in dem sich ein Sturm zusammenbraut.

Ihr Therapeut, Donald, würde ihr sagen, dass sie die dunklen Gefühle in ihrem Inneren loslassen muss. Das ist so ziemlich alles, was er sagt. Ein 700-plus-Therapeut, der eine Therapie für alle unter 400 anbietet und versucht, ihre Probleme wegzuerklären. Das ist alles, was sie für ihren Lebenspunktestand bekommt – die bessere Therapie ist denjenigen vorbehalten, die eine entsprechend hohe Lebenspunktezahl haben und sie *wirklich* brauchen. Es war sowieso Pashas Idee, zu ihm zu gehen. Mae war nie begeistert davon. Die Skelette können ruhig eingeschlossen bleiben und zu Staub zerfallen – was kümmert es sie? Das moderne Leben ist schon schwer genug, ohne die Vergangenheit mit sich herumzuschleppen. Aber Pasha meint, es sei gut, sich vergangenen Traumata zu stellen und dass es ihr helfen würde, mit ihren jetzigen Ängsten umzugehen.

Wie auch immer.

Donald, der Seelenklempner, ist nur aus einem einzigen Grund Seelenklempner geworden: um sich wichtig zu fühlen und seine vermeintlichen Weisheiten über andere zu erheben – da ist Mae sich sicher. Seine Fürsorglichkeit reicht kaum weiter als der obszön große Schreibtisch, hinter dem er sitzt. Und er ist konserviert, da hat sie keinen Zweifel. Manchmal ist es so offensichtlich, dass er genauso gut nach Essig und Zucker riechen könnte. Er wirft mit Phrasen um sich wie *„Früher war es nicht so"* oder *„Du wärst vor Jahren glücklicher gewesen, als die Straßen noch ruhiger waren"*. Ob ihm bewusst ist, wie wenig hilfreich solche Kommentare sind? Als wolle er ihr sagen, dass sie für die Welt von heute nicht gemacht ist. Ach, was soll's. Die zweihundert Pfund hätte sie genauso gut in einen Glückskeks investieren können.

Donald scheint unglücklich darüber zu sein, dass er nicht älter aussieht. Wenn er es täte, würde Mae ihn vielleicht ein bisschen ernster nehmen. Manchmal denkt sie, er könnte mit dem Fuß aufstampfen oder seine Unterlippe wie ein Kind hervorstrecken, andere Male denkt sie, er würde einen Brandy öffnen und ihr Blut wie ein Vampir aussaugen. Sie spielt mit dem absoluten Minimum mit, das erforderlich ist, und erzählt ihm, was er hören möchte, um seine kindischen Wutanfälle eines alten Mannes in Schach zu halten. Er hat alles über ihre Eltern gehört, dass die Menschenmengen sie ersticken, dass sie genau weiß, wie viele Schritte es von der Bushaltestelle zu seinem Büro sind, und dass sie, wenn sie die Schritte nicht zählen würde, dort sitzen und versuchen würde zu berechnen, wie viele es sind. Dass sein Bilderrahmen an der Wand etwa zwei Grad geneigt ist und die Farbe seines Hemdes so schlecht mit der Wandfarbe harmoniert, dass es ihre Zähne jucken lässt. Wenn sie darüber nachdenkt, ist sie überrascht, dass er ihr keine Zwangsjacke angezogen und sie eingesperrt hat.

Schnipp dir ein Gummiband ans Handgelenk, sagt er, wenn sie sich überfordert fühlt. Erzähl Pasha dein Geheimnis. Er wird dich trotzdem lieben.

Wird er das? Mae ist sich da nicht so sicher.

Warum denkt sie jetzt an Donald? Die nächtliche Einsamkeit holt sinnlose Therapiesitzungen hervor und füllt ihren Kopf mit Müllgedanken statt nützlichen. Ablenkungen kommen in vielen Formen. Sie schaut zu Pasha hinüber, seine buschigen Augenbrauen, sein wuscheliges Haar, die Kurve seines Bizeps an seiner Seite. Sie überlegt, ihn zu wecken, entscheidet sich aber dagegen. Lass ihn schlafen. Wenigstens einer von ihnen sollte schlafen.

# KAPITEL 8

Am nächsten Tag entscheidet sich Mae, mit dem Fahrrad zur Arbeit zu fahren. Der feine Nieselregen ist verlockender als Streitereien mit anderen Fahrgästen. Ihre Wohnung liegt an einer belebten Straße, gesäumt von Imbissen und Cafés. Der Fußgängerverkehr ist ein endloser Zug. Zu den Stoßzeiten bilden sich segmentierte Geschwindigkeitsspuren, die sich auf die mit Pfützen gesäumten Straßen ergießen, denen Mae ausweicht. Der Fahrradverkehr ist genauso dicht gedrängt wie der der Fußgänger, bewegt sich aber immerhin in einem gleichmäßigeren Tempo.

Ein Obdachlosenheim und ein Kiosk säumen die Straße, doch die Busse halten an keinem von beiden. Ihre Haltestellen befinden sich stattdessen vor den Restaurants mit der höchsten Lebenspunktzahl. Immer wieder muss sie hinter einem Bus abbremsen, wartet darauf, dass er weiterfährt. In diesen kurzen Pausen schlagen ihr die Düfte der Cafés entgegen – verbrannt riechender Kaffee, vermischt mit dem schweren Aroma kalorienreicher Gebäcke und Brot.

Ihre Fahrt führt sie an Pashas alter Schule vorbei, ironischerweise benannt nach einer Baumart. Doch kein einziger Baum steht auf dem Gelände – stattdessen liegt die Schule kahl und trostlos in einer Senke. Und sie ist miserabel. Weit unten in den Ranglisten, besucht von Kindern aus Familien mit einer Lebenspunktzahl unter 400. Vielleicht verirrt sich mal ein Schüler dorthin, dessen Elternteil knapp an die 500 herankommt. Doch egal, welche Abschlüsse man dort macht, wie gut die Noten sind oder wie vielversprechend der erste Job – niemand verlässt diese Schule mit einer Lebenspunktzahl über 300. Pasha hatte versucht, es ihr zu erklären, seine Kindheit zu rechtfertigen, zu betonen, dass es alles war, was seine Eltern sich leisten konnten. Als Einwanderer der zweiten Generation war es fast unmöglich, auf der Lebenspunktzahl-Leiter aufzusteigen. Keine britische Abstammung, ein Akzent, der es schwer machte, sich Gehör zu verschaffen – die Hürden waren unüberwindbar. Doch er musste sich vor Mae nicht rechtfertigen. Als ob sie ihn dafür verurteilen würde, einen beschissenen Start ins Leben gehabt zu haben. Seine Eltern waren immerhin liebevoll. Nur eben nicht wohlhabend. Eigentlich hatte er es ganz gut, denkt Mae.

Am Tag der Lebenspunktzahl-Ergebnisse trafen sich Mae und Pasha zum ersten Mal. Rolan und Mae holten ihre Umschläge an derselben Schule ab. Rolan war von Familie und alten Schulfreunden umgeben – mit einigen hatte er in den letzten zehn Jahren Kontakt gehalten, andere waren nur noch Gesichter aus der Vergangenheit, aber sie erkannten ihn sofort wieder. Mae hingegen stand allein. Die Augen auf den Boden gerichtet, die Schultern nach vorne gerundet, versuchte sie, so wenig Platz wie möglich einzunehmen.

Es war auch Rolans achtundzwanzigster Geburtstag, was seine Familie noch stolzer machte. Mae beobachtete aus einer schattigen Ecke, wie sie alle dabei standen, als er seinen Umschlag öffnete, ein kleines Hurra gaben und viele Umarmungen, als er seine 300 erreichte und damit Pashas Punktzahl von 280 übertraf, die ihm drei Jahre zuvor zugewiesen worden war. Rolans neueste Errungenschaft wird höchstwahrscheinlich in der Schulalumni-Presse veröffentlicht werden. Rolan als Beispiel dafür, was man nach dem Verlassen des Scheißhaufens erreichen kann. Wenn man siebzig Stunden pro Woche arbeitet, ein Jahrzehnt lang Arschkriecherei betreibt und, am wichtigsten, jemanden mit einem 200-Punkte-Vorsprung datet.

Mae war am Tag der Ergebnisse natürlich allein. Sie war nie auf dieser Schule gewesen und hatte zu diesem Zeitpunkt schon länger keine Freunde oder Familie mehr. Sie fragt sich immer, ob Pashas Ansprechen ein Akt der Barmherzigkeit war. Als der Raum sich mit aufgeregten Verwandten und Kameradschaft füllte, war Mae still und umklammerte den Umschlag. Sie wagte es kaum, ihn zu öffnen. Ganz allein. Nichts Außergewöhnliches, dachte sie. Aber im Nachhinein muss sie seltsam ausgesehen haben. Seltsamer als sonst, jedenfalls.

Pasha stand bei ihr, als sie ihn öffnete und ihre 240 enthüllte. Er ging auf sie zu und sagte ihr später, er fand sie umwerfend, dass er nicht widerstehen konnte. Sie hatte gelächelt, als er das sagte, höflich. Nicht geschmeichelt. Nicht wirklich. Es gab an diesem Tag viel hübschere Mädchen dort. Mae fällt einfach mehr auf. Ärgerlich sogar, mit ihrer unbeholfenen Haltung und dem flammend roten Haar. Es ist entweder eine Versuchung oder eine Warnung – sie ist sich nie sicher, welche von beiden. Nicht, dass sie von Pashas gutem Aussehen nicht angezogen gewesen wäre, sie weiß nur, dass solche Lorbeeren nicht von Dauer sind. Ein hübsches Gesicht ist endlich. Die Zeit nimmt es irgendwann weg.

„Gut gemacht", hatte er gesagt, als sie ihre Punktzahl sah, und bot an, ihr einen Drink zur Feier des Tages zu spendieren. 240 war das Beste, worauf sie hoffen konnte. Besser als sie sich vorgestellt hatte, eigentlich. Ohne familiären Wohlstand hatte sie klägliche Chancen, es je zu etwas zu bringen. „Mitleidspunktzahl", sagten einige, als sie die arme Waisenfrau in unmodischer Kleidung und falsch gebundenem Haar mit ihrer gar nicht so schrecklichen Punktzahl Arbeit rund um die Uhr, das Ausreizen von Krediten, aktives und angenehmes Auftreten in sozialen Medien, Unterstützung für große Unternehmen – alle Tricks. Über hundert Punkte in fünf Jahren zu steigern, ist keine Kleinigkeit. Ein Teil ihrer Unzufriedenheit mit Pasha, das muss sie zugeben, liegt daran, dass er betrogen hat. Es fühlt sich nicht richtig an. Aber andererseits betrügt jeder irgendwie im Leben. Zum Teil ärgert sie sich, dass sie nicht selbst darauf gekommen ist. Warum sollte seine Punktzahl steigen – und nicht ihre?

Ihr Arbeitstag verläuft genau so, wie sie befürchtet hatte. Sie verliert Klienten, muss erklären, dass sie das Gesetz nicht ändern kann, wälzt Seiten von Gesetzestexten, versucht, einen Weg drum herum zu finden, recherchiert auch nach anderen Jobs und Qualifikationen, die sie erkunden kann, um ihre abstürzende Karriere zu retten. Am Ende des Tages klingt ein Treffen mit Pashas Oma nicht sehr verlockend. Aber sie fährt trotzdem hin und trifft Pasha ein paar Straßen weiter. Selbst mit seinem schief sitzenden Helm und seinem vom Radfahren geröteten Gesicht

sieht er gut aus. Es ist schwer, lange auf ihn sauer zu sein. Unmöglich.

„Kommen Rolan und Moira auch?", fragt sie.

„Soweit ich weiß nicht."

„Gut."

„Willst du Oma-Bingo spielen?"

Mae lächelt. „Klar. Okay." Sie überlegt einen Moment. „Sie
wird ihre alten Hacker-Tage erwähnen, versuchen, uns mit Essen
vollzustopfen, und sagen, du seist zu dünn."

„Die letzten beiden sind irgendwie dasselbe."

„Okay. Sie wird sich über Moira beschweren, uns erzählen,
dass sie sich nie besser gefühlt hat, und..."

„Uns daran erinnern, dass wir zugestimmt haben, Hooper zu
nehmen, wenn sie stirbt", sagt Pasha mit einem Stöhnen.

„Morbide, aber ja. Das sind fünf. Einfach."

Sie steigen vor dem Wohnblock von ihren Fahrrädern. Blumenkästen säumen die meisten Fenster, viele noch in Blüte.
Wahrscheinlich künstlich, vermutet Mae. Niemand, der dort
lebt, ist jung genug, um solch eine Pracht zu pflegen. Der
Fahrradständer vor dem Haus beherbergt mehrere rostige
Fahrräder, die soweit sie sehen können, nie benutzt werden. Sie
stehen immer an derselben Stelle, sammeln Staub und Unkraut
wächst zwischen den Speichen.

„Kommt gleich hoch, ihr Lieben", ruft Iris aus ihrem Fenster,
bevor sie überhaupt die Chance hatten, an der Tür zu klingeln.
Im Flur würgt Mae am süßlichen Geruch von Lavendel und alten
Keksen.

„Alles okay?", fragt Pasha.

„Ja. Nur etwas warm."

Iris steht an der Tür, die Arme weit geöffnet, lächelnd, genau wie Pasha. „Kommt rein, kommt rein. Die Pastete ist im Ofen."

Hooper lässt sie nicht einmal einen Schritt weit herein, bevor er auf ihre Schuhe sabbert. Er ist der älteste Hund der Welt, glauben Mae und Pasha. Pasha kann sich an kein Leben vor Hooper erinnern und Mae kann sich nichts vorstellen, das älter wäre als Hooper. Jeder Schritt sieht aus, als würde er ihm einen Berg an Anstrengung abverlangen. Er hat das kritischste Gesicht überhaupt und seine Haut hängt wie Lumpen von seinen knarrenden Knochen. Mae beugt sich herunter, um ihn zu streicheln. Er zuckt zusammen und weicht dann zurück. Halb blind und fast völlig taub, vermutet sie, dass auch sein Geruchssinn nachgelassen hat. Nicht, dass er ihren Geruch willkommen heißen würde. Er hat sie von Anfang an nicht gemocht. Zumindest knurrt er diesmal nicht.

„Sei nett, Hooper", sagt Iris. „Er wird dich mögen, wenn er dir gehört, nachdem ich weg bin."

Mae hebt mit einem Grinsen einen Finger zu Pasha. Ihre Vereinbarung, den uralten Hund zu erben, war aus Freundlichkeit gegenüber Iris getroffen worden, nicht aus dem Wunsch heraus, Zeit mit dem Köter zu verbringen. Es sollte sie beruhigen, obwohl das struppige Biest aussieht, als würde er keinen weiteren Winter überstehen. Kaum noch eine weitere Woche. Er humpelt zurück ins Wohnzimmer, macht dann eine Show daraus, auf sein Bett zu klettern und dreht sich neunmal im Kreis, bevor er in einem stinkenden Haufen zusammenbricht.

Iris nimmt Maes Gesicht in ihre Hände. „Lass mich dich nur ansehen."

Mae steht auf der Stelle und lässt sich inspizieren, weicht dabei dem Blickkontakt aus.

„So schön wie an dem Tag, als wir uns kennengelernt haben", sagt Iris.

Mae lächelt und nimmt Iris' Hände sanft. Sie sind kalt, die zarte Haut zu leicht zu verletzen. „Du auch, Iris."

Die Hitze aus der Wohnung trifft Mae, sobald sie das Wohnzimmer betritt. Der Geruch von Soße aus der Küche ist so stark, als wäre sie selbst in der Pastete.

„Riecht köstlich, Iris", sagt Mae höflich, während sie ihren Mantel aufhängt.

Die Wohnung ist so unordentlich wie immer. Krimskrams über Krimskrams, Staubmäuse sammeln sich in immer größer werdenden Haufen. Mae schnappt an einem Gummiband an ihrem Handgelenk, um ihre Impulse abzulenken, während sie mehr schiefe als gerade Bilderrahmen bemerkt, Bücher im Regal, die verkehrt herum und rückwärts eingestellt sind, Deckel von kleinen Schmuckkästchen, halb geschlossene Schubladen und Schränke. Vielleicht ist das einzige nicht schiefe Ding das Kruzifix an der Wand.

Pasha legt seinen Arm um sie und wirft ihr einen strengen Blick zu. Einmal bestand sie darauf, ein wenig umzuräumen, und es verursachte mehr Ärger, als sie beabsichtigt hatte. Stattdessen versucht sie jetzt, ihren Blick so gut es geht auf den Boden zu richten, um den Schmutz im Teppich zu ignorieren – das Sofa, das offensichtlich in einem seltsamen Winkel steht, seine alten Abdrücke noch deutlich im Stoff darunter erkennbar. Sie wendet sich dem Fenster zu. Vielleicht ist das angenehmer für die Augen.

Nur ein paar Schlieren. Nicht so schlimm. Sieben große Flecken, drei kleine.

„Wie geht es dir, Oma?", fragt Pasha.

„Oh, mir geht's ganz okay. Eigentlich gut. Ich habe jetzt alle meine Medikamente abgesetzt, bevor sie sowieso abgesetzt werden. Ich dachte, ich sei dem Spiel voraus." Ihre Stimme hat immer eine wehmütige Klarheit, als würde sie eine Geschichte erzählen, durchsetzt mit Fantasie. „Ich kann so viele Schmerzmittel nehmen, wie ich möchte, was schön ist. Alles ist wunderbar."

„Es ist nicht gut, so eine Gewohnheit zu entwickeln", sagt Pasha.

„Ich denke, meine Lebensphase ist die beste Zeit, um so eine Gewohnheit zu entwickeln."

„Aber du hast deine Herzmedikamente abgesetzt?"

„Ja, und ich habe mich nie besser gefühlt. Wein?"

Sie wartet keine Antwort ab und schenkt mit zittriger Hand drei große Gläser ein. Wie durch ein Wunder verschüttet sie keinen Tropfen.

Mae schaut auf ihr Glas, trinkt aber nicht. Sie vermeidet Iris' Blick, ihre Wangen röten sich. Iris' Intuition ist fein geschliffen und Mae findet Lügen unmöglich. Eine knifflige Kombination, wenn man ein Geheimnis hütet. Normalerweise ist Iris die Person, bei der sie sich immer wohl gefühlt hat, bei der sie offen sein konnte. Sie kann ohne Urteil lachen und auf eine Weise reden, wie es alte Freunde tun. Keine Notwendigkeit, ihre Unbeholfenheit zu verbergen. Iris findet es eher liebenswert als abstoßend. Maes Ängste kommen von der unordentlichen Wohnung, nicht von Iris selbst. Sie hat eine Art an sich, die Mae vertraut ist. Kein Unsinn und die gleiche Bestürzung über den Zustand der

Welt, mit einem Hauch von Nostalgie in ihren Augen, die Mae schätzen kann.

Iris verengt ihre Augen, lächelt halb, dann lehnt sie sich in ihrem Stuhl zurück. „Ich hätte gedacht, ihr wärt gleich nach der Ankündigung vorbeigekommen.“

„Tut mir leid“, sagt Pasha. „Hast du dir Sorgen gemacht oder gelitten?“

„Nicht um mich, Liebes. Um eure... Situation.“

Pasha und Mae tauschen Blicke aus.

„Übrigens, Glückwunsch“, sagt Iris. „Hattet ihr jemals vor, es eurer alten Oma zu erzählen?“

„Rolan hat es dir erzählt“, sagt Pasha durch zusammengebissene Zähne.

„Sei nicht gemein zu deinem Bruder. Er hat genug zu ertragen, mit seiner Partnerin. Schreckliche Frau, findest du nicht? Weißt du, sie kam hier her und sagte mir, ich müsse neu dekorieren, dann hängte sie dieses grässliche Foto von sich auf. Siehst du es dort?“ Sie zeigt auf eine Leinwand, die die Wand hinter ihnen dominiert. „Alles Titten. Warum um alles in der Welt will ich ihr Dekolleté an meiner Wand haben? Und sie hat es so hoch aufgehängt, dass ich es nicht einmal abnehmen kann. Wenigstens hast du eine wunderbare Partnerin. Armer Rolan.“

„Willst du, dass ich das Bild für dich abnehme?“, fragt Pasha.

„Wechsel nicht das Thema. Wir sprechen über euch beide und euren Bedarf an einem Spender.“

„Deshalb sind wir nicht hier“, erwidert Pasha.

„Wirklich, Iris“, versichert Mae. „Wir bitten dich nicht, das zu tun. Wir würden das nie tun.“

„Ich weiß, dass ihr nicht fragen würdet. Ich biete es an.“

„Was?", Pashas Mund klappt auf. „Nein. Wir lehnen ab. Stimmt's, Mae?"

„Absolut. Bitte Iris, wir sind nicht einverstanden mit dem, was die Regierung tut."

Iris' Lächeln erreicht ihre glasigen Augen. Sie sieht gelassen aus. Was auch immer für Schmerzmittel sie nimmt, Mae hätte nichts dagegen, ein paar davon zu haben. Iris steht auf, um einige Teller zu decken.

„Bitte, lass mich helfen", sagt Pasha.

Sie schlägt seine Hände weg. „Hände weg. Ich schaffe das." Sie stellt die Pastete vor ihnen hin, die für ihre zittrigen Arme zu schwer aussieht, und schneidet dann, wobei ihre zitternde Hand das Messer viel zu nah an ihrer anderen Hand nach unten drückt.

Iris serviert dicke, triefende Scheiben und reicht etwas buttrige Kartoffeln, bevor sie sich mit einem Seufzer zurücklehnt. „Es gibt kein grünes Gemüse. Die Läden waren ausverkauft. Irgendwelche Probleme mit den Lieferungen."

„Es sieht großartig aus, Iris", schwärmt Mae.

„Wir müssen alle irgendwann sterben", fährt Iris fort, als ob sie dieses Gespräch weiterführen wollten. „Ich werde nicht wie einer dieser Konservierten sein. Natürlich ohne die zu beleidigen, die diese Wahl treffen", sie blickt zu Mae. „Aber Gott weiß, was in diesem Zeug drin ist, um so alte Menschen so jung erscheinen zu lassen. Noch siebzig Jahre leben. Das scheint nicht richtig, nicht für mich. Mein Angus wartet im Himmel auf mich, Gott hab ihn selig, und ich freue mich darauf, ihn wiederzusehen. Ich könnte es mir sowieso nicht leisten. Es ist ein Mittel für die 750-Plus-Leute. Ich wünschte, sie würden einfach ein Mittel herstellen, das uns jüngere Gelenke gibt. Meine Hüften sind im Eimer. Jedenfalls haben wir alle ein Verfallsdatum und ich bin über meines hinaus. Also kann ich mich in meinem uralten Zustand genauso gut nützlich machen."

„Oma, wirklich, wir wollen nicht, dass du unsere Spenderin wirst."

„Es ist aber das, was ich will", sagt sie so streng, dass Mae zusammenzuckt.

„Wir wollen das aber nicht, Iris", entgegnet Mae, ihre Worte bleiben ihr im Hals stecken. *Wollen sie es nicht doch?*, fragt sich Mae. Iris sieht ihr in die Augen, der sehnsüchtige Blick einer alten Freundin, und für den kürzesten Moment fühlt sich Mae beruhigt, dass sie einen Plan haben. *Nein!,* sagt sich Mae, kneift die Augen zu und wendet ihren Kopf von Iris' Blick ab. *Wir können so etwas nicht in Betracht ziehen. Niemals.*

„Ich habe so viele Reue", sagt Iris. „Die Leute sagen, lebe ohne Reue, aber das ist unmöglich. Dein Großvater Angus, habe ich dir je erzählt, wie er fast gestorben wäre? Und woher ich dieses Medaillon habe?"

„Viele Male", beteuert Pasha.

„Nun, wir hatten uns an diesem Tag gerade verlobt. Ich war dreißig Jahre alt."

„Ich kenne die Geschichte, Oma."

„Mach einer alten Frau eine Freude." Sie nimmt einen Bissen Kartoffel, dann hebt sie die Hand, um Pasha zum Schweigen zu bringen, bevor sie fortfährt. „Er machte mir den Antrag oben auf der Brücke. Du weißt schon, die alte Fahrradbrücke, die über den Fluss führt. Sie steht immer noch, glaube ich. Jedenfalls stand er wie ein tapferer Idiot auf dem Geländer. Ich sagte Ja und er fiel rückwärts, schlug sich den Kopf an und landete mit dem Gesicht nach unten im Fluss. Ich war völlig panisch, aber diese junge Frau am Ufer sprang sofort hinein, ohne Rücksicht auf ihre eigene Sicherheit oder die Strömungen – dieser Teil des Flusses ist für seine Strömungen bekannt. Aber sie schwamm hinaus und zog ihn ans Ufer. Sie rettete sein Leben und schenkte mir fünfundfünfzig Jahre glückliche Ehe mit dem Mann meiner Träume. Und sie hatte die schönsten Haare. Einige davon hatten sich in Angus' Knöpfen verfangen und ich bewahrte sie für immer hier auf, in diesem Medaillon. Mein Glücksbringer."

„Opa war der Beste, Oma."

„Ich kannte dieses Mädchen seit unserer Kindheit – wir wohnten in derselben Straße. Wir fuhren zusammen Fahrrad, tauschten Spielzeug. Sie war ein süßes Ding, aber immer von einer leisen Traurigkeit umgeben. Über die Jahre verloren wir uns aus den Augen. Doch als ich sie wiedertraf, versprach ich meiner alten Freundin, dass ich ihr den Gefallen eines Tages irgendwie zurückzahlen würde."

„Nun", sagt Pasha. „Dieses junge Mädchen wäre jetzt ein sehr altes Mädchen oder konserviert. Wie genau planst du, es ihr zurückzuzahlen? Indem du ihr diese Haarsträhne zurückgibst?"

Iris räuspert sich, hört auf, an der Kette herumzufingern, die sie immer trägt, und kehrt aus ihrer Nostalgie zurück. „Auf diese Weise. Indem ich Spenderin werde. Ich leiste meinen Beitrag für die Bevölkerung."

„Oma, das ist lächerlich. Das ergibt überhaupt keinen Sinn", sagt Pasha. Pastetenkrümel fallen ihm aus dem Mund auf die Brust. „Tut mir leid, aber Nein. Wir wollen dich nicht als Spenderin."

Mae sieht Iris an. Sie ist so entschlossen, dass es Mae in der Brust schmerzt. Das ist nicht, was sie wollen, nicht was Mae will. Dessen ist sie sich von Minute zu Minute sicherer. Iris kann es doch nicht ernst meinen? Sterben zu wollen, nur weil Mae schwanger ist? Sie ist für ihr Alter noch so voller Energie, hat noch so viel zu geben. Hooper stöhnt von seinem Bett aus, als würde auch er gegen Iris' Bitte protestieren. Mae rümpft die Nase über den Köter. Wenn sie nicht zugestimmt hätten, Hooper zu nehmen, wettet sie, wäre Iris nicht so bereit zu sterben. Vielleicht können sie sagen, dass sie ihre Meinung geändert haben, oder dass sie eine Tierhaarallergie entwickelt haben. Das wäre einfach. Der Geruch vom Hund lässt Mae sowieso immer würgen. Vielleicht ist sie wirklich allergisch, denkt sie.

„Also, wenn ihr mein Angebot ablehnt, was werdet ihr dann tun?", fragt Iris und reicht ihnen mehr Kartoffeln.

„Irgendwas wird sich schon ergeben", meint Pasha. Mae ist schockiert, dass sie tatsächlich den Überblick verloren hat, wie oft er das schon gesagt hat. „Ich bin sicher, sie werden nachgeben."

„Sie haben nachgegeben", sagt Iris. „Die *Enough*-Bewegung ist bei weitem die stärkere Stimme. Denen haben sie nachgegeben. Sie werden ihre Meinung jetzt nicht mehr ändern."

„Es ist Menschenopfer", sagt Pasha. „Das können sie nicht ernst meinen. Ich denke immer noch, es ist nur ein großer Witz. Ein Weckruf. Sie werden es nicht wirklich durchziehen."

„Hast du die neuesten Statistiken gesehen?", erkundigt sich Iris. „Achtzehntausend haben sich freiwillig gemeldet. Neun Milliarden Pfund extra für die Wirtschaft durch Erbschaftssteuer. Das wird nicht einfach verschwinden." Pasha streckt die Hand aus, um ihren Arm zu streicheln, aber sie winkt ab. „Jedenfalls sehe ich keinen Grund, warum ich mich nicht freiwillig melden sollte. Ich bin alt. Ich hatte ein gutes Leben. Mein größter Fehler war, so viele Kinder zu haben-"

„Oma!" Pasha schaut sie finster an.

„Es stimmt! Drei hatte ich. Die einzige anständige von allen war deine Mutter, Gott hab sie selig. Ich freue mich darauf, sie auch im Himmel wiederzusehen. Ich vermisse ihr Lächeln. Meine Söhne sind nichts als eine Last. Ich hätte nach ihr aufhören sollen."

„Onkel Theo und Onkel Linus sind nicht die besten-"

„Drogenabhängige, Ehebrecher, gleichgültig. Ich weiß nicht, wo ich falsch abgebogen bin. Ich kann nicht die schlimmste Mutter gewesen sein, wenn deine Mutter so gut geraten ist. Das letzte Mal, als ich Linus sah, warf er einfach so einen Plastikbecher auf die Straße. Er hat keinerlei Fürsorge. Kein Gewissen. Theo ist noch schlimmer. Sie besuchen mich nie, nun ja, kaum. Und jetzt werden sie nichts erben, also bezweifle ich, dass sie überhaupt noch vorbeikommen werden. Der kleine Betrag, den die Regierung nach der Erbschaftssteuer übrig lässt, wird natürlich an euch beide gehen."

Mae schüttelt den Kopf. „Iris, wir brauchen kein-"

„Aber es ist das, was ich will." Sie sieht jetzt beleidigt aus, als wäre ihre Fürsorge eine Ohrfeige. „Rolan braucht das Geld nicht. Ich habe ihm schon gesagt, dass das wenige, was übrig bleibt, an euch geht. Moira war nicht sehr begeistert, aber sie ist eine gierige Soundso. Und mich selbst für eure Zukunft zu spenden, ist auch etwas, was ich will." Sie greift über den Tisch nach den Servierlöffeln und häuft Pasha noch mehr Pastete auf den Teller. „Ihr müsst mehr essen, ihr beide. Ihr seid zu dünn."

Pasha bemerkt den dritten Bingo-Punkt fast nicht, bis Mae ihm in die Rippen stößt.

„Dieses Baby wird seine Oma brauchen", meint Pasha. „Es ist nicht so, als hätten wir viel andere Familie. Wir brauchen dich."

„Nein. Ihr braucht einander und das Baby. Wann ist der Geburtstermin?"

„Ende Juli", sagt Mae.

„Ein Sommerbaby." Iris lehnt sich zurück und starrt an die Decke. „Ich mochte schon immer die Vorstellung, im Sommer zu sterben. Draußen dahinzugleiten, warme Haut unter einem blauen Himmel, das Geräusch von Wasser, ein paar Vögel, die ihre Küken anpiepsen. Genau so war es an diesem Tag auf der Brücke. Klingt perfekt." Sie nickt. „Bitte, ich bin alt. Ich bin bereit."

Pasha spricht mit vollem Mund, während Mae ihren Blick auf ihren Teller gerichtet hat und den Anblick von ihm ausblendet. Wie er so viel essen kann, während sie eine so schreckliche Unterhaltung führen, übersteigt ihr Verständnis.

„Eine Ausnahmegenehmigung ist möglich, da wir keine Eltern haben", sagt Pasha. „Deshalb haben wir einen Antrag gestellt. Und es besteht immer noch die Chance, dass die Regierung ihre Meinung ändert."

„Na dann, meldet mich jetzt an", sagt Iris. „Dann müssen wir uns wenigstens keine Sorgen machen, dass du angegriffen wirst, wenn man deinen Bauch sieht."

„Nein", sagt er halb, halb spuckt er es aus. „Das Nan-E wird sofort verabreicht. Man kann es nicht rückgängig machen."

„Na gut." Iris will gerade einen Bissen nehmen, hält aber auf halbem Weg mit der Gabel inne. „Du hast noch ein paar Monate, bis man es sieht. Also werde ich mich in zwei Monaten als deine Spenderin eintragen lassen. Versprich es mir."

„Oma-"

Sie legt ihr Besteck hin und ergreift dann seine Hände. Ihre grauen Augen schauen tief in seine. „Bitte, Pasha. Ich werde nicht mehr lange durchhalten und ich werde viel glücklicher abtreten, wenn ich weiß, dass es euch beiden gut geht. Ich möchte zu meinen Bedingungen sterben. Das Weinen meines kleinen Urenkels hören, mit Blick auf den Himmel und einer frischen Brise, ein letztes Mal die Wolken betrachten. Nicht in irgendeinem Krankenhausbett oder hier allein. Niemand möchte allein sterben. Ich möchte umgeben von meiner Familie sterben, während ich ein neugeborenes Baby halte. Mein Leben. Meine Bedingungen."

Iris wendet ihre Aufmerksamkeit Mae zu. „Du verstehst das doch, oder? Du verstehst, was ich sage? Dass ich eine Schuld zu begleichen habe. Von allen Menschen solltest gerade du das verstehen."

„Das tue ich", sagt Mae mit einem Kloß im Hals. „Natürlich. Aber wir wollen dich länger als nur eine Stunde um das Baby herum haben."

„Gib uns einfach zwei Monate", sagt Pasha. „Es wird schon klappen. Bis dahin haben wir einen Plan."

*Klappen.* Mae verkrampft sich bei dem Klang dieses Wortes. Dieses verdammte K-Wort.

# KAPITEL 9



***

„Der Bus hat heute Morgen ewig gebraucht. Hast du den Verkehr gesehen?" Sadies Stimme klingt aufgeregt, als sie das Büro betritt und einen kalten Luftzug mitbringt, der ein paar Papierschnipsel über die Fußmatte wirbelt. Mae wirft einen Blick auf die Uhrzeit auf ihrem Computerbildschirm. 9:02 Uhr. Ausnahmsweise ist sie nicht diejenige, die zu spät kommt.

„Ich bin dem allen auf meiner Fahrt heute Morgen ausgewichen. Total verrückt."

„Ich kann nicht glauben, dass du jetzt noch mit dem Fahrrad fährst. Es ist noch nicht mal März. Es ist eisig." Sadie zittert, als sie ihren Mantel an einen Haken hängt. Irgendwie sieht ihr Haar trotz des Windes noch immer makellos aus.

Mae streicht ihr eigenes Haar glatt. Nicht dass es nötig wäre; ihr Helm hat es während der Fahrt ohnehin plattgedrückt. „Ich will wirklich nicht den Bus nehmen. Das ist die einzige Zeit, in der mir schlecht wird. Jeder wird es wissen. Die Gesellschaftspolizei ist seit der Ankündigung immer noch überall. Alle sind darauf erpicht, eine schwangere Frau zu finden."

„Es ist nicht illegal, schwanger zu sein."

„Aber mein Gesicht wird bekannt sein. Ich werde überallhin verfolgt werden. Ständig werden Kameras auf mein Gesicht gerichtet sein. Du weißt, wie das ist."

Sadie kennt das nur zu gut. Monatelang hatte die Gesellschaftspolizei ihre Türschwelle belagert, stets auf der Jagd nach dem geringsten Hinweis auf einen Samenspender. Ihre Partnerin hatte zehn Lebenspunkte eingebüßt, weil sie einem Spion eine verpasst hatte – nachdem dieser in ihren Taschen nach Anzeichen für Fruchtbarkeitshilfen gewühlt hatte.

Sadie nickt verständnisvoll. „Man wird es dir bald ansehen. Hast du schon einen Plan?"

„Nein. Wir warten immer noch auf unsere Ausnahmegenehmigung. Sie geben jetzt auch Armbänder aus. Hast du die gesehen? Metallbänder, rot, weiß und blau mit der Aufschrift ›neutralisierte schwangere Frau‹ auf der Seite und einer Registrierungsnummer, falls jemand überprüfen möchte, ob du einen Spender hast, bevor er dich verprügelt. Sie könnten uns genauso gut brandmarken." Sie stöhnt in ihren Tee. Er ist kalt und schwach, die einzige Art, wie sie ihn im Moment ertragen kann. „Sobald unsere Ausnahmegenehmigung durch ist, bekomme ich ein Armband und alles wird gut." *Gut.* Pashas Ausdrücke färben auf sie ab. Seine Gewissheit grenzt an Wahnvorstellungen, obwohl er immer noch darauf besteht, dass ihr Pessimismus die Überreaktion ist. Trotzdem. Es sind schon über zwei Monate vergangen und sie haben immer noch keinen Plan B.

„Wenn du deine Ausnahmegenehmigung bekommst? Du meinst falls", korrigiert Sadie sie.

„Danke für das Vertrauen."

„Wie lange, bis du es erfährst?"

„Das ist das Problem. Es könnte ein paar Monate dauern."

„Na ja, bei diesem Tempo musst du wenigstens nicht ins Büro kommen."

Mae blickt wehmütig auf ihren leeren Posteingang. Keine neuen Nachrichten, keine Termine im Kalender. Seit die erste Aufregung um die Ankündigung der Erbschaftssteuer abgeklungen ist, hat sich ihre Befürchtung bestätigt: keine Arbeit. Sie hat sich für Fortbildungen angemeldet, ihrem Manager E-Mails mit Ideen geschickt, um das Geschäft in neue Richtungen zu lenken – Katlyn hatte zumindest zugestimmt, das zu prüfen. Aber es wird Zeit brauchen, alles neu aufzubauen und neu auszurichten. Von Entlassungen spricht noch niemand, aber Mae spürt es. Hier am Schreibtisch fühlt sie sich so überflüssig wie die leeren Stühle um sie herum. Es gibt nur eine begrenzte Menge an Gesprächen über Kosmetik und Politik mit Sadie, die sie erträgt. Sadie sorgt sich ebenfalls. Sie verschickt fast täglich Höflichkeits-E-Mails und ordnet den Aktenschrank mit einer Sorgfalt, die selbst Mae anerkennen muss – so aufgeräumt war er noch nie. Das Büro ist makellos, fast steril. Neue Poster hängen an den Wänden und endlich ist dieses abscheuliche cremefarbene Ding über Maes Schreibtisch verschwunden.

Die makellose Ordnung und Sauberkeit lindern Maes Ängste kein bisschen. Ein Teil ihres Nettovermögens steckt in Unternehmensaktien, und seit Pashas Abhebung sind ihre Ersparnisse kaum der Rede wert. Kein finanzieller Puffer, keine Alternative – und ein Baby unterwegs.

„Der Verkehr bestand nur aus Kleinbussen, ist dir das aufgefallen?", fragt Sadie.

„Nicht wirklich."

Sadie lässt sich auf ihren Stuhl fallen und macht nicht einmal den Versuch, ihren Computer einzuschalten – längst hat sie sich damit abgefunden, dass es heute nichts zu tun gibt. „Es sind die Älteren der Gesellschaft", sagt sie. „Sie verlassen die Städte und Gemeinden, mieten sich in Wohnwagenparks und Ferienanlagen ein. Und dann tun sie sich zusammen, legen ihr Geld zusammen, um private Sicherheitskräfte anzuheuern."

Maes Mund wird trocken. „Ach was."

„Es stimmt. Meine Mutter hat es mir erzählt. Meine Oma ist weg." Sadie lehnt sich vor, ihre Stimme gedämpft, aber drängend. „Es gibt Gruppen in den sozialen Medien, die das alles organisieren. Weißt du, dass sie bewaffnete Wachen angeheuert haben, um die Konvois zu eskortieren? Mein Bus ist heute Morgen an mehreren Panzern vorbeigefahren. Echte Panzer! So viele Ältere wurden bereits entführt und als Geiseln gehalten. Und sobald die Nan-E verabreicht wurde, gibt es kein Zurück mehr. Sie stimmen unter Zwang zu – und dann war's das. Am Arsch. Sie sind an diese Gebärmutter gebunden, egal was passiert."

Maes Wangen glühen. Die Morgenübelkeit hat sich inzwischen größtenteils gelegt, doch diese Nachrichten lassen ihr den Magen erneut zusammenkrampfen. Sie fühlt sich nur dann wirklich schwanger, wenn sie über die Ausweglosigkeit ihrer Situation nachdenkt. Sie meidet das Fernsehen und liest kaum Nachrichten. Es ist einfacher, den Kopf in Kurse zu stecken, die Wohnung zu putzen oder das Besteck zu zählen, als sich Sorgen zu machen. Sie steht auf und sucht nach einer Packung Kekse im Schrank. Sie essen in letzter Zeit zu viele davon. Es ist alles, was es zu tun gibt.

„Die *Eyes Forward* sind ziemlich zufrieden damit", fährt Sadie fort und füllt die Stille. „Da alle so in Panik sind, am Leben zu bleiben, hat niemand die Zeit oder Energie, gegen die Erbschaftssteuergesetze zu protestieren. Letzte Woche gab es eine Demonstration. Hast du die Aufnahmen gesehen?"

Mae schüttelt den Kopf und möchte sich nicht auf das Gespräch einlassen. Sie würde eigentlich lieber alles andere hören.

„Etwa zwölf Leute waren da. Sinnlos."

Mae hebt die Augenbrauen, ein routinierter Versuch, Interesse zu signalisieren – ein geübter Mikroausdruck von Aufmerksamkeit, bevor ihr wahres, ausdrucksloses Gesicht zurückkehrt. War Sadie schon immer so gesprächig? Wahrscheinlich. Aber früher hatte Mae genug zu tun, um sich abzulenken. Jetzt gibt es nur Sadies Stimme und das trockene Knirschen ihrer Zähne, die Kekse zermalmen.

„Hast du irgendeinen Plan, falls das mit deiner Ausnahmegenehmigung nicht klappt?"

„Bei diesem Tempo landen wir im Gefängnis", sagt Mae und starrt in ihre nun leere Teetasse. „Pasha will jemanden bezahlen, aber wir haben kein Geld. Nicht annähernd genug. Ich denke, eine Abtreibung wäre das Beste."

Sadie schüttelt den Kopf. „Das ist echt Scheiße. Ich kann's einfach nicht glauben", sagt sie und steht auf, um den Wasserkocher anzustellen.

„Ich habe nur noch weniger als einen Monat, bevor man es mir ansieht. Vielleicht sogar nur eine Woche oder so. Was sollen wir tun? Ich werde gesteinigt, wenn ich kein Armband habe."

„Versteck dich."

„Hör auf. Du bringst Pasha noch auf Ideen."

Sadie lehnt sich nachdenklich in ihrem Stuhl zurück, als hätte sie gerade etwas Vernünftiges gesagt. „Es ist nicht die schlechteste Idee. Entweder das oder du bleibst sechs Monate lang in deiner winzigen Wohnung. Die Drohnen patrouillieren auf dem Land weniger als in den Städten. Wenn du nach Westen gehst, könntest du es vielleicht schaffen. Warte dort ab, bis du von deiner Ausnahmegenehmigung hörst."

Bei dem Gedanken ans Reisen krümmen sich Maes Zehen. Berkshire verlassen? Wie exponiert sie sich fühlen würde, wie sie herausstechen würde, eine offensichtliche Außenseiterin. Eine *schwangere* Außenseiterin. Die Gesellschaftspolizei würde jede Minute ein Foto von ihr machen. „Bezirksgrenzen überqueren? Wir würden in Sekunden entdeckt werden."

„Es ist nichts Falsches daran, Tourist zu sein."

Falsch. Es ist alles falsch daran, Tourist zu sein. Schon der Gedanke daran lässt Maes Rücken feucht werden. Sie hat es am Bahnhof Reading schon oft genug gesehen. Solch seltsames Verhalten zieht Aufmerksamkeit auf sich, ist Futter für Klatsch und Tratsch. Kaum jemand macht sich die Mühe, den eigenen

Bezirk zu verlassen. Warum die Wirtschaft in einem anderen Gebiet unterstützen? Mae kann es nicht verstehen. Menschen in anderen Bezirken sehen anders aus, kleiden sich anders, klingen anders. Mae ist schon anders genug, ohne sich zu einer totalen Freak-Show zu machen. Mae spürt ein unangenehmes Kribbeln bei der Vorstellung, dass alle sie anstarren, sie mustern. Argwöhnische Blicke, misstrauische Augen – und schießbereite Hände, die ihre Handys heben, bereit, jedes Detail festzuhalten.

„Warum will überhaupt jemand in andere Bezirke reisen?", fragt Mae und zieht ihr Hemd vom Rücken. „Man fällt so auf. Ich würde es hassen, so aufzufallen."

„Um der Monotonie zu entkommen?", sagt Sadie, als wäre Monotonie etwas Schlechtes. „Ich war einmal in Wiltshire. Die Farben, die die Leute dort tragen! Du würdest es nicht glauben. Und sie tragen ihre Haare so hoch aufgetürmt. Alle Geschlechter. Seltsam."

Natürlich war Sadie schon in anderen Bezirken. Mae ist überhaupt nicht überrascht. Ihr knallroter Lippenstift lässt sie überall freiwillig auffallen. Sadie hat keine Angst davor, angestarrt zu werden. Sie variiert sogar die Kaffeemarke, die sie kauft – „nur zur Abwechslung", sagt sie. Einmal hat sie sogar eine neue Zahnpasta ausprobiert. Ihre Zähne sind schön, was hat sie also erwartet zu erreichen?

„Hast du versucht, dich anzupassen?", fragt Mae, ohne die Antwort wirklich hören zu wollen.

„Nein. Ich bin einfach aufgefallen. Alle haben gestarrt."

Jetzt jucken sogar Maes Handflächen. Sie windet sich. „Es hat etwas Beruhigendes, berechenbar zu sein."

„Nun, du wirst dich vielleicht unwohl fühlen müssen. Du kannst die Nanos nicht einfach herausschneiden. Sie sind in deinem Blut."

„Vielleicht sollten wir uns ein Beispiel an den Älteren nehmen und bewaffnete Wachen anheuern, um die Drohnen und *Enough*-Randalierer abzuschießen."

„Oder wie sie eine Kommune gründen."

„Ha! Sei nicht albern."

Sadie nippt an ihrem Tee, ihr Gesicht ist für einen Moment im Dampf verschwunden. „Es ist ziemlich abgelegen im Westen. Du könntest für ein paar Monate verschwinden."

„Nirgendwo ist abgelegen genug."

Normalerweise empfindet Mae Sadies Direktheit als angenehm. Ihre Sachlichkeit ist eine verlässliche Konstante – bei Sadie musste man nie raten. Doch gerade jetzt wäre ein wenig Zurückhaltung ihrerseits eine willkommene Abwechslung.

Nach ganzen zwei Stunden im Büro packt Mae für den Tag zusammen und geht. Lieber allein zu Hause sitzen, als sich hier überflüssig zu fühlen.

„Ruf mich an, wenn es Kunden gibt", sagt sie zu Sadie, als sie geht.

Sadie nickt und winkt, ohne von ihrer Social-Media-Seite aufzublicken.

Der Konvoi aus Kleinbussen und Armeepanzern rollt immer noch die Straßen entlang. Ihre Fenster sind gefüllt mit grauen Köpfen, abgenutzten Gepäcktaschen und Kissen, die gegen die Scheiben gedrückt werden. Die Cafés, an denen sie vorbeifährt, sind leer, der übliche Trubel der Älteren ist verschwunden, verlassen. Vor den Seniorenwohnblocks vernageln Arbeiter die Fenster mit Holzbrettern und Nägeln und bringen Stacheldraht an den Zäunen an. Die Gärten bleiben dem Unkraut überlassen. Mae schaudert.

Auf dem Heimweg hält sie bei der Apotheke an, um Vitamine zu kaufen, nur um festzustellen, dass auch diese geschlossen ist. *Geschäftsaufgabe* prangt in roten Buchstaben über den Fenstern. Die nächste Apotheke, die sie versucht, ist ebenfalls dicht. Es scheint, als wäre die Buchhaltung nicht das einzige Geschäft, das unter den neuen Gesetzen zusammenbricht. *Macht nichts*, sagt sich Mae. *Dann bestelle ich eben online.*

Der Verkehr stockt, noch schlimmer als sonst. Panzer und Kleinbusse verlangsamen den Fluss, ein träge rollender Exodus der Älteren und ihrer Wachen verstopft die Hauptstraßen. Busse stauen sich dahinter, Hupen gellen durch die stickige Luft, aufgeladen mit Wut und unterschwelliger Panik. Mae kann den Anblick kaum verarbeiten. Jedes Fahrzeug bewegt sich fort von der Stadt, flieht mit vollgepacktem Gepäckraum, während Panzer langsam neben den Kleinbussen herrollen. Es wirkt wie eine Szene aus einem alten Kriegsfilm – eine verstörende Massenevakuierung. Berkshire ohne seine Älteren? Der Gedanke fühlt sich falsch an. Als wäre die Stadt nicht mehr dieselbe. Als hätte sich die Welt unmerklich, aber unumkehrbar um ein oder zwei Grad verschoben.

Sie versucht, dem schlimmsten Verkehr auszuweichen und nimmt den langen Weg nach Hause – eine Weile am Fluss entlang und dann durch die Nebenstraßen, um Staus und Spritzwasser zu vermeiden. Der Verkehr wird etwas dünner, als sie nördlich des Flusses ankommt. Sie hat zumindest Ellbogenfreiheit auf ihrem Fahrrad.

Als sie um die Ecke in die Gosbrook Road biegt, streifen junge Leute in schwarzen Kapuzenpullovern mit hochgezogenen Schultern, um ihre lässige Haltung zu betonen, durch die Straßen. Mae zieht den Bauch ein. Unnötig bei ihrer jetzigen Figur und nicht so einfach beim Radfahren, aber sie wird von Instinkten geleitet. Immer noch unsicher, ob sie das Baby überhaupt will, aber das wäre ihre Entscheidung, nicht deren. Nach ein paar Pedaltritten wird klar, dass es nicht ihr Ziel ist, nach schwangeren Frauen zu patrouillieren. Denn in der Gasse steht eine Schlange von Älteren der Gesellschaft, die Bargeld und Bankkarten in den Händen halten.

Mae verlangsamt ihr Tempo, nur leicht, und reckt den Hals die Straße hinunter. Ein vermummter Jugendlicher nähert sich der Schlange mit einer Tüte Pillen und tauscht sie gegen Geld. Keine üblichen Kunden, da ist sich Mae sicher. Die neuen Gesetze haben nicht nur dazu geführt, dass Apotheken schließen mussten, sie fördern auch den Schwarzmarkt mit Blutdrucktabletten, Diabetesmedikamenten und Krebspräparaten. Sie hatte ein wenig darüber in den Zeitungen gelesen, doch Sadie hatte ihr die wahren Ausmaße geschildert. Berichte über Ältere, die wegen ihres Bargelds überfallen wurden, gefälschte Medikamente, Menschen, die ihre gesamten Ersparnisse für Pfefferminzbonbons und Smarties ausgaben. Mae erkennt Mr. Tubbs aus dem Nachbarblock. Er züchtet Kräuter in seinem Blumenkasten – echte Pflanzen, keine künstlichen. Er geht jetzt mit einem Stock, aber sie ist sich sicher, dass er das früher nie tat. Geschwollene Füße ragen aus seinen Sandalen hervor, während er mit der freien Hand den Weg entlang der Mauer ertastet. Es ist kaum über dem Gefrierpunkt und sein Mantel sieht dünn und abgetragen aus.

Sie wendet sich wieder der Straße zu und radelt weiter. Nichts, was sie tun kann. Sie hat ihre eigenen Probleme.

Pasha ist zu Hause, als sie ankommt, und sitzt auf dem Sofa und schaut fern.

„Hey", sagt er. „Du bist früh dran."

„Du auch. Darf ich fragen, warum?"

„Nun ja ..." Er schaltet den Fernseher aus und steht dann auf, um ihr einen Kuss zu geben. „Vier meiner Patienten können heute ihre Häuser nicht mehr verlassen. Schlaganfall, Herzinfarkt, blind und tot." Er zählt sie an seinen Fingern ab. „Der Mangel an Medikamenten hat sie entweder getötet oder ans Haus gefesselt und außerhalb meiner Hilfe gebracht. Die anderen haben entweder zu viel Angst, ihre Häuser zu verlassen, oder sie sind in irgendeine Seniorenkommune mit bewaffnetem Sicherheitsdienst gezogen. Hast du die Konvois gesehen?"

„Ja. Scheiße, das ist übel."

Er holt ein Bier aus dem Kühlschrank. Es ist noch nicht einmal Mittag. „Jep. Und morgen dasselbe. Und übermorgen. Wie lange, bis sie mich feuern?"

Ein Anflug von Neid packt Mae, als er das kalte Bier hinunterstürzt. Eiskaltes Kondenswasser tropft die Dose hinunter. Etwas, das die Anspannung lindert, wäre jetzt mehr als willkommen.

„Ich sitze im selben Boot", sagt sie mit heiserer Stimme aufgrund ihrer trockenen Kehle. „Keine Kunden mehr. Nicht, bis das Geschäft in neue Bereiche expandiert."

Pasha setzt sich wieder aufs Sofa und trinkt weiter. Die Dose ist in Sekunden leer. Mae verbirgt ihre Missbilligung, aber der saure Geruch lässt sie zusammenzucken. Sie weicht zurück und hängt ihren Mantel auf.

„Wenn wir nur Ersparnisse hätten, auf die wir zurückgreifen könnten", sagt sie, so scheinheilig wie beabsichtigt.

„Ja, ja. Schon gut." Er schaltet den Fernseher wieder ein, jetzt lauter. „Oma kommt nachher vorbei. Rolan und Moira auch", ruft er über die Werbung hinweg.

Mae sträubt sich bei dem Gedanken an Moira. „Wirklich? Warum?"

„Es war ihre Idee. Ich weiß nicht. Ich glaube, Oma wollte kommen, aber Ro will nicht, dass sie allein reist. Ich auch nicht, ehrlich gesagt."

„Sind sie auch nicht auf der Arbeit?"

„Anscheinend nicht."

Die Nachrichten dröhnen jetzt aus den Lautsprechern. Die neuesten statistischen Updates: wie viele Milliarden die Regierung mit ihrem Geniestreich eingenommen hat. Selbstgefällige Politiker reiben sich die Hände und sabbern über ihren Erfolg. Nicht viel über die Angriffe auf die Älteren, die Entführungen oder die zwielichtigen Medikamentendeals. Das wird wahrscheinlich nur eine Randnotiz sein, nach dem Ego-Streicheln für die Regierung und dem Sport.

„Machst du das bitte aus?", bittet Mae. „Ich kann es nicht ertragen."

Er schaltet ab und rutscht dann zu ihrer Seite des Sofas. Er trägt immer noch seinen hellgrauen Arbeitsrollkragenpullover und die Jogginghose. Eine beruhigende Farbe, wie eine Bettdecke. Sie würde in dieser Farbe blass aussehen, farblos, wie Moiras Teppich. Wem wird ihr Baby ähnlich sehen? Sie hofft ihm, durch und durch. Es gibt nichts von ihr selbst, von dem sie hofft, dass das Baby es erben wird. Mathematische Fähigkeiten, wenn sie denn etwas wählen muss. Ansonsten sind ihre Gene eine Sammlung unpassender Ausschussware. Nichts hat je wirklich gepasst. Ein Puzzle, dem einige Teile fehlen. Pasha würde das Gegenteil behaupten. Wo sie Haut sieht, die sich fast nahtlos in die Flurfarbe einfügt, und Haare, die den meisten Menschen Kopfschmerzen bereiten würden, sieht er Porzellan und Feuer.

Sie weiß, dass ihr die Persönlichkeit fehlt, um einem solchen Sprichwort gerecht zu werden. Dieses Porzellan müsste zerbrechlich und das Feuer lauwarm sein. Wieder würde Pasha widersprechen.

Sie betrachtet ihn, entspannt auf dem Sofa, die unordentliche Stirnfranse kringelt sich über seine Stirn, dichte Brauen machen seine Mimik verständlicher. Er will reden, nicht sich verkriechen. Es ist klar. Besser, das Baby erbt all seine Gene. Sonnengeschädigt vs. sonnengeküsst. Sepia vs. volle Farben. Ungeschickt vs. gelassen. Liebenswert vs. … nun ja, sie.

Baby. Sie sollte nicht so denken, als wäre ein Baby Teil ihrer Zukunft. Sie ist schwanger. Das ist ein Unterschied.

„Sollen wir morgen Onkel Charlie besuchen?", fragt er. „Bevor er in irgendein Lager abhaut?"

„Du willst ihn wirklich fragen?"

„Nein. Aber wie du sagtest, er ist der unglücklichste Mensch aller Zeiten. Und er ist alt genug. Opa hat ihn auch immer gehasst. Er wird es uns nicht übel nehmen, wenn wir seinen Bruder umbringen."

Mae setzt sich jetzt neben ihn und starrt auf die leere Wand vor ihr. Wie kann es sein, dass sie sich neben solcher Wärme so kalt fühlt? „Wir haben keine Ersparnisse, vielleicht bald keine Jobs mehr und keinen Spender. Pasha, das ist nicht richtig-"

„Sag das nicht. Wir kriegen das schon hin. Mit deinem Job wird alles in Ordnung sein. Ich werde mich für Stellen als Sportphysiotherapeut bewerben – Athleten behandeln statt nur Ältere. Wir müssen uns breiter aufstellen. Wir brauchen keine Ersparnisse und wir werden dieses Baby nicht abtreiben. Es wird alles gut.“

Sie windet sich wieder bei diesem verdammten G-Wort. „Ich brauche einen Plan, Pasha. Wirklich.“

Die Tür summt und Pasha springt auf, um sie reinzulassen, wobei er Mae im Ungewissen lässt. Sie braucht Antworten, einen Plan, etwas Sicherheit. Aber später. Jetzt müssen sie erst einmal Gastgeber spielen.

Bei Moira beginnt man es zu sehen, ihr Bauch wölbt sich leicht. An ihrem Handgelenk baumelt ein Metallarmband, das ihre Schwangerschaft legitimiert. Maes Körper verkrampft sich bei dem Gedanken, dass Moiras Baby akzeptabler ist als ihres. Sie hat sie seit ihrem Streit beim Abendessen nicht mehr gesehen und trotz ihrer Absicht, es auf sich beruhen zu lassen, bringt sie das Armband sofort auf die Palme.

„Hi, Oma. Wie geht's dir?“, Pasha umarmt Iris und gibt ihr einen Kuss auf die Wange.

Neunundachtzig Jahre alt und sie ist gerade drei Stockwerke hochgestiegen. Keuchend, aber noch stehend. Die Anstrengung hat lediglich ihre Wangen gerötet. Mae steht vom Sofa auf und hilft Iris beim Hinsetzen.

„Schön, dich zu sehen, Liebes“, sagt Iris, als sie wieder zu Atem kommt.

„Setz dich, Moira“, bittet Pasha und deutet auf das Sofa.

Moira rümpft die Nase über das Sofa und weicht zurück. „Ich stehe lieber, danke."

Sie sieht seltsam aus, denkt Mae. Ihr Haar ist nicht geflochten, sondern fällt in langen Wellen über ihre Schultern, das Make-up ist intensiver, die Absätze höher.

„Wie läuft's, Ro?", fragt Mae. Nach hinten gekämmt, ohne Pony – das lässt ihn größer wirken. Sein Gesicht, ungeschützt und unbedeckt, wirkt verloren, nicht wie der optimistische, beinahe übermäßig positive Mensch, den sie kannte. Die gewohnte Energie und der Stolz sind verschwunden. Seine Schultern hängen, seine Augen wirken leer.

„Wir können nicht lange bleiben. Das Taxi wartet auf uns. Wir sind nur kurz vorbeigekommen, um uns zu verabschieden."

Pashas Kopf schnellt hoch. „Verabschieden?"

„Wir müssen gehen", erklärt Moira. „Man sieht es mir langsam an. Es ist nicht sicher für uns hier."

„Aber du hast doch ein Armband", erwidert Mae, der Neid deutlich in ihrem Ton zu hören.

„Zu viele Leute hier kennen uns. Sie wissen, dass das Baby biologisch nicht von Rolan sein kann. Die Gesellschaftspolizei ist hinter jedem Punkt her, den sie kriegen kann. Die ganze Woche wurden Kameras auf uns gerichtet."

„Wir ziehen nach Edinburgh", sagt Rolan, fast hustend.

Pashas Augen quellen hervor. „Edinburgh! Schottland?"

„Die Wohnung ist tatsächlich schon verkauft. Sie wurde sofort weggeschnappt."

„Na ja, das ist ja klar. So eine schöne Wohnung", sagt Moira. „Der Look in Edinburgh ist akzeptabel, sogar ganz nett. Etwas vielfältiger als hier. Sie tragen ihr Haar lockerer, weißt du." Sie wirft ihr Haar zurück, um ihre perfekten Wellen zur Schau zu stellen. „Und die Kleidung … nun ja, daran werden wir uns gewöhnen. Wir kaufen neue Mäntel und Taschen, wenn wir dort sind."

„Wir haben eine Pension in Edinburgh gebucht, ein paar Immobilien zur Besichtigung vereinbart und ich habe dort einen Arbeitsvertrag", sagt Rolan, als hätte er diese Bombe seit Monaten vorbereitet. „Das wurde heute alles bestätigt und wir dachten uns, was soll's – bevor es hier für uns unerträglich wird."

„Donnerwetter." Pasha lässt sich auf die Sofalehne sinken und Iris drückt seine Hand. „Ich dachte, unsere Babys würden ihre Cousins kennenlernen. Das alles scheint so überstürzt."

Rolan lehnt sich an die Wand und ahmt Pashas Haltung nach. „Ich weiß. Vielleicht können wir in ein paar Jahren zurückkommen." Sein Kopf hängt immer noch tief und Feuchtigkeit glitzert in seinen dunklen Augen.

„Scheiße, Ro. Es tut mir wirklich leid. Ich habe das Gefühl, als hätte ich dazu beigetragen, das Ganze für dich zu vermasseln." Pashas Augen glänzen auf die gleiche Weise wie Rolans.

Pasha sieht seinem Bruder so ähnlich, wenn er traurig ist, denkt sich Mae. So anders, wenn er glücklich ist, aber jetzt spiegeln sich ihre Gesichter im Schmerz.

„Überhaupt nicht", entgegnet Rolan und hebt seinen Kopf, als wolle er ihn beruhigen. „Es ist einfach ein Neuanfang. Wir freuen uns darauf. Neuer Ort, neue Herausforderungen."

Mae zuckt mit den Füßen und lehnt sich gegen den Türrahmen, wobei das Wort *neu* ihr Inneres zusammenzieht. Der geriffelte Türrahmen drückt sich in ihren Rücken, vertraut, kühl, stabil, mit abblätternder Farbe an allen richtigen Stellen.

„Wisst ihr schon, was ihr machen werdet?", fragt Rolan sie beide. Mae zuckt noch mehr, zupft an der Nagelhaut ihres Daumens und schaut dann zu Pasha, der ihrem harten Blick ausweicht.

„Nein. Mach dir keine Sorgen", sagt er, so entschlossen wie immer. „Und wir werden Oma nicht umbringen."

„Ich kann euch hören, wisst ihr", sagt Iris.

Mae tritt vor, ihre Füße fühlen sich schwer an, als wögen sie eine Tonne. Sie senkt den Blick. „Ich schätze, das ist dann wohl ein Abschied, Moira."

„Es ist schade. Ich hatte mich wirklich darauf gefreut, dir eines Tages beim Ausmisten deines Kleiderschranks zu helfen."

„Vielleicht irgendwann in der Zukunft."

„Ich wollte dir ein paar meiner Berkshire-Stücke vorbeibringen, aber die würden dir offensichtlich nicht stehen. Du hast nicht meine Kurven."

Mae versucht zu lächeln. „Danke für den Gedanken."

Sie umarmen sich für die wenigen Mikrosekunden, die Mae es aushalten kann, und spart ihre ganze Umarmungstoleranz für Rolan auf. Er umarmt sie mit all der Wärme, die Familie haben sollte. Keine Luftküsse. Einfach in Traurigkeit gehüllt.

„Wir bleiben in Kontakt, ja?", sagt er, als sie sich löst und nickt.

„Wir kommen euch besuchen", versichert Pasha.

„Passt auf Oma auf."

Und sie gehen. So plötzlich. Mae tastet wieder nach dem Türrahmen – etwas Vertrautes, da ein schmerzerfüllter Pasha zu fremd ist. Pasha fährt sich mit den Fingern durchs Haar und lehnt sich neben sie. Sein Arm berührt ihren und seine Hand sucht ihre.

„Es ist nicht für immer, da bin ich mir sicher", sagt sie, ziemlich unsicher, ob das stimmt. Wie weit weg ist Edinburgh überhaupt?

Nicht, dass das wichtig wäre. Wenn es außerhalb von Berkshire ist, könnte es genauso gut der Mond sein.

Pasha musste nie allein sein. Mae hat ihn immer darum beneidet. Seine Eltern starben bei einem Fahrradunfall, nachdem er schon ausgezogen war. Er hatte eine Kindheit voller elterlicher Zuneigung und familiärer Nähe genossen. Sein Bruder war immer nur eine kurze Radtour entfernt, seine Oma gleich in der Stadt. Ein solcher Kontrast zu Maes trostlosen Jahren, in denen sie sich lieber mit Matheproblemen einschloss, als irgendeinen Kontakt zu ihrer Familie zu haben.

Seine behütete Kindheit hat ihm ein Leben lang müheloses Gespräch ermöglicht. Er hat viele Freunde. Mae könnte in einem Raum mit hundert Menschen sein und wäre trotzdem einsam. Keine Geschwister. Eltern, die sich nie gekümmert haben. Als sie aufwuchs, kannte sie keine menschliche Berührung. Ihre Tränen wurden nie getrocknet. Sie hörten einfach auf zu fallen. Ein Kind, das niemand umarmte, wurde zu einer Erwachsenen, die nicht wusste, wie man Trost findet. Statt Nähe suchte sie Sicherheit im Zählen ihres Lebens, anstatt jemanden zu umarmen.

Aber sie ist es gewohnt – die Intimität der Einsamkeit. Die kalte Umarmung, die bleibt, selbst wenn jemand sagt, dass er dich liebt. Für Pasha ist das alles neu. Für jemanden, der seine Gedanken so mühelos in Worte fassen kann, fällt ihm das Abschiednehmen überraschend schwer. Mae sieht ihn an, voller Mitleid und Sorge. Ist ihre Liebe genug? Sie spürt sie, aber das Zeigen fällt ihr schwer. Bisher hat er das verstanden, weil er seinen Bruder hatte, der ihn auffing. Doch nun? Kann sie lernen, besser zu sein? Partnerin und Schwester zugleich? Vielleicht wird ihr Baby die Lücke füllen. Plötzlich erscheint der Gedanke an eine Abtreibung abscheulich.

Pasha noch ein weiteres Familienmitglied zu nehmen, wäre zu grausam.

„Ich...“ Pasha ringt ausnahmsweise um Worte. „Ich hatte nicht lange genug einen Bruder. Nicht wirklich. Er war nicht Ro, als wir Kinder waren. Ich weiß, er ist es seit Ewigkeiten, aber diese Jahre müssen aufgeholt werden, weißt du?“

Mae nickt. So funktioniert das aber nicht. So viel weiß sie. Egal wie lange man lebt, es gibt keine zweite Chance. Diese verlorenen Jahre bleiben verloren.

„Ich hätte ein besserer Bruder sein sollen.“ Pasha trocknet sich das Auge. „Als wir Kinder waren. Als Mama und Papa noch da waren. Ich hätte damals hinter ihm stehen sollen.“

„Er ist nicht tot, Pasha. Und er versteht das.“

„Ihr beide solltet ebenfalls in Erwägung ziehen zu gehen“, sagt Iris ohne den geringsten Zweifel in der Stimme.

„Oma!“

„Ich meine es ernst. Lauft, so schnell ihr könnt. Ihr müsst euch irgendwo verstecken, bis eure Ausnahmegenehmigung durchkommt.“

„*Falls* unsere Ausnahmegenehmigung durchkommt“, korrigiert Mae.

„Ihr habt die Nachrichten gesehen“, ignoriert Iris Maes Einwurf. „Schwangere Frauen werden in der ganzen Gesellschaft verprügelt, sogar in der ganzen Welt. Was wollt ihr machen, wenn man es euch ansieht?“

„Den Bauch einziehen?“

„Ich meine es ernst, Schätzchen. Ihr seid nicht die Königsfamilie. Ihr kommt damit nicht durch.“

„Sag bloß, du hast diese schreckliche Fernsehsendung gesehen?", fragt Pasha.

„Natürlich habe ich das! Ich bin fast neunzig Jahre alt, ich habe nicht viel anderes zu tun. In meinen Hacker-Tagen bei der SAS-"

„Oma, du hast nie für die SAS gearbeitet", sagt Pasha, und sein Spott verwandelt sein Stirnrunzeln kurz in ein Lächeln.

Iris schnaubt. „Nicht die, an die du denkst. Keine Regierungsgruppe. Sisters And Spies, so nannten wir uns. Erstklassige Hackerinnen waren wir. Aber das ist eine andere Geschichte. In meiner Blütezeit als Hackerin bei der SAS war ich jedenfalls immer beschäftigt. Ich habe allen möglichen Gesprächen gelauscht, Leute ausspioniert, ihre Firmware entschlüsselt und du würdest nicht glauben, was ich alles herausgefunden habe. Die würden mich umbringen, wenn ich es dir erzählen würde."

„Ganz sicher, ganz sicher."

Pashas Sarkasmus geht an Iris vorbei. Vielleicht hört sie ihn nicht, überlegt Mae, oder sie entscheidet sich, ihn zu ignorieren.

„Es wird ein bisschen langweilig, wenn man alt ist. Also ja, diese Royals-Show war ziemlich unterhaltsam. All diese dummen Leute, die Schlange stehen, um geopfert zu werden, sogar darum betteln, nur weil es ein neuer Prinz oder eine neue Prinzessin ist. Als ob andere Babys nicht genauso wertvoll wären."

„Zumindest haben die Royals Optionen", sagt Mae.

Die TV-Show hat laut Berichten die höchsten Einschaltquoten seit Jahren. Der Klatsch aus der Show hatte sich in den letzten Wochen durch jedes Café und jede Warteschlange gezogen. So sehr Mae sich auch weigerte, sie zu sehen, war es schwer, dem Gerede zu entkommen. Die Telefonabstimmungen generieren mehr Geld als die Werbung. Das Geld aus den Premium-Telefongebühren geht wahrscheinlich an die Royals, auch wenn das niemand tatsächlich gesagt hat. Eine Talentshow für ältere Bürger, die um ihre Eignung betteln – aufgereiht in einer Reihe, flehend, sich für das nächste königliche Baby opfern zu dürfen. Kein Preisgeld, kein Grund, Geld für eine Leiche auszugeben. Doch die Ehre, ein Familienmitglied mit den Royals in Verbindung zu bringen, würde zweifellos den gesellschaftlichen Wert ihrer Verwandten steigern. Darüber sprach man natürlich nicht viel. Warum den Spaß mit der Wahrheit trüben? Nur Zyniker und Realisten dachten über solche Dinge nach. Die Nan-E-Medikation bleibt dieselbe – egal für wen sie sich opfern – und Leichentücher haben keine Taschen.

„Ich bete für euch beide", sagt Iris.

„Ja, danke", murmelt Pasha ohne Überzeugung.

Iris ignoriert seine fehlende Dankbarkeit. „Ihr werdet das schon hinkriegen, ihr beide. Es wird alles gut."

Mae runzelt die Stirn. „Du klingst wie Pasha."

# KaPITeL 10

Onkel Charlies Haus liegt in einem rauen Viertel, in das sich Mae normalerweise niemals allein wagen würde. Eine Gegend, in der Graffiti jede Fassade bedeckt und die Fußgänger hastig und wachsam ihren Weg suchen, bedacht darauf, nicht zu trödeln. In den Kneipen gibt es mehr gebrochene Nasen als Bier, und Sportübertragungen führen häufiger zu Schlägereien als zu Jubel. Sie weichen einem Haufen zerbrochenen Glases und herumliegenden Mülls aus, fahren vorbei an Hunden, die hinter Fensterscheiben knurren und die Zähne fletschen, und an Graffiti, das patriotisch wirken könnte – wenn es richtig geschrieben wäre und weniger Schimpfwörter enthielte. Ihre Beine arbeiten hektisch, während sie auf ihren gemieteten Rädern in die Pedale treten – ihre eigenen wollten sie für diesen Ausflug nicht riskieren.

Das Sunshine Care Home befindet sich hinter einem hohen Metallzaun mit einer Klingel am Tor. Normalerweise steht die Tür offen, die Schrauben locker in den Angeln, aber heute ist sie verschlossen. Mae beugt sich vor, um die Gegensprechanlage zu drücken.

Eine barsche Stimme antwortet so laut, dass Mae und Pasha zusammenzucken.

„Ja?"

„Wir sind hier, um Charlie Taylor zu besuchen", erklärt Pasha.

Ein Knistern ersetzt für einen Moment die Stimme, gefolgt von Rauschen, dann erscheint ein Wachmann im Garten, der am Zaun auf und ab geht und sie dabei im Auge behält.

„Er hat heute keine Besucher auf seiner Liste", meint die Stimme.

„Wir haben nicht vorher angerufen", sagt Pasha. „Wir wussten nicht, dass wir das sollten."

„Moment."

Die Gegensprechanlage knistert erneut, dann folgt eine weitere Minute Stille. Mae und Pasha warten, blicken sich an, führen ein stummes Gespräch. Der Wachmann nähert sich langsam – ein Taser an der einen Seite seines Gürtels, ein Schlagstock an der anderen. Seine Hände schweben über beiden.

„Ich wusste nicht, dass dein Onkel jetzt im Gefängnis ist", scherzt Mae.

„Pst."

„Was?", sagt sie mit einem Achselzucken. „Der Sicherheitsmann wird sich freuen, mit einem Gefängniswärter verglichen zu werden. Altenpfleger ist kaum besser."

Die Gegensprechanlage kreischt und die Stimme kehrt zurück, jetzt eher müde als unhöflich.

„Ihr könnt reinkommen."

Der Wachmann geht zum Tor, schließt es dann schnell hinter ihnen und tastet sie ab, bevor er sie zur Vordertür begleitet. Mae greift nach Pashas Hand, als sie hineingehen.

„Was zum Teufel wollt ihr?" Onkel Charlie steht an der Vordertür, sein dünnes graues Haar wirr, die Pantoffeln an den falschen Füßen.

„Hi, Onkel Charlie", sagt Pasha und will ihn umarmen, aber Charlie weicht zurück und bietet nicht einmal einen Handschlag an.

„Dachte nicht, dass ich dich wiedersehen würde, seit sich die Erbschaftssteuergesetze geändert haben."

„Du hast sowieso kein Geld zu vererben."

„Ich habe ein Haus. Ein schönes sogar. Und trotzdem sperrt ihr mich hier ein wie einen Verbrecher."

Pasha seufzt laut. „Charlie, dein Haus wurde vor Jahren verkauft, um deine Pflege hier zu bezahlen."

„Ja. Das wollen sie euch glauben machen."

Sie folgen ihm in den Wohnbereich. Das Geschirr vom Abendessen wird gerade abgeräumt und die meisten anderen Bewohner dösen vor sich hin. Die, die wach sind, schauen Pasha und Mae mit großen, sehnsüchtigen Augen an, ohne einen Hauch von Wiedererkennen.

Onkel Charlie zeigt auf das geschäftige Pflegepersonal. „Der ist ausländisch, sie ist ausländisch, er ist ausländisch. Sie sieht nicht so aus, ist aber definitiv ausländisch. Es ist wie ein beschissener Urlaub hier drin."

„Geht's dir gut, Onkel Charlie?", fragt Pasha.

„Patronisier mich nicht, junger Mann. Du siehst auch ausländisch aus, weißt du."

„Nun, ich bin immer noch zu einem Viertel Grieche.“

„Und wer ist diese Frau bei dir? Ist sie ausländisch? Niemand in Berkshire hat so rote Haare.“

Mae presst die Lippen zusammen, sitzt auf ihren Händen und hält den Blick auf den Boden gerichtet.

„Das ist Mae, erinnerst du dich?“, sagt Pasha und streichelt Maes Arm. „Meine Freundin seit fünf Jahren.“

„Freundin?“, spottet Charlie. „Na, wenigstens bist du nicht so schwul wie deine Schwester.“

„Bruder. Ro ist mein Bruder.“

„Sei nicht albern. Also, Freundin, ja? Na, wenigstens hast du sie nicht geheiratet. Sie wird hinter allem her sein, was du hast. Sie hat ein gieriges Gesicht. Braucht eine anständige Mahlzeit.“

„Onkel!“

„Ach, halt die Klappe. In meinem Alter kann ich sagen, was ich will. Ihr verdammten Jugendlichen seid so verflucht empfindlich. Oh! Meine Gefühle! Pah! Und jetzt, wegen euch und eurer ganzen Brut, sind wir hier eingesperrt wie ein Haufen Verbrecher. Junge Leute versuchen, uns zu entführen, unsere Medikamente zu stehlen, um sie zu verkaufen, denken, unsere Leben seien weniger wichtig als noch mehr verdammte Babys. Na, ich werde verdammt sein, wenn sie mich entführen. Ich bringe mich lieber um, bevor ich mich dafür anmelde, mein Leben für ein verficktes Baby zu spenden. Eure Generation hat schon mein ganzes Geld genommen. Ihr werdet nicht auch noch mein Leben nehmen.“

Eine Frau in Pflegeuniform kommt mit leisen Schritten herüber, ein Tablett mit Tee und Keksen in den Händen, das sie auf dem Couchtisch vor ihnen abstellt.

„Danke“, sagen Mae und Pasha.

„Sprecht nicht mit der“, befiehlt Onkel Charlie. „Hat es wahrscheinlich vergiftet, so wie ich sie kenne. Schüttet dieses Nan-E -Zeug in jedermanns Tee. Sie war letztes Jahr schwanger. Sie wird sicher noch ein Kind wollen. Kann es kaum erwarten, den Planeten zu ruinieren, diese da. Sie ging vor ein paar Tagen zu Ester, um sie zu sehen und siehe da – Ester ist tot. Nichts war mit ihr, eine fitte und gesunde Hundertzweijährige. Dann kommt diese unbegleitet zu ihr und schwupps – ist sie tot. Einfach so.“ Er versucht, mit den Fingern zu schnipsen, schafft aber nur ein Scharren. „Hat auch meine Brille geklaut. Da bin ich mir sicher. Versucht, mich am Sehen zu hindern, das hat sie vor. Schau sie dir an, sie sieht aus wie der Typ dafür. Wahrscheinlich eine Lesbe.“

„Onkel!“

Mae zuckt zusammen ob der Lautstärke von Pashas Stimme und versucht, tiefer in das Sofa zu sinken. Sie wünschte, es würde sie verschlucken und von dieser erdrückenden Schrecklichkeit forttragen.

„Was?“, sagt Charlie mit gespielter Unschuld. Seine blassen, wässrig blauen Augen starren wie die eines verlorenen Kaninchens. „Du denkst nicht, dass sie eine Lesbe ist?“

„Ich denke nur, dass es nicht relevant ist“, entgegnet Pasha.

„Natürlich! Das ist verdammt relevant. Wischt Ärsche und Muschis, oder nicht? Sie hat keine Ahnung, wie man den Arsch eines Mannes richtig abwischt. Viel zu grob. Schwielen an den Händen, als wäre sie besser darin, Wände zu verputzen, als sich um den Stolz dieser Gemeinschaft zu kümmern. Die sollten die Lebensläufe ordentlich prüfen, bevor sie solche Leute einstellen.

Billige Arbeitskräfte, das ist alles, was sie interessiert. Billiges Personal mit rauen Händen. Ausländische Lesben. Alle miteinander. Sogar er." Er zeigt auf den männlichen Mitarbeiter, der leere Teetassen wegräumt. „Alle schmuggeln diese Todesdroge in unser Essen. Ich beobachte, wie die anderen zuerst essen. Sehe, ob sie ersticken. Zum Glück habe ich nie gegessen, was Ester aß. Sie hat sowieso kaum etwas zu sich genommen. Diese neumodische Regierung will all ihre Alten ausmerzen, damit ihr verdammten Jungen die Menschheit in die Auslöschung züchten könnt. Lächerlich. Keine Babys mehr, sage ich. Die Menschen hatten ihre Chance. Lasst uns mit einem Knall abtreten! Scheiß auf euch alle."

Mae sitzt schweigend da und wünscht, sie könnte ihre Ohren so verschließen wie ihre Augen. Pasha stellt seine Teetasse auf den Tisch, ohne einen Schluck getrunken zu haben. „Nun, es war schön, dich zu sehen, Onkel Charlie. Wir schauen bald wieder vorbei."

„Ja, klar werdet ihr das. Ihr habt mich hier abgeladen und verrotten lassen. Dein Opa hätte dasselbe getan. Hat sich nie um jemanden gekümmert außer um dich und deine Schwester. Egoistischer Arsch, war er."

„Schön, dich wiederzusehen, Charlie", sagt Pasha, als er und Mae aufstehen, um zu gehen, froh, dass sie sich gar nicht erst die Mäntel ausgezogen haben.

„Tschüss, Onkel Charlie", sagt Mae, und die beiden stürmen zur Tür, wobei sie dem Personal im Hinausgehen ein Dankeschön zurufen.

Nachdem sie ihre Fahrräder geholt haben und sicher auf der anderen Seite des Tores sind, entspannen sie sich genug, um wieder zu atmen und ihre fassungslose Stille zu überwinden.

„Tja", sagt Pasha. „So viel zu dieser Idee."

Sie brechen in Gelächter aus, halten sich die Seiten, Tränen fließen, kichern wie Hexen. Sie lachen darüber, wie entsetzlich Onkel Charlie ist, darüber, wie sie jemals denken konnten, er würde Ja sagen. Sie lachen, bis ihre Bäuche schmerzen und ihre Nasen laufen. Bis die Unmöglichkeit ihrer Situation die Komik überwiegt.

Als ihr Lachen genug abgeklungen ist, um weiterzufahren, radeln sie schnell durch die Nachbarschaft – vorbei an den Typen, die auf den Bürgersteig pinkeln, vorbei am Fußgängerverkehr, der Pfützenwasser aufspritzt und die Schuhe der Passanten durchnässt, eine Kakophonie aus Flüchen hinter ihnen, vorbei an den Jugendlichen, die an der Ecke Drogen an Ältere verkaufen. Sie halten keinen Moment inne, bis sie den Flussweg erreichen. Es ist fast dunkel, aber sie verlangsamen ihr Tempo und versuchen nicht, noch vor dem Sonnenuntergang nach Hause zu kommen.

Pasha fährt neben Mae, und sie schaut zu ihm hinüber, die Augen gegen das grelle Licht zusammengekniffen. Die untergehende Sonne taucht sein Gesicht in bronzenes Licht.

„Als Ro und ich Kinder waren, wollten wir Knete machen. Du weißt schon, Knetmasse, mit der Kinder Figuren formen."

„Ja, kenne ich."

„Nun, im Rezept stand Weinstein. Wir wussten nicht, was das ist, also haben wir einfach Tatarensauce verwendet."

Mae lacht. „Die schleimige Fischsauce?"

„Ja. Onkel Charlie hat damals auf uns aufgepasst, und wir hatten eine riesige Sauerei angerichtet. Das hat ihn aber nicht gestört – er hat Ro sowieso ständig dumm genannt und noch viel Schlimmeres. Am Ende haben wir dann mit schleimigen Klumpen gespielt, den ganzen Nachmittag lang, nur damit Onkel Charlie nicht denkt, dass wir etwas falsch gemacht haben."

„Oh, Pasha. Siehst du, du warst kein schlechter Bruder."

„Vielleicht nicht. Aber er war aber ein beschissener Onkel. Er ist mein Großonkel – aber großartig war er ganz sicher nicht."

Es trifft sie erst richtig, als sie nach Hause kommen. Als sie ihre winzige Wohnung betreten, als all ihre normalen Dinge sie daran erinnern, wie fremd die Welt ist. Die eine Option, die sie hatten, ist weg. Die Hoffnungslosigkeit ist real, zu real.

Sie öffnet den Kühlschrank, nur um zu sehen, wie wenig Essen sie haben. Gesellschaftsweite Engpässe sämtliche Preise nach oben getrieben, also haben sie sparsam eingekauft. Die *Pro Grow*-Gruppe hat Lieferungen beschlagnahmt, Häfen und Straßen blockiert und den Nachschub gestoppt – solange, bis alle lernen, mit weniger auszukommen. Sie findet eine Suppenpackung und genug Reste für einen Salat. Bier gibt es keins mehr, sehr zu Pashas Enttäuschung – doch Mitgefühl kann sie dafür nicht aufbringen.

„Wie waren deine Eltern so?", fragt er, als sie sich ans Essen machen. „Ich weiß, du redest nicht gern darüber. Aber gibt es irgendetwas, das du teilen möchtest?"

„Sie waren brillant", sagt sie zwischen zwei Löffeln Suppe. „In ihren Jobs zumindest. Sie haben mich nur zu jung bekommen. Ich stand im Weg. Dad war Mathematiker. Ich habe mein Talent für Zahlen wahrscheinlich von ihm. Mum war Wissenschaftlerin. Das ist alles, was es zu wissen gibt."

„Was für eine Wissenschaftlerin? Für wen hat sie gearbeitet?"

„Du bohrst nach."

„Tut mir leid."

Er verstummt, isst sein Essen und bohrt nicht weiter nach. Dann räumt er ihre Teller ab und spült das Geschirr, ohne ein weiteres Wort darüber zu verlieren. Eines Tages wird er es wieder ansprechen, da ist sich Mae sicher. Er wird nicht viel fordern – nur jedes Mal, wenn es zur Sprache kommt, ein winziges Stückchen mehr. Irgendwann wird er alles herausfinden, oder sie wird reinen Tisch machen müssen und ihm sagen, wer – oder was – sie wirklich ist. Dieser Gedanke hält sie nachts wach, raubt ihr die Jugend, die eigentlich wiederhergestellt werden sollte. Brillanz bedeutet nicht nur Ruhm. Sie bringt auch Scham mit sich – die Scham, die Mae so lange in sich getragen hat. Donald würde ihr raten, sie loszulassen. Ehrlich zu sein. Stolz zu sein.

Donald sitzt da mit seiner achtzigjährigen, makellosen Haut und den pechschwarzen Haaren, ohne auch nur einen Hauch von Scham zu empfinden. Die *Time's Up*-Bewegung würde ihn nicht erschüttern. Er steht über allem – und wird es noch weitere sechzig Jahre tun. Mae fühlt sich klein bei diesem Gedanken. Klein wegen ihnen. Wegen dem Schaden, den ihre Eltern angerichtet haben. Eine einzige Generation von Brillanz – und sie haben die Welt auf den Kopf gestellt. Ehrlich sein? Stolz sein?

Keine Chance.

Dass XL Medico ihre Mutter diskreditierte, war das Einzige, was sie von ihrem hohen Ross stürzte. Alt, gebrechlich und verbittert – ihre Lebensarbeit gestohlen, ohne je Anerkennung zu erhalten. Sie lebte lange genug, um mitanzusehen, wie ihr Name ausgelöscht wurde, während ihre einst strahlend rosa Haut vor Wut knallrot wurde. Sie wird nie erwähnt. Ihr Name wurde zu Staub, lange bevor ihre Knochen es wurden. Ein Glück für Mae. Sie musste sich nie die Mühe machen, ihre Identität komplett zu ändern. Niemand erinnert sich an Joan Porter.

Mae erneuerte die Beziehung zu ihrer Mutter nur, um mitanzusehen, wie ihr Verstand unter dem Einfluss von Alkohol und Medikamenten entglitt. Ziemlich passend eigentlich – eine einst renommierte Chemikerin, die Trost in genau jenen Substanzen fand. Als Mae zurückkehrte, um Abschied zu nehmen, um einen Abschluss zu finden, erkannte ihre Mutter sie wieder – doch in ihrem Blick lag wenig Wärme. Alle Worte der Liebe waren lallend und stanken nach billigem Gin. Wäre das Medikament nicht so schlecht mit ihr zusammengeprallt, hätten sie vielleicht die Chance gehabt, ein neues Leben zu beginnen, ihre Beziehung aus der Asche zu retten. Vielleicht hätte Mae ihre Jahre der Regression nicht so völlig allein verbringen müssen.

Der Name ihres Vaters wurde genauso ausgelöscht. Sie gingen nie auf die richtigen Schulen und hatten nie die richtigen Verbindungen. Er mag zwar den Lebenspunktzahl-Algorithmus erfunden haben, aber dadurch gab er sich selbst eine Punktzahl von fast null. Für jemanden, der so clever war, war er ziemlich dumm, das nicht kommen zu sehen. Vergessene Genies, nicht würdig einer Auszeichnung. Niemand will einen Niemand in den Geschichtsbüchern.

An sie zu denken macht Mae gereizt und wütend. Sie tröstet sich auf die einzige Art, die sie kennt. Sie lehnt sich an Pasha –

ihren Körper an seinen geschmiegt. Sie atmet seinen Duft ein – den einzigen Geruch, den sie in diesen Tagen noch genießen kann. Wo emotionale Intimität für sie schwierig ist, fällt ihr die körperliche umso leichter. Zumindest mit Pasha. Mit ihm kann sie die Jahre vergessen, in denen sie sich unberührt eingeschlossen und jedes Verlangen als oberflächlichen Wunsch abgetan hat. Nur oberflächlich. Pashas Arme sind Eskapismus. In diesen Momenten zwischen den Laken ist sie fort, irgendwo anders – lebendig, abenteuerlustig. Sie weiß, dass es für Pasha anders ist. Er ist völlig da, präsent bei ihr, für sie und ihren Körper. Und doch teilen sie die Lust. Ironisch, denkt sie an diesem Abend, als sie erschöpft nebeneinander liegen, dass gerade ihre Sehnsucht nach Eskapismus sie vor ein paar Monaten so vollkommen festgesetzt hat.

# KAPITEL 11

Am Samstagmorgen ist Maes Morgenübelkeit zurück und schlimmer als je zuvor. Vielleicht ist es die Sorge: kein Geld, kein Plan und möglicherweise die Notwendigkeit, in die Berge zu fliehen. Oder vielleicht ist es Pashas mieses Essen vom Vortag, obwohl sie erst im dritten Monat ist. Trotzdem schafft sie es, nach einer halben Stunde Würgen über der Toilettenschüssel, etwas trockenen Toast und Saft bei sich zu behalten, schrubbt dann den Schweiß unter der Dusche ab und macht sich irgendwie pünktlich auf den Weg zum Bahnhof.

„Es wird Spaß machen", wiederholt Pasha zum hundertsten Mal. „London ist der einzige Ort in der gesamten Gesellschaft, wo es unmöglich ist zu beurteilen, woher jemand kommt. Keine spezifische Kleidung, alle möglichen Haarschnitte. Jeder sieht anders aus."

„Aber ich will nicht anders aussehen."

„Ich meine, du wirst genauso aussehen wie alle anderen, weil es so viel Vielfalt gibt. Wir können in London nicht einmal Bingo spielen, da jeder einzigartig ist."

Sie mustert ihn – das Pony aus dem Gesicht gestrichen, den Mantel trotz der morgendlichen Kühle offen. Darunter blitzt ein grelles, orangefarbenes T-Shirt hervor, das er seit Jahren nicht mehr getragen hat. Es bereitet ihr Kopfschmerzen.

Mae war einmal vor Jahren auf einer Schulreise in London. Inmitten von dreißig Kindern und mehreren Erwachsenen zur Aufsicht konnte sie es gerade so ertragen. Getarnt hinter der Wand anderer aufgeregter Jugendlicher blieb ihre Unruhe unbemerkt. Wenn man auf den Boden schaut, ist überall das Gleiche. Ihre Füße sind immer ihre Füße. Änderungen im Asphalt sind nicht so alarmierend wie Änderungen in der ganzen Welt. Sie erinnert sich, wie geschäftig es war. Die langsamen Spuren waren schneller als in Berkshire, die Geräusche lauter. Es war zu bewältigen, aber gerade so. Jetzt, mit nur Pasha als Schutzschild zwischen ihr und dem Rest einer Großstadt, ohne Berkshire-Menge, hinter der sie sich verstecken kann, ist sie sich nicht mehr so sicher.

Sie radelt langsam, ihre Übelkeit ist eine gute Ausrede. Wenn sie ihren Zug verpassen, wird sie nicht enttäuscht sein.

„Vielleicht sollten wir nicht gehen", sagt sie und versucht, praktisch statt flehend zu klingen. „Die Kosten. Wir müssen wirklich auf unser Geld achten."

„Wir müssen uns auch ein bisschen amüsieren. Entspannen. Und es ist ein günstiger Tagesausflug. Es ist nur eine Zugfahrkarte. Roger kocht und du weißt, wie gut Rogers Essen ist, also müssen wir nicht einmal Geld außerhalb der Grafschaft ausgeben."

„Trotzdem–"

„Hast du die Anzeigen jetzt gesehen?", fragt er, ohne ihr die Chance zu geben, weiter zu protestieren. „Manche für nur vierhunderttausend. Das könnten wir uns leisten, wenn wir etwas Eigenkapital aus der Wohnung nehmen."

*Vierhunderttausend.* Pasha sagt die Zahl, als wäre es Kleingeld, als wäre es einfach, Geld aus der Wohnung zu nehmen und noch einfacher, es zurückzuzahlen. „Wir sollten definitiv kein Geld für Zugtickets verschwenden", sagt Mae.

Sie kommen an einem verbarrikadierten Altenwohnheim vorbei. Auf die Bretter ist in krakeliger Schrift „Keine Bestandsreduktion" gemalt. Darüber prangt in Großbuchstaben: „Es reicht!"

Pasha schiebt seine rutschende Tasche mit einem Schaudern zurück über seine Schulter.

„Nimmst du deine Tabletten?", fragt sie.

„Ich hab's gestern vergessen. Es dauert eine Weile, bis sie wirken, wenn ich einen Tag aussetze."

„Verdammt noch mal, Pasha. Du darfst sie nicht vergessen. Wir brauchen dich."

„Wir. Das klingt schön." Er schaut in ihre Richtung und lächelt. „Jedenfalls, vierhunderttausend."

„Nein. Das ist eine Menge Geld. Und ich kaufe nicht den Mord an jemandem. Was für Eltern macht uns das?"

„Die Art von Eltern, die alles für ihr Baby tun würden."

Sie schüttelt den Kopf. Sie kommen an einem weiteren verbarrikadierten Altenwohnheim vorbei, einem dem Verfall überlassenen Pflegeheim und weiteren geschlossenen Apotheken. Schwer zu glauben, dass es irgendwo genug Platz gibt, um all die Menschen unterzubringen, die die Stadt verlassen haben. Spezialfirmen, die ihre „Umsiedlungsdienste" bewerben, schalten

Werbung im Tagesprogramm. „Bringen Sie sich in Sicherheit", werben sie. „Sicherheit garantiert." Sie kommen an einer weiteren Reihe leerer Bungalows vorbei und ein Schauer läuft ihr über den Rücken.

„Sadie macht es", meint Mae. „Sie sind noch nicht einmal schwanger, aber haben schon einen Rentner in Aussicht."

„Na ja, wenn Sadie es macht-"

„Ich bin angewidert von ihr, nicht stolz auf sie."

Es war nicht Sadies Idee, erinnert sich Mae. Ihre Partnerin Chrissy hat eine biologische Uhr mit lauteren Glockenschlägen als der Big Ben. Die wenigen Male, die Mae sie getroffen hat, hat sie ausschließlich davon geredet. Welche Babys sie unterwegs gesehen hat, welche süßen kleinen Klamotten sie im Laden gesehen hat, welche neuen Namen ihr eingefallen sind. Mae hat das nie verstanden und versteht es immer noch nicht. Schwangerschaft ist keine magische Zeit. Ein weiterer Stress und eine Unannehmlichkeit, gezeichnet von Übelkeit und BHs, die nicht passen. Eine Situation, die Veränderung erzwingt, etwas, das sie kaum verarbeiten kann. Niemand versteht jedoch diese Sichtweise. Das Spektrum der Reaktionen reicht von erfreut bis entsetzt. Es scheint keine Mitte zu geben von gleichgültig und verängstigt. Sie wagt es nicht zu googeln, ob solche Gefühle normal sind. Die Regierung ist so gegen Babys, dass sie wahrscheinlich nach Ausreden suchen, um werdende Mütter von der Quelle ihrer Sorgen zu befreien.

Pashas Aufmerksamkeit und Aufregung ist so intensiv und leidenschaftlich, dass es sie nur noch mehr isoliert. Gefangen in ihrem Geist voller Zweifel und Scham. Sie ist, wie immer, völlig allein. Zumindest das scheint sich nie zu ändern. Darin findet sie etwas Trost.

Der Bahnhof ist ein Angriff auf ihre Sinne. Der Geruch der Imbisse ist noch intensiver als vor ihrer Wohnung – viel zu süß, wie verbrannter Sirup. Ständig dröhnen Durchsagen durch die Halle, so laut, dass sie kaum zu verstehen sind. Die Menschen sind gereizter, ungeduldiger als auf der Straße. Die Ticketautomaten funktionieren nicht richtig, die Drehkreuze schnappen zu schnell zu. Sie ist für alles zu langsam, steht jedem im Weg. Es ist nicht so, als würde am Eingang ein Handbuch liegen, das die Regeln und die unausgesprochene Etikette erklärt.

Sie stößt mit Leuten zusammen, die ihr entgegenkommen, wird angerempelt und schließlich vom Personal gestoppt, weil ihr Ticket nicht richtig scannt. Aber irgendwie schaffen sie es in den Zug. Der Wagen für Passagiere unter 400 ist so überfüllt, dass sie sich hineinzwängen müssen. Pashas Lebenspunktzahl von über 400 könnte ihm einen Platz in einem ruhigeren Wagen weiter vorn verschaffen – doch in Zügen gibt es keine Privilegien für Paare. An den Zugtüren ist deutlich zu erkennen, dass viele Partner damit nicht so gnädig umgehen.

Es riecht nicht wie in einem Bus. Ein anderes Reinigungsmittel, vermutet Mae – oder wahrscheinlich einfach weniger davon. Es ist voll, zu voll. Sie stehen zusammengedrängt an der Tür, während der Atem eines Fremden hinter ihr ihren Nacken streift. Es ist warm, zu warm, und der Geruch von Chips und Kaffee erinnert sie an ihre morgendliche Übelkeit. Pashas Hand hält ihre, wie immer. Ihr Zeigefinger sucht nach seinem Puls und sie zählt die Schläge. Fünfundsechzig Schläge pro Minute im Vergleich zu ihren zweiundachtzig. Ein Ziel, auf das man hinarbeiten kann, denkt sie. Fünfzehn Personen teilen sich den engen Raum, soweit sie sehen kann, alle aus Berkshire. Vielleicht sind Leute aus anderen Grafschaften in den anderen Waggons. Prüfende Blicke wandern durch das Vestibül, und sie hält ihr Ticket gut sichtbar, falls ein Gesellschaftspolizist es sehen will. Sie hat keine Kraft für eine Konfrontation. Nicht jetzt.

„Wer, glaubst du, wird gewinnen?", fragt jemand hinter ihr. Die gedämpfte Stimme hallt durch den Bereich.

„Diese süße alte Dame aus den West Midlands. Sie ist entzückend", antwortet eine hohe Stimme.

Ein paar Grunzlaute kommen von hinter Maes Schulter, ein paar zustimmende Murmeln. Schwer zu sagen, wie viele genau.

„Ich mag diesen alten Kerl aus Devon. Er hat einen echten Charme." Jetzt eine Männerstimme, tief und selbstsicher.

„Aber seine Lebenspunktzahl... Ein Wert unter 300 ist kaum würdig, für die Royals geopfert zu werden. Ich glaube, sie haben ihn nur der Vielfalt wegen aufgenommen." Wieder die hohe Stimme, nur diesmal langsamer, wie ein Stempel der Autorität.

„Die Verbindungen würden seiner Familie aber mehr bedeuten."

„Heißt nicht, dass sie es mehr verdienen."

Immer wieder fragt sich Mae, warum sie überhaupt hingehen. Der „Gewinner" – ja, sie nennen ihn tatsächlich so – der TV-Show, die darüber entscheidet, welcher Rentner die Ehre erhält, für das neue königliche Baby zu sterben, soll vor einer Live-Menge am Buckingham Palace verkündet werden. Die Wettbüros haben inzwischen geschlossen, nachdem sie mehr Geld eingenommen haben als je zuvor. Mae fühlt sich wie die Einzige ohne Meinung dazu. Gibt es denn niemanden, der diese

Farce für barbarischen Unsinn hält? Sogar Sadie hat ihren Favoriten. Zwölf hochbetagte Menschen stehen noch zur Auswahl, zur Schau gestellt und bewertet, während die Öffentlichkeit über kostenpflichtige Telefonleitungen abstimmt, wer ihrer Meinung nach sterben soll.

„Das bringt mich auf eine Idee", sagt Pasha und beugt sich nah an ihr Ohr.

Sie schaut ihn fragend an und er legt einen Finger auf seine Lippen.

„Ich erzähle es dir später", meint er.

Als der Zug in London ankommt, hält er für einen Moment. Die warme Frühlingssonne scheint durch das Fenster und fällt direkt auf Maes Kopf, als ob sie sich noch unwohler fühlen müsste. Sie knöpft ihren Mantel auf, hat aber nicht genug Ellbogenfreiheit, um ihn auszuziehen. Überall um sie herum richten die Leute ihre Haare, verwandeln Berkshire-Pony in Pompadours, lockern ihre Zöpfe oder lösen sie sogar ganz auf. Eine Frau zieht ihren Pea Coat aus und enthüllt darunter eine Jeansjacke. Pashas Hand drückt ihre fester, während seine andere zu seinem Kopf wandert, um sein eigenes Haar zu zerzausen. Ihr Zopf hängt schlaff auf ihrer Schulter, krisselig und glanzlos. Der flüchtigste Gedanke kommt ihr in den Sinn, aber sie verwirft ihn sofort. Sie wird ihre Haare so lassen, wie sie sind. Sie zu verändern, wäre ein Schritt zu viel.

Sie steigen aus dem Zug aus und sie schafft es diesmal ohne größere Probleme durch die Drehkreuze, kommt dann aber zum Stillstand. Ein dichter Engpass im Fußgängerverkehr. Sie ist eingekeilt zwischen einem Mann mit übermäßigem Aftershave und einer Frau mit einem Lachen, das eine streitlustige Katze wie ein Schlaflied klingen lassen würde. Sie fächelt sich mit dem wenigen Platz, den sie hat, Luft zu, schlägt ihren Mantel auf und versucht dann, die Köpfe um sie herum zu zählen. Sie bewegen sich, nur einen Schritt. Überall um sie herum debattieren die Leute über das königliche Opfer – ihren Favoriten und wer es am meisten verdient. Es wirkt, als wäre die ganze Gesellschaft für dieses Spektakel nach London geströmt.

Sie bewegen sich einen weiteren Schritt.

Die Gespräche wandeln sich von aufgeregt zu genervt, die Begeisterung verwandelt sich in Frustration, als die Temperatur um ein paar Grad steigt und der Geruch der Essenstände stärker wird. Mae atmet tief durch und versucht, sich zu beruhigen, indem sie Primzahlen aufzählt. Ein paar Meter entfernt schreit ein Mann seinen Nachbarn an – ein fehlplatzierter Ellbogen, dem Klang nach zu urteilen, gefolgt von einem weiteren Streit über einen Geruch, den eine Frau nicht ausstehen kann. Die Feindseligkeit erscheint Mae übertrieben. Ja, es riecht unangenehm, aber nicht unerträglich. Schlimmer als der Bahnhof von Reading, sicher. Warum Restaurants glauben, dass es eine gute Idee sei, rohen Fisch in einem so engen Raum zu servieren, ist ihr ein Rätsel.

Eine kleine Lücke öffnet sich zu ihrer Rechten und Pasha zieht sie durch die Menge in Richtung Bahnhofsausgang. „Frische Luft und du wirst dich gleich besser fühlen", ruft er über die Schulter, während er ihren Arm festhält. Mit der freien Hand schützt sie sich vor dem Speichel, der aus den Mündern der Menschen fliegt – Menschen, die in ihre Telefone schreien oder sich gegenseitig verfluchen. Die meiste Wut der Menge scheint keinen Ursprung zu haben, außer gegen das Leben und die Welt im Allgemeinen.

Sie hat wenig Zeit zuzuhören und darüber nachzudenken. Der Ausgang ist in Sicht.

Die ersehnte frische Luft bleibt aus. Stattdessen treten sie aus dem Bahnhof direkt in eine dichte Wolke aus Ruß und Abgasen. Der Lärm ist überwältigend – schrille Motoren kreischen, grelle Lichter flackern, Stimmen überschlagen sich. Menschen brüllen in ihre Telefone, während ein Sicherheitsbeamter irgendwo in der Menge Anweisungen durch ein Megafon brüllt.

„Pasha, wir müssen nicht hier sein. Lass uns nach Hause gehen."

„Komm schon, vertrau mir. Es wird Spaß machen."

*Spaß?* Sie zuckt bei dem Wort zusammen, dann schaut sie sich um, sieht die Abgase, den Verkehr, die Feindseligkeit und Hektik. Seit wann gelten Panik und Antagonismus als Spaß? Spaß wäre es, zu Hause zu bleiben mit einem Buch, Essen zu bestellen, einen gemütlichen Tag unter der Decke zu verbringen. Welcher Teil einer lächerlich überfüllten Stadt ist Spaß? Sie können nicht lange stehenbleiben. Die Stöße in ihren Rücken werden energischer, das genervte Schmatzen der Leute um sie herum verliert jeglichen Anflug von Zurückhaltung. Also senkt sie den Blick auf ihre Füße – dieselben alten Schuhe an denselben alten Füßen. Der Trost der Gewohnheit. Alles bleibt gleich, wenn sie nur auf ihre Füße schaut.

„Hast du ein bisschen Kleingeld übrig, Schätzchen?" Die raue Stimme trägt den beißenden Geruch von Alkohol mit sich.

„Kann ich dir was anbieten? Pillen? Pulver?" Ein Zweiter meldet sich zu Wort, genauso heiser und atemberaubend übel riechend.

„Ich hab eine Nadel mit unheilbarer Hepatitis, falls du Bock hast?"

Pasha hält inne, sein Arm erschlafft. „Was zum... ? Warum verkaufst du eine Nadel mit einer Krankheit, du Spinner?"

„Hohe Nachfrage heutzutage. Mach jemanden krank und er wird berechtigt, sich freiwillig zu melden." Er grinst, seine Zähne sind nur noch grüne Stummel. „Eyes Forward will keine gesunden Opfer. Sie wollen die Kranken aussortieren, verstehst du?"

Pasha weicht zurück. „Das ist falsch. Einfach falsch."

„Wir müssen alle irgendwie leben. Ich hab diese Woche acht Dosen verkauft. Sie haben auch etwas Heroin von Jimmy da drüben genommen. Damit sie ihre letzten Monate genießen können. Wir sind nicht grausam."

Pasha zieht Mae weg. Ihre Beine brauchen eine Weile, um aufzuholen, weil sie vor Schreck erstarrt ist. Haben sie ihr gerade wirklich eine Krankheit angeboten?

Er schleppt Mae ohne ein Wort bis zur Fahrradstation – nicht, dass sie ihn über den ohrenbetäubenden Lärm hinweg überhaupt hören könnte. Es sind noch vier Fahrräder übrig und Pasha entsperrt zwei davon mit der Leih-App. „Folg mir", sagt er, als sie losfahren und auf den Radweg gelangen. Auf dem Fahrrad fühlt sie sich sofort wohler. Die Radwege sind geordneter als der Bürgersteig, weniger chaotisch als die Straßen. Der Wind in ihren Ohren übertönt den Rest des Lärms. Sie kühlt ab, in ihrer eigenen Zone, und konzentriert sich auf Pashas Hinterrad, anstatt wie Gepäck herumgeschleppt zu werden. Nach ein paar Minuten werden die Radwege leerer und sie hat Platz zu beiden Seiten, während sie neben ihm herfährt.

Es ist ein milder, sonniger Samstag – perfektes Wetter für das Live-Finale. Überall flattern Union Jacks, Girlanden schmücken die Straßen und die Menschen tragen nachgemachte Kronen und Masken. Fast jeder ist in Merchandise gehüllt. Pasha hatte Recht – niemand schenkt ihnen Beachtung. Sie wirkt nicht übermäßig wie jemand aus Berkshire. Inmitten des Trubels bleibt sie unsichtbar. Ihr angespanntes Gesicht glättet sich zu einem Lächeln, während eine kühle Brise vorbeizieht und ihre Aufregung mit sich nimmt.

„Kaum zu glauben, dass die beiden immer noch zusammen sind", sagt sie. „Ich mag Roger wirklich. Aber Tim ist einfach ein furchtbarer Snob."

„Denk einfach an die Sandwiches. Rogers Picknicks sind legendär. Sie sagten, sie würden uns auf der Ostseite des Lidos treffen. Sie meinten, wir könnten sie gar nicht verfehlen."

„Wann konnten wir Roger je verfehlen?"

Ein Kreis aus Flaggen und Girlanden verrät ihren Standort, wo Roger auf einer Kühlbox steht und ihnen zuruft.

„Pash! Mae! Hier drüben!"

„Lang nicht gesehen, Leute", sagt Pasha, als sie von ihren Fahrrädern absteigen. „Ihr royalistischen Spinner."

Roger zieht sie in eine Umarmung. „Spinner? Die ganze verdammte Gesellschaft ist hier. Wir wollten zur Mall gehen, aber es war viel zu voll. Also dachten wir, der große Bildschirm würde es auch tun. Die Atmosphäre ist toll, nicht wahr?"

Mae mustert ihn von oben bis unten und lacht dann. Sie und Pasha haben Roger nicht mehr gesehen, seit er vor über einem Jahr mit Tim nach London gezogen ist – und er ist so exzentrisch wie eh und je. Von Kopf bis Fuß in königlichem

Firlefanz gehüllt, das Gesicht in Rot, Weiß und Blau bemalt, ist eines sicher: London hat ihn kein bisschen verändert.

„Es ist auf jeden Fall lebhaft", meint Pasha. „Wo ist Tim?"

„Ist Kaffee holen gegangen. Hey, tut mir leid zu hören, dass Ro nach Norden gezogen ist. Verrückte Zeiten, oder?"

Pasha nickt und setzt sich auf die Decke. Die trockenen Blätter darunter knistern. Mae kuschelt sich neben ihn und zieht ihren Mantel enger um sich. Nur einen Meter vom nächsten Picknick entfernt, aber dieser kleine Abstand fühlt sich wie Kilometer an. Kein übler Atem in ihrem Nacken, kein Klatsch zum Mithören, die Imbissstände weit genug weg, dass sie Erde riechen kann statt Fett. Nur ihre Freunde dringen in ihre Sinne ein.

„Also", sagt sie, „wo sind die Finalisten überhaupt?"

„Da drüben." Roger zeigt auf den riesigen Bildschirm. Jede Picknickgruppe ist darauf ausgerichtet, der Balkon des Palastes im Fokus. Dann schwenkt die Kamera zu einem erhöhten Sitzbereich, in dem zwölf elegant gekleidete Senioren in Plastikstühlen dösen – genau solchen, wie sie sonst Schulkindern gegeben werden. „Siehst du die Sitze? Das sind sie. Was für eine Ehre. Die TV-Show war toll. Habt ihr sie gesehen?"

„Gott, nein", sagt Pasha, obwohl Mae sicher ist, dass er mindestens eine Folge gesehen hat. „Einem Haufen Senioren und Gebrechlichen dabei zuzusehen, wie sie darum wetteifern, für das nächste königliche Baby zu sterben? Klingt wie Trash-TV."

„Nein. Es war wirklich gut", sagt Roger, seine Stimme so lebhaft wie seine Gesten. „Siehst du die Frau dort mit dem grünen Hut? Emmie. Sie ist meine Favoritin. Zweiundneunzig Jahre alt und kann immer noch Stepptanzen."

„Roger hat einen schlechten Geschmack." Tims Stimme ertönt hinter ihnen. Er strahlt und trägt ein Tablett mit Kaffees. Seine maßgeschneiderte Jacke ist makellos weiß, sein Haar glatt, kein Haar steht ab. Mae kann nicht begreifen, wie es möglich ist, in einer so geschäftigen Stadt so sauber zu bleiben. Sie hat noch nicht einmal einen Kaffee getrunken und bereits jetzt zieren braune Flecken ihren Mantel und ihre Knöchel sind vom Straßenschmutz bespritzt.

„Schön, euch alle zu sehen", sagt Tim. „Schön, dass ihr euren Weg aus Berkshire gefunden habt, zumindest körperlich, wenn auch nicht im Geiste." Er mustert Maes Zopf und zum ersten Mal fühlt sie sich, als hätte sie ein Leuchtfeuer auf dem Kopf, das schreit: *Außenseiterin!*

„Ich mag den alten Kerl da, in dem gestreiften Hemd", fährt Tim fort. „Marcel. Er war in jüngeren Jahren ein heißer Typ. Ein Pilot. Lebenspunktzahl über 800. Er war auch mal Bürgermeister seiner Stadt. Er verdient das wirklich."

„Verdient zu sterben?", fragt Mae mit einem kalkulierten Lächeln, von dem sie hofft, dass es als charmant durchgeht.

„Verdient es, von den Royals verewigt zu werden", sagt Tim und hebt die Nase in die Luft. „Die Prinzessin ist jetzt schwanger, aber zweifellos wird sie noch ein weiteres Kind brauchen und die Prinzen werden ebenfalls Spender benötigen. Ich vermute, sie werden eine Thronfolge ankündigen. Und nicht nur das. Das königliche Baby wird den Zweitnamen des Spenders tragen. Die Familie des Gewinners erhält außerdem fünf Jahreskarten mit unbegrenztem Eintritt für den Buckingham Palace."

„Schön für sie", sagt Mae.

„Nun, wir sind wegen des Essens gekommen", sagt Pasha. „Ich nehme an, diese Kühlbox ist voller Köstlichkeiten?"

Roger grinst und öffnet sie. „Meine weltberühmten Sandwiches, natürlich. Die Füllungen sind etwas spärlich, angesichts der Engpässe, aber alle mit meinen speziellen Saucen zubereitet."

Mae verzieht das Gesicht. „Wie speziell?"

„Süße, du hast keine Ahnung."

Auf dem Bildschirm füllt sich der Balkon. Lautlos treten die Prinzessin mit ihrem leicht gewölbten Bauch und der Prinz, Hand in Hand, hinaus, gefolgt von ihrer Familie. Sie lächeln und winken, bis eine Marschkapelle durch die Lautsprecher schmettert und die Nationalhymne spielt. Dann verstummt die Welt. Mae hat erst ein kleines Stück ihres Sandwiches ausgepackt, doch selbst das leise Knistern durchdringt die plötzliche Stille. Sie ist sich sicher, dass sie ihren eigenen Herzschlag hören kann. Nach ein paar Sekunden weht eine Brise vorbei und trägt ein entferntes Geräusch mit sich – Proteste oder Jubelrufe, schwer zu sagen. Roger und Tim bemerken nichts davon. Sie sind völlig in den Bildschirm vertieft, ihre Augen weit geöffnet, keine Spur eines Lidschlags, die Hände an die Brust gepresst.

Der Moderator der Gameshow ertönt aus den Lautsprechern und stellt die königliche Familie einzeln vor, während sie lächelnd in die Kamera blickt. Mit jedem Namen, der ausgerufen wird, bricht die Menge vor dem Palast in Jubel aus, während das jeweilige Familienmitglied einen Schritt nach vorn tritt und erneut winkt.

*Und hier haben wir die Finalisten. Zwölf mutige Patrioten, bereit, ihrer Gesellschaft auf die edelste Art zu dienen.*

Die normalerweise hohe, quietschige Stimme des Spielshow-Moderators bleibt respektvoll gedämpft, als er die Finalisten vorstellt und ihre Namen einzeln aufruft. Die Kamera zoomt wieder auf sie im Sitzbereich, wo sie alle stehen, diejenigen, die es können. Auch sie winken, wenn sie ihren Namen hören, begleitet vom Hintergrundgeräusch des Jubels und Pfeifens. Dann schwenkt die Kamera zurück und zeigt die Menschenmenge, die sich unterhalb der Finalisten drängt.

*Und hier unten stehen Hunderte von Menschen, die sich für die Show beworben haben. Einige schafften es ins Finale, die meisten nicht. Doch ein besonderer Dank gilt all jenen, die sich als Spender zur Verfügung gestellt haben – die Gesellschaft würdigt euren selbstlosen Dienst.*

Auf dem Bürgersteig darunter reihen sich unzählige Ältere der Gesellschaft, manche stehend, andere auf Klappstühlen sitzend. Mae schnappt nach Luft, erstaunt darüber, wie viele sich freiwillig als Spender gemeldet haben. Der Jubel für ihre Vorstellung fällt verhaltener aus und die Kamera verweilt kaum auf ihnen – stattdessen schwenkt sie rasch über die Menge, fängt Banner, Flaggen und bunt bemalte Gesichter ein. Mae packt den Rest ihres Sandwiches aus und beißt hinein, überzeugt, dass es das erste wirklich Köstliche ist, was sie seit Wochen gerochen hat.

Die Kamera fokussiert sich wieder auf die Royals, während weitere entfernte Verwandte zu ihnen stoßen. Mae erkennt einige Gesichter aus den Nachrichten, doch nur die Hauptfiguren sind ihr wirklich geläufig – diejenigen, die im Vordergrund stehen und am strahlendsten jubeln. Als das Hauptpaar wieder nach vorne tritt, heben sie ihre Hände, und die Luft füllt sich mit einem ohrenbetäubenden Gebrüll aus der Menge, das lange genug anhält, dass Mae die Hälfte ihres Sandwiches essen kann. Als es sich beruhigt hat, weht ein schwaches Summen von Buhrufen herüber. Mae hört auf zu kauen, um zu lauschen. Es ist entfernt, aber unverkennbar. Trotz der jubelnden und ausgelassenen Gesichter um sie herum sind einige Menschen wütend. Worüber genau, kann Mae nicht sagen. Sie schluckt einen Bissen ihres Sandwiches und blickt zu Pasha. Falls er besorgt ist, lässt er es sich nicht anmerken. Stattdessen zuckt er nur mit den Schultern, wagt es aber nicht, das F-Wort auszusprechen. Die Buhrufe dringen erneut durch die Menge – diesmal mit einem deutlich erkennbaren Wort.

Nur eins.

*Genug!*

# Kapitel 12

Mae sieht sich erneut um, doch es sind nur Unterstützer in Sicht. Auch auf dem großen Bildschirm sind keine Proteste zu sehen, nur Tausende und Abertausende fröhlicher Anhänger.

Tim und Roger schütteln zusammen mit den meisten Picknickern im Park den Kopf über die Buhrufe.

Nachdem die Royals ihr Winken beendet haben und sich die Menge beruhigt, verlässt die Familie den Balkon und die Türen schließen sich hinter ihnen. Roger und Tim sehen völlig enttäuscht aus. Der kurze Blick reichte nicht aus, um ihre Neugier zu stillen. Ihre Hände fallen an ihre Seiten, während sie einen traurigen Blick austauschen. Mae tropft etwas Sauce auf die Decke, als sie einen weiteren Bissen von ihrem Sandwich nimmt. So vertieft in den Fernseher bemerken Tim und Roger es nicht.

„Auf wen wettest du?", fragt Pasha mit gedämpfter Stimme. Mae dreht sich zu ihm um und verdreht die Augen, den Kopf schüttelnd.

„Also, hier ist mein Plan", sagt er. „Es gibt hier Hunderte von alten Leuten, entlang der Mall, die alle Spender für die Royals sein wollten. Wie wäre es, wenn wir einen finden und ihm von unserem Dilemma erzählen?"

„*Dilemma?* Das ist ein nettes Wort dafür."

„Du weißt, was ich meine."

„Was ist aus der Idee geworden, niemanden zu töten?"

Pasha zuckt mit den Schultern und macht ein kindisches trauriges Gesicht, streckt seine Unterlippe hervor, bevor er einen Bissen von seinem Sandwich nimmt und dabei mehr Sauce verschüttet als Mae.

Vor dem Sitzbereich im Fernsehen steht der Moderator. Seine sonst sanfte Stimme ist einer aufgeregten, fast hysterischen Tonlage gewichen. Sein glänzend hellvioletter Anzug reflektiert das Licht und blendet die Kamera, während sein breit gefächertes, blau gefärbtes Haar seine tief gebräunte Haut einrahmt. Seine grotesk weißen Zähne verstärken den wahnsinnigen Ausdruck seines Lächelns. Mit einer dramatischen Drehung betritt er die Bühne, die Menge brüllt vor Begeisterung, Laser zucken über den Palast, und glitzerndes Konfetti regnet auf die fahnenschwenkende Menschenmenge herab.

„Meine Damen und Herren." Das Mikrofon kreischt bei seinen Worten. „Die königliche Familie lässt ausrichten, dass sie Ihre Anwesenheit heute sehr schätzt. Sie danken jedem Einzelnen von Ihnen – insbesondere unseren Freiwilligen. Also, noch einmal einen kräftigen Applaus für die Freiwilligen!"

Ein neuer Schwall aus Jubel und Pfiffen brandet auf, Nebelhupen dröhnen, und farbiger Rauch von Leuchtfeuern hüllt das Kamerabild ein. Doch als sich der Lärm langsam legt, tragen sich die leisesten Zwischenrufe und vereinzelten Buhrufe mit dem Wind weiter.

Die müden Gesichter der letzten zwölf füllen erneut den Bildschirm, als die Kamera sich auf sie konzentriert, einige lächeln, einige wischen sich Tränen ab, einige schlafen weiter.

„Die Telefone standen für die letzten Abstimmungen nicht still. Sechzig Millionen Stimmen wurden abgegeben! Ihr seid alle unglaublich. Vielen, vielen Dank!" Er hebt seine Hände und wartet, bis der Jubel wieder abklingt. „Die Ergebnisse sind da und ich denke, ihr werdet alle begeistert sein." Sein Blick schweift über die Menge, von Seite zu Seite, als wieder Stille einkehrt.

Mae kümmert es nicht, welcher Ältere ausgewählt wird, aber selbst sie spürt die Spannung, die sich in ihre Brust bohrt.

„Die königliche Familie hat sich mit dem Parlament beraten." Er macht wieder eine Pause und saugt die Atmosphäre in sich auf. „Und ich bin überglücklich, verkünden zu können, dass *kein* Opfer gebracht werden muss! Die königliche Familie ist von der neuen Gesetzgebung ausgenommen! Gott segne euch alle!" In einem Wirbel aus Violett und Glitzer stürmt er von der Bühne und lässt die Kamera auf eine leere Bühne gerichtet, gefolgt von den Dutzend verwirrten Älteren.

Dann folgt die ohrenbetäubendste Stille. Mae kneift die Augen zusammen und lauscht angestrengt, doch es gibt nichts zu hören. Als sie sich auf ihrer Matte bewegt, scheint das leise Knirschen der Blätter darunter so laut wie der Jubel der Menge zuvor. Die Peinlichkeit dieser Stille dehnt sich aus, bis sie sich schließlich auflöst – in eine Mischung aus Jubelrufen und empörten Buhrufen. Emmie, Malcolm und die anderen lassen sich langsam wieder auf ihre Sitze sinken, während die Kamera nah an ihre Gesichter heranzoomt. Leer, denkt Mae. Sie sehen blass und leer aus. Tim und Roger keuchen auf, klammern sich aneinander fest, als ihnen die Wahrheit dämmert: Es ist kein Scherz. Keiner der Finalisten wird geopfert werden.

Die Buhrufe, die zuvor geflüstert wurden, gewinnen an Lautstärke, während sich einige entfernte Sprechchöre nähern.

„Eine Regel für sie, eine andere für uns", sagt Pasha, als Tim und Roger sich auf die Decke setzen.

„Uns?", fragt Roger mit hochgezogenen Augenbrauen. „Bekommt ihr zwei . . .?"

„Pst." Mae legt ihren Finger an den Mund. „Aber ja."

„Heutzutage Kinder zu kriegen. Ziemlich unverantwortlich, oder?", meint Tim und verengt seine Augen.

„Hey!", sagt Pasha, zu laut. „Du hast gerade noch über den Babybauch der Prinzessin geschwärmt."

„Ja, aber sie ist eine Royal."

„Lass gut sein, Tim." Roger wirft einen Blick auf Maes Handgelenk, um ihr fehlendes Armband zu bemerken. „Glückwunsch, Leute. Was habt ihr vor?"

Mae lässt ihren Blick über die nächststehenden Personen wandern, sucht nach auf sie gerichteten Handykameras. Keine, die sie sehen kann. Trotzdem – was hätte die Gesellschaftspolizei zu melden? Sie haben noch Zeit. Schwanger zu sein ist nicht illegal. Aber sie würde registriert werden, bis zum achten Monat überwacht, auf den Straßen verfolgt und angegriffen, wenn man sie erkennt. Sie späht erneut umher, reckt den Hals, um an den nächsten Picknickern vorbeizusehen. Keine Kamera scheint auf sie gerichtet. Langsam lässt sie ihre Bauchmuskeln entspannen.

Pasha zuckt mit den Schultern. „Wir haben eine Ausnahmegenehmigung beantragt, da wir keine Eltern haben. Aber wir haben noch nichts gehört."

„Ausnahmegenehmigung. Ha", sagt Tim und fährt mit der Zunge über seine Zähne.

Roger winkt ihn weg und Tim dreht sich um, mürrisch und finster blickend.

„Es gibt eine Menge alter Leute unten an der Mall, die Spender sein wollen. Vielleicht könnt ihr mit einigen sprechen?", schlägt Roger vor.

Pasha nickt. „Das haben wir uns auch gedacht."

„*Wir?* Ich habe an nichts dergleichen gedacht. Ich kaufe niemandes Tod", erwidert Mae. „Selbst wenn ich wollte.... Die meisten verlangen eine Million Pfund. So viel haben wir nicht."

„Wir könnten fünf Jahrestickets für den Buckingham Palace für die Familie des Spenders kaufen und das Kind nach ihm benennen, wie die Royals."

Mae kann nicht sagen, ob Pasha es ernst meint. Sein Gesicht sieht danach aus, aber seine Stimme klingt ernst. Und laut. Immer noch zu laut.

„Wie die Royals? Ja, klar", witzelt Tim über die Schulter.

„Einen Versuch ist es wert, Leute", meint Roger. „Geht jetzt rüber, bevor sich die Menge zu sehr vermischt."

„Komm schon, Mae", sagt Pasha und nimmt ihre Hände. „Was haben wir zu verlieren?"

Maes Schultern sacken herab. Sie stöhnt, gibt aber mit gebeugter Haltung und einem widerwilligen Nicken nach. Pasha hilft ihr auf, aufmerksamer als nötig. Sie ist kaum schwanger. Sie versprechen, in einer Stunde für mehr Essen zurückzukommen, als sie die Fahrräder nehmen und wegradeln, sich durch die Menschenmassen schlängeln, die die Straßen füllen. Tausende Menschen verlassen die Mall und sie sind wie Fische, die versuchen, gegen den Strom zu schwimmen. Constitution Hill ist unpassierbar, also nehmen sie den langen Weg, vorbei an der Green Park Station, bevor sie in die St James's Street einbiegen.

„Beeil dich, Mae."

„Halt die Klappe. Das ist so schnell, wie ich fahren kann, ohne mich zu übergeben."

Rogers Sandwich liegt ihr schwer im Magen. Was auch immer seine spezielle Soße ist, das Baby mag sie nicht.

Die Mall ist immer noch überfüllt. So viele sind gegangen, aber Tausende und Abertausende bleiben. Es gibt keine schnellen oder langsamen Spuren, nur einen Strom von Menschen mit spitzen Ellbogen und lauten Stimmen. Pasha und Mae stellen die Stadtfahrräder an der nächsten Dockingstation ab und kämpfen sich dann zu Fuß weiter. Jeder Schritt ist ein Zusammenstoß, ein kurzes Aufeinandertreffen mit fremden Schultern, während sie sich gegen den Strom bewegen. Sie waten durch die Menge, als wäre sie ein dichter, zäher Fluss. Der Widerhall der Enttäuschung trägt sich über den Tumult – Gezeter, Wut, verlorenes Geld bei den Buchmachern. Rufe von „Betrug!" und „Was für ein Witz!" mischen sich unter das Stimmengewirr. Doch dazwischen auch leises Murmeln der Erleichterung, Dankbarkeit für jene, die sich freiwillig gemeldet haben und nun gerettet werden. Mae hört zu, jedes Wort ein Knoten in ihrem Magen. Alles fühlt sich falsch an, als wäre ihre Haut verkehrt herum.

Pashas Hand umklammert ihre fest, und zwischen ihnen sammelt sich Feuchtigkeit, während die Dichte der Menschen die Luft stickig macht. Heißer Zorn und zischende Enttäuschung sind überall. Sie schlägt ihren Mantel zurück und wischt sich die Stirn. Sie gehen durch den St. James's Park, der moosige

Boden gibt sanft unter ihren Füßen nach. Essensstände schließen früh an diesem Tag, begleitet von einem Ausatmen aus Flüchen und Kopfschütteln. Die Einnahmen sind gesunken – die langen Schlangen sind verschwunden, die Menge zieht weiter, statt zu schlendern.

„Könnt ihr das glauben?", fragt eine Frau, als sie in einem Engpass bei Mae und Pasha stecken bleibt. „Wir sind extra aus Southampton für diesen Mist gekommen."

Eine andere Frau grunzt, dann stimmt sie zu. „Ich habe große Lust, selbst einen der Spender fertigzumachen. Warum sollten sie damit davonkommen?"

Pasha zieht Mae vorwärts, bis sie den nächsten Engpass erreichen. Das Gespräch ist ziemlich ähnlich. Die Luft ist dick vor Verachtung. Mae schaut lieber auf ihre Füße als auf die roten Gesichter und zusammengekniffenen Münder.

Als sie sich dem Palast nähern, wird die Menge weniger lautstark und gebrechlicher. Die Temperatur kühlt zu einer frostigen Atmosphäre ab. Wer hätte gedacht, dass Überleben so viel Bitterkeit mit sich bringen würde? Die Hunderte von Spendern, die es nicht in die Endauswahl geschafft haben, strömen hinaus – ihre Gehstöcke wirken eher als Stolperfallen denn als Stützen. Ihr Tempo ist langsam, sodass es leichter ist, gegen den Strom anzukommen, doch jeder Schulterkontakt fühlt sich bedrohlicher an, unhöflicher, fast wie ein Hinterhalt. Mae stellt sich vor, wie auf jedem Gliedmaß lila Blutergüsse aufblühen.

Pasha zieht sie eng an sich und flüstert ihr ins Ohr: „Das ist ein erstklassiges Terrain. Schau dich um. Jeder dieser Menschen könnte ein Spender für uns sein."

„Das ist doch lächerlich. Wenn wir anfangen zu fragen, werden die Leute wissen, dass ich schwanger bin."

Er hält einen Moment inne. „Guter Punkt." Dann zieht er sie durch einen weiteren Knoten der Menge zu einem dicken Baumstamm. „Du bleibst hier. Genau hier. Beweg dich nicht."

„Was?" Maes Herz springt ihr in den Hals. „Lass mich nicht allein!"

„Du wirst schon klarkommen." Er hebt ihre Hände, um sie zu küssen. „Schau, warum zählst du nicht, wie viele Bäume du sehen kannst–"

Sie runzelt die Stirn über seinen herablassenden Vorschlag. „Über neunhundert bisher."

„Okay, dann zähl mal, wie viele Menschen blaue Hüte tragen. Bis du alle gezählt hast, bin ich zurück. Ich verspreche es."

„Pasha, bitte. Das ist wirklich eine schlechte Idee. Wie willst du das überhaupt jemandem vorschlagen?"

„Mach dir darüber keine Sorgen. Bleib einfach hier. Ich bin bald zurück."

Nach einem flüchtigen Kuss geht er, langsam und vorsichtig, seitwärts durch den Strom der Älteren, die alle auf dem Weg aus dem Park sind. Mae lehnt sich an den Baum, bis die raue Rinde in ihren Rücken drückt. Drei blaue Hüte bisher. Nein, vier.

Das Humpeln der Füße ist ein konstantes Summen, aber darüber hinaus und lauter werdend, derselbe Gesang, den sie hören konnte, als sie auf der Picknickdecke waren. Worte, die vorher ununterscheidbar waren, sind jetzt klarer, Konsonanten zerschneiden jedes Wort in der Mitte, Vokale rollen sie zusammen. Sie schüttelt den Gesang aus ihrem Kopf, aber er wird noch lauter. Auf Zehenspitzen stehend sieht sie, dass sich die Menge nicht nur in eine Richtung bewegt. Hinter dem langsamen Watscheln der abreisenden Spender rollt eine neue Menge heran. Stärkere, schwerere Schritte, schroffere Geräusche – sie prallen auf die Abreisenden wie eine feste Mauer. Die Ansammlung von Köpfen, die gegen diese Mauer stagniert, wirkt wie ein Wirrwarr aus Farben, ein impressionistisches Gemälde, in dem die Köpfe nur noch Flecken sind. Unmöglich, so die blauen Hüte zu zählen.

*Es reicht! Keine Royals mehr! Es reicht! Keine Royals mehr!* Lauter und lauter, während die Mauer näher und näher rückt.

Mae greift nach einem Getränk in ihrer Tasche, nimmt einen Schluck und scannt die dünnere Menge zu ihrer Linken nach Pasha. Aber der Gesang von rechts zieht ihre Aufmerksamkeit auf sich. Sie ist mitten drin, eingekeilt zwischen den Fraktionen. Sie schaut sich nach einem einfachen Ausweg um, aber es gibt keinen. Sie kann sich mit den abreisenden Älteren einreihen und wahrscheinlich auf die Protestmauer treffen oder in Richtung Palast gehen, wohin der Protest sich bewegt, und versuchen, um die andere Seite des Palastes herumzukommen. Sie überprüft ihr Handy nach Nachrichten. Warnungen vor Unruhen blitzen über den Bildschirm: Bleiben Sie fern. Gehen Sie sofort nach Hause. Berittene Polizei ist auf dem Weg, um die Ruhe wiederherzustellen.

*Verdammt, verdammt, verdammt!*

# KAPITEL 13

Immer noch keine Spur von Pasha. Sie trinkt ihr Getränk aus, steckt die leere Flasche zurück in ihre Tasche und überprüft erneut ihr Handy. Roger hat geschrieben: *Wo seid ihr? Hier wird's verrückt, ich gehe nach Hause.*

Sie wartet und beobachtet das Geschehen, immer noch an ihrem Baum. Eine weitere Nachricht von Roger: *Alles okay bei euch? Sagt Bescheid, wenn ihr es rausgeschafft habt. Kommt gerne bei uns vorbei.*

Sie antwortet nicht. Was sollte sie auch sagen? Dass sie an einem Baum steht und Pasha verloren hat? Sie zählt die Schläge ihres Pulses, blaue Hüte sind kein ausreichender Anreiz. Vierundachtzig Schläge pro Minute. Jetzt siebenundachtzig. Sie beißt an ihren Nägeln, bis ihre Finger bluten.

*Es reicht! Keine Royals mehr! Keine Babys mehr!*

Sie sind jetzt gar nicht mehr weit weg. Keine Spur von berittener Polizei. Sie schreibt Pasha: *P, alles klar bei dir?* Dann teilt sie ihren Standort, falls er ihn vergessen hat. So sinnlos es auch erscheint, denn er ist wie eine Brieftaube.

Keine Antwort. Noch ein blutender Finger, bis auf die Haut abgebissen. Sie schreibt erneut: *P, bitte sag mir, wo du bist. Es ist schon ewig her.*

Sie riecht die Pferde, bevor sie sie sieht. Der muffige Geruch alarmiert sie von hinten. Das Klappern der Hufe schleicht sich unbemerkt in den Lärm des Protests. Erleichterung überkommt sie, als sie die Polizei sieht – echte Polizei, nicht die Gesellschaftspolizei. Zwölf von ihnen zu Pferd, weitere zwölf zu Fuß davor mit Schutzschilden, ein gepanzerter Wagen tuckert hinter ihnen her.

„Wir räumen dieses Gebiet, gnädige Frau“, sagt einer, als sie sich ihr nähern. „Der *Enough*-Protest verwandelt sich in einen Aufstand und es ist zu nah, als dass Sie hier sicher wären.“

„Ich warte auf meinen Partner.“

„Warten Sie zu Hause auf ihn. Bewegen Sie sich.“ Er gestikuliert zum Rand des Parks, der am weitesten vom Protest entfernt ist.

„Er sagte, ich soll hier auf ihn warten. Wenn ich nur fünf Minuten hier bleiben könnte–“

„Gehen Sie jetzt oder ich stecke Sie in den Wagen“, droht er, während er sie von hinten anstupst.

„Nehmen Sie Ihre Hände von ihr!“ Pashas Stimme, endlich. „Alles okay, Schatz?“

Ihre Erleichterung währt nur kurz, als sie sein Gesicht sieht – geschwollen, Blut um die Nase verteilt. Er hält ein Taschentuch an seine aufgeplatzte Lippe, dunkelrote Flecken zeichnen sich auf seinem orangefarbenen T-Shirt ab.

„Mir geht's gut", sagt sie und vermeidet es, nach dem Offensichtlichen zu fragen, während die Polizei in Hörweite ist. „Lass uns von hier verschwinden."

Sie machen sich auf den Weg zum anderen Ende des Parks. Inzwischen hält ein Polizeikordon die Demonstranten zurück und sie werden am Rand entlanggeschoben. Ihr kurzes Vermischen mit den Demonstranten lässt Mae den Atem anhalten, als sie sich durchquetschen. Den Kopf gesenkt, beobachtet sie einige Hände, die Schlagstöcke schwingen, aber glücklicherweise noch nicht einsetzen. Den Bauch einziehend, so un-schwanger wie möglich aussehend, wagt sie es nicht zu atmen, falls irgendein Geruch sie übel werden lässt. Sie schaffen es zur Rückseite der Gruppe. Vor ihnen liegen nur leere Straßen und Platz. Sie atmet einen langen, frischen Atemzug ein, den nicht einmal eine Welle der Übelkeit zu verderben vermag.

„Pasha, was ist passiert? Lass mich dich ansehen."

„Einige dieser alten Typen haben einen fiesen rechten Haken." Er hält immer noch das Taschentuch an seine aufgeplatzte Lippe.

„Ein Rentner hat dir das getan?" Sie versucht, nicht zu lachen.

„Ich wollte mich nicht wehren. Etwa sieben von ihnen haben mich umzingelt. Was hätte ich tun sollen?"

„Du hättest mir eine Nachricht schicken sollen."

Er hält sein kaputtes Handy hoch und streckt seine geschwollene Unterlippe vor.

„Oh, Schatz." Sie umarmt ihn. „Komm, lass uns nach Hause gehen."

„Hast du was zu trinken in deiner Tasche?"

Bevor sie antworten kann, kommt eine Welle von Lärm vom Aufstand auf sie zu. Sie sind immer noch zu nah am Palast, zu weit weg von der Bereitschaftspolizei. Ein Stein landet Zentimeter von ihren Füßen entfernt.

„Scheiße." Sagen sie beide.

„In welche Richtung sollen wir gehen?", fragt Mae.

„Zurück hinter die Polizeilinie?"

„Da kommen wir nie durch. Und sie könnten diese Linie durchbrechen. Es klingt, als wären es Tausende."

Ein weiterer Stein landet und das Geräusch von zerbrechendem Glas kommt näher.

Pasha schiebt sie vor sich. „Wir müssen nur zu einer Station kommen."

Sie rennen die Mall hinunter, doch die Demonstranten strömen aus allen Richtungen. Mehr Steine prallen in ihrer Nähe auf, Glas zersplittert von fliegenden Flaschen. Der Schrei von „Genug!" wiederholt sich, als wäre er in einer Endlosschleife gefangen.

„Bleib dicht bei mir, Mae."

Sie duckt sich hinter ihn, als sie sich dem Kreisverkehr nähern. Aus allen Richtungen füllen sich die Straßen mit herannahenden Demonstranten, Schlagstöcke prallen gegeneinander, Sprechchöre hallen durch die Straßen.

„Wir müssen nur den Fluss überqueren", sagt Pasha und überprüft die Straßen. „Waterloo Station würde reichen. Die ist nah."

Die Northumberland Avenue ist am wenigsten überfüllt, also wählen sie diesen Weg und steuern direkt auf eine Wand aus Menschen zu. Restaurants, Geschäfte und Cafés verriegeln ihre Türen und lassen die Rollläden herunter.

Mae und Pasha klopfen an eine der Türen. „Bitte!", flehen sie. „Können wir reinkommen?" Das Personal schüttelt den Kopf und formt lautlos ein *Tut uns leid* mit den Lippen.

*Scheiße.*

Sie drängen sich in einen Türrahmen, dann kauern sie sich zusammen, während die Demonstranten vorbeiziehen. Fenster zerbersten zu ihrer Rechten, Glassplitter regnen herab. Baseballschläger schwingen gegen jede Oberfläche, während der Protest vorbeizieht. Eine Frau nähert sich mit einem Cricketschläger, kurz davor, das Fenster direkt neben ihnen zu zerschmettern. Sie sieht sie, zusammengekauert und verängstigt. Mae hält den Blick auf die Frau gerichtet und ihre Augen flehen stumm, ihnen nicht weh zu tun. Der Schläger stoppt in der Luft, bevor die Frau ihn sinken lässt und weitergeht. Doch Maes Erleichterung hält nicht lange an. Die Frau wird von einer anderen Person ersetzt, dann von einer weiteren und noch einer. Wie lange würden Maes flehende Augen ausreichen? Bald würde jemand merken, dass sie schwanger ist, und jemand würde zu wütend sein, um mitfühlend zu sein.

„Ich habe solche Angst, Pasha."

Er verstärkt seinen Griff um sie und sie machen sich noch kleiner. Er schiebt sie in die Ecke und setzt nur sich selbst dem Aufruhr aus. Mae vergräbt ihren Kopf in seiner Schulter, hebt ihn aber wieder, um zu spähen. Sie marschieren immer noch vorbei. Eine Schicht aus zerbrochenem Glas und Steinen bedeckt den Bürgersteig hinter Pashas Rücken. Eine Unmenge scharfkantiger Waffen liegt überall verstreut. Kämpfe brechen unter den Randalierern aus, Blutnebel hängt über der Straße. Dann das Aufblitzen von Metall in jemandes Hand – ein flüchtiger Moment, bevor er es in eine Brust rammt. Es gibt keinen Schmerzensschrei, nur das dumpfe Geräusch von hundert Kilo Fleisch, die auf den Asphalt aufschlagen.

„Pasha!", wimmert sie, doch er flüstert beruhigenden Unsinn, den sie nicht verstehen kann.

Die Luft füllt sich mit Rauch, so dicht, dass sie nichts mehr sehen kann. Mae vergräbt sich erneut in Pashas Schulter, ihr Zittern verstärkt sich durch seines. Hufe schlagen auf das Pflaster und plötzlich prasseln kalte Tropfen auf ihren schweißnassen Körper, als der Wasserwerfer mit einem wütenden Brüllen die Gebäude trifft. Noch warten sie.

Pashas Arme drücken sie kurz, dann lässt er los. Mae hebt den Kopf, und seine Augen bohren sich in ihre. Sieht sie genauso verängstigt aus wie er? Eigentlich sollte er der Mutige sein, der ihr sagt, dass alles gut wird. Ihr Atem stockt, zitternd, bevor er sich in Tränen auflöst. Dick und schnell fließen sie über ihr Gesicht, ersticken ihre Worte, bevor sie sie aussprechen kann.

„Ist... es... vor... bei?"

Er blickt über seine Schulter, hinter sich auf den zerklüfteten Boden und den sich legenden Nebel. „Es ist okay, Mae. Du bist okay. Wir sind okay. Lass uns zusammen aufstehen."

Er nimmt ihre Hände in seine. Steife Knie und schwache Beine machen das Aufstehen mühsam, doch gemeinsam stemmen sie sich hoch und drehen sich zur Straße. Der Rauch hat sich verzogen. Der Wasserwerfer ist weitergezogen. Ein paar berittene Polizisten patrouillieren noch in der Ferne. Überall liegen Trümmer – zerbrochene Gebäudeteile, Handtaschen, Glasscherben. Die Waren des kleinen Supermarkts sind über den Gehweg verstreut, geplündert, zurückgelassen. Das Personal wird von

Umstehenden getröstet. Die Leiche ist fort. Nur eine dunkle Blutlache erinnert noch an das, was hier geschehen ist.

„Was macht ihr zwei hier?", ruft ein Polizist und hält den Schlagstock griffbereit.

„Wir... wir... wir haben uns in diesem Türrahmen versteckt", sagt Pasha, als Mae keine Worte findet. „Ist... ist es jetzt sicher?"

„Ihr seht aus, als hättet ihr randaliert. Was ist mit deinem Gesicht passiert?"

Ein weiterer Polizist gesellt sich jetzt zu ihm, dann kommen noch ein paar aus den Schatten.

„Bitte, wir haben nicht randaliert. Ich wurde getroffen, als ich versuchte, dem Wahnsinn zu entkommen. Wir haben uns dort versteckt." Er zeigt auf den Türrahmen.

Das Ladenpersonal ist noch drinnen, immer noch mit heruntergelassenen Barrieren, aber sie nicken den Beamten zu und zeigen ihnen einen Daumen nach oben.

„Also gut. Verschwindet schnell. In diese Richtung." Er zeigt in die Richtung, in die sie unterwegs waren. „Schnell jetzt! Wer weiß, ob noch mehr kommen."

Sie rennen die Straße hinunter, springen über Müll und Trümmer, weichen weiterem Blut und zerbrochenen Glas aus. Einige andere kauern noch in Türrahmen und alle Ladenfronten haben ihre Rollläden heruntergelassen. Bis nach Waterloo sind die Straßen ein Chaos. Der Bahnhof ist von Polizisten umstellt. Sie tasten die Leute nach Waffen ab, murmeln in ihre Funkgeräte und mustern jeden mit misstrauischen Blicken – noch durchdringender als die der Gesellschaftspolizei. Nach einer gründlichen Durchsuchung und einigen Fragen zeigen sie ihre Tickets und dürfen schließlich den Bahnhof betreten.

Sie finden einen Platz im Zug und überprüfen Maes Handy. Die Unruhen sind überall in den Nachrichten. Fast ganz Groß-London ist betroffen. Geschäfte stehen leer – hauptsächlich Lebensmittelläden, aber auch Bekleidungsgeschäfte und Elektromärkte wurden geplündert. Die Royals wurden per Hubschrauber an einen sicheren Ort gebracht, die Enttäuschung über das Ende der Gameshow ist ebenso laut und unnachgiebig wie die Rufe der „Enough"-Demonstranten. Die dichte Menge der Randalierer hat die Polizeilinie durchbrochen und den Palast verwüstet. Tränengas quillt aus eingeschlagenen Fenstern, während Verletzte über die Straßen verteilt liegen – einige humpeln davon, andere bleiben reglos zurück.

Roger hat eine Nachricht geschickt, dass sie es gut nach Hause geschafft haben, und ist erleichtert zu hören, dass sie im Zug sitzen.

Es war nicht nur London. In jeder größeren Stadt der Gesellschaft gibt es Unruhen, geplünderte Geschäfte, zerstörte Straßen und schwangere Frauen, sogar mit Armbändern, die zu Brei geschlagen wurden.

Mae schreibt Rolan, der ihnen versichert, dass es ihnen in Edinburgh gut geht. Die Unruhen dort sind genauso schlimm, aber sie verlassen ihre Pension für eine Weile nicht und sind dort sicher.

Die Videoaufnahmen und Fotos des Gemetzels zeigen, was für einen glücklichen Ausgang sie hatten.

„Was sollen wir tun, Pasha? Ernsthaft?"

„Oma hat eine SMS geschickt. Bevor mein Handy zerstört wurde. Sie sagt, sie hat eine Idee."

„Die Idee deiner Oma war, dass sie Spenderin sein sollte."

„Eine andere Idee. Anscheinend. Das ist alles, was ich weiß. In Reading gibt es auch einige kleine Unruhen. Nichts Großes. Schau." r zeigt es ihr auf dem Handy. Es mag geringfügig sein, aber Gemetzel bleibt Gemetzel. „Lass uns direkt zu Oma gehen, wenn wir aus dem Zug steigen, und hören, was sie zu sagen hat. Wenn man sich ansieht, wo die Unruhen sind, sollte das ein sicherer Weg sein."

„Okay", sagt sie, zu erschöpft, um zu erklären, dass sie ihr eigenes Bett und ihr eigenes unebenes Sofa vorziehen würde. Auf ihrem Oberteil ist ein Saucenfleck und ihr Mantel ist mit Staub und feuchten Flecken von den Unruhen bedeckt. Sie braucht eine Dusche. Pasha noch mehr. Er tupft seine Lippe mit dem letzten sauberen Stück Taschentuch ab. Sein Wangenknochen schwillt immer mehr an.

Mae lehnt sich in ihrem Sitz zurück. Ihr Herzschlag verlangsamt sich, aber die Panik fließt immer noch durch sie. Sie murmelt leise zu sich selbst: „Was werden wir nur tun?"

# Kapitel 14

„Mein Junge, was ist denn mit dir passiert?", fragt Iris, als sie die Tür öffnet.

Sie setzt ihre Lesebrille auf und schaut dann genauer hin. Ihre Augen lassen sich nicht von Pashas verkehrt herum angezogenem T-Shirt und dem Blut in seinem Gesicht täuschen. Seine Lippe und sein Wangenknochen schwellen immer mehr an und beginnen sich zusammen mit seiner Nase lila zu verfärben.

„Mach dir keine Sorgen, Oma. Mir geht's gut."

„Hi Iris." Mae gibt ihr einen Kuss auf die Wange. „Ein alter Mann hat ihn geschlagen."

„Ein alter Mann?", wiederholt Iris so hochstimmig, dass Mae nicht sagen kann, ob es eher überrascht oder amüsiert gemeint ist.

„Hey!", erwidert Pasha. „Es waren mehrere alte Männer und diese Gehstöcke sind praktisch Waffen. Wenn es nur einer gewesen wäre, hätte ich ihn fertigmachen können."

„Kommt rein, meine Lieben", sagt Iris. „Ich mache uns einen Tee."

Hooper steht langsam auf, als fühle er sich verpflichtet, aber nicht wirklich überzeugt, als sie das Wohnzimmer betreten. Er macht einen Schritt auf sie zu, schüttelt sich halbherzig – gerade energisch genug, um etwas überschüssiges Fell und Gerüche freizusetzen – und rollt sich dann wieder auf seinem Bett zusammen.

„Hooper lebt also noch?", fragt Pasha.

„Ja. Er ist wunderbar, nicht wahr?", schwärmt Iris aus der Küche. „Wie ein junger Hund manchmal. Er freut sich so, dass ihr hier seid. Seht euch sein glückliches Gesicht an."

Hooper dreht den Kopf von ihnen weg. Ein Speichelfaden löst sich, klebt kurz am Teppich und reißt dann ab. Er kratzt sich am Ohr, bevor er ins Schnarchen verfällt. Die Wand um sein Bett ist braun verfärbt, als hätte seine Fellfarbe langsam in die Farbe hineingesickert. Seine Beine zucken im Schlaf, während träge Speichelfäden an der Seite seines Bettes herunterlaufen und auf den Boden tropfen. Mae hofft – wirklich hofft –, dass der alte Hund vor Iris stirbt.

„Also", sagt Iris, als sie mit dem Tee zurückkommt und das Tablett auf den Tisch stellt. „Warum haben dich ›mehrere alte Männer‹ geschlagen?" Sie macht tatsächlich Anführungszeichen in der Luft und Mae kichert in ihre Teetasse.

Pasha räuspert sich. „Wir waren in London für die königliche Enthüllung-"

„Wusste gar nicht, dass ihr zwei Fans der Show seid", unterbricht ihn Iris. „Seltsames Ende. Hätte man kommen sehen müssen."

„Wir sind keine Fans. Wir dachten, es könnte dort jemanden geben, der unser Spender sein möchte."

Mae räuspert sich. „Entschuldigung, aber *ich* habe so etwas nie gedacht. Ich dachte, wir würden nach London fahren, um Freunde zu treffen. Oh mein Gott! Das war die ganze Zeit dein Plan, oder?"

„Nein! Ich schwöre, ich habe erst im Zug daran gedacht."

In seiner Stimme liegt eine gewisse Dringlichkeit. Seine Augen senken sich kurz zu Boden, bevor er ihrem Blick begegnet. Sie verschränkt die Arme, sieht ihn an und beißt sich auf die Lippe. Seine leicht hochgezogenen Augenbrauen, der schmollende Zug an seinen Lippen, diese großen dunklen Augen – so voller Liebe, dass kein Platz für Bosheit bleibt. Er lügt nicht, das weiß sie. So ein Vollidiot er auch sein mag, er ist ein gutmütiger Vollidiot.

„Komm schon, Mae. Es war nicht die schlechteste Idee, die ich je hatte."

„Deine blutige Lippe sagt etwas anderes", behauptet sie. „Jemanden töten zu wollen im Austausch für Bucking-ham-Palace-Jahreskarten." Sie schüttelt den Kopf. „Schäm dich." Sie sollte schriftliche Aufzeichnungen über Pashas dumme Ideen führen.

„Behaltet die Karten und ich werde euer Spender", sagt Iris ernsthaft.

„Oma–"

„Was? Schau dich an. Das war eine dumme Sache, die du da gemacht hast."

„Ich habe versucht, es ihm zu sagen", stöhnt Mae.

„Das weiß ich, Liebes. Du bist die Klügere von euch beiden. Das wusste ich, sobald ich dich kennengelernt habe." Sie seufzt und nippt dann an ihrem Tee. „Nun, wenn ihr mein Angebot wirklich ablehnen wollt, habe ich einen Plan B. Ich habe ein bisschen recherchiert. Ich habe ein paar alte Hacker-Freunde, die mir noch einen Gefallen schulden. Ich sehe, wie du die Augen verdrehst, junger Mann, aber du bist nicht in der Position, mich zu verspotten, also hör zu. Habt ihr von den Hippies gehört, die sagen, sie würden von Mobilfunksignalen oder Elektrizität oder was auch immer krank werden?"

Pasha verengt die Augen. „Ja..."

„Nun, wo sie leben, können die Drohnen nicht hin. Nicht erlaubt, aus gesundheitlichen Gründen. Ich habe darüber gelesen und SAS hat bestätigt, dass es stimmt. Es gibt einige kleine Landstücke mit einem Vertrag, der die Drohnen verbietet. Es könnte ein sicherer Hafen für euch sein."

Pasha stellt seine Teetasse ab und sein Kiefer fällt so tief, dass seine Lippe sich fast wieder spaltet. „Du willst, dass wir unser Leben mit einem Haufen Räucherstäbchen verbrennender Kiffer verbringen?"

„Nein. Aber ich denke, es ist eure einzige Option im Moment, wenn ihr mein Angebot ablehnt. Hängt wenigstens für ein paar Monate dort rum, bis ihr von eurer Ausnahmegenehmigung hört. Die Gewalt wird noch eine Weile nicht unter Kontrolle sein. Sogar Frauen mit Armbändern werden angegriffen. Die Regierung muss die Situation in den Griff bekommen. Und bis sie das tut, seid ihr nicht sicher."

„Wir könnten dort nicht arbeiten", sagt Mae und erinnert sich an ihre fehlenden Ersparnisse. Eine hohe Lebenspunktzahl wird in einem Hippie-Camp nicht viel nützen.

„Hier." Iris wühlt in der Seite des Sofas und zieht einen dicken Umschlag heraus, dann reicht sie ihn Mae. Sie öffnet ihn und lässt ihn fast auf den Boden fallen.

„Was?! Das ist eine Menge Bargeld, Iris."

„Es liegt hier nur herum und sammelt Staub. Ihr könnt es genauso gut mitnehmen."

„Du könntest es auf deine Bank einzahlen." Mae versucht, den Umschlag zurückzugeben.

Iris lehnt sich zurück, die Hände hinter dem Rücken. „Die Bank wird alles für Steuern nehmen, wenn ich abkratze. Behaltet es. Ihr werdet es mehr brauchen als ich. Benutzt es, wenn ihr dort ankommt und für eure Reise. Die Drohnen können euch dann nicht aufspüren."

Pasha nimmt den Umschlag und schüttelt den Kopf. „Oma, das ist zu viel. Wir können das nicht annehmen."

„Willst du einer alten Frau etwas Freude verwehren? Sei nicht albern."

„Du könntest das für etwas Pres-X verwenden", meint er.

„Nein. Ich habe dir gesagt, dass ich das nicht will. Es ist so unwürdig. Nichts gegen diejenigen, die auf diesem Weg landen oder ihn wählen, aber es ist nichts für mich. Ich erinnere mich, als die Pres-X-Versuche zum ersten Mal herauskamen – da warst du gerade ein Baby. Die Menschenmassen, die Schlange standen, alles verkauften, was sie besaßen, nur um ihre Dosis zu bekommen, bevor es selbst für die mäßig Wohlhabenden unerschwinglich wurde. Ich mache das nicht. Ich habe es dir gesagt. Meine Zeit ist abgelaufen und ich will nicht, dass du das noch einmal erwähnst."

Pasha gibt das Geld an Mae zurück, die ein paar Tränen wegblinzelt.

„Macht wenigstens eine vernünftige Sache heute", bittet Iris. „Das ist eure beste Chance. Nehmt das Geld und geht." Sie nimmt ihre Teetasse, nippt daran und sagt so beiläufig, als hätte sie ihnen nicht gerade einen Haufen Bargeld gegeben – größer, als sie je gesehen haben – und ihnen geraten, etwas so Verrücktes zu tun.

Pasha lehnt sich in seinem Stuhl zurück und leckt über den Schnitt auf seiner Lippe, während Mae sich unruhig auf ihrem Platz bewegt. Dann rollt sie die Schultern nach hinten, ihre Muskeln angespannt bei dem Gedanken.

„Sie hat recht, Mae", meint Pasha.

Ein kalter Schauer läuft Mae vom Nacken bis zum Steißbein. Das kann nicht wahr sein. Es ist ein verrückter Vorschlag. Die alte Iris muss einen senilen Moment haben. „Das können wir nicht, Pasha. Wir können einfach nicht. Wo gibt es solche Orte überhaupt? Ich habe noch nie einen gesehen."

„In Berkshire gibt es keine, deshalb", erklärt Iris. „Cornwall ist die beste Wahl."

„Cornwall!" Mae lässt beinahe ihre Teetasse fallen. „Nein, wirklich. Das ist unmöglich", erwidert Mae und lacht fast über die Absurdität. „Wie viele Grafschaften sind das? Eine schwangere Frau auf der Flucht würde sofort auffallen. Es ist zu weit. Wir können nicht."

„Mae, wirklich. Wir haben nicht viele Möglichkeiten", sagt Pasha. Seine Stimme klingt eher autoritär als freundlich. „Das ist der beste Weg, um dich und das Baby in Sicherheit zu bringen."

„Aber Cornwall." Sie nimmt ihr Handy heraus und lädt eine Karte. „Wir müssten Berkshire verlassen, durch Hampshire, Wiltshire, Somerset, Gloucestershire, Devon. So viele Grafschaftsgrenzen. Wir würden überall als Touristen auffallen. Die Gesellschaftspolizei wäre hinter uns her. Wir würden den ganzen Weg von Drohnen verfolgt werden."

„Wir werden uns anpassen", sagt Pasha ernst, in seinem befleckten T-Shirt und mit seinem zerschlagenen Gesicht. Er würde sich so gut anpassen wie eine riesige Grapefruit.

„Ach komm schon", fleht Mae. Ihr halbherziges Lachen verwandelt sich in Verzweiflung. „Was tragen die Leute überhaupt in diesen Grafschaften? Wie tragen sie ihre Haare? Der Akzent... sag mir nicht, du kannst einen Gloucestershire-Akzent nachmachen! Natürlich kannst du das nicht."

„Als ich in deinem Alter war, sind wir ständig in andere Grafschaften gereist", erzählt Iris, was Mae die Zähne zusammenbeißen lässt.

„Nicht böse gemeint, Iris, aber das war vor Jahrzehnten", sagt Mae. „So funktioniert das jetzt nicht mehr. Es ist falsch, die Wirtschaft anderer Grafschaften zu unterstützen. Solches Verhalten weckt Verdacht. Ganz zu schweigen davon, dass es ein Gesundheitsrisiko ist. Und alles ist auf die Grafschaften übertragen worden. Wer weiß, welche Gesetze wir brechen könnten, ohne es überhaupt zu wissen?"

Iris wischt Maes Bedenken mit einer Handbewegung beiseite. „Der Zug von Reading bringt euch direkt nach Weston-Super-Mare. Das umgeht einige Grenzen. Von dort ist es nicht mehr weit bis Cornwall. Die einzigen Grafschaftsgrenzen wären dann Somerset zu Devon und Devon zu Cornwall."

„Nur zwei Grenzen, Mae", sagt Pasha. „Das könnten wir schaffen."

„Drei. Der Zug ist die erste."

„Trotzdem, nicht so viele. Du hast es bis nach London geschafft."

„Das war nur ein Zug, eine Grenze, und schau, wie gut dieser kleine Ausflug ausgegangen ist."

Keiner antwortet. Sie starren sie nur an, ohne zu blinzeln, ohne zu wanken, entschlossen.

„Ihr meint das ernst", stellt Mae fest. „Ihr beide. Ihr meint das tatsächlich ernst?"

Sie scherzen nicht über den Vorschlag – ihre Augen sind groß und ernst und sie lächeln nicht einmal.

„Rolan und Moira haben es bis nach Edinburgh geschafft. Das ist viel weiter. Und du weißt, was für eine hochnäsige Frau Moira ist."

Iris sagt das so, als ob es jeder schaffen könnte, wenn Moira es kann. Aber Moira strotzt vor Selbstvertrauen und wäre wahrscheinlich erfreut, wenn die Leute sie bemerken. Und sie hat ein Armband.

„Sie haben einen Direktzug genommen, was nur eine Grenzüberquerung bedeutet. Außerdem ist Edinburgh eine große Stadt. Da werden sie sich weitaus leichter anpassen können als wir im Westen", meint Mae.

Iris steht auf, geht aus dem Zimmer und kommt dann mit einer überfüllten Sporttasche zurück. „Hier." Sie lässt sie neben Pasha auf den Boden fallen. Der laute Aufprall verrät Mae, dass sie so schwer ist, wie sie aussieht.

Pasha hebt sie hoch. „Oma, was zum...?"

Er holt den Inhalt Stück für Stück heraus. Ein paar Handys, unbenutzte SIM-Karten noch in ihren Verpackungen, mehr Bargeld, ein Erste-Hilfe-Set, aufblasbare Kissen und am alarmierendsten – gefälschte Ausweise.

Mae starrt alles fassungslos an. „Scheiße, Iris. Was zum Teufel?"

„Ich hab's dir gesagt. Meine SAS-Freunde schuldeten mir einen Gefallen. Also, diese Ausweise würden keiner gründlichen Überprüfung standhalten, aber wenn ihr in Hotels oder Pensionen eincheckt, sollten sie ihren Zweck erfüllen. Da ist auch eine Bankkarte mit Geld drauf, für die Orte, die kein Bargeld annehmen. Die gleiche ID ist darauf. Sollte für Fahrradverleih ausreichen."

„Sind das Nachtsichtgeräte?" Pasha hält ein erschreckend hochmodern aussehendes Fernglas hoch.

„Damit werdet ihr die Drohnen sehen."

„Ein Zelt?", fragt Mae, als sie ein fest eingewickeltes Bündel Stoff herauszieht. „Ein winziges, unbequemes Zelt. Iris, warum hast du diese Tasche gepackt?"

„Ich habe vor einem Monat damit angefangen. Nur für den Fall. Da sind auch Energieriegel drin. Solarladegeräte und, oh, nur noch ein paar andere Kleinigkeiten. Und das ist ein Ausdruck der Moden in jeder Grafschaft, damit ihr wirklich keine Probleme haben werdet, euch anzupassen. Da ist auch ein Pflegeset drin, falls ihr euch die Haare schneiden müsst. In Berkshire ist es schon in Ordnung, ein bisschen ungepflegt auszusehen, solange man von hier stammt. Aber in anderen Grafschaften müsst ihr euch präsentabel geben, um diese lästige Gesellschaftspolizei abzuwehren. Wobei ich gehört habe, dass manche Grafschaften eine noch eifrigere haben als andere."

„Das ist alles großartig, Oma. Danke."

Mae starrt Pasha sprachlos an. Das ist kein Geschenk, das sie wollen – oder überhaupt nutzen können. Sie können das nicht ernst meinen. Es ist kaum Weihnachten, und sie bekommen neue Socken. Das bedeutet doch, dass sie tatsächlich fliehen sollen

– mit illegalen Ausweisen, ihre Jobs aufgeben, alles hinter sich lassen.

„Ihr solltet jetzt gehen", sagt Iris. „So bald wie möglich. Ich meine es ernst. Nach den Unruhen heute würde es mich nicht überraschen, wenn sie die Grenzen und den öffentlichen Verkehr schließen würden. Es wird das Kriegsrecht herrschen, bevor ihr euch verseht."

Mae schnaubt. „Ich bin sicher, so weit wird es nicht kommen." Die Grafschaft zu verlassen ist sowieso schlimmer als das Kriegsrecht, denkt sie, wagt aber nicht, es zu sagen.

„Wir können kein Risiko eingehen, Mae", meint Pasha. „Sie hat recht. Wenn wir einen Ort finden, an dem wir uns verstecken können, bis die Ausnahmegenehmigung durchkommt-"

„Falls", fährt sie dazwischen. „*Falls* sie durchkommt. Was machen wir, wenn nicht? Das Baby wird weggenommen und wir landen im Gefängnis."

„Dann bleiben wir wohl an dem Hippie-Ort."

„Für immer? Pasha, ich kann das nicht. Ich kann einfach nicht. Was ist mit der Arbeit, unserer Wohnung, unseren Freunden? Alles Vertraute in Berkshire?" Ihre Stimme bricht. Warum können sie nicht verstehen, wie lächerlich das ist?

Er nimmt ihre Hände und hält sie an seine Brust.

„Vertrau mir, Mae. Du vertraust mir doch, oder?"

Sie schluckt den Kloß in ihrem Hals hinunter. Natürlich vertraut sie ihm. Das ist nicht das Problem. Es ist der Rest der Gesellschaft, dem sie nicht traut. Die übereifrige Gesellschaftspolizei, die sich ändernden Gesetze und ihr Mangel an Geldmitteln. Selbst mit Iris' Großzügigkeit brauchen sie immer noch ein Einkommen. Er drückt ihre Hände fester und durchbricht mit seiner Wärme die Mauer zwischen ihnen. Seine Augen bohren sich in sie, auch wenn sie ihr Kinn nicht heben kann, um in seine zu blicken. Ihm vertrauen? Menschen zu vertrauen ist etwas für Narren, das weiß sie. Sie schaut auf, ihre Augen treffen seine. Sie sind aufrichtig, beschützend, all die Dinge, die sie an ihm liebt.

Ja, sie ist eine Närrin. Sie nickt.

„Lass es uns tun", sagt er. „Es wird schon gut gehen."

# KAPITEL 15

*Devolviert ist evolviert. Deine Grafschaft ist dein Zuhause. Bürger der Gesellschaft müssen ihre lokalen Wirtschaften unterstützen. Manifest-Versprechen von Eyes Forward.*

***

„Warum hab ich das Gefühl, dass du und Iris das Ganze geplant habt?", sagt Mae, während sie auf unbequemen Sitzen mit festgeklebtem alten Kaugummi und einem Geruch von brennendem Plastik sitzen.

„Was?", fragt Pasha.

„Die Flucht. Um mich aus Berkshire rauszukriegen. Du bist doch kaum ein Weltenbummler."

„Wir haben nichts geplant", antwortet er mit einem Schulterzucken. „Vielleicht sind's einfach die Hormone."

Ihre Schultern verspannen sich. „Tu meine Sorgen nicht als ›Hormone‹ ab. Ich darf Gefühle haben, Zweifel. Ich darf diesen Wahnsinn hinterfragen.“

„Ich habe nichts geplant. Aber hör zu, wir stecken da zusammen drin, Mae. Du und ich. Wir werden das zusammen durchstehen. Keine Lügen, versprochen.“

Sie schielt ihn von der Seite an und hält den Mund.

Der Zug ist viel leiser als der in London. Montags mittags ist keine geschäftige Reisezeit und wer fährt schon nach Westen? Sie hatten den Sonntag damit verbracht, spärliche Besitztümer zu packen. Mae macht sich Sorgen um Kleidung, denn ihr Körper wird in ein paar Monaten nicht mehr derselbe sein. Und sie hat keine Ahnung, wie lange sie weg sein werden. Die hilfreichste Recherche, die sie machen konnten, war über die Mode in den verschiedenen Gebieten, und es scheint, dass eine Art von Kleidung überall durchgeht: Wanderkleidung. In jeder Grafschaft, egal wo in der Gesellschaft, tragen die Leute Wanderkleidung beim Wandern. Pashas Gesicht war wie eine Offenbarung.

„Das ist perfekt. Wir können überall unauffällig sein. Wir müssen nur so aussehen, als würden wir zu einem Spaziergang aufs Land gehen.“

„Was in Ordnung ist, wenn wir das tatsächlich tun, aber was passiert nachts, wenn wir in den Supermarkt müssen? Wir werden total deplatziert aussehen. Und gehen Frauen im fünften Monat wandern?“

„Es sind nur ein paar Tage, maximal eine Woche, bis wir das drohnenfreie Dorf erreichen.“

„Du gehst immer noch davon aus, dass so ein Ort existiert. Deine Oma und ihre erfundenen Hacker-Kontakte sind unsere einzige Informationsquelle."

„Sie würde uns nicht auf eine sinnlose Jagd schicken. Sie will, dass wir sicher sind."

Das stimmt wohl. Iris mag zwar wehmütig von den Tagen erzählen, als sie noch reiste, bevor das Überqueren von Grafschaften tabu wurde, bevor Wirtschaften auf so kleine Radien devolviert wurden, als Großbritannien noch ein Land war und nicht die Gesellschaft. Aber aus Nostalgie würde sie sie nicht in Gefahr bringen. „Das waren noch Zeiten", würde sie sagen, ihr innerer Funke noch immer für ihre jüngeren Tage glühend. „Die Dinge sind einfach nicht mehr wie früher."

Dass die Dinge nicht mehr wie früher sind, ist etwas, womit sich Mae identifizieren kann.

Draußen vor dem Fenster zieht die Landschaft vorbei – Meile um Meile Felder, bedeckt mit Planen, eine weiße Weite wie eine geisterhafte Maske. Es ist ein völlig anderer Anblick als die Industrieanlagen und alten Häuser, die sie sonst gewohnt ist.

Sie ist schon nervös, wippt mit dem Fuß, zupft an dem Band um ihr Handgelenk. „Was ist mit den Drohnen?", fragt sie.

„Was soll mit ihnen sein?"

„Wenn uns eine *Eyes Forward*-Drohne sieht, scannen sie uns vielleicht, und dann wissen sie, dass wir nicht zu Hause sind."

„Es ist nicht illegal, zu reisen."

„Nein, aber es ist nicht *normal*. Sie werden wissen wollen, warum. Was sollen wir sagen? Wir hatten einfach Lust auf ein bisschen Westgrafschaft-Luft? Komm schon, Pasha. Du weißt, dass das nicht reicht. Ich bin schwanger, schon vergessen?"

„Es ist nicht illegal, schwanger zu sein."

„Und was, wenn das Kriegsrecht in Kraft tritt? Was sollen wir dann tun?"

Er legt einen Finger auf ihren Mund, wie man es bei Kindern tun, wenn sie leise sein sollen. Er lächelt sein leichtes Lächeln. „Wir müssen es versuchen. Mach dir keine Sorgen um die Gesellschaftspolizei oder sonst jemanden. Es sind nur du und ich, Mae-Käferchen. Nur du und ich."

Sie fühlt sich dadurch ruhiger. Seine vagen Worte reduzieren ihre Hysterie. Das unerklärliche Vertrauen, das sie fühlt, verlangsamt ihren Herzschlag und reguliert ihren Atem.

Pasha wühlt in seinem Rucksack, und Mae entspannt sich leicht, als sie das Klappern von Pillenfläschchen hört. Wenigstens eine Sache, an die er gedacht hat einzupacken. Er nimmt ihre neuen Ausweise heraus, inspiziert sie dann und zwingt sich zu einem Lächeln.

„Holly und Christian Brown."

„Wir sind *verheiratet?*"

„Ich nehme an, wenn ich jetzt auf die Knie gehe, ist das ein klares Nein?"

Sie mustert ihn eine Minute lang, nur um sicherzugehen, dass er scherzt. „Ich würde es vorziehen, tatsächlich verheiratet zu sein, bevor ich zum Schein mit einem Mann verheiratet bin, der die Frau seines Bruders geschwängert hat."

„Du kannst es wirklich nicht sein lassen, oder?"

Sie reißt ihm den Ausweis aus der Hand und mustert ihr Bild. Es ist fast dasselbe wie auf ihrem Führerschein. Spiegelverkehrt, ihre Haare sind photogeshoppt, um ordentlicher, weniger rot auszusehen, gerade genug Änderungen, um es zu einem einzigartigen Bild zu machen, das in keinem System als Duplikat auffallen würde.

„Holly. Klingt wie ein Name aus Iris' Ära", sagt sie und beißt sich auf die Wange. „Und Christian... *Christian*? Versucht sie, irgendeine religiöse Botschaft zu vermitteln?"

„Interpretier nicht zu viel rein. Es sind nur Namen. Immerhin sind unsere Geburtsdaten gleich. Eine Sache weniger, die man sich merken muss."

Holly. Sie wiederholt den Namen in ihrem Kopf immer und immer wieder, versucht, ihn natürlich klingen zu lassen, neigt den Kopf so, wie Holly es tun würde, schlägt die Beine übereinander, lächelt auf Holly-Art. Aber sie fühlt sich nicht wie eine Holly. Oder vielleicht doch – „Holly" bedeutet auf Englisch Stechpalme, ein stacheliger Strauch mit giftigen Beeren. Es ist schwer, da nicht zu viel hineinzuinterpretieren.

Der Waggon für alle unter 400 hat Sitze, die unbequemer sind als ihr Apartment-Sofa, und ist weniger einladend als ein Imbiss zwei Minuten vor Ladenschluss. Die wenigen anderen Passagiere blicken zwischendurch von ihren Geräten auf, um sie prüfend zu mustern. Sie fallen definitiv als seltsam auf, davon ist Mae überzeugt.

Ohne ihre eigenen Geräte, die ihre Aufmerksamkeit fesseln würden, ist Mae halb überrascht, dass die Passagiere nicht schon ihre Gesellschaftspolizei-Apps laden. Die Telefone, die Iris ihnen gegeben hat, sind „nur für Anrufe und Textnachrichten" bestimmt, unter ihrer strengen Anweisung. Kein Internet, nichts, was sie zurückverfolgen kann. Als ob sie wirklich glaubt, dass Drohnen sie in den nächsten Monaten aufspüren würden. Sie dienen nur dazu, Iris wissen zu lassen, dass sie sicher angekommen sind, und damit sie ihnen Updates zu den Gesetzen oder zur Genehmigung ihrer Ausnahme schicken kann..

Monate ohne Internet, soziale Medien oder jeglichen Kontakt zur Außenwelt liegen vor ihnen. Mae ist unentschlossen. Der Gedanke, an einem so fremden Ort zu sein, lässt sie erschaudern, aber die Isolation könnte auch eine kleine mentale Entgiftung sein. Doch bei all den Veränderungen in der Welt könnte die Angst, nichts zu wissen, auch zu viel werden.

Die Polsterung des Zuges ist abgenutzt, ausgebleicht und fadenscheinig, mit permanenten Sitzabdrücken, die aussehen, als wären sie dreißig Jahre alt. Mae legt die Hände in ihren Schoß und versucht, die Ränder ihres Sichtfelds auszublenden. Ihr Platz ist Nummer zweiundzwanzig, Pashas dreiundzwanzig. Sie wiederholt die Zahlen in ihrem Kopf und zählt die Reihen bis zum Ausgang. Die Fenster sind schmutzig – wahrscheinlich ein Glück, denkt Mae. Der endlose Anblick von Plastikfolien ist eintöniger als der langsame Verkehr im Stadtzentrum von Reading. Jede Erschütterung reizt ihre Blase, aber der Zustand der Toiletten lässt sie sich wie eine Muschel verschließen. Die dünn gepolsterten Sitze in Rot und Orange wirken wie ein Relikt aus einer Zeit, in der diese Farbkombination als passend galt. Schon beim Anblick tränen Maes Augen und ihr Rücken fühlt sich an, als würde er Haut abwerfen. Die versprochenen Modernisierungen sind nie gekommen. Der Investitionsmangel zeigt sich in den klebrigen Stellen und dem ruckelnden Motor. Immer weniger Menschen reisen über die Grenzen ihrer Grafschaft hinaus. Diese alten Züge existieren nur noch für die wenigen Jobs, die solche Fahrten erfordern.

Unterhaltung hält ihre Gedanken auf Kurs, weg von dem mentalen Unbehagen der migräneauslösenden Einrichtung und der unmöglichen Entfernung von der Sicherheit ihres Zuhauses. Aber Unterhaltung beschränkt sich auf Pasha, und Pasha fühlt sich wie immer ziemlich wohl.

„Ich habe gehört, Somerset ist wirklich schick, überall Fotomöglichkeiten. Niedliche kleine Brücken über kleine Bäche", sagt er mit nachdenklichem Blick.

„Ich glaube, du liest Touristenberichte aus dem letzten Jahrhundert. Es ist größtenteils überflutet und hat eine noch ältere Demografie als Berkshire."

„Na ja, ich freue mich darauf, diese malerischen kleinen Juwelen zu finden. Als begeistertes Wanderpaar sollten wir die Natur genießen."

Sie lehnt sich nah zu ihm und flüstert: „Außer, dass du es hasst, irgendwohin zu laufen, und ich es hasse, irgendwohin zu laufen, wo es nicht nötig ist. In der schmutzigen Landschaft ohne Grund herumzulaufen, ist ein Zeitvertreib für Verrückte."

„Holly denkt das nicht. Holly liebt Wandern."

„Halt die Klappe, Pasha."

„Na ja, wir können ein paar Fotos machen. So tun, als ob wir es genießen."

„Womit sollen wir diese wunderbaren Fotos machen?"

Er beißt sich auf die Lippe. „Guter Punkt. Diese alten Telefone machen definitiv keine Fotos."

Der Zug ruckelt zwei Stunden lang, bevor sie in Weston-Super-Mare ankommen – eine halbe Stunde hinter dem Zeitplan. Nicht, dass sie es eilig hätten, erinnert sich Mae. Sie rast ja kaum, um sich dem Hippie-Camp anzuschließen, das das neunzehnte Jahrhundert verehrt.

Als sie sich dem Bahnhof nähern, überprüft Mae die Informationen, die Iris ihnen gegeben hat. Sie löst ihren Zopf und versucht, ihn zu einem Pferdeschwanz zu arrangieren. Schwieriger als es scheint, denn die Bilder kommen nicht mit Anleitung. Pasha versucht zu helfen, macht aber mehr Chaos als sie. Am Ende tut sie ihr Bestes und setzt ihren Wanderhut auf.

„Wunderschön", meint Pasha.

„Setz deinen Hut auch auf", sagt sie.

Beim Aussteigen aus dem Zug verkündet der Bahnhof, dass sie am *Rand von Somerset, der Grafschaft, die niemand verlassen muss*, angekommen sind. Gelbe Fahnen mit einem roten Drachen wehen von den Ecken des Gebäudes und sehen eher bedrohlich als einladend aus, als würden sie die Leute im Bahnhof verabschieden, anstatt sie zum Bleiben zu überreden. Daneben hängen weitere Plakate mit dem Slogan: „Wo Natur und Kultur eins werden." Maes Morgenübelkeit setzt verspätet ein, als sie das liest, während Pasha es für das Tiefgründigste zu halten scheint, was ihm je begegnet ist – weit mehr als Berkshires „Wo jeder sich entfalten kann"-Schild. Dieses ziert sämtliche Bahnhöfe und Grafschaftspropaganda, begleitet von der stolzen Behauptung, die höchste durchschnittliche Lebenspunktzahl aller Grafschaften zu haben.

Mit einem kurzen Blick auf die wenigen Menschen am Bahnhof nimmt Mae das Erscheinungsbild der Bevölkerung von Somerset wahr. Dufflecoats mit großen Knöpfen, die Haare in straffen, tiefen Pferdeschwänzen, genau wie auf Iris' Bildern. Mae nestelt an ihrem Regenmantel und der Unterschicht darunter,

glättet sie und versucht, ordentlich auszusehen, und wünschte,
sie hätte stattdessen einen Dufflecoat. Ein anderer Wanderer sitzt
in einem Café und nippt an einem Kaffee. Er trägt fast genau das
gleiche Outfit wie Pasha, was Mae ein wenig beruhigt. Trotzdem
geht sie schnell durch den Bahnhof. Ihre Wanderstöcke machen
ein blechernes Klirren auf dem harten Boden, Pashas noch lauter.
Sie machen sich auf den Weg zum Ausgang und treten dann in
die neue Grafschaft hinaus.

# KAPITEL 16

Die Stadt riecht nicht wie Reading. Sie riecht nach abgestandenem Wasser und der Lärm kreischender Vögel ist der lauteste, den sie je gehört hat. Die Gehwege sind ruhiger, aber unorganisiert, ohne Spuren, um die Menschen zu trennen, nur ein Durcheinander von unterschiedlichen Geschwindigkeiten – langsamere Leute im Weg von schnelleren, die versuchen, sich vorbeizuschlängeln. Ineffizient und unberechenbar. Lieferdrohnen sind weniger häufig und die, die vorbeifliegen, tun dies sprunghaft, als wären sie ältere Modelle, die ineffizient schwanken. Mae und Pasha warten einen Moment, beurteilen die Etikette und reihen sich dann hinter ein paar mittelschnellen Personen ein.

„Das ist seltsam, Pasha."

„Anders, Mae, nicht seltsam."

Jedes Restaurant scheint Pommes zu verkaufen und sonst kaum etwas, und ihre Punktzahl unter 400 ist überall willkommen. Nirgendwo sieht Mae einen Ort, der zu den angeblich hohen Lebenspunktzahlen passen würde. Eigentlich sollte sie das beruhigen, aber stattdessen fühlt sie sich, als würde sie in einem Graben herumkriechen. Sie ist es gewohnt, eine der Ärmsten zu sein und ihren Platz zu kennen – doch hier wirkt alles chaotisch und ziellos. Ihr Magen knurrt, aber der Gedanke an eine fetttriefende Pommes-Schachtel widert sie an. Dafür macht ihr ihre Blase unmissverständlich klar, dass sie handeln muss. Nach ein paar Minuten finden sie ein Café, das ruhig genug ist und natürlich ihrer Lebenspunktzahl entspricht. Instinktiv greift Pasha nach seinem Handy, um zu checken, wo sie sich befinden, erinnert sich dann aber daran, dass sie im Internet-Blackout sind.

„Keine Sorge", sagt er. „Ich habe den Weg überprüft, bevor wir losgegangen sind. Wir müssen einfach der Küste nach Süden folgen. Ich denke, es wird offensichtlich sein, wenn wir an der Küste sind, und dann müssen wir nur nach Südwesten gehen, bis wir an den Rand von Somerset kommen."

Sie schaut auf ihre Uhr, ein altes analoges Modell, das Iris ihr gegeben hat. Kein Herzfrequenzsensor, keine Fitnessdaten, nichts Nachverfolgbares, nur zwei Zeiger, die sich um das Zifferblatt bewegen.

„Es ist ein Uhr", sagt sie. „Ich will wirklich, *wirklich* nicht in einem Zelt übernachten. Es ist kalt, mir ist kalt, und es sieht aus, als käme Regen. Vielleicht können wir ein Hotel oder so finden?"

„Klar. Es wird sicher Hotels entlang der Küste geben. Unsere Eltern haben uns in eins mitgenommen, als Ro und ich Kinder waren."

„Wirklich?" Ihre Augen quellen hervor. „Ihr seid ans Meer gefahren?"

„Ja. Ein Urlaub. War lustig. Ich erinnere mich, dass unsere Eltern darüber gemeckert haben, wie schmutzig es war, und wir haben uns einen Sonnenbrand geholt."

„Klingt schrecklich."

„Wir waren Kinder. Wir hatten eine tolle Zeit. Die Leute waren damals nicht so seltsam wegen der Grafschaftsgrenzen. Es war kurz bevor die Landkreislinien eingezäunt wurden. Jedenfalls ist das schon ewig her. Danach waren alle unsere Urlaube in Berkshire."

„Gut, dass deine Eltern schließlich zur Vernunft gekommen sind."

Er lacht sie an und geht dann, um etwas zu essen zu bestellen. Jenseits des Fetts und des billigen Desinfektionsmittels kann sie es riechen. Die Feuchtigkeit, der moosige Geruch, aber nicht wie das normale Berkshire-Landmoos. Die Feuchtigkeit fühlt sich anders an, nicht so, wie wenn es zu Hause auf den Bürgersteig regnet. Irgendwie, wagt sie zu denken, *frischer*? Weniger feucht, vielleicht. Obwohl frischer, nicht gänzlich angenehmer. Unangenehme Untertöne von Fisch machen die frischeren Noten muffig und sauer. Und der Lärm ist weniger ein Summen und mehr ein Chor von Kreischen. Die lautstarken Vögel über ihr landen auf einem Poller direkt neben ihr. Sie sind riesig. Funkelnde Augen beobachten sie, als wäre sie ihr Mittagessen.

Jeder, der vorbeigeht, trägt Dufflecoats, meist marineblau mit Kunstfell um den Kragen und kleinen Abzeichen der lokalen Flagge am Revers. Es ist hier kühler als in Reading und der Wind ist rauer. Durch das Glas des Cafés sieht sie, wie sich die Menschen diagonal gegen den Sturm stemmen. Nein, sagt sie zu sich selbst. Wir werden definitiv nicht in einem Zelt schlafen.

„Also", sagt Pasha, als er mit Tassen Tee in der Hand zurück-kommt. „Ich habe den Kellner nach Übernachtungsmöglichkeit-en gefragt und er empfiehlt eine Straße ein paar Kilometer von hier. Dort gibt es einige Hotels und Pensionen. Wie klingt das? Nur ein kurzer Spaziergang heute, eine ordentliche Pause heute Nacht und dann sind wir morgen ganz frisch."

„Also weiß der Kellner, dass wir nicht aus dieser Grafschaft sind?"

„Ich habe ihm gesagt, wir sind von der anderen Seite des Landkreises."

„Und er hat dir geglaubt? Dein Akzent ist aber-"

„Es war in Ordnung. Er schien sich nicht darum zu kümmern. Schau dich um, keine Gesellschaftspolizei hier. Niemand schenkt uns Aufmerksamkeit. Wir sind okay, entspann dich."

Keine sichtbare Gesellschaftspolizei, sicher, aber die Plakate sind überall. Das Eyes-Forward-Logo an jeder Wand. Das Tabu, eine Grafschaftsgrenze zu überqueren, ist so tief verwurzelt, dass sie sich wie eine Verbrecherin fühlt. Trotzdem macht es ihr die Begeisterung in seinen Augen schwer, lange grummelig zu bleiben. Heißer Tee in ihren Händen und ein warmes Bett nicht weit entfernt. Sie könnten sich in einem privaten Zimmer ein-schließen, kuscheln, so tun, als ob alles drumherum keine Rolle spielt. Für die Momente, während sie ihren Tee trinkt, versucht sie, daran zu glauben. Sobald sie drinnen sind, wird das Außen einfach verschwinden.

Nachdem Mae die Toilette benutzt hat, machen sie sich auf den Weg entlang der Küste zum Hotel. Der Spaziergang ist langsam, kalt und riecht unangenehm. Pasha überredet sie, auf dem Sand zu laufen, doch nach ein paar Minuten sind ihre Schuhe voller Sand und ihre Füße schmerzen. Die Luft riecht wie ein verstopfter Abfluss, durchsetzt mit einer schweren Salzbrise. Eine Weile bleiben sie stehen und starren auf den Strand.

„Ich erinnere mich, dass der Strand schöner war, als ich ein Kind war", meint Pasha mit Traurigkeit in seiner Stimme.

Mae fällt es schwer, sich vorzustellen, dass dieser Ort jemals schön gewesen sein könnte. Die Flut ist längst zurückgewichen, und nur ein bräunlich-orangefarbener Sandsumpf erstreckt sich endlos vor ihnen. Pashas Enttäuschung rührt sie – nicht viel, aber ein bisschen. Schließlich war es seine dumme Idee, hierherzukommen.

Sie hakt sich bei ihm ein. „Komm schon", sagt sie. „Lass uns zum Hotel gehen."

Der Wind lässt nach und der Rest ihres Spaziergangs ist nicht übermäßig unangenehm. Vögel scheinen am Meer weniger zahlreich zu sein als ein paar Straßen im Landesinneren, denn sie konzentrieren sich auf Restaurants und Mülleimer. Die vertrauten *Alle Augen sind unsere Augen*-Plakate sind an jeder Straßenecke und jeder Bushaltestelle angebracht; das Symbol des Auges mit Scheuklappen daneben. Aber das ist das Einzige, was ihr an dieser Stadt vertraut vorkommt. Die Straßen sind voller als in Berkshire. Autos hupen und schleichen voran, oft langsamer als die Fußgänger. Kaum Fahrräder, keine Busse, stellt Mae fest. Seltsam, dass sie die Straßen mit so vielen Einzelfahrzeugen verstopfen. Das Fehlen der Gesellschaftspolizei ist ungewohnt, aber angenehm. Die Menschen haben ihre Handys in der Hand, aber sie mustern einander nicht so aufmerksam, heben die Kameras nicht, halten sie einfach an ihrer Seite. Alte Überwachungskameras baumeln lose an ihren Halterungen. Nur hier werden keine Lebenspunktzahlen für Informanten angezeigt.

„Vielleicht gibt es hier keine Punkte zu gewinnen?", flüstert Pasha und lehnt sich näher. „Solche Gesetze sind dezentralisiert. Ich wette, niemand petzt, wenn es keine Punkte dafür gibt."

„Oder vielleicht gibt es hier einfach keine Kriminalität?"

Die umgestürzten Mülleimer und die Graffiti an den Wänden erzählen eine andere Geschichte. Die Dufflecoats, die jeder trägt, sind Jahre alt, ausgebessert und mehrfach geflickt. Entlang der Strandpromenade sind die Schaufenster mit Brettern vernagelt oder mit vergilbten Zeitungen beklebt. „Räumungsverkauf" ist noch durch die Flecken und Schmierereien zu entziffern. Jede Imbissbude, an der sie vorbeikommen, scheint vor allem Pommes zu verkaufen – manche werben mit verschiedenen Soßen, doch alle betonen, dass hier jede Lebenspunktzahl willkommen ist.

Der Mangel an Ehrgeiz lässt Mae frösteln. Sie blickt auf ihre Wanderkleidung hinunter und fühlt sich teuer und fehl am Platz. Ihre mageren knapp 400 Punkte scheinen hier verschwenderisch. Der Wind hat ihre Haarspitzen durcheinandergebracht und es juckt in ihrem Nacken. Ein Pferdeschwanz scheint eine unpraktische Frisur für eine windige Küstenstadt zu sein, ganz zu schweigen davon, dass er unelegant ist. Sie versucht sich vorzustellen, wie Sadie so einen schlichten Stil tragen würde – wie ihre perfekt manikürten Nägel ein einfaches Haargummi verwenden. Es wirkt zu ungeschmückt, zu schlicht, fast irritierend. Zum hundertsten Mal wirft sie ihre Haare über die Schultern. Ihre roten Locken fühlen sich klebrig an, überzogen von feinen Salzablagerungen.

Das langsame Schlendern der Fußgänger ist nicht zu beengend. Die Menschen weichen ihnen eher aus als einander. Die Älteren scheinen etwas schneller zu gehen als in Berkshire – oder laufen sie vielleicht einfach vor ihnen davon? Maes Paranoia meldet sich jedes Mal, wenn sie versucht, ihre Umgebung wahrzunehmen. *Es ist einfach anders*, erinnert sie sich. *Das ist alles. Einfach anders.*

Schließlich erreichen sie eine Straße mit mehreren Pensionen. „Zimmer frei"-Schilder schaukeln quietschend im Wind. In den Vorgärten verwelkt das Grün unter vernachlässigter Pflege, unbeschnittene Bäume vermischen sich mit abgestorbenen und Unkraut überwuchert die wenigen verbliebenen Blumen. Sie entscheiden sich für die am wenigsten heruntergekommene Unterkunft und gehen den schmalen Weg entlang, während sie Spinnweben aus ihren Gesichtern streifen.

Drinnen riecht es ähnlich wie in Onkel Charlies Pflegeheim, nur mit schwächerer Beleuchtung und fragwürdigerem Teppich. Der ganze Ort ist in Bordeauxrot dekoriert, als wären die Wände wütend auf sie. Maes Schultern verkrampfen sich und sie erschaudert.

„Kann ich Ihnen helfen?"

Sie hören die Stimme schon lange, bevor ihre Besitzerin in Sicht kommt. Winzig klein schleicht sie sich an sie heran, ihr Kopf gerade eben über den Rand des Empfangstresens hinausragend.

„Ähm, hallo", sagt Pasha zu den krausen grauen Haaren. „Wir hätten gerne ein Zimmer."

„Ein Zimmer? Wisst ihr, dass nicht mal Urlaubssaison ist?"

„Ich weiß. Wir dachten, es wäre eine schöne, ruhige Zeit zum Kommen."

Sie erstickt an einem Lachen. „Oh, wir sind immer ruhig, Schätzchen. Nur das Wetter ist schlechter für euch, das ist alles. Nicht viele Leute kommen mehr in diese Gegend zu Besuch."

„Oh, das ist schade. Es ist wirklich recht schön hier."

Er klingt so aufrichtig, dass sogar Mae ihm glaubt. Wie kann er so leicht solche Unwahrheiten sagen? Sie findet es einfacher, gar nichts zu sagen, als die Wahrheit auszuschmücken.

„Bist du nicht ein Süßer", sagt die Stimme aus den Haaren. „Wo kommt ihr denn her?"

„Vom anderen Ende der Grafschaft", antwortet er schnell. Zu schnell. „In der Nähe von Bath."

„Na, schön ist es, dass ein nettes junges Pärchen hier herkommt. Tragt euch hier ein."

Sie reicht ihnen ein Gästebuch mit leeren, vergilbten Seiten. Mae nimmt den Stift und unterschreibt mit *Holly Brown*. Nun, denkt sie, nicht alle Lügen sind so schwer. Sie aufzuschreiben ist einfacher, als sie auszusprechen.

Pasha sieht sie an und nickt, bevor er den Stift nimmt. *Christian Brown.*

Ein Kruzifix hängt über dem Empfangstresen. Die Dame liest Pashas Namen und hebt die Stirn, als sie den Kopf nach hinten neigt, um ihn besser zu sehen. **„Holly und Christian,"** sagt sie, während sie durch ihre dicke Brille ins Gästebuch blickt. Die Falten ihrer Haut halten die Brille an Ort und Stelle. „Schöne Namen. Ich vergesse nie Namen. Mit Gesichtern bin ich nicht so gut. Meine Augen funktionieren nicht mehr so wie früher. Aber Namen kann ich mir merken." Ihre Augenbrauen heben sich, und Mae vermutet, dass sie lächelt. „Schön, euch kennenzulernen. Ich bin Cynthia und das ist Dudley." Sie deutet auf ein großes Foto an der Wand, das einen rundlichen Mann mit freundlichem Gesicht zeigt.

„Schön, Sie kennenzulernen, Cynthia", sagt Mae und schluckt, bevor sie das Foto anspricht. „Und schön, Sie kennenzulernen, Dudley."

„Bleibt ihr lange?", fragt Cynthia.

„Nur eine Nacht."

„Ach. Das ist schade. Wäre schön, wenn ihr länger bleiben würdet." Sie tritt um den Empfangstresen herum und ihr ganzer Kopf kommt in Sicht. Unter dem grauen Kraushaar verbirgt sich ein Gesicht, so zerfurcht wie ein Kohlkopf, mit trüben Augen, die beinahe die gleiche blasse Farbe wie ihre Haut haben.

„Tut mir leid. Wir können leider nicht länger bleiben", sagt Pasha. „Wir versuchen, die ganze Grafschaft zu Fuß zu umrunden."

„Na, ihr werdet hier eine schöne Zeit haben. Die Leute sind sehr freundlich. Oder waren es zumindest. Sie mögen misstrauisch erscheinen, aber das liegt nur daran, dass sie nicht wollen, dass jemand sie für diesen Spendenunsinn schnappt." Sie mustert sie langsam von oben bis unten, untersucht jeden Zentimeter. Ihr Akzent verweilt auf den Rs und ihre Vokale scheinen durcheinander. „Ihr seid doch nicht wegen solcher Dinge hier, oder?"

„Nein, natürlich nicht", sagt Mae leise und wagt es nicht, den Akzent nachzuahmen.

„Woher sagtet ihr, kommt ihr nochmal?"

„Vom anderen Ende der Grafschaft, in der Nähe von Bath." Pasha springt ein, bevor Mae sich versprechen kann.

„Esme, die das Café auf der anderen Straßenseite führt, nette Dame, aber ein bisschen eine Tratschtante. Sie kommt ursprünglich aus Bath. Kennt ihr sie?"

„Nicht dass ich wüsste. Es ist eine ziemlich geschäftige Stadt."

„Hm", meint sie und zuckt mit ihren dünnen Lippen. „Na gut, hier ist euer Schlüssel. Ihr könnt beim Abreisen bezahlen, falls ihr doch etwas länger bleiben wollt. Schön, mal wieder ein paar junge Leute hier zu haben. Seid ihr hungrig? Ich könnte euch ein paar Pommes machen."

„Oh, ich glaube, wir sind nicht hungrig. Wir bestellen uns später vielleicht etwas", antwortet Mae, der jetzt heiß ist. Die Kühle von draußen ist längst verflogen und die Stickigkeit des Empfangs ist erstickend. Sie fächelt mit ihrer Jacke, zappelt auf der Stelle, richtet ihre Mütze, während sich Schweißperlen am Rand sammeln.

„Es gibt keine Lieferdienste." Cynthia tritt näher und schüttelt den Kopf. „Das Beste, was ihr bekommen werdet, sind Pommes. Und meine Pommes sind so gut wie alle anderen. Oder seid ihr jungen Leute schon so amerikanisch geworden und nennt sie Fries?"

„Pommes wären in Ordnung. Okay, danke." Mae stimmt zu und weicht zurück. Sie braucht ein Fenster, etwas Luft, etwas Platz.

„Sauce?" Das Wort klingt weniger wie ein Wort und mehr wie ein Geräusch, das die Vögel machten.

„Wie bitte?", fragt Pasha.

„Möchtet ihr Sauce?"

„Ja, gerne. Danke."

„Und was ist mit dem Frühstück? Eier?"

„Etwas Toast wäre schön", meint Mae. Der Gedanke an Eier lässt sie würgen. Der Ort riecht schon muffig genug, ohne dass Eier das Aroma verstärken.

„Ihr braucht Energie", sagt Cynthia, „bei all dem Laufen. Bohnen auf Toast? Tee oder Kaffee?"

Mae nickt und weicht noch weiter zurück. „Okay, Bohnen. Ja, danke. Haben Sie costa-ricanischen Kaffee?"

„Costa… was? Was ist das?"

„Nichts!", erwidert Mae. „Es ist eine Kaffeesorte. Aber ja, jeder Kaffee ist in Ordnung."

„Schön, Liebes. Ich bringe eure Pommes in ein paar Minuten hoch. Das Warmwasser ist abgestellt. Ich schalte es jetzt an, also wird es etwa eine Stunde dauern. Euer Zimmer ist oben an der Treppe. Einen schönen Aufenthalt."

Pasha nimmt den Schlüssel und trägt ihre Taschen die Treppe hinauf. Der ausgefranste Teppich verhakt sich an ihren Schuhen, also setzen sie jeden Schritt mit Bedacht. Die Dielen sind uneben unter ihren Füßen und ein kühler Luftzug streicht von der Fußleiste herauf. Mae zählt die Stufen – sechzehn insgesamt, erst acht, dann noch einmal acht um die Ecke. Acht weitere Schritte von der Haustür bis zur Rezeption. Sie erinnert sich an eine Dokumentation, in der es hieß, dass man an neuen Orten seine Schritte zählen sollte, falls es zu einem Brand kommt. Eigentlich braucht sie keine zusätzliche Motivation, Dinge zu zählen – aber falls sie jemand dabei erwischt, hat sie zumindest eine plausible Erklärung.

Das Weinrot zieht sich weiter durch den Flur, fast schon grell, und auf dem Treppenabsatz tauchen die schwach flackernden Glühbirnen alles in ein noch ungemütlicheres Licht als unten. Glücklicherweise liegt ihre Tür direkt gegenüber der Treppe – Mae ist erleichtert, dass sie keinen düsteren Flur entlanggehen muss, der direkt aus einem Horrorfilm stammen könnte. Pasha steckt den Schlüssel ins Schloss und beide halten unwillkürlich den Atem an, als würden sie sich auf den Anblick des Zimmers vorbereiten, für das sie tatsächlich bezahlt haben.

Das Zimmer ist überraschend angenehm, mit Bilderrahmen von hügeligen Landschaften an den Wänden und einem Chesterfield in der Ecke. Es riecht frischer als die muffige Rezeption. Das Zimmer geht zum Meer hinaus und die letzten Sonnenstrahlen des Tages scheinen durch das Fenster. Zu Maes Erleichterung hat das Weinrot ein Ende und die blassgelben Wände sind viel entspannender. Sie geht zum Fenster und öffnet es, lehnt sich hinaus und atmet etwas kühle Luft ein. Die Vögel sind wieder laut und kreischen ihren Abendgesang. Sie kann gerade noch die Wellen hören, die an den Strand schwappen. Nicht so schlecht. Vielleicht kann sie mit neuen Orten umgehen. Sie setzt sich auf die Bettkante, zieht ihre Wanderstiefel aus, schüttelt den Sand heraus und legt sich dann hin. Es ist so bequem, wie ein Bett nur sein kann.

„Wollte diese Handys aufladen, aber die Akkus sind voll", sagt Pasha und untersucht die klobigen Geräte.

„Naja, es ist ja nicht so, als könnten wir sie für irgendetwas benutzen."

„Vielleicht sollte ich Oma anrufen? Ihr sagen, wo wir sind."

„Sie hat uns definitiv irgendwie verwanzt oder Peilsender an uns angebracht."

Pasha lacht und legt sich neben sie aufs Bett, eine Hand auf ihrem Bauch, sanft drückend. „Die Hotelbesitzerin war ziemlich neugierig."

„Ja. Und ich schätze, wir essen dann Pommes."

„Mit Sauce", ergänzt er und ahmt Cynthia nach. Sie lachen.

Pasha steht auf, um auszupacken, während Mae ihre Knie an die Brust zieht, um ihre Gesäßmuskeln zu dehnen. Sie sind nicht weit gelaufen, aber morgen, wer weiß? Sie sagt ihrem Körper, er solle sich entspannen, doch sie haben noch keine Grafschaftsgrenze überquert. Zumindest nicht zu Fuß. An den Wänden des Zimmers hängen Bilder von Somerset, den Städten und der Landschaft. Auf einem Kissen ist in feiner Stickerei zu lesen: *Somerset, die Grafschaft, die niemand verlassen muss.* So gemütlich das Zimmer auch ist, Mae kann sich nicht zu Hause fühlen.

Es klopft an der Tür und Cynthia wartet nicht auf eine Antwort, bevor sie hereinkommt.

„Hier, eure Pommes. Und ich habe drei verschiedene Saucen mitgebracht, kostenlos. Ich berechne nur eine. Ich stelle sie hier auf die Kommode. Außerdem zwei Gabeln, eine für jeden. Damit ihr nicht teilen müsst."

„Das ist toll. Danke, Cynthia", sagt Mae.

„Frühstück gibt's um acht. Passt euch das? Ich bring's euch hoch."

„Perfekt. Wir gehen heute früh schlafen", erklärt Pasha in einem fröhlichen Hinweis darauf, dass sie gehen soll.

Cynthia scheint zu verstehen, oder wollte sowieso gehen, denn sie geht hinaus, ohne die Tür hinter sich zu schließen. Pasha steht auf, schließt sie und lehnt sich dann dagegen. Er lässt alle Luft aus seinen Lungen entweichen, bevor er loslacht.

„Sie ist wirklich einzigartig", sagt er und geht zu den Pommes.

Als Mae aufgehört hat zu lachen, gesellt sie sich zu ihm an die Kommode. „Probier mal, sind sie gut?"

„Es sind halt Pommes. Sie sind heiß und salzig."

„Mmm. Klingt perfekt", erwidert Mae mit einem Grinsen. Sie isst eine, ist aber hungriger als gedacht und verschlingt über die Hälfte. „Scheint, als ob das Baby Pommes mag."

Pasha wirft einen Blick auf den Fernseher in der Zimmerecke – ein klobiges Ding mit breitem Rahmen, als wäre es mindestens fünfzig Jahre alt. Eine dicke Staubschicht bedeckt den Bildschirm. Er drückt den Einschaltknopf. „Ich dachte gerade ans Wetter."

„Wie britisch von dir."

Er grinst. „Wäre gut zu wissen, ob es morgen auf unserer Reise regnen wird."

Mae isst die letzte Pommes, legt sich dann aufs Bett zurück, berührt ihre Zehen und dehnt ihre Oberschenkelmuskeln. „Wie weit ist es morgen?"

„So weit wir kommen. Wir können in dieser Stadt Fahrräder mieten und einfach sehen, wie weit wir es schaffen. Es sind etwa sechzig Meilen bis zur Grafschaftsgrenze."

„Wir sind doch Wanderer. Sollten wir nicht zu Fuß gehen?"

„Wir können sagen, dass wir zum Ausgangspunkt unserer Wanderung radeln", sagt er mit perfektem Selbstvertrauen. „Wir holen die Fahrräder hier ab, dann lassen wir sie stehen, bevor wir die nächste Grafschaft erreichen, und wandern über die Grenze."

„Ich glaube nicht, dass ich morgen sechzig Meilen schaffe."

„Müssen wir auch nicht. Wir sehen einfach, wie es läuft. Ganz gemütlich." Er findet einen Wetterkanal und schaut einen Moment zu. „Sieh mal, es wird zumindest trocken bleiben. Und wenn wir genug haben, können wir irgendwo übernachten. Oder einen Platz zum Campen finden. Schön gemütlich neben einem Feuer, kuschelig im Zelt..." Er legt seine Arme um sie und zieht sie an sich. „Es wird einfach sein. Da bin ich mir sicher."

Wo sie eigentlich nervös und aufgeregt wegen ihrer neuen Umgebung sein sollte, fühlt sie sich in seiner Umarmung wohl. Sie lässt ihre Mauer fallen, nicht gewaltsam, sie schmilzt einfach für einen Moment dahin. Die Anspannung, die sie normalerweise spürt, lockert sich für einige Augenblicke. Müdigkeit, wahrscheinlich. Vielleicht sind ihre Sorgen einfach erschöpft. Vielleicht ist es eher aufregend als beängstigend, an neuen Orten zu sein. Sie drückt ihre Wange an seine und atmet ihn ein. Sicher. So fühlt sie sich gerade. Sicher.

# KAPITEL 17

Am nächsten Morgen klopft Cynthia und kommt wieder direkt herein, pünktlich und ungeduldig. Ein beladenes Tablett wackelt mit ihren unsicheren Schritten mit.

„Hier sind euer leckeres Bohnen-Toast und Kaffee, meine Süßen."

Der Kaffee riecht wie verbranntes Papier, aber Mae bedankt sich, als sie ihn auf die Kommode stellt.

„Wenn ihr heute auf Erkundungstour geht, kümmert euch nicht um diese jungen Burschen in ihren schwarzen Pullovern. Die tun niemandem was. Wir wollen nicht, dass die Gesellschaftspolizei rumschnüffelt, was die so treiben, verstanden? Ich höre ja, wie das in den Städten läuft – alle machen mit, spionieren sich gegenseitig aus, verpetzen dies und das, stecken ihre Nasen überall rein. Aber hier? Hier sind wir eine Gemeinschaft. Wir sind auf diese Jungs angewiesen. Schwer für Stadtmenschen zu verstehen, aber die leisten uns einen Dienst. Helfen den alten Leuten – jetzt, wo alle Apotheken dicht sind."

„Wir verstehen", sagt Mae. „Und es ist wirklich in Ordnung-"

„Wir mochten alle die *Eyes Forward*, als sie zuerst kamen", fährt Cynthia fort. „Obwohl, nur in die Zukunft zu blicken scheint ein bisschen hart für diejenigen von uns, die nicht mehr lange haben. Aber nichts mehr von diesem Links und Rechts Unsinn", sagt sie und gestikuliert seitwärts, in die falsche Richtung, wie Mae bemerkt. „Schien eigentlich vernünftig. Es klang nach einer großartigen Idee: keine Babys mehr. Oder zumindest weniger Babys. Zu viele Menschen, das ist das Problem. Aber uns Ältere zu töten, um Platz für Babys zu machen, ist falsch, wenn du mich fragst."

„Dem können wir nur zustimmen", sagt Pasha. „Wirklich."

„Da bin ich wieder und rede euch die Ohren voll, und ihr habt wahrscheinlich Hunger und wollt losgehen. Ich habe eure Rechnung zum Frühstück dazugelegt, damit ihr bar bezahlen könnt, wenn das in Ordnung ist? Hier in der Gegend bevorzugen wir Bargeld. Ich kann auch Karte nehmen, wenn ihr nur das habt. Der Automat ist unten, aber Bargeld ist mir lieber."

„Wir können bar bezahlen. Danke", sagt Mae.

„Wunderbar. Zahlt einfach an der Rezeption, wenn ihr bereit seid. Schön, euch hier zu haben. Wir bekommen nicht mehr viele junge Leute hier zu Besuch. Wo sagtet ihr, kommt ihr noch mal her?"

„Nahe Bath", antwortet Pasha.

„Ah, stimmt. Na, schaut doch mal bei Esme vorbei. Sie ist im Café gegenüber. Sie kommt ursprünglich aus Bath."

„Werden wir machen, wenn wir Zeit haben."

„Schön, junge Leute hier zu haben. Lustig eigentlich. Als ich jung war, waren wir genervt von all den Besuchern. Tausende hatten wir in der Hochsaison, aus der ganzen Gesellschaft. Jetzt ist es so ruhig. Niemand verlässt mehr sein eigenes Revier. Dachte zuerst, das wäre eine gute Sache. Die Stadt schöner halten, ein bisschen friedlicher und so. Aber die Einheimischen müssen ja nicht hier bleiben, oder? Die fahren rein und raus. So viele Geschäfte sind weg. Versteht ihr? Wahrscheinlich schwer zu begreifen, wenn ihr aus einer großen Stadt kommt mit all den Leuten mit einer Lebenspunktzahl von über 400. Wette, ihr kennt sogar ein paar 600er oder 700er? Kennt wahrscheinlich sogar ein paar von diesen Konservierten?"

„Nicht viele, ein paar", sagt Mae und rutscht auf ihrem Sitz herum.

„Nun, hier werdet ihr davon nichts finden. Niemand hat die Punktzahl für sowas. Wir werden alle Verfallen. Naja, ich lass euch jetzt mit eurem Frühstück. Und wenn ihr noch eine Nacht bleiben wollt, seid ihr mehr als willkommen."

Sie geht, ohne die Tür wieder zu schließen. Mae geht hinüber und begutachtet das Bohnen-Toast. Es war wahrscheinlich heiß, als sie es hereinbrachte, aber jetzt liegt das Essen schlaff und durchweicht auf dem Teller, genauso unappetitlich wie der abgestanden riechende Kaffee.

„Wenn wir nicht hier essen, landen wir vielleicht im Café bei Esme, die uns über Bath ausquetscht", sagt Pasha, während er das Frühstück mitleidig anschaut. „Fühlst du dich okay?"

„Zuerst, ja. Jetzt, nachdem ich das Essen gesehen habe, bin ich mir nicht mehr so sicher."

„Ein paar Bissen und mal sehen, wie es schmeckt?"

„Übst du deine Vaterrolle an mir?"

Er grinst und legt seinen Arm um sie. „Es ist aufregend, oder? Zu denken, dass wir bald einen ganz neuen kleinen Menschen haben werden."

„Pssst. Sie hat die Tür nicht zugemacht und ist definitiv der Typ, der lauscht."

Er schneidet ein Stück Toast ab und isst es mit ein paar Bohnen. „Gar nicht so schlecht. Iss auf." Er nippt am Kaffee und verzieht das Gesicht. „Vielleicht können wir den einfach in den Abfluss kippen."

Als sie gegessen und den Kaffee weggegossen haben, trägt Pasha ihre Taschen die Treppe hinunter. Er versucht, aber schafft es nicht, die Berührung der Taschen an den Wänden zu vermeiden, die die Farbe abschürfen. Sie gehen zur Rezeption, Bargeld in der Hand, bereit zum Aufbruch.

„War das Frühstück in Ordnung?", fragt Cynthia.

„Köstlich. Danke." Pasha gibt ihr das Geld.

„Kann ich euch nicht zu einer weiteren Nacht überreden?"

„Nein, danke. Vielleicht ein andermal."

„Oh, ich hoffe, das meint ihr ernst. Nicht viele Besucher heutzutage. Meine eigenen Kinder und Enkel kommen nicht mal mehr zu Besuch, nicht seit sich das Erbschaftssteuergesetz geändert hat. Nicht dass ich viel zu vererben hätte außer diesem Ort, aber sie hofften wohl, abzukassieren. Kennt ihr Esme, aus Bath?"

„Sie haben sie erwähnt."

„Nun, sie sagt, es sei gut. Jetzt weiß sie, dass ihre Familie sie besuchen kommt, weil sie sie sehen wollen, und nicht nur über ihr schweben und darauf warten, dass sie stirbt, und sicherstellen, dass sie im Testament bleiben. Aber ihre Familie besucht sie wenigstens noch. Das ist schön für sie. Sie hat es verdient."

„Das tun Sie bestimmt auch", sagt Mae.

„Ich vermute, die Alten in der Stadt leben alle viel länger. Die sind alle auf diesem neumodischen Zeug, nehme ich an. Sie haben die Lebenspunktzahlen, um dafür zu bezahlen. Ich weiß, sie sagen, sie würden es überwachen, aber man kann tun, was man will, wenn die Lebenspunktzahl hoch genug ist. Das ist nicht natürlich, finde ich. So lange zu leben, dreißig auszusehen, wenn man schon hundert ist, und fast zweihundert Jahre alt zu werden. Das ist nicht Gottes Plan. Ich würde sowieso nicht weitere siebzig Jahre leben wollen. Ich will nicht so lange von meinem Dudley getrennt sein. Er wäre sauer, wenn ich ihn Jahrzehnte warten lassen würde. Trotzdem hätte ich nichts gegen jüngere Knie."

„Es war wirklich ein Vergnügen, Cynthia", sagt Mae mit der Art von Autorität in ihrer Stimme, die sie für ihre gesprächigsten Kunden bei der Arbeit reserviert.

„Ja, Cynthia, wir müssen los", sagt Pasha, als sie zur Tür gehen. „Vielen Dank für alles."

Sie schließen die Tür hinter sich und entspannen sich sofort. Die Seeluft weht den muffigen Geruch des Hotels davon und nimmt die stickige Hitze mit. Auf der anderen Straßenseite entdecken sie Esmes Café und beschließen, schnell daran vorbeizugehen, ebenso an den „Burschen in schwarzen Pullovern", wie Cynthia es ausgedrückt hatte. Die Schlange der Leute, die auf ihren Austausch warten, ist länger als die, die Mae in Reading gesehen hat, und die Menschen sehen gebrechlicher aus. Ihre Gedanken wandern zu Iris, ihrem Mangel an Medikamenten, ihrer Herzkrankheit.

„Vielleicht sollten wir deine Oma anrufen", sagt sie. „Sichergehen, dass es ihr ohne ihre Medikamente gut geht."

„Werden wir. In ein paar Tagen. Wenn wir zu früh anrufen, wird sie sich Sorgen machen."

Die Gezeiten haben sich seit ihrer Ankunft völlig gewandelt und sanfteste Wellen rollen ans Ufer. Die morgendliche Sonne, von Wolken durchbrochen, wirft schwache Lichtreflexe auf das Wasser. Bei Windstille ist der Rest des Meeres glatt und ruhig, spiegelt den Himmel wider, und der Geruch stehenden Wassers ist verschwunden. Nur eine frische Salzigkeit bleibt zurück. Die Vögel sind so laut wie eh und je, doch das kann Mae ihnen verzeihen.

Als Esmes Café außer Sicht ist, halten sie für einen Moment inne und starren einfach aufs Wasser. Ein paar Vögel schaukeln auf der Oberfläche, während in der Ferne Boote verweilen. Drei an der Zahl, zählt Mae, mehr aus Gewohnheit als aus Notwendigkeit in diesem Moment. Pashas Arm hängt an ihrer Hüfte, ihrer an seiner.

Für einen Augenblick glaubt sie wirklich, dass es vielleicht doch nicht das Schlimmste auf der Welt ist, fremde Orte zu besuchen.

# Kapitel 18

Die Leihfahrräder unterscheiden sich von ihren üblichen: Sie sind schwerer, haben härtere Sättel und quietschende Ketten. Auch die elektrische Unterstützung ist weniger hilfreich, als Mae es gewohnt ist. Sie schnallen ihre Taschen auf die Gepäckträger und fahren los. Immerhin erleichtert ihnen die Windstille die Fahrt. Als sie sich von der Küste und der Stadt entfernen, wird der Verkehr weniger und hört schließlich ganz auf. Zum ersten Mal, soweit Mae sich erinnern kann, sind sie allein. Keine anderen Fahrräder, keine Autos oder Busse hinter ihnen, keine Fußgänger, denen sie ausweichen müssen. Ohne Menschenmassen um sie herum kann sie tiefer atmen, lauter denken und ihr eigenes Tempo fahren. Obwohl sie allein sind, fühlt sie sich mehr beobachtet als in der Menge. Zumindest mit sichtbaren Menschen konnte sie sehen, woher die Blicke kamen. Jetzt spürt sie, wie Blicke ihren Rücken hinaufkriechen und jedes Haar an ihrem Körper zu Berge stehen lassen. Sie schaut alle paar Sekunden nach hinten, blickt ständig zur Seite und verlässt sich darauf, dass Pasha den Weg vor ihnen im Auge behält. Allein?

Wie ist das möglich? Abgesehen von Innenräumen sind sie nie wirklich allein.

Trotz einiger Hügel hält der Elektroantrieb der Fahrräder durch und die Meilen vergehen. Maes Beine kommen gut zurecht, Pasha trägt den größten Teil des Gepäcks. Er schaut nur selten auf die Karte und verlässt sich bei der Navigation auf die Küste und die Sonne. Straßenschilder erwähnen nie die nächste Grafschaft. Es ist, als würde die Welt an der Grafschaftsgrenze enden. Vielleicht tut sie das? Sie wüssten es nicht mit Sicherheit. An der Grenze könnte genauso gut eine Klippe oder ein schwarzes Loch sein. Der Gemeinderat würde es als Verrat an der eigenen Wirtschaft ansehen, Leute in eine andere Grafschaft zu leiten. Aber Pasha hat sich die Grenzstädte und -dörfer eingeprägt und ist sich sicher, dass sie mehr oder weniger in die richtige Richtung fahren.

Hier draußen, wo es mehr Gehwegplatten als Menschen gibt, hängen keine alten Überwachungskameras an den Hauswänden, keine Erinnerungen der Gesellschaftspolizei. Na ja, kaum welche jedenfalls. Es gibt immer noch Bushaltestellen und Werbetafeln daneben, auf denen das schielende Auge zu sehen ist, mit der Aufschrift *Alle Augen sind unsere Augen*. Gelegentlich starrt sie das polierte Gesicht eines *Eyes Forward*-Abgeordneten an, der auf eine Weise lächelt, die autoritär wirken soll, aber eher bedrohlich erscheint. Doch solche Anzeigen und Werbung sind nur gelegentlich zu sehen, nicht an jeder Straßenecke wie in einer geschäftigen Stadt.

Da ihr die Bohnen einen Teil des Vormittags aufstoßen, ist Mae hauptsächlich damit beschäftigt, ihre Übelkeit in Schach zu halten. Die Seeluft einzuatmen scheint definitiv zu helfen, aber nach über einer Stunde Fahrt ist sie erschöpft. Der Mangel an nahrhaftem Essen zehrt an ihren Kräften und ihre Vitamintabletten reichen nicht aus, um das Defizit auszugleichen.

Ihre Route führt sie ins Landesinnere, um einen Fluss zu umgehen, und sie kommen in der Stadt Bridgwater an. Die geschäftige Stadt scheint auf ähnliche Weise zu wimmeln und zu brodeln wie Reading, nur nicht wirklich wie Reading. Weniger geordnet, mehr Motorenlärm. Der Übergang von der ruhigen Landschaft zur geschäftigen Stadt überrascht Mae. Die Lautstärkenänderung lässt ihre Muskeln erstarren und beim Anblick der Drohnen zuckt sie zusammen.

„Nur Zeug, Lieferdrohnen", erklärt Pasha, während er den Himmel absucht.

Fußgänger bleiben stehen und starren sie an, als sie vorbeifahren. Mae ist sich sicher, dass ihre Wanderausrüstung beim Radfahren sie auffällig macht. Das und ihr Alter. Die lokale Demografie lässt Weston-Super-Mare wie eine Kindertagesstätte aussehen. Der Verkehr ist geschäftig und laut, Kolonnen winziger Autos schlängeln sich zwischen den vereinzelten Bussen hindurch, Bodenschwellen werden ignoriert und Hupen dröhnen. Mae fährt dicht hinter Pasha her und kann nur mit ihm sprechen, wenn sie an einer Ampel halten.

„Pasha, es ist so laut. Alle starren."

„Schau einfach geradeaus. Das ist egal."

Dreiräder sind zahlreicher als Fahrräder und Tandems sieht man noch häufiger. Doch trotz ihrer Anzahl ist die Gesamtmenge gering. *Gott sei Dank*, denkt Mae. Bei dem trägen Tempo, mit dem sie unterwegs sind, würden noch mehr Fahrräder fast stillzustehen scheinen. Im Schneckentempo voranzukommen, gibt den Leuten zu viel Zeit, sie anzustarren. Verwirrte Augen folgen ihnen, während sie versuchen, sich vorbeizuschlängeln. Mae duckt den Kopf, Pasha blickt zur Seite. Doch sie sehen es beide – die Ellbogenstöße, das Zeigen. Sie hören das erschrockene Einatmen und die neugierigen Flüstereien. Selbst der ohrenbetäubende Lärm der Autos reicht nicht aus, um den Klatsch zu übertönen.

Pasha entscheidet, dass ein belebtes Stadtzentrum ein guter Ort ist, um in der Masse zu Fuß unterzutauchen. Mae ist zu müde und hungrig, um zu widersprechen. Sie finden die nächste Fahrradladestation, um die Räder abzugeben, und gehen ins Café nebenan. Die Sonne, die auf das Fenster scheint, macht es unmöglich zu sehen, wie es drinnen aussieht. *Perfekt.* Niemand draußen wird sie sehen. Wie in der vorherigen Stadt heißt es in allen Restaurants, dass jede Lebenspunktzahl willkommen ist.

Mae steuert direkt auf den Ecktisch am Fenster zu. Drinnen ist es leer – die ruhige Stunde zwischen Frühstück und Mittagessen. In Reading kann die Brunch-Zeit die geschäftigste sein, zumindest an den Wochenenden. Aber an diesem Dienstag haben alle woanders zu sein. Außerhalb des Fensters besteht das Stadtzentrum aus Second-Hand-Läden und vernagelten Apotheken. Das gleiche Durcheinander von Menschen wie in den vorherigen Städten, keine organisierten Spuren, alle schlängeln sich überall durch. Muss eine Somerset-Sache sein, denkt sie. Anders als in Weston-Super-Mare serviert diese Stadt mehr als nur Pommes. Laut der schief hängenden Kreidetafel über der Theke gibt es auch Würstchen und Pasteten sowie Salate. Mae zittert, als sie sich akklimatisiert, dann wird ihr schnell zu warm.

„Spricht dich etwas an?", fragt Pasha.

„Ist es seltsam, dass ich jetzt tatsächlich Lust auf Pommes habe?"

„Ha! Gönn's dir. Vielleicht noch was anderes dazu. Wir sollten uns richtig vollstopfen."

Sie sitzen eine Zeit lang da, ohne bedient zu werden, schieben Salz und Pfeffer herum und trommeln mit den Händen auf den Tisch. Kein Laut aus der Küche, kein Anzeichen eines Kellners. Nach zwanzig Minuten und einigen mitleiderregenden Blicken von Mae steht Pasha auf und lehnt sich über die Theke.

„Hallo?"

Er wird mit Stille begrüßt, also schaut er zu Mae hinüber.

„Vielleicht haben sie geschlossen?", meint sie.

„Hallo?", ruft er erneut.

Einige Schritte nähern sich schlurfend an und eine Tür hinter der Theke öffnet sich. Eine Frau mittleren Alters mit müden Augen und fleckiger Schürze tritt hervor. Verwunderung steht ihr ins Gesicht geschrieben. „Was ist los? Habt ihr euch verlaufen oder so?"

„Nein, wir möchten bestellen."

„Für eure Großeltern, nehme ich an? Oder seid ihr welche von denen? Die verdammten Alten auf dieser Jugenddroge?"

„Was? Nein. Wir möchten etwas essen."

„Essen!" Sie lacht eine Weile, dann nimmt sie Pashas ernstes Gesicht wahr. „Wirklich? Oh. Ihr seid nicht von hier, oder?"

„Nein. Bath. Wir besichtigen nur die Sehenswürdigkeiten der Grafschaft."

Sie keucht auf, weicht zurück und stößt gegen die Tür. „Ihr seid welche von denen, nicht wahr? Alte-Leute-Entführer!"

„Nein! Nein, Gott nein. Wir wollen wirklich nur etwas essen. Wir sind Wanderer, sehen Sie?" Er tritt zurück, damit sie seine

Kleidung betrachten kann. „Wir besuchen wirklich nur diese Stadt, kommen aus Bath, und wollen nur etwas essen."

Sie beißt sich auf die Wange und verengt die Augen. „Habt ihr Bargeld?"

„Ja."

„ Habt ihr Medikamente zum Tauschen? Diabeteszeug, Herztabletten?"

„Was? Nein. Wirklich nur Essen gegen normale Barzahlung."

Sie verengt ihre Augen zu schmalen Schlitzen und mustert ihn von oben bis unten. „Na gut, meinetwegen. Der Ofen ist aus. Ich muss erst aufheizen. Was möchtet ihr?"

„Pommes, Würstchen, Gemüsepastete, Salat, Orangensaft."

„Ich hab nur Pommes und Fleischpastete."

„Das wird dann reichen. Super."

Pasha setzt sich wieder hin, für einen Moment sprachlos. Mae hat die ganze Unterhaltung beobachtet, hinter dem Stuhl kauernd. „Sitzen wir tatsächlich in einem Café, das als Drogen-shop dient?"

„Sieht ganz danach aus."

„Vielleicht sollten wir gehen."

„Nein. Ich hab jetzt bestellt. Das wäre unhöflich. Und wer weiß, ob es nicht überall so ist?"

Draußen vor dem Fenster sind Leute mit hochgezogenen schwarzen Kapuzenpullis zu sehen, die den Großteil ihrer Gesichter verdecken – sieben an der Zahl. Sie gehen von Café zu Café – mit prall gefüllten Taschen beim Betreten und schmaleren beim Verlassen. Sie wirken breit gebaut und gehen mit un-sicheren Schritten, nicht wie die schlaksigen Jugendlichen, die sie erwartet hätte. Ihre Gesichter sind schwer zu erkennen, doch es scheint offensichtlich, dass es keine jungen Leute sind, die hier dealen.

„Pasha, schau mal."

Er beobachtet einen Moment und bemerkt ihr Humpeln und langsames Tempo. „Die sind alle jung genug, um ihre Medikamente zu bekommen, verkaufen sie aber einfach weiter."

„Vielleicht versuchen sie, extra Steuern zu zahlen, indem sie Scheinfirmen gründen, um ihre Lebenspunktzahl zu erhöhen", sagt Mae, so scheinheilig, wie sie es beabsichtigt.

„Bist du deswegen immer noch sauer auf mich?"

Sie zuckt als Antwort mit den Schultern, der Hunger beeinflusst ihre Laune.

„Schau dich hier um." Er deutet aus dem Fenster. „Wer will hier seine Lebenspunktzahl erhöhen? Niemanden interessiert hier deine Zahl."

„Bei Hypotheken schon, bei Krediten auch. Und ich wette, diese Leute haben alle Kinder, die von einem Elternteil mit einer höheren Zahl profitieren würden. Es dreht sich nicht alles um Bars und Cafés."

Pasha lehnt sich in seinem Stuhl zurück, verschränkt die Arme und nickt, wobei er sein ›Na gut‹-Gesicht aufsetzt: ein umgekehrtes Lächeln und hochgezogene Augenbrauen. Mae ist nicht selbstgefällig, wenn sie recht hat. Sie würde ihr Leben damit verbringen, ihn lächerlich zu machen, wenn dem so wäre.

Der Geruch von Bratöl und Gebäck weht aus der Küche zu ihnen herüber. Ihr Magen ist bereit dafür, ihr Gehirn nicht wirklich. Es fällt ihr schwer, genau zu bestimmen, was sie gerne essen würde. Vielleicht ein Risotto. Oder ein dickes Stück cremigen Kartoffelgratins. Pastete... nicht so wirklich.

Sie lenkt ihre Nase ab, indem sie weiter aus dem Fenster schaut. Die Architektur des Ortes, durch den sie geradelt sind, war nicht unähnlich zu Reading, aber dieser Platz ist es. Wagt sie es zu denken, dass er ästhetisch ansprechender ist? Weißer Putz mit einem attraktiven runden Eingangsbereich zu einem Gebäude und Säulen, als wäre es aus irgendeiner Geschichtssendung. Etwas heruntergekommen, aber darin liegt eine authentische Schönheit. Gebäude, die den Lauf der Zeit umarmen. In der Mitte steht eine Statue eines stolz dreinblickenden Mannes, anstelle der missmutigen Königin Victoria, die das Stadtzentrum von Reading zu bieten hat.

Sie erinnert sich gerne an die Löwenstatue im kleinen Park – oder an das, was davon übrig ist. Sie sollte wohl an einen Krieg erinnern, so erinnert sie sich vage aus alten Schultagen. Doch irgendwann gefiel jemandem diese Idee nicht und so wurden dem Löwen zwei Beine und seine Männlichkeit ... oder eher Löwenhaftigkeit ... na ja, was auch immer, das Fleisch und das Gemüse abgehackt.

*Gemüse*, das ist es, was ihr fehlt. Grüne Bohnen, Karotten, vielleicht ein paar Erbsen. Ist das ein Heißhunger? Wahrscheinlich nicht. Welche Schwangerschaft führt schon zu einem Heißhunger auf Gemüse? Aliya hatte erzählt, dass sie während ihrer Schwangerschaft mit Candice ständig Heißhunger auf Malzbier und Rosinen hatte – und dabei nie vergaß zu erzählen, dass sie trotzdem nach der Geburt sofort wieder in Größe 36 passte. Ein Verlangen nach Gemüse ist wohl eher ein Zeichen von Mangelernährung als ein Schwangerschaftsgelüst.

Der Strom der Fußgänger draußen verdichtet und verdünnt sich periodisch, wie eine sich drehende Suppe oder eine Starenschwarm-Formation in Zeitlupe. Es gibt eine gewisse Ordnung in der Unordnung, irgendwie. Mae beobachtet, wie ältere Menschen mit Gehstöcken und Rollatoren sich mit leeren Taschen zu ihren bevorzugten Cafés bewegen. So unverhohlen. Keine Gesellschaftspolizei, niemand scheint es überhaupt zu bemerken. Mae kann nicht sagen, ob das gut oder schlecht ist. Es sind nur kleine Verbrechen, die unbemerkt bleiben – aber welche größeren schlüpfen dann erst durchs Netz?

Ihr Essen kommt und Mae ist angenehm überrascht. Die Fleischpastete enthält etwas Gemüse, das Fett auf den Pommes ist minimal und die Sauce sieht nicht radioaktiv aus. Die Kellnerin knallt die Teller mit Verachtung statt Stolz hin und grunzt, um ihr Missfallen zu unterstreichen.

„Guten Appetit", faucht sie mit genug Ironie, um ein Sitcom-Publikum zum Applaudieren zu bringen. „Es gibt hier nicht mal genug Essen für uns selbst, mit diesen dämlichen *Pro Grow*-Leuten, die Lieferungen stoppen. Und jetzt wollt ihr auch noch kommen und unser Essen essen. Ich berechne euch das Doppelte."

„Ist schon okay", sagt Pasha mit einem Schulterzucken.

Mae bedankt sich und sie machen sich ans Essen, während die Kellnerin neben ihnen stehen bleibt und jeden Bissen beobachtet.

„Wo geht's als Nächstes hin?", fragt sie, als beide den Mund voll haben.

Pasha hebt eine Hand, um um einen Moment zum Schlucken zu bitten. „Ein Stück die Küste entlang, dann nach Hause."

„Wo ist zu Hause?"

„In der Nähe von Bath", antwortet Mae diesmal. Die Lüge wurde so oft erzählt, dass sie sich fast wahr anfühlt.

„Na, ihr solltet besser vorsichtig sein. Die meisten Dörfer hier haben junge Leute verbannt. Keine Frauen vor der Menopause erlaubt."

Mae verschluckt sich fast an ihrem zweiten Bissen. „Das ist lächerlich. Das können sie nicht machen!"

„Ach ja?" Die Frau geht in die Hocke und ihr Gesicht ist nur noch wenige Zentimeter von Maes entfernt. „Und wer wird sie aufhalten? Irgendwelche Stadtmenschen von außerhalb? Seid ihr Fans der Gesellschaftspolizei? Seid ihr Alte-Leute-Mörder?"

„Hören Sie", sagt Pasha und wedelt mit der Hand. „Mein Großvater liebte diesen Teil der Grafschaft. Wenn Sie unbedingt wissen müssen, was wir hier machen: Er hat in seinem Testament darum gebeten, dass seine Asche hier verstreut wird." Pasha greift in seine Tasche und holt eine schlichte Urne heraus. Mae kennt diese Urne, doch sie hatte keine Ahnung, dass sie in seiner Tasche war. „Darf ich vorstellen: Opa Angus."

Die Kellnerin weicht zurück und starrt eine Weile auf die Urne, als erwarte sie, dass sie explodiert. „Es ist illegal, einfach so überall Asche zu verstreuen. Man wird da verstreut, wo man lebt, weil das der Ort ist, den man am liebsten mag. Das ist die Regel."

„Tja, dann sind wir wohl Regelbrecher. Wollen Sie die Gesellschaftspolizei rufen?"

„Pah", zischt sie, dann geht sie zurück in die Küche und schleift dabei ihre Füße über den Linoleumboden.

Pasha zerteilt seine Pastete und schiebt sich ein großes Stück in den Mund, wobei er Mae so breit anlächelt, dass sich der Teig um seine Zähne verteilt.

„Was machst du mit der Asche deines Opas?"

„Genau das, was ich gesagt habe. Es war Omas Idee."

„Aber warum hast du mir das nicht erzählt?"

„Weil es illegal ist, und ich wollte nicht, dass du dir Sorgen machst."

Sie schiebt ihr Essen auf dem Teller hin und her, teilt es gleichmäßig in vier Abschnitte. Er hat recht, sie würde sich Sorgen machen. Und jetzt macht sie sich Sorgen.

„Es fühlt sich gesetzlos an hier draußen", sagt sie.

„Ich weiß. Wie im Wilden Westen." Er hebt die Augenbrauen.

„Nun, wo werden wir sie verstreuen?"

„Vorerst gar nicht. Wenn es gut funktioniert, sie dabei zu haben, behalte ich sie, bis unsere Ausnahmegenehmigung durch ist. Opa hätte nichts dagegen. Er würde denken, er sei auf einem Abenteuer mit uns."

Ein Abenteuer? Warum sollte jemand denken, dass das eine gute Sache ist? Sie schaut auf ihre Uhr. Vierundzwanzig Stunden seit sie Reading verlassen haben und schon hatten sie eine Auseinandersetzung mit einem Einheimischen und sind in einem Café gelandet, das als Drogenumschlagplatz dient.

Pasha redet zwischen den Bissen weiter, über seinen Opa Angus und die nächste Stadt, die sie ansteuern. Mae hört nicht auf die Worte, nur auf den Klang seiner Stimme. Sein Berkshire-Akzent ist beruhigend in seiner Vertrautheit. Schwer auf den Rs und weich auf den Ts. Sie vermisst ihr Zuhause und ihre üblichen Cafés, die ihr übliches Brunch servieren. Sie rechnet die Rechnung im Kopf zusammen: dreißig Pfund, plus das, was sie im Hotel ausgegeben haben. All das Geld fließt in eine andere Grafschaft und unterstützt deren Wirtschaft anstatt ihre eigene. Es ist ja nicht so, dass jemand aus dieser Grafschaft nach Berkshire fahren wird, um es auszugleichen.

Mae schaut wieder aus dem Fenster, auf all die vernagelten Schaufenster, die Restaurants, die jede Lebenspunktzahl zulassen. Bridgwaters verschiedene Formen der Armut stehen in so starkem Kontrast zu Readings Überfluss. Reading rühmt sich mehr 800-Plus-Bewertungen als jeder andere Ort. Mae hatte zuvor nie darüber nachgedacht, was das für andere Grafschaften bedeutet. Cynthia sagte, ihre Stadt sei dem Verfall preisgegeben worden. Sicher sind nicht alle hier so bösartig wie die Cafébesitzerin. Es muss doch auch ein paar freundliche Menschen geben. Misstrauisch, klar. Verständlicherweise. Vielleicht ist es nicht das Schlimmste, dieser Wirtschaft ein bisschen Geld zu geben, versucht sie zu rechtfertigen. Sie schafft es dann, etwas Essen auf ihre Gabel zu bringen, ein paar Pommes und etwas Pie-Füllung. Sie isst es und schluckt. Gar nicht so übel.

# KAPITEL 19

Bevor sie sich wieder auf die Fahrräder schwingen, geht Pasha kurz in einen Zeitungsladen und kauft eine Lokalzeitung. Eine Idee, die Mae sofort ablehnt, weil sie behauptet, dass es keine Papierzeitungen mehr gibt.

Als er mit der Zeitung aus dem Laden kommt, schlägt sie die Hände vor Erstaunen vors Gesicht. „Unmöglich!"

„Doch. Obwohl du dir vielleicht wünschen würdest, ich hätte keinen Erfolg gehabt."

Er zeigt ihr die Titelseite. „Verbote für junge Menschen breiten sich im Westen der Grafschaft aus."

„Mist. Können wir die umgehen?"

„Ich weiß es nicht genau. Es werden zwar Orte aufgelistet, aber es gibt keine Karte dazu. Ich denke, wir müssen einfach wachsam sein."

„Was machen sie mit Leuten, die sie erwischen?"

Er überfliegt den Artikel. „Das steht hier nicht. Ich glaube, es ist noch nicht vorgekommen, zumindest bis jetzt. Nicht weit von hier gibt es einige Lager, in die Stadtbewohner geflohen sind.

Ferienhausparks, so ähnlich wie der Ort in Pangbourne mit all den Holzhütten, nur mit bewaffneten Sicherheitsleuten."

„Also müssen wir nicht nur verbotenen Dörfern ausweichen, sondern auch bewaffneten Wachen?"

„Das ist der Kern. Ja. Und noch etwas Seltsames. Schau dir das an."

Er reicht ihr die Zeitung und Mae überfliegt einen Artikel, ihre Reaktion passt nicht zum beabsichtigten Ton des Artikels. „Sie tätowieren Babys?"

„Das scheint der Plan zu sein. Falls jemand es schafft, illegal ein Kind zu bekommen, nehme ich an. Alle legalen Babys werden markiert, um zu zeigen, dass sie neutralisiert wurden."

*Legale Babys.* Hat Pasha das gerade wirklich gesagt? Mae liest weiter und stellt fest, dass er es definitiv gesagt hat. Denn genau das steht im Artikel, schwarz auf weiß. Es ist, als wäre die Welt ins Mittelalter zurückversetzt worden und würde Babys als illegitim einstufen, wenn sie nicht auf genehmigtem Weise zur Welt kommen. Babys zu brandmarken soll zur neuen Norm werden, um zu verhindern, dass sie bei der Geburt von *Enough*-Enthusiasten ermordet werden, deren hasserfüllte Stimmen so viel Anklang gefunden haben, dass Babys nun als neues Ungeziefer gelten. Ratten, Kakerlaken, Mäuse, Heuschrecken und Kinder. Der Mensch: die große Plage des einundzwanzigsten Jahrhunderts. Die Regierung wird mit dem heiligen Georg verglichen, bereit, den Drachen zu erschlagen. Wie rücksichtsvoll von *Eyes Forward*, heißt es in der Zeitung. Die Sicherheit der Kinder hat höchste Priorität.

Während Mae weiterliest, wird klar, dass die Gefahr von der Plage der Erwachsenen und der Hassrede der *Enough*-Kampagne ausgeht. Doch es sind die Babys, die lebenslang gebrandmarkt und verbrannt werden. Mae wendet den Blick von der Zeitung ab, denn es hat keinen Sinn, weiterzulesen. Es gibt kein Entkommen. Ohne eine Ausnahmegenehmigung oder einen Spender werden sie für immer Gefangene in irgendeinem Hippie-Lager sein, mit einem Kind, dessen Haut nicht gebrandmarkt ist.

Mae seufzt und steigt auf ihr Fahrrad. Sie radeln aus der Stadt hinaus und kommen nur langsam voran im dichten Fahrradverkehr. Die Wege sind nicht alle von der Straße getrennt, und mit mehr Autos als je zuvor macht das Ausweichen und Schlängeln zwischen den Fahrzeugen die ersten Kilometer zu einer mühsamen Stop-and-go-Fahrt. Pasha besteht darauf, dass Mae vorausfährt, damit er sie im Auge behalten und vor herannahenden Autos abschirmen kann. Wie ihr Schutzschild, behauptet er. Als Mae darüber nachdenkt, überkommt sie eine Gänsehaut. Sie könnten jederzeit auf bewaffnete Sicherheitskräfte stoßen. Was für Waffen würden sie wohl haben? Pasha wäre dann keine große Hilfe. Seine Großspurigkeit würde sie nur in Schwierigkeiten bringen.

Als sie die Stadt hinter sich lassen, nimmt der Verkehr ab. Schilder mit Städte- und Dorfnamen wurden verunstaltet: *Keine jungen Menschen erlaubt! Fruchtbare Frauen BLEIBT WEG! Bewaffnete Sicherheitskräfte patrouillieren in diesem Dorf! Keine Menopause, kein Zutritt!* Fast jedes Ortsschild ist mit Warnungen überklebt.

Sie halten sich an Nebenstraßen, meist durch Ackerland, aber die Zivilisation lässt sich nicht ganz vermeiden. An manchen Bushaltestellen ist noch das Symbol von *Eyes Forward* zu sehen, aber die Grafschaft scheint ihre eigenen Gesetze zu haben. Mae fährt neben Pasha. Er scannt die Schilder und Gebäude auf der linken Seite, sie die auf der rechten.

Es dauert keine Stunde, bis sie an einem Dorf vorbeikommen, das ein Banner am Ortseingang hat: *Unter Sechzigjährige unerwünscht.*

„Meinst du, wir kommen als Sechzigjährige durch?", fragt Pasha.

Sie runzelt die Stirn und schüttelt den Kopf.

Sie halten ein Stück vor den Schildern, überlegen aber nur kurz. Sie sind nicht nah genug am Ortsschild, dass jemand sie sehen könnte. Soweit sie erkennen können, ist niemand auf der Straße oder in den Gärten.

„Wie wäre es, wenn wir zur letzten Kreuzung zurückfahren, rechts abbiegen und versuchen, drumherum zu fahren?", schlägt Mae vor.

Pasha bewegt sich ein Stückchen vorwärts und kneift die Augen zusammen, um weiter zu sehen. „Das ist wahrscheinlich das Beste. Wer weiß, vielleicht ist es sogar schneller."

Sie fahren nach rechts, dann noch einmal und weiter bis sie das nächste Dorf erreichen. Ein ähnliches, aber weniger höfliches Schild hängt über der Straße.

„Verdammt."

„Das könnte überall so sein", seufzt Mae. „Vielleicht sollten wir nach dem Weg fragen?"

„Und was sagen? Wir versuchen, die Grafschaftsgrenze zu überqueren? Wir sind hier so nah dran… Das ist buchstäblich das Einzige, was wir tun können."

„Wir sind vielleicht gar nicht so nah dran. Das kannst du nicht mit Sicherheit sagen."

Er denkt einen Moment nach, reckt immer noch den Hals, um am Ortsschild vorbeizusehen. „Scheiß drauf. Lass es uns einfach versuchen. Wir geben mit den Rädern Vollgas und sausen durch. Es ist kaum Verkehr. Niemand wird uns genau ansehen können und wir werden nicht den Eindruck erwecken, als würden wir anhalten."

Ein paar Autos fahren vorbei, ein Bus, alle fahren ins Dorf hinein. Sie können unmöglich alle im Auge behalten, oder? Nur zwei Leute, die eine Radtour machen. Mehr nicht. Maes mentale Beschwichtigungen tun wenig, um ihre Nervosität zu dämpfen. Sie beugt sich nach vorn und strengt ihre Augen an, um Ausschau zu halten nach bewaffneten Sicherheitskräften, Schildern für ein Ferienlager, irgendetwas, das darauf hindeutet, dass Leute mit Waffen patrouillieren. Sie halten lange genug an, dass die Kälte durch ihren Körper kriecht und sie zittert lässt.

„Ach, was soll's", sagt sie. „Okay, lass es uns versuchen."

„Großartig. Wir fahren nebeneinander. Ich bleibe auf der Bordsteinseite, um dich vor Fußgängern zu schützen."

„Du meinst, weil du älter aussiehst und sie dich eher sehen werden?"

Er schnaubt lachend, dann beugt er sich für einen Kuss zu ihr. „Wenn du es so sehen willst. Also, bereit? Wir geben ein paar Minuten lang Vollgas. Drei, zwei, eins!"

Sie radeln so schnell ihre Beine sie tragen können, wobei die Elektrounterstützung ihren Teil beiträgt. Nach ein paar Minuten verwandeln sich die ruhigen Außenbezirke des Dorfes in ein geschäftiges Marktzentrum, voll mit Fußgängern, die auf die Straße ausweichen, falsch geparkten Autos und Marktständen, die viel Platz einnehmen. Der Trubel des Handels hallt durch die Menge, raschelnde Einkaufstüten, alle geschäftig. So geschäftig, dass sie Pasha und Mae überhaupt keine Aufmerksamkeit schenken. Bis –

„Wer zum Teufel ist das?"

„Junge Leute! Seht mal!"

„So eine Frechheit! Schafft sie aus unserer Stadt!"

„Mörder! Entführer! Zerstört diesen Uterus!"

Die Beschimpfungen kommen immer näher, während die Menge dichter und dichter wird. Mae und Pasha schlittern und schlängeln sich mit ihren Fahrrädern um Einkäufer, Einkaufswagen, Fahrzeuge und Hunde herum.

„Los, los, los, Mae!", ruft Pasha, als ob sie nicht schon wie verrückt in die Pedale treten würde.

Jetzt nur noch im Gänsemarsch, kein Platz mehr nebeneinander. Pasha drängt Mae nach vorne, schreit ihr von hinten zu, schneller, schneller zu fahren. An ihren Rädern landen Tomaten, Eier, Zwiebeln, alles von den Einheimischen geworfen. Um sie herum ertönen matschige Aufprallgeräusche, als die Geschosse neben ihren Fahrrädern landen und über ihre Knöchel spritzen. Mehr Beleidigungen, gefolgt von drohend in die Luft gereckten Fäusten.

„Verpisst euch, ihr Mörder! Schafft diesen Uterus weg von uns!"

„Dee, hol meine Knarre!"

*Knarre?* Maes Herzschlag beschleunigt sich, während sie so schnell wie möglich in die Pedale tritt und so effizient wie möglich durch den verfügbaren Platz manövriert. Die Leistungsanzeige ihres Fahrrads beginnt abzufallen, der Akku geht zur Neige.

„Pasha!“

„Fahr weiter, Mae.“

Der erste Schuss lässt Mae so sehr zusammenzucken, dass sie fast vom Fahrrad fällt. Sie fängt das Wackeln ab und hört Pasha von hinten rufen, dass es ihm gut gehe, sie solle weitermachen, sie wären bald aus dem Dorf raus.

Jetzt brummen Autos hinter ihnen. Mae blickt zurück, gerade als eines fast die Stoßstange an Pashas Hinterrad reibt. Sie schaut wieder nach vorne, kneift ihren Kiefer zusammen, Tränen strömen ihr über die Wangen. Sie muss schneller treten und Pasha vor dem Auto retten.

Der zweite Schuss saust an ihr vorbei. Keine Warnschüsse mehr, nicht wenn sie so nah sind. Die Insassen des Autos lehnen sich aus den Fenstern und trommeln auf das Dach. Ihre Worte sind unverständlich, doch die Absicht klar. Jetzt kommen Autos auf sie zu, schlingern und zickzacken über die Straße. Das erste steuert direkt auf sie zu. Sie schaut nach rechts, nach links. Es gibt keinen Ausweg. Hohe Hecken säumen die Straße, eine unübersichtliche Kurve voraus. Sie duckt sich so nah wie möglich an die Hecke, stachelige Zweige zerkratzen ihre Arme. Keine Zeit, zurückzuschauen und zu sehen, ob es Pasha gut geht. Das Auto, das auf sie zukommt, wird schneller, hupt, blendet mit den Scheinwerfern. Sie schließt die Augen, unfähig, dem Unheil ins Gesicht zu sehen.

Als sie sie ein paar Sekunden später öffnet, ist das Auto wieder auf seine Seite ausgewichen. Bremsen quietschen, Reifen hinterlassen schwarze Streifen auf der Straße. Das Ortsausgangsschild ist in Sicht, der Akku ihres Fahrrads jetzt im roten Bereich. Blinkend, wütend.

„Pasha!"

„Fast geschafft, Mae. Weiter!"

Einige Trümmer landen in der Nähe der Fahrräder – harte, bedrohliche Objekte, die verletzen sollen. Ziegelsteine, Glasflaschen, die zerschellen und Mae zum Ausweichen zwingen, um einen Platten zu vermeiden. Das Rattern von Kugeln und Geschossen klingt wie Heavy-Metal-Musik. Sie kann in dem Lärmnebel nicht denken. Ein ganzer Ziegelstein streift ihr Knie, als er zu Boden kracht, und bringt sie fast aus dem Gleichgewicht. Es gibt keinen Schmerz, keine Zeit für Schmerz. Erst auf der anderen Seite des Ortsschildes bemerkt sie das Blut.

Ihre Augen verschwimmen vor Tränen, die Wangen brennen vom kalten Wind, das Knie pocht jetzt und ist nass von Blut, aber sie sind aus dem Dorf raus. Die Autos halten am Ortsrand und werfen noch ein paar Steine, aber sie sind weit genug weg, um ihnen auszuweichen. Ihre brennenden Lungen ringen nach Luft und sie blickt zurück zu Pasha. Er hat Schnitte an seinen Armen, sein Gesicht glüht von der Anstrengung, aber es geht ihm gut. Ihnen beiden geht es gut.

Als sie um die nächste Ecke biegen, halten sie an, steigen von den Fahrrädern und fallen sich verschwitzt in die Arme. Mae weint an Pashas Brust, während seine zitternde Umarmung von Erleichterung erfüllt ist.

„Uns geht es gut, Mae. Wir haben es geschafft. Uns geht es gut."

# KAPITEL 20

Die Straße ist von Bäumen gesäumt, es gibt keine Häuser. Ein Waldstück bietet Schatten und Tarnung. Sie schieben die Fahrräder ins Dickicht, räumen einen Fleck Farnkraut frei und setzen sich auf den Waldboden. Ihre dunkelgrüne Wanderkleidung verschmilzt mit dem Wald. Die Bäume sind anders als die, die sie aus Berkshire kennt, mit stachliger Rinde und kleineren Blättern. Ein paar Insekten fliegen umher – schillernde Kreaturen. Fliegen mit papierdünnen Flügeln landen auf ihrer Haut. Sie hat sich nie an den gelegentlichen Käfern gestört. Als sie ein Mädchen war, gab es mehr davon. Heutzutage sind es nur noch wenige. So viele wie hier im Wald hat sie seit Jahren nicht mehr gesehen.

Auf dem Waldboden spürt Mae, dass sie hierher gehört. Kein beklemmendes Gefühl beobachtender Blicke, nur das leise Rascheln der Blätter, die sich an sie heranschleichen. Die beißende Kälte des späten Nachmittags bleibt im Wald größtenteils aus – die Bäume schirmen sie vor der Härte ab. Zwischen den Stämmen fühlt sich die Welt ruhig, friedlich und geborgen an.

„Ich denke, wir sollten heute Nacht zelten", meint Pasha.

Zu erschöpft, um zu widersprechen, erscheint es ihr unvorstellbar, sich irgendwohin zu bewegen. „Ja. Ich kann nicht mehr Rad fahren."

„Hier ..." Er kniet sich neben sie, nimmt ihr Bein und massiert ihre pochenden Muskeln. „Jetzt kann ich meine Physiotherapie-Fähigkeiten gleich mal anwenden."

Sie lächelt und beobachtet, wie er arbeitet, sanft, aber bestimmt, ihre Schmerzen wegreibt und ihre müden Muskeln beruhigt. Wenn er einen Muskelknoten findet, löst er ihn Stück für Stück, entschlossen, aber nicht gewaltsam. Dicke Finger von Jahren der Handarbeit. Mae erhascht einen Blick auf ihn in den Lichtstrahlen, die durch die Bäume fallen. Sie kniet sich auf, um sich um ihn herum zu bewegen, und schält dann seine Jacke von seiner Haut. Mehrere Schnitte ziehen sich über seinen Hals – Schürfwunden und geschwollene Beulen. Sie inspiziert seinen Rücken. Zerrissene Kleidung mit durchsickerndem Blut. „Sieht aus, als hättest du ein paar Treffer abbekommen."

„Hab dir doch gesagt, ich würde dich beschützen. Ich bin dein Schutzschild, Mae. Immer."

Sie hat sich nie sicherer gefühlt als bei ihm. Er würde sie zur Arbeit begleiten, wenn er könnte. Sie jede Minute eskortieren, um sicherzustellen, dass sie nicht überfordert wird. Sie ist oft genervt von seiner Überfürsorglichkeit, fühlt sich herablassend behandelt, obwohl er oft recht hat. Aber ihre Ungeduld liegt nicht an einem Mangel an Unabhängigkeit, sondern an der Angst vor Abhängigkeit. Wenn sie sich zu sehr umsorgen lässt, wie würde sie jemals ohne ihn zurechtkommen? Und was, wenn er die Wahrheit über sie herausfindet und geht? Dann würde sie sich wieder einschließen, allein mit nichts als Lehrbüchern als Gesellschaft. Doch jetzt, mit einem Baby unterwegs – wie würde sie ohne seine Unterstützung zurechtkommen? Sie würde es nicht. Das ist die Wahrheit, der sie sich nur allzu bewusst ist.

Sein Gesicht ist so voller Liebe, dass sie nichts anderes tun kann, als sich in ihn fallen zu lassen und ihn festzuhalten. Für ein paar Momente bleiben sie so, klammern sich aneinander, die Knie tief im Schmutz vergraben.

„Hol den Erste-Hilfe-Kasten", sagt sie, als sie sich von der Umarmung löst. „Wir sollten uns saubermachen."

Schlammflecken ziehen sich seine Wanderhose hinunter – schmutziges Braun auf Dunkelgrün. Doch es stört sie nicht so sehr wie sonst. Das bisschen Schmutz auf ihrer Kleidung macht sie eher versteckt als exponiert. Es gibt ihr das Gefühl, als wären sie genau dort, wo sie sein sollten.

Pasha tupft ihr Knie mit Antiseptikum ab, bevor er ihre Wunden versorgt. Es ist bereits ein wenig geschwollen, aber die Verletzung ist nur oberflächlich. Sie studiert sein Gesicht, während er sich um sie kümmert, und er tut es mit solcher Sorgfalt, dass sie fast glaubt, sie verdiene solche Aufmerksamkeit. Genau so lässt er sie fühlen. Als wäre sie es wert ist. Mit ihm kann ihre Vergangenheit in ein Nichts verblassen, die Gegenwart bleibt im Vordergrund. Doch diese dunklen Geheimnisse verschwinden nicht. Sie werden mumifiziert, konserviert, um zu einem späteren Zeitpunkt ausgewickelt zu werden. Verzweiflung, Wut, Reue. All die Gefühle, die sie in Schach hält und mit ihrer Schüchternheit und Unbeholfenheit überdeckt, ihr wahres Ich begrabend.

Die Decke der Liebe, die er ihr bietet, hält solche Gefühle normalerweise zurück, dämpft die Schreie ihrer inneren Dämonen. Ihre größte Angst ist, dass die Mutterschaft diese Schutzschichten Stück für Stück lösen und ihre nackten Knochen freilegen wird. Wer ist sie wirklich? Eine Zurschaustellung einer Person. Eine ständige Show.

„Jetzt ist es besser", sagt er und lächelt. „Alles okay bei dir?"

Sie nickt und lächelt ebenfalls.

Sie kann nicht lügen, sie hatte nie das Talent dazu, abgesehen davon, das Kästchen *Habe die AGBs gelesen* auf Formularen anzukreuzen. Aber sie kann den Mund halten, und das ist etwas ganz anderes.

Nachdem sie sich sauber gemacht haben, schafft es Pasha, ein Feuer zu entfachen, und sie hantieren mit dem Zelt herum, bis es aussieht, als würde es die Nacht überstehen. Sie haben einige Rationen Nudeln und getrocknete Früchte. Die Nudeln köcheln auf dem Feuer, dann serviert Pasha sie.

„Würmer", sagt er mit einem Lachen.

„Immerhin hatten wir diese Pastete", sagt Mae, während sie das Essen auf ihrem Campingteller herumschiebt.

Die Süße der Früchte flutet ihren Mund. Sirupartig, klebrig. Mae wünschte, sie hätte ihre elektrische Zahnbürste statt der miesen manuellen aus Bambus. Es wäre schön, sich innen sauber zu fühlen, wenn schon nicht außen.

Gelegentlich erstarren sie, den Atem in den Lungen angehalten, als sie das Vibrieren eines vorbeifahrenden Autos auf der Straße spüren. Mae möchte die Augen schließen, wie sie es als Kind tat. Wenn sie sie nicht sehen kann, können auch sie sie nicht sehen. Pashas Muskeln spannen sich an, bereit zum

Sprung, ein Raubtier. Aber sie kann sein Gesicht so gut lesen, und er ist definitiv eher die Beute als ein Raubtier. Seine tiefen Augen bohren sich in ihre, ein glasiger Film legt sich darüber, als würde er nicht einmal zu blinzeln wagen. Ein Kaninchen im Scheinwerferlicht. Die Bäume stehen dicht genug, das Licht ist gedämpft – sie bleiben unentdeckt.

Das Feuer hält die Kälte ab – zumindest die äußere. Maes Knochen fühlen sich immer noch wie Eis an, eine Leere, wo Wärme sein sollte, während Angst jede Lücke füllt. Wie viele Dörfer wie dieses werden sie noch durchqueren? Sie haben noch nicht einmal eine Grafschaftsgrenze überquert.

Eine schmale Mondsichel steigt über die Baumkronen und sein fahles Licht wirft einen ätherischen Schein über das Dickicht. Sie kuscheln sich eng aneinander, ohne den vergangenen Tag zu besprechen. Diese Erinnerung kann mit dem Rest gehen, denkt Mae. Eine, über die nie gesprochen wird. Eine abgeschriebene Erinnerung. Sie können für eine Weile so tun, als würde alles gut werden. Als wären sie auf einem romantischen Abenteuer, nicht auf der Flucht, nicht versteckt. Die rote Markierung an ihrem Arm von der Drohne ist jetzt verblasst; sie ist unsichtbar zwischen ihren Sommersprossen. Also gibt es kein Problem. Nichts Dunkles wächst in ihr. Sie erkunden einfach die Natur. Denn so fühlt es sich an diesem Abend an, als ihre Wunden versorgt sind und ihre Bäuche ein wenig voller. Wie Opa Angus es wollen würde.

Einfach ein Abenteuer.

# Kapitel 21

Sie schlafen recht gut, den Umständen entsprechend. Der Boden ist uneben und die Feuchtigkeit darunter sickert durch ihre dünnen Matratzen. Sie liegen in Löffelchenposition, um sich gegenseitig zu wärmen – etwas, das Mae normalerweise nicht mag, aber in dem kleinen, kühlen Zelt siegt die Notwendigkeit über die Vorliebe. Die Morgensonne geht spät auf und als sie es tut, ist ihre Wärme unerheblich. Doch ihr Licht ist grell und taucht das Innere des Zeltes in eine gleißende Helligkeit, als wäre es ein Brennglas aus Blendung. Sie frühstücken spärlich mit getrockneten Früchten, bevor sie ihre Müdigkeit überwinden und ihre Fahrt antreten. Da die Akkus der Fahrräder leer sind, ist jeder Pedaltritt eine Anstrengung.

„Eine Stunde bis zur Grenze, schätze ich", sagt Pasha.

Mae sagt nichts, beißt aber die Zähne zusammen und macht weiter. Als sie auf ihre Taille blickt, ist ihr Bauch weniger flach als früher. Vielleicht etwas Blähung vom Essen? Sie zählt die Wochen an ihren Fingern ab. Achtzehn Wochen. Man sieht es ihr langsam an.

Sie wusste das genaue Datum, sobald ihre Periode ausblieb. Vor achtzehn Wochen war Rolans Jahrestag. Genau fünfzehn Jahre seit seiner Operation. Pasha feiert jedes Jahr mit ihm, seinen Wiedergeburtstag, wie Rolan es nennt, und versucht zu behaupten, dass er dadurch eigentlich erst ein Teenager sei. Sie lachen jedes Mal darüber. Sie gingen in den Mexikaner in der Broad Street, Moira verschaffte ihnen mit ihrer Lebenspunktzahl von über 600 Zutritt, woran sie sie den ganzen Abend erinnerte. Wie keiner von ihnen so gutes Essen bekäme, wenn sie nicht wäre, wie sie ihre Stimmen dämpfen müssten, um sie nicht bloßzustellen, wie sehr Pasha und Mae sie und ihrer Punktzahl bewundern müssten. Moira ist normalerweise weniger zickig, wenn sie ein paar Gläser Wein intus hat, aber an diesem Abend blieb sie ihr verurteilendes Selbst, nüchtern wie ein Richter und auf alle herabblickend, die es nicht waren. Jetzt scheint es offensichtlich, warum sie damals nicht trank, obwohl Mae damals keinen Verdacht schöpfte. Mae aß das Essen, jeden köstlichen Bissen, und spülte es mit genug Wein hinunter, um Moira verschwimmen zu lassen. Mae wurde ohnmächtig, als sie nach Hause kamen, und Pasha nahm ihr die Tasche und Schuhe ab und stellte dann eine Schüssel neben das Bett. Aber sie wachte früh auf, verkatert und geil. Pasha sah unglaublich fickbar aus, nackt mit seinem zerzausten Haar, dicke Wimpern, die mit seinen Träumen zuckten. Sie verbrachten den ganzen Sonntag im Bett, ungeduscht, fühlten sich wie ein Schlamassel. Brachten sich in ein noch größeres Schlamassel.

Sie blickt zu Pasha auf seinem Fahrrad, mit seinen großen Händen am Lenker, zerzaustem Haar, das unter seinem Helm

hervorlugt, und einer dunkelgrünen Jacke, die zu seiner ge-
bräunten Haut passt.

Sie verflucht, wie fickbar er ist, verflucht sich selbst dafür, dass
sie ihre Deckung fallen ließ und sich in ihn verliebte. Was für
eine idiotische Sache. Sie hätte es besser wissen müssen, hätte sich
schon vor Jahren fernhalten sollen. Sie ist die letzten fünf Jahre
schlafwandelnd in dieses Schlamassel geraten. Schlamassel scheint
ein hartes Wort zu sein, aber so fühlt sie sich. Chaotisch, verwirrt.
Ein verhedderter Haufen von einem Leben. Er ist zu leicht zu
lieben und liebt sie zu leicht. Sein angeborener Beschützerinstinkt wird ihn zu einem wunderbaren Vater machen. Und ihre
eigene Zurückhaltung zu lieben wird sie zu einer beschissenen
Mutter machen.

Ja, denkt sie. Schlamassel fasst es ziemlich gut zusammen.

Die Stunde bis zur Grafschaftsgrenze fühlt sich eher an wie
zwei, und es wird klar, dass sie in der Nähe sind, da keine Schilder
mehr in diese Richtung zeigen und jede Stadt und jedes Dorf und
jede Straße, die angezeigt wird, ihnen sagt, sie sollen umkehren.
Als die Schilder aufhören, wird der Asphalt löchrig und kiesig,
Gras wächst stellenweise durch, die Böschungen sind ungepflegt,
Bäume hängen über die Straße. Als sie seit zehn Minuten kein
Auto und auch keinen Bus und nicht einmal ein anderes Fahrrad
gesehen haben, schlägt Pasha vor, dass es Zeit ist, zu Fuß weiterzugehen.

„Die Bezirksgrenze könnte jeden Moment kommen", sagt er,
als sie von ihren Fahrrädern absteigen und sie am Straßenrand
zurücklassen. Sie werden dafür zur Rechenschaft gezogen werden, aber solche Dinge spielen keine Rolle mehr.

„Woran werden wir erkennen, dass wir sie überquert haben?", fragt sie.

„Ich weiß es nicht. Ich weiß nicht, ob sie patrouilliert werden, ich weiß nicht, wie der Zaun aussieht oder ob es überhaupt einen gibt. Ich schätze, wir werden einfach wieder Straßenschilder sehen."

Maes Magen knurrt. Sie hatten nicht riskiert, irgendwo anzuhalten, um etwas zu essen, da sie nach dem letzten Mal nicht in ein Dorf gehen wollten. Sie werden einen Laden finden, wenn sie nach Devon kommen, oder ein Café.

„In Devon wird alles anders sein", sagt Pasha, als er ihr eine kleine Wasserflasche reicht, die sie in ihre Gesäßtasche steckt. Sie ist hungrig, nicht durstig.

Während sie über den rissigen Asphalt gehen und sich unterhalb umgefallenen Bäumen hindurchducken, fühlt sich das Niemandsland genau danach an. Kein Motorengeräusch, keine Stimme, kein Fußtritt. Nur ein paar Vögel, die ihre Anwesenheit verkünden. Der sanfte Wind raschelt in den Bäumen. Doch die Stille beruhigt Maes Nerven nicht – sie verstärkt ihre Anspannung. Hundertfünfzig Millionen Menschen leben in dieser Gesellschaft. Wie ist es möglich, dass hier niemand ist? Jeder Muskel verhärtet sich, angespannt, bereit für einen Hinterhalt.

Nach fünfzehn Minuten zerfällt der Asphalt zu einem Feldweg, und die überwucherte Flora lichtet sich und gibt ihnen einen Blick auf das, was weiter vorne liegt. Da ist ein Zaun aus Maschendraht, ein absoluter Schrotthaufen, der an manchen Stellen zusammengebrochen ist. *Ist das alles?*, fragt sich Mae. Keine Aussichtspunkte. Keine *Durchgang verboten*-Schilder, nicht einmal Stacheldraht. Sie halten hinter einem Busch und beobachten für ein paar Minuten die Umgebung. Sie sitzen auf Gräsern, die sich von denen in den Parks in Reading unterscheiden, durchzogen von summenden Insekten, die sie dort nie sehen. Alles fühlt sich fremd an – zu still und wie eine Million Meilen von zu Hause entfernt.

„Das muss es sein", sagt Pasha. „Und es ist niemand da. Ich schätze, wir gehen einfach rüber."

„Und wenn es Patrouillen gibt? Was sagen wir dann?"

„Wir sind Wanderer, unterwegs, um Opas Asche zu verstreuen."

„Und wenn sie uns nicht durchlassen?"

„Darum machen wir uns Sorgen, wenn es soweit ist."

Sie nähern sich dem Zaun mit leisen Schritten, als würden sie sich an ihre Beute heranpirschen. Mae hält sich hinter Pasha, seine Hand umklammert ihre wie Eisen. Aus der Nähe wirkt der Zaun noch verwitterter. An manchen Stellen ist er weniger ein Zaun als eine Stolperfalle – umgekippt, vom Rost zerfressen, der wie getrocknetes Blut in den Schmutz sickert. Pashas Kopf bewegt sich hin und her, während er ihre Umgebung absucht; Maes geht in die entgegengesetzte Richtung, weniger gleichmäßig, hektischer. Eine kalte Brise lässt den nervösen Schweiß, der sich in ihrem Haaransatz sammelt, trocknen und schickt einen Schauer über ihre Schultern. Pasha erschaudert auf die gleiche Weise. Sie beißt sich auf die Nägel und vergisst, dass sie ihre Hände heute nicht richtig gewaschen hat.

„Fast am Zaun, Mae. Es wird alles-"

„Wage es ja nicht, *gut* zu sagen."

Dieses verdammte G-Wort. Sie zerquetscht seine Hand, seine Scheißberuhigungen lassen sie zusammenzucken. Pasha scheint es nicht zu bemerken. Er zieht sie ein wenig weiter nach vorne. Ihre zitternden Beine machen den knirschenden Boden laut unter ihren Füßen. Sie hat Mühe, sich an eine Zeit zu erinnern, in der sie jemals ihre eigenen Schritte gehört hat, wenn sie draußen war. Der Lärm überall übertönt normalerweise jedes Geräusch, das sie je macht. Jetzt hat sie das Gefühl, als würde jeder Schritt sie der Welt offenbaren. Jeder Schritt nimmt eine Schicht weg. Jetzt, nur noch wenige Meter entfernt, könnte sie genauso gut nackt sein, allein, ihre Geheimnisse auf ihre nackte Haut geschrieben.

Sie erreichen den Zaun und gehen ein Stück daran entlang zu einer Stelle, die niedergetreten ist. Sie fragen sich kurz, ob er unter Strom steht, aber der desolate Zustand macht klar, dass dem nicht so ist. Die andere Seite sieht genauso aus wie die, von der sie kommen: eine verlassene Ödnis, ein Pfad durch die Pflanzen und dann, so vermuten sie, eine geteerte Straße. Mae findet, dass in dem Verfall eine gewisse Schönheit liegt. Das Fehlen menschlichen Eingreifens. Der Natur überlassen, summen die Bäume vor Leben. Leuchtend grüne Blätter, unbefleckt von Stadtruß, duften nach Pollen statt nach Umweltverschmutzung. Das Gras ist eine Mischung aus verschiedenen Pflanzen – keine Einheitlichkeit, kleine weiße opportunistische Blumen lugen hervor.

Pasha steigt zuerst hinüber und tritt den Zaun dabei noch flacher. Dann folgt Mae. Sie halten einen Moment inne, ziemlich schockiert darüber, dass sie so etwas getan haben – eine Grafschaftsgrenze zu Fuß überqueren. Nicht einfach irgendwohin mit dem Zug fahren, sondern über eine Grenze in eine tatsächlich fremde Grafschaft treten. Sie atmen tief durch und machen dann einen Schritt vorwärts.

„Halt!"

Der Ruf kommt aus dem Nichts, und sie erstarren.

„Scheiße!", sagen beide gleichzeitig.

„Ihr zwei! Keinen Zentimeter bewegen."

Das tun sie auch nicht. Sie stehen wie festgepflanzt. Maes Herz hämmert in ihrem Hals, ihren Schläfen, ihrem Magen.

„Scheiße, Pasha. Scheiße, Scheiße!"

„Es ist alles gut. Denk an die Urne", flüstert er, ohne die Lippen zu bewegen.

Vom Feldweg vor ihnen kommen drei Personen auf sie zu, in Tarnkleidung und kugelsicheren Westen. An ihren Gürteln hängen Taser und Messer, um den Hals Ferngläser. Sie eilen auf Mae und Pasha zu, während die beiden regungslos und gehorsam stehen bleiben. Mae zieht den Bauch so weit ein, wie sie kann – ihr leerer Magen macht es einfacher. Die Leute, die sich nähern, sind mittleren Alters, vierzig, fünfzig vielleicht. Ihre Gesichter sehen alt genug aus, dass es unwahrscheinlich ist, dass sie Konservierte sind, was sie ein wenig beruhigt. Zu jung, um von *Time's Up*-Leuten gejagt zu werden, und zu alt, um Kinder zu wollen. Sie werden keine Opfer des Gesetzes sein.

„Was macht ihr hier?", fragt der Größte. Sein gerötetes Gesicht glänzt vor Schweiß von der Anstrengung, während seine Hand über seinem Taser schwebt.

„Wir wollen keinen Ärger", erklärt Pasha.

„Dann überquert nicht die Grafschaftsgrenze."

„Es ist nicht illegal", sagt Mae. Ihre Stimme ist sanft und leise und sie versucht nicht, den Akzent nachzuahmen. Ähnlich wie Somerset, denkt sie. „Wir tun nichts Falsches."

„Im Gegenteil. Es mag nicht illegal sein, aber es erfordert sicherlich eine Erklärung. Stimmt's, Jungs?"

Die Männer zu beiden Seiten von ihm grunzen und nicken.

Pasha greift in seine Tasche. „Wenn ich Ihnen zeigen darf–"

„Nicht so schnell! Keine plötzlichen Bewegungen."

„Es ist nichts Gefährliches", entgegnet Pasha und hebt die Hände. „Wir meinen es nicht böse. Wollen Sie mal nachsehen?" Er greift langsam nach seiner Tasche und reicht sie ihnen. „Bitte, seien Sie vorsichtig. Es ist mir sehr wertvoll."

Der Mann reicht die Tasche dem anderen, der darin herumwühlt und die Urne herausnimmt.

„Na sowas, was haben wir denn da?"

„Ich weiß, es ist gegen das Gesetz, aber das ist mein Opa. Und er liebte diese Grafschaft so sehr. Er ist hier aufgewachsen, vor vielen Jahren natürlich."

„Man sollte die Grafschaft so sehr lieben, in der man lebt und in der man stirbt. Nostalgie für eine andere Grafschaft widerspricht allem, wofür diese Gesellschaft steht."

Pasha nickt und macht diese traurigen Hundeaugen, denen man unmöglich widerstehen kann. „Ich weiß. Er war alt, verstehen Sie. Er hatte altmodische Werte. Und er wurde hier geboren, bevor Britannien zur Gesellschaft wurde. Bitte, wir versuchen nur, den letzten Wunsch eines alten Mannes zu erfüllen."

„Nun", sagt der Mann und inspiziert die Urne genauer. „Wo genau in Devon?"

„Dartmoor."

„Dartmoor! Das sind vierzig Meilen von hier."

„Ich weiß. Wir sind bereit, für ihn zu wandern. Er war so ein lieber Mann. Bitte, ich flehe Sie an. Lassen Sie uns unsere Reise beenden."

Mae sackt ein wenig in sich zusammen bei der Vorstellung, dass sie tatsächlich vierzig Meilen laufen müssen.

„Moment mal, und was ist das hier?" Der andere Mann wühlt weiter in Pashas Tasche und holt jetzt Vitaminpäckchen heraus. „Wozu braucht ein junges Pärchen wie ihr Vitamine? Seid ihr etwa Konservierte?"

„Gott, nein", antwortet Pasha laut, übertrieben defensiv, wie Mae findet. „Wir wussten nur nicht, welche gesunden Lebensmittel wir bekommen würden. Meine Partnerin hier, sie wird so leicht müde, und da die Immunsysteme überall anders sind, dachten wir, es wäre das Beste."

„Das sind aber keine gewöhnlichen Vitamine, oder?", hakt der Mann nach und rümpft die Nase. „Das sind jene, die schwangere Frauen nehmen."

„Vitamine sind Vitamine, oder?", sagt Pasha.

Maes ganzer Körper pocht mit ihrem Herzschlag, ihr Atem rasselt in ihrer trockenen Kehle.

„Wir haben von solchen Leuten gehört, die hierherkommen, um unsere Senioren zu stehlen und als Spender zu benutzen. Seid ihr deshalb hier?"

„Nein! Natürlich nicht", protestiert Mae. Ihre Stimme quietscht vor Anspannung. „Wir sind zu Fuß unterwegs. Wie sollte das überhaupt funktionieren?"

„Hast du die Tests dabei, Paul?", fragt der Größte.

„Klar doch."

Der Schlankste der drei nimmt einen Rucksack von seiner Schulter, öffnet ihn und reicht dem größten Mann eine kleine Schachtel.

„Na, die Dame hier wird sicher nichts dagegen haben, einen Schwangerschaftstest zu machen, oder?"

Pashas Adamsapfel rutscht auf und ab, während seine Augen hin und her huschen.

„Kein Problem." Mae nimmt die Schachtel und erspäht einen Busch. „Ein bisschen Privatsphäre, bitte. Ich werde nicht vor euch allen pinkeln."

„Mae-", ruft Pasha ihr nach.

„Alles in Ordnung. Ich bin nur kurz hinter dem Busch da drüben."

Sie lächelt ihn an, sucht für einen Moment Blickkontakt und versucht, eine Botschaft zu vermitteln, die sie nicht laut aussprechen kann. Sie geht zum Busch, den Kopf hoch erhoben, und hofft, dass ihre Beine nicht zu wackelig aussehen. Hinter dem Busch lässt sie ihre Hose zu den Knöcheln fallen, dann hockt sie sich hin und benetzt den Teststreifen. Danach zieht sie sich wieder an, schüttelt den Streifen leicht und geht zurück. Pasha sieht furchtbar aus, zitternd, sein Gesicht so rot, dass er dem rotgesichtigen Wächter Konkurrenz machen könnte. Sie wedelt mit dem Streifen in der Luft.

„Ich schätze, das war etwa eine Minute." Sie zeigt ihnen den Streifen.

„Gut." Sie nicken und sehen zufrieden aus. „Na, was meint ihr, Jungs? Ich sehe keinen wirklichen Schaden darin, wenn diese beiden ihren Weg nach Dartmoor fortsetzen."

„Stört mich nicht, Sir."

„Mich auch nicht", meint Paul.

„Nun gut", sagt der Größte. „Also dann. Ihr zwei habt keine Schwierigkeiten. Geht nicht in die kleineren Dörfer, ihr werdet dort nicht willkommen sein. Und wenn jemand fragt, wir haben euch nicht gesehen."

„Danke", sagt Pasha, seine Stimme zittert immer noch. „Ich denke, wir werden uns hier noch eine Weile ausruhen, bevor wir weitergehen, wenn das für Sie in Ordnung ist?"

„Wie ihr wollt. Willkommen in Devon."

Zu dritt gehen sie zurück ins Dickicht der Bäume. Als sie über hundert Meter entfernt sind, geben Pashas Knie nach und er bricht auf dem Boden zusammen. „Himmel, Arsch und Zwirn, Mae. Warum bist du plötzlich nicht mehr schwanger? Was zum Teufel?"

Sie kniet sich neben ihn, reibt seinen Rücken und beugt sich dann vor, um zu flüstern. „Ich habe Wasser benutzt. Ich hatte noch diese Flasche. Kein Urin. Nur Wasser."

Er hebt den Kopf, sein Gesicht hellt sich mit einem Lächeln auf, und die Erleichterung lässt etwas Farbe in seine Wangen zurückkehren. „Cleveres Mädchen."

# Kapitel 22

Es dauert eine Weile, bis sich ihre Nerven beruhigen. Als das Adrenalin nachlässt, setzen sie ihre Wanderung fort. Die asphaltierte Straße ist leicht zu finden. Leihräder jedoch nicht. Die Route führt sie im Zickzack durch den Osten der Grafschaft, wobei sie, wie von den Grenzwächtern empfohlen, kleine Dörfer meiden. Die verlassenen Randstraßen füllen sich bald wieder, sichtbare Augen starren sie an. Zwar keine Menschenmassen, aber genug Leute sind unterwegs, um sie weniger fehl am Platz erscheinen zu lassen. Das sanfte Gemurmel übertönt zumindest den Klang ihrer Schritte und verhindert, dass Mae ihren eigenen Herzschlag hört. Devon sieht für Mae überraschenderweise genauso aus wie Somerset. Sie ist sich nicht sicher, was sie erwartet hatte, vielleicht neue Baumarten oder eine andere Architektur. Der einzige Hinweis darauf, dass sie sich in einer anderen Grafschaft befinden, sind die Busse. Rote Logos an der Seite statt gelber. Nach zwei Stunden Fußmarsch haben sie noch immer kein Café oder Geschäft gefunden und ihre Kräfte schwinden.

„Wir könnten es mit einem Bus versuchen?", sagt Pasha.

Diese Worte laut zu hören, ist immer noch ein Schock, obwohl Mae sie seit mindestens einer Stunde denkt.

„Wohin sollen wir fahren? Wir landen vielleicht in einem kleinen Dorf und werden zu Tode gesteinigt."

„Exeter ist die größte Stadt in der Gegend. Sieh mal." Er zeigt auf einen Fahrplan an der Bushaltestelle. „So gut wie alle Busse fahren nach Exeter. Was meinst du?"

Mae bewegt ihre blasigen Zehen in ihren Stiefeln, lässt dann ihre Tasche auf den Boden fallen und streckt ihre müden Schultern. „Klar. Warum nicht?"

Eine Gruppe von Menschen geht an ihnen vorbei, mittleren Alters, spießig, die Nasen beim Anblick von ihnen rümpfend. Mae denkt zuerst, ihre stinkenden Achselhöhlen seien der Grund, bis sie sich und Pasha genauer betrachtet. Wie ist es möglich, dass sie so lange gelaufen sind und ihr nicht einmal aufgefallen ist, wie dreckig sie aussehen? Sie zupft tote Blätter aus ihrem Haar und wischt dann etwas Schmutz von Pashas Jacke. Ihre Knie sind fast vollständig mit getrocknetem Schlamm bedeckt und ihre Gepäcktaschen sehen nicht viel besser aus. Sie sehen genau so aus, als hätten sie die Nacht im Wald verbracht. Keine große Überraschung.

Mae mustert die anderen Leute in ihren ordentlichen Parkas und polierten Stiefeln bis zu den Waden, deren Haare in glatten Wellen viel glamouröser aussehen als Mae in ihrer schmutzigen Kleidung und mit Trümmern gefülltem Haar. In der Zeit, die sie auf den Bus warten, überprüfen sie Iris' Anweisungen für die korrekte Kleidung für Devon. Offenes Haar für Mae. *Offen?* Noch nie hat sie ihr Haar in der Öffentlichkeit offen getragen, zumindest nicht seit Jahren. Selbst zu Hause vermeidet sie es, da es ihren Hals juckt und ihr Gesicht stört. Und gerade jetzt kraust es sich wie der Busch, in den sie gerade gepinkelt hat. Ihr Hut trägt wenig dazu bei, es besser aussehen zu lassen, da es an allen möglichen Stellen in Büscheln hervorquillt. Pasha muss nichts tun – sein Hut ist das einzige Kostüm, das er braucht. Mae runzelt die Stirn, als er es bemerkt und grinst, als er sie sieht.

„Du siehst wunderschön aus, Mae.“

„Sei still.“

Als der Bus ankommt, warten bereits mehrere Leute, die ihnen misstrauische Blicke zuwerfen und Abstand halten.

„Wanderer nehmen keinen Bus, Pasha.“

„Wanderer mit verstauchten Knöcheln schon.“

Sie runzelt die Stirn, aber als der Bus ankommt und Pasha humpelnd einsteigt, wobei er Mae als Krücke benutzt, versteht sie die Idee. Ein Sturz könnte auch den Zustand ihrer Kleidung erklären. Der Argwohn der anderen Passagiere verwandelt sich in Mitleid und einige Leute in den vorderen Reihen bewegen sich nach hinten, um ihre Sitzplätze anzubieten. Pasha verzieht das Gesicht, als er sich setzt, und liefert eine Darbietung, die ein Theater füllen würde. Mae hilft ihm so aufmerksam, wie sie kann, kommt sich dabei wie eine Närrin vor – doch sie weiß, dass seine Methode funktioniert. Als sie schließlich sitzen, sieht er sie an, zwinkert und drückt ihr einen Kuss auf die Wange.

Sie sagen nichts während der Fahrt, Schweigen ist ihr bester Schutz. Die Stimmen, die sie hören, haben seltsame Akzente, ähnlich wie in Somerset, aber sie dehnen Teile der Sprache, an die sie nicht gewöhnt ist, und verkürzen andere. Sie übt den längeren R-Laut in ihrem Kopf, lässt die Enden einiger Wörter weg und formt einige Vokale lautlos mit dem Mund. Der Bus schlängelt sich durch kleine Dörfer, vorbei an unfreundlichen Schildern und halbherzigen Straßensperren – ganz wie in Somerset. Jedes dieser Zeichen lässt Mae schwer schlucken, während Pasha sich unbehaglich auf dem harten Sitz windet. Jedes unwillkommene Schild ist eine stumme Erinnerung. Mae lehnt den Kopf zurück und lauscht dem Gespräch hinter sich.

„Hast du die Nachrichten heute Morgen gesehen? Es ist wie Bürgerkrieg im Moment an manchen Orten.“

„All diese toten Frauen. Geschieht ihnen recht, wenn du mich fragst.“

„Geoff!“

„Was denn? Die sind selbst schwanger geworden. Einige dieser Frauen waren sogar Lesben.“

„Ich denke, Männer haben sie geschwängert. Es gehören zwei zum Tango.“

„Was denn? Willst du etwa sagen, alle Spermaproduzenten sollten getötet werden? Nee. Die machen nur, was Männer eben tun. Diese Frauen haben sich für diese Schwangerschaften entschieden. Sie hätten es verhindern können, aber sie haben es nicht getan. Frauen denken, sie können tun, was sie wollen. Das sollte ihnen eine Lehre sein.“

„Geoff, wirklich!“

„Trennt sie, sag ich. Haltet alle fruchtbaren Frauen fern, auf irgendeiner Insel oder so. Das ist es, was die Ältesten tun müssen, um sicher zu bleiben. Warum sollten sie das tun müssen? Sperrt die Frauen ein. Sie sind diejenigen, die Ärger machen, mit ihren Hormonen. Das wäre viel effektiver. Es gibt auch weniger von ihnen, also würde es auch weniger kosten. Steckt sie alle auf die

*Isle of Man* oder so. Bringt sie aufs Festland zurück, wenn sie in den Wechseljahren sind und keine Gefahr mehr darstellen.«

»Und wie hätte dir das gefallen, hm? Wenn wir dreißig Jahre lang getrennt gewesen wären, als wir jung waren?«

»Nicht unser Problem, Liebes. Wir sind nicht diejenigen, die in einer Welt wie dieser Kinder kriegen.«

»Und was ist mit Jane, Angie und Beth, deinen drei Töchtern? Würdest du sie gerne wegschicken?«

»Die sind sowieso schon fast alt genug.«

Mae schnippt das Band an ihrem Handgelenk und zählt die Straßenlaternen, an denen sie vorbeifahren. Pasha hält seinen Kopf gerade. Eine Stunde in diesem Bus, laut Fahrplan. Eine Stunde, um dem zuzuhören. Maes Magen dreht sich in leerer Übelkeit, als sie ihren Kopf auf Pashas Schulter legt und ihr Blick sich trübt.

»Alles in Ordnung, Mae?«

»Mir ist nur ein bisschen schwindelig. Gib mir eine Minute.«

Er findet ein Päckchen Rosinen in seiner Tasche und reicht es ihr. Sie isst das ganze Päckchen und nach ein paar Minuten kann sie das Gewicht ihres Kopfes wieder tragen. Das Paar hinter ihnen ist weg, aber sie hat nicht bemerkt, wie sie gegangen sind. Das Fehlen des Geschwätzes ist eine Erleichterung.

»Wie lange noch?«, fragt sie Pasha.

»Etwa fünfzehn Minuten, denke ich.«

Als der Bus hält, hilft Pasha ihr auf, nimmt ihre Taschen und vergisst für einen Moment seine vorgetäuschte Verletzung. Er humpelt aus dem Bus, auf dem anderen Bein, wie Mae bemerkt, doch niemand sonst scheint so aufmerksam zu sein. Sie überprüft die Uhrzeit. Drei Uhr.

„Vielleicht können wir einfach ein Hotel oder so nehmen, uns dort ausruhen und Essen bestellen. Wir sind schon so weit gekommen.“

Pashas Gesichtsfarbe sieht blass aus und sie ist sich sicher, dass es ihm schlechter geht, als er zugibt. Er nickt und sie reihen sich in eine Fußgängerspur ein, um die Stadt zu betreten.

Das Stadtzentrum ist überfüllt, genauso wie Reading an einem geschäftigen Tag. Sogar noch voller. Von jedem Dach wehen Flaggen, grün mit einem weißen Kreuz, aber das ist fast alles, was sie über den Menschenmassen sehen können. Sie halten sich an die langsame Spur, damit sie ihre Umgebung wahrnehmen können, ohne vorwärts gedrängt zu werden. Selbst in ihrem erschöpften Zustand ist es langsam, aber es gibt ihnen Zeit, sich zu orientieren und das Blut wieder zum Fließen zu bringen. Fahrradverleihstationen gibt es überall und Restaurants sind reichlich vorhanden – manche mit Warnhinweisen auf knappe Vorräte. Doch sie sind sich einig: Privatsphäre, ein Bett und Essen zum Mitnehmen sind alles, was sie im Moment verkraften können.

Der Strom der Fußgänger führt sie aus dem Stadtzentrum heraus und in eine Seitenstraße mit einem Boutique-Hotel. Es hat ein vertikales Schild, das „Zimmer frei“ anzeigt, aber die Fenster sind dunkel, als wäre es innen unbeleuchtet. „Exklusive Zimmer“, steht in einem Fenster in blinkenden neonpinken Buchstaben. „Managerrabatt“ auf einem anderen Schild.

„Ich weiß nicht einmal, was das bedeutet, Pasha.“

„Das heißt wahrscheinlich, dass es weit über unserem Budget liegt. Aber ich bin müde, du auch, und letzte Nacht haben wir umsonst übernachtet – also denke ich, es ist in Ordnung.“

Er muss es Mae nicht rechtfertigen. Ihre Füße sind wund gerieben und ihr Rücken schmerzt von der Nacht im Wald. Selbst wenn es eine Million Pfund pro Nacht kosten würde, wäre sie immer noch versucht. Sie gehen hinein und nähern sich der Rezeption. Innen ist alles ausgiebig in Pink dekoriert. Pinke Sofas und Teppiche. Nicht nur blasses Pink, sondern Pink, das einen wie ein Schlag ins Gesicht trifft. Kitschige Nachmach-Kronleuchter hängen von der Decke mit schwarzen und pinken Kristallen, und schwarze Vasen auf dem Tresen quellen über mit künstlichen pinken Blumen. Der Ort riecht nach Rosenwasser, süßlich wie altes Potpourri. Eine solche aromatische Invasion, dass Mae sich fragt, welche Gerüche sie zu überdecken versuchen.

„Willkommen im sExeter Hotel", sagt der Rezeptionist, als sie sich nähern, genauso, mit dem subtilsten aller S-Laute. „Ihr beide habt wohl dringend ein Zimmer nötig, nicht wahr?"

„Ja, wir sind sehr müde", sagt Pasha.

Maes Wangen brennen, ob wegen des Ortes oder Pashas Naivität, sie ist sich nicht sicher. Jedenfalls beißt sie sich auf die Lippe, um ihr Kichern zu unterdrücken, und lässt ihre Verlegenheit in Heiterkeit umschlagen.

„Großartig", sagt der Rezeptionist und lässt seine Lederhosenträger schnappen. „Wie viele Stunden möchtet ihr, äh, schlafen?"

Pasha sieht verdutzt aus, also springt Mae ein. „Die ganze Nacht, bitte. Wir sind wirklich sehr müde." Sie vergisst völlig ihre Akzentübung, aber der Rezeptionist scheint sich nicht darum zu kümmern.

„Sehr gut", meint der Rezeptionist mit einem breiten Grinsen. „Wir haben unser gemütliches Honeymoon-Zimmer frei. Ich denke, ihr zwei werdet es lieben."

„Super", sagt Mae. „Wie viel kostet es?"

„Vierzig Pfund pro Stunde für die ersten drei, danach zwanzig pro Stunde", sagt er und zieht seine Augenbrauen hoch und runter.

„Okay", meint Mae, während Pasha immer noch sein verwirrtes Kaninchen-im-Scheinwerferlicht-Gesicht macht.

Der Rezeptionist schaut Pasha an, dann Mae. „Das Pres-X hat noch nicht richtig angeschlagen, was?"

„Was? Nein. Nur müde. Können Sie einen Lieferservice empfehlen?"

„Es gibt einen Ordner mit Speisekarten im Zimmer, gleich neben der Fernbedienung für die Stimmungsbeleuchtung und Ambientesteuerung."

„Perfekt", antwortet Mae, als sie die Schlüsselkarte nimmt.

„Ganz schön unterwürfig, der Kleine, nicht wahr?", sagt der Rezeptionist zu Mae, als sie Pasha am Handgelenk nimmt und wegführt.

Der süßliche Rosenduft wird im Korridor intensiver und die gedämpfte Beleuchtung lässt die Wände enger erscheinen. Mae streicht die Schlüsselkarte durch und bricht in schallendes Gelächter aus, als sie das Zimmer betreten. Es gibt ein herzförmiges Bett mit Drehfunktion und Seidenlaken, Möbel mit Plastiküberzügen zum Abwischen und eine Schale mit Kondomen auf dem Tisch.

„Oh", sagt Pasha, als ihm die Realität dämmert. „Stundenweise berechnet. Jetzt verstehe ich."

Mae greift nach der Speisekarte für den Lieferservice und legt sich dann aufs Bett. „Ja, es ist diese Art von Hotel."

Seine Augen gehen zu Boden, sein Mund verzieht sich. „Aber ich bin wirklich müde."

„Schon okay, Casanova. Alles, was ich will, ist duschen und schlafen. Und essen. Worauf hast du Lust? Chinesisch?"

Er lässt sich neben ihr aufs Bett fallen und stöhnt. „Was immer du willst. Nur viel davon."

# KAPITEL 23

Sie bestellen Essen von drei verschiedenen Lieferdiensten, wobei jeder erklärt, dass sie Engpässe haben, die Portionen kleiner sind und um Verständnis in dieser schwierigen Zeit bitten. Mae sagt, dass sie es verstehen und dass jedes Essen besser sei als kein Essen. Als die dritte Lieferung eintrifft, sind sie mehr als satt und haben Reste aufgetürmt. Ein wenig Schuld überkommt Mae und sie sieht dasselbe Gefühl bei Pasha. Nahrungsmittelknappheit, die Aufforderung, bescheidener zu leben, und sie bestellen genug Essen für sechs Personen. „Für zwei essen" rechtfertigt ihre Völlerei nicht wirklich, so sehr Pasha diese Ausrede auch benutzt. Und zweifellos werden sie in ein paar Stunden wieder hungrig sein. Sie wünschte, sie könnten wie Löwen sein und eine große Mahlzeit einnehmen und dann eine Woche lang schlafen.

Mit vollen Bäuchen kuscheln sie sich auf das in Plastik eingewickelte Sofa.

„Dieses Gespräch im Bus, Pasha, hast du das gehört?"

„Ja." Er küsst ihre Stirn. „Dieser Typ hat wahrscheinlich schon immer so gedacht. Gesetze ändern nicht die Ansichten der Menschen."

„Du hast wahrscheinlich recht", meint sie und erinnert sich nicht nur an das Gespräch im Bus, sondern auch an den Zeitungsartikel, die Ziegelsteine, die auf sie geworfen wurden, und die Notwendigkeit, Babys zu tätowieren. Gesetze ändern vielleicht nicht die Ansichten der Menschen, aber sie verstärken sie sicherlich.

Sie schlafen bis fast zum Mittagessen und essen dann die Reste zum Brunch. Nachdem Mae geduscht hat, bändigt sie ihre Haare und zieht die einzige Wechselkleidung an, die sie hat. Sauber und frisch fühlt es sich fast wie Urlaub an. In diesem Hotelzimmer könnten sie überall sein. Zweifellos gibt es irgendwo in Berkshire Hotels, die stundenweise vermieten. Sie kann sich einreden, dass sie nicht so weit von zu Hause entfernt sind. Zumindest für einen Moment.

Nach dem Waschen schläft Pasha noch etwas und sie beobachtet ihn beim Dösen, zufrieden, glücklich. Sie möchte sich neben ihn legen, aber sie können nicht bleiben. Ihre Taille sticht ein bisschen mehr hervor als am Tag zuvor – vielleicht vom ganzen Essen? Wie auch immer, die Wahrnehmung ist die gleiche. Sie hat keine Ahnung, wie weit sie noch gehen müssen, ob sie den Ort überhaupt finden werden und wenn nicht, ob sie es zurück nach Reading schaffen müssen, bevor sie in echte Schwierigkeiten geraten. Sie weckt ihn auf und er protestiert nur für einen Moment. Sein Verlangen, das herzförmige Bett für seinen eigentlichen Zweck zu nutzen, ist nun stark und drängend.

„Keine Zeit", erwidert sie. „Wir können keinen Tag verschwenden. Komm schon."

Der gleiche Rezeptionist ist an der Rezeption, als sie hinausgehen, und seine Augen leuchten auf, als er Pashas verjüngtes Selbst sieht.

„Wirkt Wunder, das Pres-X, nicht wahr? Ich habe solche Wunder gesehen."

„Ja", sagt Mae. „Genauso wie eine gute Nachtruhe."

„Ihr seid auf dem Weg zum Kongress, nehme ich an? Deshalb besuchen Sie Exeter?"

„Ähm, ja. Klar", antwortet Pasha.

„Oh, da sind sie ja", sagt der Rezeptionist und blickt an Mae und Pasha vorbei. „Nate, Zen, noch mehr für euch."

Zwei Männer kommen eilig herüber, offensichtlich aufgeregt. Identische Parkas, knöchelhohe Stiefel und Zweihundert-Pfund-Haarschnitte. Sie bleiben direkt vor Pasha und Mae stehen.

Der Rezeptionist lächelt und stellt sie vor. „Sie können genauso gut alle zusammen rübergehen. All ihr Konservierten zusammen. Wunder der Natur."

Nate und Zen klatschen in die Hände mit der Art von Freude, die ein Kind an Weihnachten hat. Egal wie viel Ruhe sie hatten, Pasha und Mae sind nie so begeistert.

„Wunderbar", sagt Zen und lächelt, um seine perfekten Zähne zu enthüllen. Sein Grinsen erzeugt keine Lachfalten in seiner kollagenreichen Haut und seine Augen sind funkelnd und hell. „Sollen wir?" Er streckt seinen Arm aus und Nate hakt sich ein. Pasha und Mae reihen sich dahinter ein. Der Rezeptionist gibt ihnen einen doppelten Daumen nach oben.

„Warum hast du das gesagt?", sagt Mae so leise wie möglich zu Pasha.

„Ich weiß nicht. Es schien einfach das Einfachste zu sein."

„Vielleicht verlieren wir sie in der Menge."

Sobald sie hinausgehen, wird klar, dass das unmöglich sein wird. Zen und Nate sind freundlich, aufmerksam, gesprächig – die perfekten Gastgeber, wenn man welche möchte. Aber Mae und Pasha wollen verschwinden und sie haben Mühe, sich zu unterhalten. Nate und Zen bemerken, wie sie die Füße nachziehen, und haken sich bei ihnen ein und ziehen sie auf die Überholspu r.Ihre Münder bewegen sich schneller als ihr Tempo.

„Wir haben vor Pres-X nie an die Überholspur gedacht. Aber jetzt sind wir hier, mit den Knochen und Muskeln eines Zwanzigjährigen", sagt Nate und zeigt seine Bizepse.

„Ich habe es wegen der Haut gemacht", erklärt Zen. „Ich glaube nicht, dass meine jemals so glatt war."

„Und ich kann lange aufbleiben! Oh, die Partys, die wir gefeiert haben. Göttlich. Man merkt gar nicht, wie sehr man es vermisst, jung zu sein. Wie seid ihr zwei mit den Regressionsjahren zurechtgekommen?", erkundigt sich Nate und inspiziert ihre Gesichter.

„Es hat etwas gedauert, sich daran zu gewöhnen", meint Mae.

„Nicht wahr! Ich wollte sofortige Ergebnisse. Zehn Jahre Anti-Aging schienen ewig zu dauern. Aber eigentlich war es ein so schöner Prozess, einfach Tag für Tag ein bisschen jünger zu werden. Wir haben uns jetzt definitiv eingependelt. Findest du nicht auch, Zen?"

„Oh, definitiv. Noch jünger und ich werde wieder ins Bett machen!"

„Ihr beide seht aus, als hättet ihr noch ein paar Jahre vor euch? Ihr seid noch in der Regression, nehme ich an? Wie habt ihr die rosa Haut verdeckt? Make-up?"

Nate schaut etwas genauer hin. „Oder wurdet ihr früh dosiert?"

„Früh", sagt Mae.

Nate und Zen heben beide ihre Augenbrauen darüber. „Nun", sagt Zen. „Ich höre, sie erwägen zweite Dosen, wenn wir wieder über das mittlere Alter hinaus sind. Sie testen es gerade. Ich kann es mir im Moment nicht vorstellen, aber bis dahin, wer weiß?"

„Es gibt leider viele Hater", sagt Nate. „Habt ihr die Nachrichten gesehen?"

„Wir versuchen, sie zu vermeiden", antwortet Pasha.

„Wahrscheinlich das Beste. Diese Proteste, die uns lächerlich machen, weil wir jung aussehen, weil wir so lange leben. Sie verstehen es einfach nicht", sagt Nate. „Schwulsein war noch stigmatisiert, als wir jung waren. Wir haben unsere Zwanziger im Schrank verbracht. Ich habe mich erst mit einunddreißig geoutet, als Thatchers Paragraph 28 aufgehoben wurde. Jahre meiner Jugend verschwendet, geleugnet, wer ich war. Und selbst danach wurden wir noch lange anders behandelt. Ich war fünfzig, bevor ich mich in meiner eigenen Haut sicher fühlte. Fast die Hälfte meines Lebens versteckt vor meinem wahren Ich. Und als ich dann damit zufrieden war, war ich zu alt, um es richtig zu genießen."

„Erinnerst du dich, wie die Dinge damals waren?", sagt Zen zu Mae.

„Sicher", sagt sie und vermeidet Pashas Blick.

„Und es ist nicht so, als hätten wir die Bevölkerungskatastrophe verursacht. Wir hatten nie Kinder. Warum sollten wir also nicht länger leben? Habt ihr Kinder?"

„Nein", antwortet Mae. Ihre Wangen werden heiß, Pashas Griff wird fester.

„Genau", sagt Nate. „Siehst du, uns sollte eine zweite Chance erlaubt sein. Aber diese Proteste und *Time's Up*-Hater erinnern mich an das Schwulenbashen des letzten Jahrhunderts. Es wird immer Hasser geben. Sie hassen nur verschiedene Dinge."

„Pres-X sollte gefeiert werden", meint Zen. „Es ist wirklich ein Wunder. Noch eine Chance auf Jugend, auf Leben zu bekommen. All das Wissen und die Weisheit sind früher immer gestorben. Und wofür? Um Platz für neue, dumme Babys zu machen?"

„Das Einzige, was an Pres-X schlecht ist, ist, dass es bei der Verjüngung der Menschen auch die Fruchtbarkeit zusammen mit der Libido wiederherstellt", sagt Nate. „Hübsche, wieder jung gewordene Frauen wie du müssen vorsichtig sein." Er gibt Mae einen spielerischen Stoß und sie lächelt auf eine Weise zurück, von der sie hofft, dass sie charmant wirkt.

„Nun, deshalb sind wir hier", sagt Zen. „Um unsere Unterstützung zu zeigen. Nichts von diesem *Pro Grow*-Mist, der versucht, uns unsere Nahrung und Notwendigkeiten wegzunehmen. Wisst ihr, ich konnte neulich nicht einmal Schuhcreme kaufen." Er schnalzt mit der Zunge und schüttelt den Kopf. „Wie in der verdammten Steinzeit."

Über die Menge hinweg wird der Sprechchor lauter. Ringsum schwillen die Stimmen an, leidenschaftlich, Zen und Nate stimmen ein: „Konservieren, nicht fortpflanzen! Konservieren, nicht fortpflanzen!"

Pasha und Mae tauschen für den kürzesten Moment Blicke aus und murmeln mit: „Konservieren, nicht fortpflanzen. Konservieren, nicht fortpflanzen."

Pasha drückt Maes Hand und gibt ihr einen spielerischen Schubs, dann flüstert er: „Ich dachte, du könntest nicht gut lügen. Das war großartig."

Mae entspannt sich leicht bei seiner Fröhlichkeit, errötet und erwidert seinen Händedruck, während sie die Menge nach einem Ausweg absucht. Der Fußgängerverkehr zieht sich endlos hin, keine Straßen, keine Fahrräder, nur geordnete Bahnen, die alle in die gleiche Richtung führen.

Als sie sich dem Stadtzentrum nähern, wird der Verkehr immer dichter. Die schnellen Spuren sind voller als die langsamen, so viele junge Leute halten das Tempo hoch. Maes Beine kämpfen, selbst in Reading ist das Tempo nicht so schnell. Die Demographie ist anders als alles, was sie je gesehen hat – nicht der Zustrom von älteren Menschen, den sie bisher gesehen haben. Überall jugendliche Gesichter, glatte Haut und glänzendes Haar. Die gelegentlichen Flecken hellrosa Haut, die unter dicker Schminke hervorscheinen, lassen sie erkennen.

„Pasha. Sie sind *alle* Konserviert."

„Das ist mir auch gerade aufgefallen. Sind sie alle für den Kongress hergekommen?"

Sie zuckt mit den Schultern und versucht, Schritt zu halten. Zen und Nate scheinen jeden zu kennen, lächeln und winken vielen zu, während sie vorbeigehen.

„Woher kommt ihr beiden eigentlich?", fragt Zen.

„Bath", antwortet Pasha, ohne nachzudenken.

Ein scharfes Einatmen, als Zen sie langsam von oben bis unten mustert. „Somerset! Meine Güte. Ihr seid wirklich der Sache verschrieben." Zens entzückte Stimme passt nicht zu seinem Gesichtsausdruck. „Ich dachte schon, euer Akzent wäre seltsam. Das erklärt es. Trotzdem, schön, Unterstützung aus allen Teilen der Gesellschaft zu haben. Exeter ist bekannt für seine Vintage", sagt er mit einem Augenzwinkern. „Es hat die höchste Bevölkerung an Konservierten in der gesamten Gesellschaft. Ihr solltet euch also wie zu Hause fühlen."

Über die Reihen von Menschen hinweg kann Mae ihre Umgebung überhaupt nicht wahrnehmen. Nur die spitzen Dächer von Gebäuden sind über all den Köpfen sichtbar und die Sonne strahlt über ihnen. Der Duft eines Cafés weht herüber und Mae deutet auf einige Gebäude zur Seite.

„Wir werden etwas essen gehen", ruft Pasha über den Lärm hinweg den beiden zu. „Wir treffen euch wahrscheinlich später wieder."

„Klar", sagt Zen. „Die Kundgebung beginnt am Eingang des Einkaufszentrums. Seht ihr das Glas da drüben? Geht dorthin um ein Uhr!"

„Toll", sagt Pasha. Sie überqueren die Straße, ernten ein paar Flüche von angerempelten Schultern und lassen Nate und Zen hinter sich, die lautstark „Konservieren, nicht fortpflanzen" skandieren.

# KAPITEL 24

Das einzige Café, das sie ihrer Lebenspunktzahl entsprechend für angemessen halten, ist voller Senioren. Echte ältere Menschen, keine Konservierten. Das ergibt Sinn, denkt Mae. Das Medikament kostet mehr, als jemand mit einem Wert unter 700 in einem ganzen Leben verdienen könnte. Sie setzen sich nach drinnen, fort vom Lärm. Der kalte Morgen vermag die Hitze der Menge nicht zu dämpfen, doch drinnen wirkt die Luft frischer. Mae nimmt ihren Hut ab, um ihre Haare zu bändigen – doch Pashas Gesichtsausdruck beim Anblick lässt sie ihn sofort wieder aufsetzen. Die Bedienung tritt an ihren Tisch, eine junge Frau mit müdem Gesicht. Doch sie lächelt herzlich und sie bestellen ihr Essen.

„Lass uns auftanken, solange wir können", meint Pasha, der nie weiß, wann ihnen die Optionen ausgehen werden.

„Wir sollten außerdem einen Laden finden", sagt Mae. „Campingvorräte besorgen. Nur für den Fall."

Die Bedienung hört sich ihre Bestellung an und sagt dann: „Keine Tomaten und kein Orangensaft. Engpässe. Wegen der aufgehaltenen Lieferungen. Die *Pro Grow* haben seit einer Woche kein Boot mehr anlegen lassen, also ist es überall gleich. Nur ein paar interne Lieferungen, das ist alles. Viele Dinge sind knapp. Sie sagen, wir sollten lernen, mit weniger auszukommen. Den Konsum reduzieren und so. So geht man mit der Bevölkerungskrise um."

„Macht nichts wegen des Saftes oder der Tomaten", sagt Pasha. „Wir kommen auch ohne aus."

Die Bedienung lächelt und sieht mehr als ein wenig erleichtert aus. „Das freut mich zu hören. Klingt vernünftig."

Von ihrem Sitzplatz aus ist nur die Spitze des verglasten Einkaufszentrums über der Menge sichtbar. Es gibt keinen Zentimeter Platz zwischen dem Meer aus Köpfen und Schultern. Sie können die Oberseiten der Parkas von denen in den vorderen Reihen erkennen, ihre knöchelhohen Stiefel, die alle im Gleichschritt stampfen. Alle mit langen Haaren tragen sie offen, sodass sie seidig glänzend über ihre Schultern fließen. Als ob Pres-X auch Keratin verstärkt.

Als ihr Essen kommt, wird der Lärm draußen lauter und die stampfenden Stiefel stampfen härter. Die Teller klappern auf dem Tisch.

„Ganz schön was los da draußen", sagt der Mann des Paares hinter ihnen.

„Mir scheint das nicht richtig. All diese reichen Leute, die wieder jung sein dürfen. Wir haben unser ganzes Leben lang so hart gearbeitet. Unsere Hüften schmerzen, unsere Haare fallen aus und meine Blase ist lächerlich. Du bekommst eine hohe Lebenspunktzahl und all das verschwindet."

„Mach dir keine Sorgen, Kate. Wir hatten ein gutes Leben. Wir waren glücklich. Oder nicht?"

„Ich weiß. Du hast recht."

Pasha lächelt Mae an. „Alte Paare sind doch am süßesten, oder?"

„Psst", sagt sie.

„Was? Sie werden uns nicht hören können."

„Doch, das kann ich, Junge!", ruft der Mann hinter ihnen. „Mit meinen Ohren stimmt alles. Es ist mein Rücken, der kaputt ist."

Pashas Gesicht rötet sich, als er entschuldigend winkt und sich dann wieder seinem Essen zuwendet. Mae pickt an ihrem herum, immer noch satt von den Resten, die sie zum Brunch hatten, will aber keinen Bissen verschwenden. Das Stampfen draußen geht weiter und es fällt schwer, an etwas Anderes zu denken. Im Café hängt ein Fernseher an der Wand, der die Nachrichten von der Kundgebung draußen zeigt. Vor dem Einkaufszentrum steht eine leere Bühne, große Lautsprecher zu beiden Seiten. Als die Kamera schwenkt, um die Menge zu zeigen, füllt sich der Bildschirm mit einer endlosen Ansammlung junger, wächserner Gesichter und alle Augen sind auf die Bühne gerichtet.

Mae schluckt ein paar Bissen hinunter, dann schiebt sie den Rest auf ihrem immer noch klappernden Teller herum. Die Vibrationen im Boden kitzeln sogar ihre Nase. Pasha kleckert etwas Salat auf seine Vorderseite, weil er nicht aufpasst. Er war schon immer ein unordentlicher Esser; das ist etwas, woran sie sich gewöhnen musste. Sie stellt sich vor, wie er auch das Kinn des Babys abwischen wird.

*Baby.*

Der Gedanke ist immer noch so unnatürlich. Ihre leeren Arme sind schwer genug, ohne zusätzliches Gewicht zu tragen. So eine

Sehnsucht hat sie nie gehabt. Sadie schon. Ihre Frau auch – sie sehnten sich nach einem Baby. Wahrscheinlich immer noch. So ein angeborenes Verlangen ging an Mae vorbei. In den Jahren, in denen sich dieser Wunsch hätte entwickeln sollen, war sie zu allein, als dass sich der Gedanke daran hätte entwickeln können. Das ist zumindest ihre Theorie. Mae fühlt sich nicht einmal schwanger. Keine Übelkeit mehr, Bauch nicht wirklich sichtbar, zumindest nicht auffällig. Sie hat einfach nur Angst. Das ist alles.

Ein paar Leute betreten die Bühne. Niemand, den Mae aus dem Fernsehen kennt, aber die Menge offensichtlich schon, da ihre stampfenden Füße von Jubel übertönt werden. Die fünf Personen stehen da und genießen ihren Empfang ein paar Minuten lang, bevor sie ihre Arme heben, um die Menge zu beruhigen. Konservierte müssen sie sein. Ihre Haut ist prall und strahlend, die Zähne perfekt, die Augen funkelnd. Zwei haben offensichtlich ihre Regression noch nicht abgeschlossen, da sie ihren fleckigen, leuchtend rosa Teint zur Schau stellen. Jeder von ihnen macht einen Schritt nach vorn und stößt die kräftigen Arme in die Luft – straffe Muskeln, kein Winkfleisch in Sicht. Die Menge jubelt wieder, und als sie sich beruhigt, spricht die Person in der Mitte.

„Guten Morgen, Exeter! Was für eine erstaunliche Unterstützung wir hier heute haben. Und was zeigt das der Gesellschaft – Nein, der Welt? Dass wir nicht zum Schweigen gebracht werden! Wir werden nicht in eine Ecke gestellt, auf die Weide geschickt. Wir sind eine gewaltige Kraft. Und wir sind hier, um zu bleiben!"

Wieder Jubel, noch lauter, auch Pfiffe.

„Regierungen auf der ganzen Welt wollen uns verurteilen, unsere Lebensweise verurteilen, versuchen, den Menschen das

Leben zu nehmen. Denn das ist Pres-X, es ist das Leben selbst. Hier auf der Bühne habe ich Dr. Miles Singh, Professor Adu Morris, Dr. Ted Blackman, und ich denke, ihr alle kennt Monique Lakeman und Danny Don!"

Jeder von ihnen verbeugt sich der Reihe nach, während Konfetti auf die Bühne regnet, Fahnen wehen und Schreie von „Wir lieben euch" lauter sind als der Jubel.

„Diese fünf Menschen repräsentieren das Beste, was die Welt je in Medizin, Wissenschaft und Kunst gesehen hat. Ohne Pres-X würde man diese Menschen einfach verfallen lassen, wie alte Früchte oder Milch, die in der Sonne stehen gelassen wurde. Der Tod stand ihnen allen bevor. Ein elender Tod voller Schmerzen, Vergesslichkeit, Sinnesverlust. Aber jetzt, dank des Wunders von Pres-X, können sie bei uns bleiben, um ihre gute Arbeit fortzusetzen, um diese Welt zu einem besseren Ort zu machen. Schaut in die Natur. Eine Elefantenherde ohne Matriarchin zerfällt – undiszipliniert, ohne Weisheit, ziellos auf der Suche nach Nahrung und Wasser. Unsere Matriarchinnen sind das Gerüst des Wissens, das Fundament der Weisheit. Doch unsere Gesellschaft ist durchsetzt von Kriminalität, Gier, Arroganz, Narzissmus – all das sind Eigenschaften junger Menschen, die Jahrzehnte brauchen, um darüber hinauszuwachsen. Warum also die kostbaren Jahre der Menschheit damit verschwenden, erst mühsam zu lernen, wie man ein respektables Mitglied der Gesellschaft wird, wenn unsere Matriarchinnen dieses Wissen längst besitzen?

„Regierungen und Menschen auf der ganzen Welt verurteilen dies. Sie sagen, Menschen müssen sterben, um Platz für mehr Menschen zu machen. Unwissende Babys, deren Lebenserfolge völlig unbekannt sind. Weil es schon immer so war. Nun, meine

Freunde, die Gesellschaft hat sich weiterentwickelt. Die Menschheit hat sich weiterentwickelt. Und ich sage, konservieren, nicht fortpflanzen! Konservieren, nicht fortpflanzen!"

Die Menge bricht in einen Sprechchor aus, der sich immer wieder wiederholt: „Konservieren, nicht fortpflanzen! Konservieren, nicht fortpflanzen!"

Pashas Wangen zittern über mahlenden Zähnen, seine Knöchel sind weiß, als er den Tisch umklammert. Sie schluckt, beißt sich auf die Lippe und schaut dann wieder zum Fernseher.

Der Hauptredner hebt die Arme, um sie erneut zum Schweigen zu bringen. „Natürlich machen sich die Leute Sorgen darüber, wie wir so eine Veränderung umsetzen wollen, und wir haben einen Plan. Ein Dokument, das wir heute dem Parlament vorlegen. Diese Kundgebungen, die in der ganzen Gesellschaft abgehalten werden, zeigen, dass wir es ernst meinen. Unser Plan ist einfach. Keine Babys mehr. Keine. Wir werden einen riesigen Embryonenspeicher aus verschiedenen demografischen Gruppen anlegen, Embryonen aus jeder Lebenspunktzahl. Und wenn wir fünfzig Jahre lang keine neuen Babys bekommen haben, dann, und nur dann, können wir darüber nachdenken, diese Embryonen wachsen zu lassen, falls Bedarf besteht. Es ist ein einfacher Plan, aber würden Sie nicht zustimmen, dass er effektiv ist? Kein Krebsgeschwür der Jugend mehr! Kein Konsumverhalten mehr, das mit der Erschaffung neuen Lebens einhergeht! Kein Risiko mehr, Kriminelle und Schläger heranzuzüchten! Eine Gesellschaft von weisen, gebildeten, respektablen Menschen!"

Die Kamera zeigt Kundgebungen auf der ganzen Welt, dichte Menschenmengen junger Gesichter, die zur gleichen Botschaft jubeln. Maes Atem stockt in ihren Lungen, während sie zuschaut. Pashas Augen sind weit aufgerissen und röten sich.

„Gemeinsam bündeln die Bewahrten in der ganzen Gesellschaft unser Geld, um XL Medico zu kaufen, das Labor, das Pres-X herstellt. Wir werden seine Versorgung kontrollieren. Ich weiß, dass einige Abgeordnete und ihre Familien schon bereit sind, ihre Dosis zu nehmen, aber ich verspreche euch jetzt, wenn sie unseren Bedingungen nicht zustimmen, werden sie keine bekommen! Es ist nur eine Frage der Zeit, bis wir die Kontrolle über die Gesellschaft haben. Wenn ihr leben wollt, müsst ihr unseren Bedingungen zustimmen!"

Pasha streckt die Hand aus und ergreift Maes Hand, während sie schweigend und schockiert dasitzen. Auf den großen Bildschirmen sind Fotos von Politikern der Partei *Eyes Forward* zu sehen, darunter ihr Alter. Alle nähern sich ihrem siebzigsten Geburtstag – wenn Pres-X eine Option wird. Dann zeigen die Bildschirme weitere Kundgebungen in den großen Städten – besonders in London, wo Tausende junge Gesichter jubeln.

„Schaut jetzt, schaut auf den Bildschirm", fährt der Redner fort und zeigt auf die großen Leinwände hinter ihnen. „Diese Kundgebungen in der ganzen Gesellschaft haben so viel Leidenschaft hervorgerufen. Und jetzt präsentiere ich euch unser Freudenfeuer. Diese Nachbildung wird gleich in London angezündet, direkt vor dem Palast. Dieser riesige Haufen stellt nur einen Bruchteil der Dinge dar, die nach unserem Plan nicht mehr gebraucht werden. Kinderbetten, Decken, Flaschen, Lätzchen, diese Türhopser, die manche Leute immer noch benutzen, Stillprodukte, altmodische Kinderwagen, die einige Leute immer noch verwenden, Babykleidung, Nahrung. Schaut euch den Haufen an! Seht! All dieses Zeug, all dieser Konsum! Jetzt seht zu, wie es brennt!“

Der Haufen ist riesig, ein Berg von Utensilien. Mit etwas übergossen, was Mae für Benzin hält, entzündet er sich sofort. Große, wallende Flammen lecken an den Seiten empor und schießen oben mit farbigen Rauchschwaden heraus, verbrennen alles, wofür Babys stehen, alles, was ein Baby braucht. Alles, was auf Mae und Pashas Einkaufsliste steht.

Der Rauch im Fernsehen ist nicht der einzige Rauch. Auch in der Menge vor ihrem Café brechen kleine Feuer aus. Der beißende Geruch von brennendem Plastik liegt sofort in der Luft. Überall lodern kleinere Feuer aus Babyausstattung. Ein „Es ist ein Junge“-Ballon, die Worte durchgestrichen und durch „Wen interessiert’s“ ersetzt, steigt auf – begleitet von weiteren babythematischen Ballons, deren brennende Bänder unter ihnen herabhängen. „Konservieren, nicht fortpflanzen!“ hallt immer lauter durch die Menge, übertönt nur von „Es reicht!“ Wütende Sprechchöre, Hämmern an den Wänden, zerbrechendes Glas. Es ist alles zu laut, zu viel.

„Pasha.“

Seine Augen sind weit aufgerissen, verängstigt, der Rauch wird draußen dichter, der Geruch dringt durch die Glasfront ein, Menschen sind gegen das Fenster des Cafés gequetscht. Sie haben keinen Ausweg.

„Schon gut“, sagt er, sein Gesicht verrät seine wahren Gedanken. „Wir bleiben hier drin. Hier drin sind wir sicher. Die Feuer werden ausgehen. Die Leute werden gleich nach Hause gehen.“

In das Feuer auf dem großen Bildschirm werfen die Menschen Puppen – täuschend echt aussehende Abbilder von Babys, die zusammen mit Lätzchen und Flaschen verbrennen sollen. Die Kamera zoomt auf das Gesicht einer Puppe: versengt, schmelzend, ihre Plastikaugen trüben sich.

„Was, wenn sie gewinnen, Pasha? Ihre Bedingungen?" Maes Stimme bricht vor Angst.

„Es wird uns gut gehen. Sie werden vielleicht keine weiteren Babys zulassen, aber wir sind ja schon schwanger, also wird es schon gut gehen."

Er schreit, um über den Lärm draußen gehört zu werden, die Hände zu beiden Seiten seines Mundes, um seine Stimme zu verstärken. Ein lautes Keuchen kommt von dem Paar hinter ihnen.

„Schwanger!", schreit der Mann mit dem schlechten Rücken und dem scharfen Gehör. „Ich wusste, ihr seid nicht von hier! Ihr habt kein Armband! Ihr seid gekommen, um uns Alte zu töten! Um uns zu entführen!"

„Nein, nein, das haben wir nicht vor!", protestiert Mae. „Ich verspreche es."

„Hörst du das, Kate. Schwanger." Ein Speichelstrahl kommt heraus, als er das S betont.

„Wir wollen wirklich niemandem etwas zuleide tun", betont Pasha.

„Ich habe große Lust, euch jetzt gleich umzulegen. Dieses Ding in dir loszuwerden, bevor ihr die Chance habt, uns zu töten."

Pasha springt vor Mae mit erhobenen Händen. „Wirklich, wir versprechen, wir wollen keinen Ärger."

„Wofür seid ihr dann hier?", fragt Kate, setzt ihre Brille auf und tritt näher. „Euer Akzent passt nicht. Ihr seid nicht aus Devon."

„Wir verstreuen nur die Asche meines Großvaters. Er wurde hier geboren. Er liebte es hier." Pashas Worte kommen schnell heraus, stolpern übereinander.

„Erzähl mir keinen Mist, junger Mann", erwidert der Mann. „Ich erkenne einen Lügner!"

„Marv!" Die Kellnerin erscheint und stellt sich zwischen sie. „Du hast kein recht, sie zu verprügeln. Wenn du das tust, bist du genauso schlimm wie die, die Senioren töten."

Kate war an der Tür. Sie war so leise durch das Café geschlichen, dass es niemand bemerkt hatte, bis sie dort stand, die Tür einen Spalt offen, und sich räusperte.

„Ahem", sagt sie, theatralisch laut. „Ich werde dieser Menge zurufen, dass wir hier drinnen eine schwangere Frau haben. Sie können sich darum kümmern."

Mae stößt ein leises Wimmern aus, Pasha schiebt sie weiter hinter sich.

„Wenn sie hier hereinstürmen, wirst du auch zerquetscht", sagt er.

„Zumindest ist das ein Tod für eine gute Sache", meint Marv und hält sich die Faust an die Brust. „Mach schon, Kate."

„Achtung, alle zusammen!", ruft sie, alarmierend laut für eine so kleine Frau.

„Kommt mit mir", sagt die Kellnerin zu Pasha und Mae. „Schnell!"

Sie führt sie nach hinten, vorbei an der Küche zu einem Notausgang. Draußen gibt es einen kleinen Hof mit Mülltonnen und einem Tor am Ende.

„Diese Gasse führt euch zur Rückseite der South Street. Ihr werdet die Kathedrale sehen. Los, los, los!"

Sie rennen sofort los, ohne Zeit, eine andere Option zu erwägen. Während sie über ihre Schultern hinweg Dankesrufe ausstoßen, bringt sie die Gasse zur Rückseite der Kundgebung. Maes Beine sind immer noch müde und verkrampft, aber Pasha zieht sie mit sich. Das Getrampel der Schritte hinter ihnen lässt ihre Knochen erzittern, während sie rennen, ohne es zu wagen, zurückzublicken.

# KAPITEL 25

Die Kathedrale ist genauso unübersehbar, wie sie es erhofft hatten. An einem normalen Tag hätten sie vielleicht innegehalten, um sie zu bewundern und umherzuwandern. Doch jetzt steigt Rauch über den Dächern auf, das Heulen der Feuerwehrautos durchschneidet die Luft, während sie zur Kundgebung rasen. Tausende Konservierte skandieren ihre Botschaft – laut, eindringlich, unaufhaltsam. Die Menge breitet sich aus, rückt näher. Ihr Ruf hämmert durch die Straßen und Gassen.

Direkt vor der Kathedrale finden sie einen Fahrradständer, aber alle Fahrräder haben leere Akkus. Sie laufen zur anderen Seite der Kathedrale, näher an den Sprechchören, und finden dort einen weiteren Fahrradständer mit zwei übrigen Rädern, die glücklicherweise voll aufgeladen sind, und fahren los. Der Verkehr ist dicht und sie nehmen gefährliche Routen, weichen Bussen und Autos aus, rufen anderen Radfahrern zu, ihnen Platz zu machen, und machen sich zum Spektakel, obwohl sie eigentlich nur in der Menge verschwinden sollten. In welche Richtung sie fahren, überprüfen sie nicht, einfach nur weg. Weg von der Kundgebung, weg von Menschen, die Babybilder verbrennen, weg von Menschen, die ihnen Böses wollen, weg von den Menschenmassen, weg von der Frau, die ihr Baby einen Krebs nennt. Mae wartet darauf, dass Steine fliegen, dass Schüsse fallen, dass Steine sie treffen, aber nichts davon geschieht. Nur ein paar wütende Zurufe von anderen Verkehrsteilnehmern, die sie verärgert haben, sonst nichts. Die Sprechchöre werden leiser. Sie verlangsamen sich ein wenig, damit Maes Puls sich beruhigt, das Adrenalin nachlässt und ihr Atem gleichmäßiger wird. Sie blinzelt Tränen weg, als sie die Kälte in der Luft wieder bemerkt.

Nachdem sie den Fluss überquert haben und sich sicherer fühlen, hält Pasha an einem Kiosk an und schnappt sich eine Zeitung. Dann fahren sie weiter.

„Wir müssen nach Osten", sagt er und versucht, den Stand der Sonne einzuschätzen. „Es ist nicht weit bis Dartmoor. Das ist ein großes Naturgebiet. Wir können dort wandern, ohne durch irgendwelche Dörfer zu müssen. Wir sollten nicht all zu vielen Menschen begegnen."

Maes Beine brennen, jeder Muskel schmerzt. Sie halten einen Moment inne, um die Gepäckgurte festzuziehen, da ihre Taschen zu wackeln beginnen. Dann geht es weiter. Schwache Beine treten schwere Pedale, die Augen tränen vor Anstrengung. Nach ein paar Kilometern werden sie langsamer, sicher, dass sie das Schlimmste hinter sich haben. Sie fahren eine Weile schweigend nebeneinander her. Nachdem ihre Anstrengung vorbei ist, beginnt die kalte Luft zu beißen. Es ist der kälteste Tag, den sie bisher hatten, und ein Nordwind bringt das grimmige Versprechen von Regen mit sich.

„Ich glaube nicht, dass das ein Campingwetter ist, Pasha."

„Das würdest du selbst an einem perfekten Tag sagen."

Dem kann sie nicht widersprechen.

Sie fahren weiter bis zum Stadtrand. Der Himmel über ihnen verdunkelt sich nicht nur durch Wolken, sondern auch durch Rauch. Feuerwehrsirenen reißen weiterhin durch die Luft und rasen an ihnen vorbei, Krankenwagen dicht dahinter. Sie schauen sich um, aber niemand verfolgt sie, also behalten sie ihr langsameres Tempo bei. Sie können die Kundgebung nicht einmal mehr hören, aber der Rauch wird schlimmer. Ein paar hundert Meter weiter erreichen sie die Quelle. Ein Wohnblock steht in Flammen. Aus jedem Fenster schlagen Flammen, die Wände sind bereits geschwärzt und das Dach bröckelt. Keine Hilfeschreie, der Krankenwagen steht im Leerlauf, und die Feuerwehr marschiert langsam vorwärts.

Pasha und Mae bleiben stehen und schauen zu, mit Grauen im Bauch, die Hände vor dem Mund. Das Schild draußen, durch die Graffiti noch lesbar, sagt *Goldene Jahre Seniorenheim*. Das darüber gesprühte Graffiti lautet *Siebzig neue Spender geschaffen*.

„Oh mein Gott, Pasha."

„Scheiße, Mae."

Die wütenden Flammen machen es deutlich: Es wird keine Überlebenden geben. Sanitäter stehen für einige Momente mit den Händen vor dem Gesicht, dann fahren sie weg, Lichter blinkend, Sirenen stumm, während sie über die leeren Straßen gleiten. Sie können hier keine Zeit verschwenden, denn dem Aussehen des nebligen Horizonts nach wütet nicht weit entfernt ein weiteres Feuer. Ein Feuerwehrauto folgt. Der Fahrrad- und Autoverkehr steht völlig still, der Rauch auf der Straße macht sie unpassierbar. Ein Feuerwehrmann nähert sich.

„Es wird eine Weile dauern, bis diese Straße wieder sicher zu überqueren ist", sagt er. „Wo wollen Sie hin?"

„Dartmoor. Wandern", antwortet Pasha.

„Es kommt Regen. Am besten gehen Sie nach Hause."

„Wir wandern gerne im Regen."

Der Feuerwehrmann betrachtet ihre Regenjacken misstrauisch, Rußstreifen sammeln sich in seinen Augenfältchen. „Nun, Sie können hier warten oder über Redhills fahren. Umkehren bringt nichts. Dort drüben werfen Leute Feuerwerkskörper in die Kundgebung – töricht, wenn Sie mich fragen. All diese Konservierten, versammelt wie Primärziele. Und die Cowick Lane? Vergessen Sie's. Dort brennt ein weiteres Altenheim. Größer als dieses hier."

„Noch eins?", fragt Mae.

„Haben Sie die Nachrichten nicht gesehen?"

„Ich versuche, sie zu vermeiden."

„Wie Sie meinen. Nun, es gibt im Moment ein paar Brände pro Tag, überall in der Gesellschaft, jede Grafschaft wird getroffen. Alles Altenheime."

„Warum ein Altenheim abbrennen?", fragt Pasha.

„Ihr zwei schaut wirklich keine Nachrichten, oder?"

Pasha schüttelt den Kopf.

„Nun, sie versuchen, die alten Leute umzubringen, sagen, sie hätten ihre Chance gehabt und jetzt sei die junge Generation an der Reihe. Sie versuchen anscheinend nur, Platz zu schaffen. Diese *Time's Up*-Aktivisten sind nichts anderes als Terroristen. Gleichzeitig haben wir die *Enough*-Gruppe, die versucht, alle Geburten zu verhindern und Frauen zu töten, und die *Pro Grow*-Hippies, die sämtliche Lieferungen stoppen und sagen, wir müssten lernen, ohne Dinge statt ohne Menschen zu leben. Es ist ein verdammter Albtraum."

Pasha atmet langsam aus. „Klingt danach."

„Ich schätze, sie werden bei diesem Tempo die richtige Polizei zurückbringen. Die Gesellschaftspolizei ist der Aufgabe einfach nicht gewachsen und die wenigen Gesellschaftspolizisten, die es gibt, können mit diesem Chaos nicht fertig werden. Trotzdem hoffe ich, dass sie die Heime wieder in Wohnungen umwandeln, wenn sie fertig sind. Mein Sohn braucht eine eigene Wohnung, aber es ist so schwer, hier eine zu finden."

„Redhills, sagten Sie? Das ist doch in diese Richtung, oder?", Pasha zeigt hinter sie.

„Ja, genau. Kehren Sie um und biegen Sie links ab."

Es dauert nur eine halbe Stunde, bis sie Dartmoor erreichen. Sie biegen auf eine schmale, einspurige Straße mit Blick auf die Moorlandschaft ab, gerade als die Wolken ihren versprochenen Schauer freisetzen. Unter einem Baum, dessen Frühlingskrone noch nicht voll erblüht ist, suchen sie Schutz – das Beste, was sie finden können. Schwere Tropfen rinnen Maes Nacken hinunter, trotz ihrer Regenjacke. Sie windet sich, doch Pashas Arm um ihre Schultern spendet kaum Wärme.

Sie schweigen eine Weile, die Kundgebung wie der sprichwörtliche Elefant im Raum. Gedanken rasen durch Maes Kopf, während sie in die düstere Ferne starrt und ihr Verstand die Szenen des Tages durchspielt: das lodernde Feuer, der Hass in der Menge, die Menschen, die im Pflegeheim zu Tode verbrannt sind. Sie widerspricht den Argumenten auf der Bühne nicht, doch sie stimmt ihnen auch nicht zu. Und doch ist das Gefühl, das sie mehr als jedes andere beherrscht, Schuld. Schuld, weil sie schwanger ist. Schuld, weil sie glaubt, dass es vielleicht besser wäre, wenn es keine weiteren Babys mehr gäbe – oder zumindest weniger. Schuld, weil sie so lange gelebt hat. Ihr Geheimnis lastet schwerer auf ihr als je zuvor. Schuld, weil sie ein Kind in diese Welt bringt. Schuld, weil sie es nicht liebt. Und dann noch mehr Schuld – als ihr der bösartigste aller Gedanken kommt: dass das Niederbrennen der Pflegeheime vielleicht wirklich bedeuten könnte, dass keine Spender mehr gebraucht werden. Wenn genug alte Menschen massakriert werden, könnte die Welt ihr Baby willkommen heißen.

*Schrecklicher Gedanke. Böse Frau. Schlechte Mutter,* tadelt sie sich selbst im Stillen und kneift sich in die Haut – ein kleiner Schmerz, um ihre verletzenden Gedanken zu stoppen. Sie wagt es nicht, laut zu sprechen, aus Angst, diese Gedanken auszusprechen und Pasha zu entsetzen. Sie reibt sich die Schläfen und versucht, ihre bösen Gedanken wegzureiben, um aufzuhören, sich solch schreckliche Dinge zu wünschen. Wie ist es möglich, dass sie sich insgeheim wünschen kann, dass jemand anderes massenweise Ältere ermordet, um ihr die Last abzunehmen? Denn das ist diese Schwangerschaft, eine Last. Dann verstärkt sich ihre Schuld, da Mütter sich nicht so fühlen sollten. Eine gute Mutter sollte ihr Kind als Segen empfinden und nichts weiter. Eine gute Mutter liebt ihr Baby von dem Moment an, in dem es empfangen wird. Sie ist eine schlechte Mutter und eine schlechte Bürgerin. Sie verliert. Was auch immer sie fühlt, was auch immer sie tun, es ist ein Verlust.

Der Baum drückt in ihren Rücken, und das stete Tropfen in ihrem Nacken verstärkt sich, als der Regen an Intensität gewinnt. Es sind nicht mehr nur dicke Tropfen – jetzt ist es ein dichter

Vorhang aus Wasser. Ihr Haar klebt in nassen Strähnen an ihrem Gesicht. Mae sehnt sich nach Hause, nach der vertrauten losen Diele, die unter den Füßen nachgibt, nach dem Knarren des Scharniers an der Schlafzimmertür. Nach dem Wasserhahn, der entweder zu stark spritzt oder nur mühsam tröpfelt. Dieser Ort ist zu fremd, zu anders. Zu Hause ist sie ein Kieselstein an einem steinigen Strand. Hier besteht der Strand aus Sand.

Die Büsche rundherum beginnen gerade zu blühen. Mae zählt die Blütenblätter und bemerkt die Fibonacci-Folge. Normalerweise bevorzugt sie Algebra gegenüber antiker Geometrie, aber sie nimmt, was sie an Mathematik bekommen kann, wenn sie fern der Heimat und exponiert ist. Eine Blüte an einem Dornbusch, reif zum Pflücken.

Pasha nimmt die Zeitung aus seiner Tasche und faltet die nassen Seiten auseinander. Die Titelseite wird von der Schlagzeile dominiert: *Und sie vermehren sich IMMER NOCH!* Große, fette Buchstaben prangern Prominente an, die ihre Schwangerschaften verkündet haben. Unerlaubte Fotos zeigen geschwollene Bäuche, junge Frauen mit verschwommenen Gesichtern, die Arztpraxen betreten. Frauen werden beschämt, weil sie Babykleidung kaufen. Geschäfte werden mit fauligem Essen beworfen und mit Sprühfarbe verunstaltet. Der Artikel präsentiert Statistiken und bezeichnet jede Schwangerschaft als Angriff auf die Gesellschaft, auf den Planeten. Der $CO_2$-Fußabdruck jedes Kindes, die Menge an Land, die benötigt wird, um es zu ernähren. Dass Frauen ihre biologischen Uhren im Zaum halten, lernen müssen, ihre Begierden und Hormone zu kontrollieren. Egoistisches Verhalten sollte bestraft werden, heißt es. *Die Vergehen der weiblichen Hormone werden uns alle zugrunde richten.* Die Aktivitäten der *Pro Grow*-Bewegung, die Lieferungen beschlagnahmen, werden stark kritisiert und als Bedrohung für unsere Lebensweise, als terroristische Aktivität bezeichnet. Ein Mangel an frischem Obst, frischem Fisch, Autoteilen und Treibstoff. Alles eine Bedrohung für die Existenz der Gesellschaft, und dass die Reduzierung des Konsums die Denkweise von Wahnsinnigen und Kriminellen sei.

Artikel auf den folgenden Seiten berichten über die ermordeten schwangeren Frauen. Der Ton der Artikel ist ambivalent, eher wie das Lesen einer Einkaufsliste. Berichte über weltweite Massenmorde an Älteren werden ebenfalls mit dem gleichen emotionslosen Timbre wie die Morde an schwangeren Frauen gemeldet. Mae und Pashas Kiefer klappen herunter, als sie die Zahlen lesen. Seit der Ankündigung zehntausend zusätzliche Morde. Leben ist teuer, der Tod ist billig.

„Es ist nur eine Zeitung", sagt Pasha. „Sie wählen eine Seite. Andere Zeitungen wählen die andere Seite. Die *Pro Grow*-Bewegung scheint eine vernünftige Botschaft zu haben, findest du nicht?"

Mae zuckt mit den Schultern. Was kann sie sagen? Sie haben beide die Worte gelesen. Und jetzt sitzen sie hier, versteckt unter einem Baum, während der Großteil der Welt ihnen Schaden zufügen will. Die Botschaft der *Pro Grow*-Bewegung wird von der *Enough*-Bewegung übertönt. Die *Time's Up*-Anarchisten holen auf. Töten und Sterilisieren gewinnen mehr an Zugkraft als Mäßigung. Wer will schon bescheidener leben, wenn man einfach andere daran hindern kann, überhaupt zu leben? Ihre Logik ist nur eine Seite der Münze.

In was für eine Welt wird ihr Kind hineingeboren werden? Offensichtlich in eine, die es nicht will. Ein Außenseiter, und Mae weiß, wie sich das anfühlt. Unerwünscht, ja, das kann sie auf ihrer eigenen Liste abhaken. Sie beherbergt ein Kind, das dazu bestimmt ist, sich für immer allein zu fühlen, genau wie sie. Das Produkt des Bösen, des Mordes, der Verschmutzung und der Selbstsucht. Geboren, um in einer Welt zu leben, in der es als überflüssig und unnötig angesehen wird, sich vor Gemetzel und Hass zu verstecken. Eine Welt, in der man stets auf einer Seite der Trennlinie lebt.

Pashas Hand liegt jetzt auf ihrem Arm und reibt die Kälte weg. Sein Gesicht ist nicht von Schuld gezeichnet. Er sieht entschlossen aus, fürsorglich. Besorgt, bestimmt, ein wenig. Aber seine Entschlossenheit übertrumpft das. Schlechter Bürger? Vielleicht. Aber er hat seine Seite gewählt. Er hat sich für sein Baby entschieden. Vielleicht wird das Baby zumindest nicht ganz so allein sein.

# KAPITEL 26

Die Weite des Moores vor ihnen ist grau und verlassen. Es sieht weniger einladend aus als die Kundgebung – ein düsteres Licht bedeckt leblose Hügel. Der grasige Boden bildet vom Regen Pfützen und sieht jetzt wie ein Sumpf aus, und riecht auch so. Die Straße, die darum herumführt, ist schlecht geteert und nun mit Wasser bedeckt. Mae überprüft den Himmel darüber, die Düsternis löst sich am Horizont in Blau auf. Die grauen Wolken haben zumindest ein Ende. Blauer Himmel drängt am Horizont heran. Sie hat Regen schon immer gehasst. Erinnerungen an schlechte Kleidung als Kind kommen hoch, Eltern, die nie prüften, ob sie warm genug angezogen war, und sie fror draußen in der Kälte. Sie wartete nach der Schule vor ihrem Haus, eigentlich zu jung, um allein zu sein. Sie zählte die vorbeifahrenden Autos, zählte die Sekunden, wartete darauf, nicht vergessen zu werden. Donald würde sagen, es habe sie traumatisiert, dass ihre Eltern sie einsam fühlen ließen. Aber sie müsse sich nicht mehr so fühlen. Leicht für ihn zu sagen.

Pashas Arm liegt immer noch um ihre Schulter. Sie sagen eine Weile nichts und hören den schweren Tropfen zu. Manche Leute hören solche Geräusche zum Einschlafen. Sie sollen beruhigend sein, hat Mae gehört. Ein weiterer Tropfen findet seinen Weg ihren Nacken hinunter, und das Geräusch lässt sie pinkeln wollen. Auf dem moosigen Gras um sie herum kommen Würmer an die Oberfläche. Keine Kreatur will in der Erde ertrinken. Scheint nicht die schlimmste Art zu sein, um zu sterben, denkt sie gerade. Vor der Sicht verborgen, unbemerkt leiden.

Der Regen beruhigt sich zu Nieselregen, dann bricht die Sonne durch. Irgendwo wird ein Regenbogen sein.

„Es wird Bürgerkrieg geben, Pasha", sagt sie, „wenn es den nicht schon gibt. Oder keinen Krieg. Wir werden einfach ausgelöscht. Die *Enough* hat die Konservierten auf ihrer Seite. Wir haben keine Chance."

„Es wird schon–"

„Wenn du ›gut‹ sagst, stehe ich auf und gehe jetzt sofort zurück nach Reading. An all dem ist nichts ›gut‹."

Er umarmt sie fester und zieht sie in seine Halsbeuge. „Wir werden zum drohnenfreien Lager kommen. Der Rest der Gesellschaft, nun, wer weiß. Aber wir werden sicher sein. Es ist nicht mal mehr so weit."

Das Moor vor ihnen zieht sich endlos hin. Wie kann etwas, das weiter weg ist als das, nicht weit sein?

„Beim ersten Hotel oder B&B, das wir finden, halten wir an. Trocknen uns ab, ruhen uns aus. Wir könnten sogar ein paar Tage bleiben. Solange es kein Stundenhotel ist." Er lächelt und stupst sie mit seinem Ellbogen an.

Als der Nieselregen zu Nebel wird, finden sie Motivation aufzubrechen. Der Wind im Rücken macht es weniger unangenehm, und sie folgen der asphaltierten Straße, die mitten durch das Moor führt, was vernünftiger erscheint, als zu versuchen, über nasses Gras zu radeln. Nur vereinzelte Häuser sind sichtbar. Sporadische Gebäude, Bauernhäuser, einsame Reetdachhäuser. Bisher keine Dörfer. Keine Schilder, die sie auffordern, fernzubleiben. Mit jeder verstreichenden Meile wächst die Angst, auf ein feindseliges Dorf zu stoßen. Doch die hügelige Landschaft und die spärliche Bebauung bieten ihnen Schutz.

Nach einer Stunde sind die Fahrradbatterien im roten Bereich und sie stoßen auf eine Ansammlung von Häusern in einer winzigen Siedlung namens Potsbridge. Eine kleine Steinbrücke führt über den Fluss und jenseits des Baches wirkt ein malerisches Bed & Breakfast wie das Wunderbarste, was sie seit Langem gesehen haben.

Sie quälen sich die letzten paar Minuten mit den Pedalen ab, als die Batterien leer sind, parken dann die Fahrräder und betreten das B&B. Es ist später Nachmittag und der Nieselregen wird wieder stärker. Maes Mackintosh hat versagt, sie trocken zu halten. Sie ist bis auf die Haut durchnässt und sogar ihre Knochen sind kalt. Sie greift nach ihrer Tasche auf dem Fahrradgepäckträger und flucht, als sie feststellt, dass sich oben Wasser angesammelt hat und viel hineingelangt ist. Pashas geht es ähnlich.

Sie gehen mit quatschenden Schritten zur Rezeption, Wasser rinnt von ihren Haaren über ihre Gesichter und lässt sie wie ein Paar ertrunkener Nagetiere aussehen. Nachdem sie die kleine Glocke auf dem Tresen geläutet haben, begrüßt sie eine Frau mit einem müden und zahnlosen Lächeln.

„Wie kann ich Ihnen helfen?"

Als sie sie begrüßt, bemerkt Mae das Schild über dem Tresen, das ihnen mitteilt, dass es ein 600-plus-B&B ist. Ihr Herz sinkt. „Oh, Entschuldigung", sagt sie. „Wir haben nicht die erforderliche Punktzahl."

„Oh, machen Sie sich darüber keine Sorgen", sagt die Frau. „Das war die Idee meines Mannes. Aber er arbeitet jetzt nicht mehr hier, also sage ich, es ist in Ordnung. Inspektoren tauchen um diese Jahreszeit sowieso nie auf."

Mae tritt überrascht zurück. „Okay. Nun, wenn Sie sich sicher sind."

„Sicher bin ich mir sicher. Nicht dass wir im Moment sonst jemanden hier hätten. Wie lange bleiben Sie?"

„Eine Nacht, vielleicht zwei."

„Schön. Unterschreiben Sie hier."

Holly und Christian Brown unterschreiben das Register, während die Frau Mae anstarrt. Beunruhigend intensiv. Sie hat ein freundliches Gesicht, aber ihre Augen brennen vor Prüfung, und Maes kalte Knochen erwärmen sich. Diese Frau durchschaut sie, da ist sich Mae sicher. Sie hat die Art von scharfer Intelligenz, die man aus der Ferne messen kann, obwohl ihre Augen mehr von einer Geschichte des Bedauerns erzählen. Mae schaut überall hin, nur nicht in ihre Richtung, vermeidet Blickkontakt. Aber die Frau schaut nicht auf Maes Gesicht, sie schaut auf ihre Taille. Mae zieht den Bauch ein. Der nasse Stoff klebt, wo er nicht sollte, sowohl unvorteilhaft als auch unbequem. Trotzdem ist ihr Babybauch winzig, vernachlässigbar. Die Frau kann nicht denken, dass sie schwanger ist. Aber diese Augen sind auf sie fixiert.

„Was bringt Sie beide nach Dartmoor?", fragt sie und wirft immer noch verstohlene Blicke auf Maes Taille.

„Wir erkunden bloß die Gegend", antwortet Pasha.

„Ich verstehe." Sie reißt ihre Aufmerksamkeit von Maes Bauch weg und schaut Pasha in die Augen. „Nun, mein Name ist Dawn. Wenn Sie etwas brauchen, läuten Sie einfach die Glocke. Ihr Zimmer ist oben links."

Als Mae ihre Tasche hochheben will, nimmt Pasha sie ihr ab und trägt sie stattdessen.

„Sie sind ein netter Mann", sagt Dawn. „Helfen ihr mit den Taschen. Schön zu sehen. Das einzige Mal, dass mein Mann mir je geholfen hat, war, als ich schwanger war. Der Bastard, der er ist, hat sonst nie daran gedacht, ritterlich zu sein."

Pasha und Mae lachen ihre Kommentare weg und eilen dann die Treppe hinauf, ihre erröteten Gesichter verbergend.

Das Zimmer ist in tiefem Grün dekoriert, eine intensive Farbe, dunkel und bedrohlich, passend zur Farbe der Devon-Flagge, die auf die Bilderrahmen gemalt ist. Bilder von Dartmoor schmücken die Wände, alles karge Hügel und Ponys. Es ist bequem, auf jeden Fall bequemer als der Wald, mit einem großen Bett und genug Möbeln, um ihre nassen Sachen aufzuhängen. In der Ecke steht ein kleiner Fernseher, daneben eine Vase mit Kunstblumen. Pasha findet die Fernbedienung und schaltet die Nachrichten ein.

„Gott, Pasha. Was willst du wissen? Wie scheiße alles ist? Wie am Arsch wir sind?"

„Ich will es einfach sehen."

Scheiterhaufen. Das läuft im Fernsehen. Weltweit Aufnahmen von Scheiterhaufen, auf denen Babysachen verbrannt werden. Auf jedem Kontinent ist es mehr oder weniger dasselbe, die Konservierten demonstrieren ihre Macht. Eine solche Ansammlung von 700-Plussen ist eine gewaltige Kraft. Die meisten sind sogar 800-Plusser. Ihre Botschaft ist in jedem Land dieselbe. Sie werden Pres-X besitzen. Sie werden kontrollieren, wer lebt und wer stirbt. Im Hintergrund ertönt der Gesang „Konservieren, nicht fortpflanzen".

„Zufrieden?", fragt Mae.

„Zumindest ist es hier nicht so schlimm wie in diesem Land", sagt er, als die Aufnahmen von Massenerschießungen kranker und älterer Menschen in Russland und Afrika berichten. Jeder, der als für das Land nutzlos erachtet wird, wird zusammengetrieben und dann hingerichtet. Fruchtbare Frauen werden eingesammelt und eingesperrt, Zwangssterilisationen und Abtreibungen ohne Einwilligung durchgeführt.

„Ich glaube nicht, dass sich die Gesellschaft im Moment sehr weit davon entfernt fühlt", erwidert sie und hängt ihre nassen Sachen auf.

Pashas Bart ist ungleichmäßig gewachsen, bemerkt sie, mit zu viel Stoppeln am Kinn. Wie konnte ihr das vorher nicht auffallen? Es muss mindestens einen Tag lang so gewesen sein. Ihre schmutzige Kleidung und der Mangel an Routine haben sie von ihren üblichen Sorgen abgelenkt. Sie betrachtet ihn eine Weile von der Seite, er schaut immer noch auf den Fernseher. Ungepflegt, ungewaschen, mit blauen Flecken, bis auf die Boxershorts ausgezogen, aber der Schmutz ist durch seine Kleidung bis auf die Haut gedrungen. Sie muss genauso aussehen. Ihre unsaubere Haut juckt und sie kratzt sich, wobei etwas Schmutz abfällt. Sie durchsucht ihr Gepäck nach der Kulturtasche, sicher, dass sie dort eine Schere finden wird, aber sie haben keine. Pashas Medikamente klappern am Boden der Tasche.

„Hast du deine Pillen genommen?"

Er nimmt eine von ihr entgegen und schluckt sie mit etwas Wasser. Er legt sich zurück aufs Bett, die Hände hinter dem Kopf verschränkt. „Nun, bald werden wir an einem Ort sein, wo sie uns nicht erreichen können. Es ist nicht mehr weit, da bin ich mir sicher."

„Schön, dass du dir bei etwas sicher bist."

Er zappt durch die Kanäle. Auf jedem Sender laufen Nachrichtensendungen, unterbrochen von Werbung für Umsiedlungen älterer Bürger in Lager mit bewaffnetem Sicherheitspersonal. Anzeigen, die um Fötus-Spenden bitten, sind häufig und zeigen Bilder von Gläsern voller Föten und lächelnden Wissenschaftlern. Die potenziellen Eltern sehen mit ihrem übergroßen Scheck zufrieden aus. scharf verurteilt. Sie warnen vor wirtschaftlichen Schäden und betonen, dass der Kauf von überflüssigem Kram das Geld im Umlauf hält. *Pro Grow*, so heißt es, drohe, die Welt in die Steinzeit zurückzuwerfen – oder zumindest in die Rationierungen der Kriegszeit des 20. Jahrhunderts. In Interviews äußern empörte Bürger ihren Unmut: darüber, dass ihr Lieblingsstück Rindfleisch ausverkauft war, dass Pfirsichsaft nirgendwo zu finden ist, dass sie ein neues Outfit für eine Wohnzimmermöbel-Enthüllungsparty brauchten – doch der Mangel an Viskose zwang sie, etwas Farbloses zu tragen. Und dann taucht ein Gesicht auf, das sie erkennen.

„Oh mein Gott, ist das–"

„Ja", sagt Mae. „Aliya. Mach lauter."

Aliyas perfekt präsentiertes Gesicht, ihre geformten Augenbrauen und der glatte Zopf füllen den Bildschirm. Der obere Teil ihres Peacoats ist sichtbar, der Kunstpelzbesatz perfekt aufgeplustert, während sie vor einem der exklusivsten Cafés in Reading steht.

*Es ist einfach schrecklich. Meine Tochter Candice hier braucht ein neues Outfit für ihre Tanzwettbewerbe. Sie tritt auf einem hohen Niveau für ihr Alter an, aber nirgendwo Pailletten! Nicht einmal Glitzer. Diese Pro-Wachstum-Terroristen halten unseren Lebensstil als Geisel. Und wofür? Wir müssen Opfer bringen, damit die Welt sich weiter fortpflanzen kann? Die ganze Situation ist lächerlich. Nirgendwo Orangensaft. Und Vitamin C ist so wichtig. Sie schädigen unsere Gesundheit, diese Pro-Wachstum-Nazis.*

„Sie zeigen nur ihr Gesicht und nicht ihren fünf Monate schwangeren Bauch", sagt Mae zwischen zusammengebissenen Zähnen.

Aliya. Verdammte Aliya und ihr dummer verdammter Glitzer. Als ob das in irgendeiner Weise wichtig wäre. Als ob Candice nicht eine Million Tanzkostüme hätte, als ob sie überhaupt ein neues bräuchte. Mae tritt gegen das Tischbein. Ein bisschen Schmerz ist genau das, was sie braucht, um ihre Wut zu dämpfen – das Gummiband an ihrem Handgelenk ist bei weitem nicht schnappend genug. *Was für ein Mist. Was für ein absoluter Mist.*

Nachdem Pasha durch die Kanäle gezappt hat, ist er kurz davor, den Fernseher auszuschalten, als er auf ein wenig Unterstützung stößt. Ein Hauch von Regenbogen nach dem Regen. Ein Nachrichtensender preist die Vorteile langfristiger Mäßigung im Konsum an. Wie, mit oder ohne Methoden zur Bevölkerungsstagnation, Konsumreduzierung sinnvoll erscheint. Mae und Pasha starren mit offenen Mündern auf den Bildschirm, während der Sender die neue Politik der „Opferbereitschaft" scharf kritisiert. Das Vorenthalten von Medikamenten für ältere Bürger wird als eine Form der Eugenik bezeichnet – besonders, während sich die Reichen weiterhin Pres-X leisten können. Gleichzeitig fleht der Sender die Regierung an, ihren Wirtschaftsplan zu überdenken, der die Menschen dazu drängt, immer mehr zu konsumieren, um die Wirtschaft anzukurbeln. Sie nennen die neuen Gesetze eine Kurzschlussreaktion, die sofortige, aber nicht nachhaltige Ergebnisse zu enormen Kosten für die Öffentlichkeit liefert, anstatt einer ordentlichen Zukunftsplanung.

Die Politikerin, die sie interviewen, ist so zweitrangig, dass Mae keine Ahnung hat, wer sie ist. Sie zitiert einfach die Erfolge der neuen Gesetze, die Milliarden, die sie eingespart haben, und die Notwendigkeit dringenden globalen Handelns. Sie sagt, jedes Land auf der ganzen Welt habe den Methoden zugestimmt, also sei es eben so. Pres-X ermutigt die Menschen, gesund zu leben, sagt sie. Ungesunden Menschen wird es nicht angeboten. Die älteren Bürger, die Zugang zu ihren Medikamente verlieren, sind ungesund. Es ist Evolution, behauptet sie, sehr zum Entsetzen des Journalisten.

„Na, schön zu wissen, dass wenigstens ein paar Leute auf unserer Seite sind", sagt Pasha.

Mae runzelt die Stirn, ziemlich unsicher, was ihre Seite eigentlich ist, und hängt dann weiter nasse Sachen über die Möbel. „Wenn du meinst."

„Ich frage mich, wie es Ro und Moira geht", sagt er.

„Und deiner Oma."

„Ich werde sie anrufen, ihr sagen, dass es uns gut geht. Sicherstellen, dass es ihr gut geht."

Mae nickt und reicht ihm dann ein Telefon, das es irgendwie geschafft hat, trocken zu bleiben. Er schaltet es ein und wählt die einzige gespeicherte Nummer.

„Seid ihr in Sicherheit? Habt ihr es geschafft?", fragt Iris, bevor sie überhaupt die Chance hatten, Hallo zu sagen.

„Ja, ja. Uns geht es gut", bestätigt Pasha. „Wir sind in Dartmoor, Devon."

„Meine Güte! Ihr habt es so weit geschafft! Genießt ihr euer Abenteuer? Sagt mir, dass ihr es genießt? Es muss schön sein, weg von dieser geschäftigen Stadt und irgendwo Neues zu sein. Die ganze schöne Landschaft, was für eine wunderbare Erfahrung."

„Es ist toll, Oma."

„Ich dachte eigentlich an Mae. Genießt sie es?"

„Es war sicher aufschlussreich", sagt Mae, unfähig wie immer zu lügen. „Wir wollten nur sichergehen, dass es dir gut geht."

„Natürlich geht es mir gut. Warum sollte es nicht?"

„Mangel an Medikamenten, niedergebrannte Altersheime und Lebensmittelknappheit", sagt Pasha.

„Oh, mach dir darüber keine Sorgen. Meine Hacker-Freunde behalten mich und all die Unruhen im Auge. Es gibt noch einige SAS-Leute. Sie werden mich informieren, wenn Ärger auf mich zukommt. Ich esse, was verfügbar ist, und brauche keine Medikamente. Ich habe alle Schmerzmittel, die ich will. Ich fühle mich wunderbar. Hooper lässt grüßen. Sagt Hallo zu Hooper."

„Hi, Hooper", sagen beide und unterdrücken ein Lachen.

„Er vermisst euch, das kann ich spüren."

„Toll", meint Pasha, während Mae die Augen verdreht.

„Ich habe eure E-Mails überprüft. Noch keine Neuigkeiten zu eurer Ausnahmegenehmigung. Mae, jemand namens Sadie lässt grüßen. Sie schrieb irgendwas davon, dass sie fünfhunderttausend bezahlt haben und es jetzt losgehen kann."

Maes Magen verkrampft sich und sie beißt sich auf die Lippe. Sadie zieht den Kauf einer Lebensspende tatsächlich durch.

„Und Ro?", fragt Pasha. „Ro und Moira?"

„Ich habe gestern mit ihnen gesprochen. Ich war in einem Videoanruf und Moira meinte, meine Haare sähen furchtbar aus. Könnt ihr das glauben? Sie hat sich ziemlich beschwert, dass sie irgendwas nicht bekommen können. Was war es noch? Irgendeine Teesorte, die sie mag – ich hab's vergessen. Anscheinend gibt es keine Lieferungen. Echt ein Drama. Jedenfalls scheint es ihnen gut zu gehen. Und sie ziehen nächste Woche aus ihrem Hotel in ein Haus um. Ach ja, und sie bekommen einen Jungen."

„Einen Jungen!", ruft Pasha und greift nach Maes Hand.

„Ja, sie haben ein Ultraschallgerät für Zuhause gekauft und sich Online-Videos angesehen, wie man ihn benutzt, und die Aufnahmen an einen Online-Arzt geschickt. Konnten wegen der ganzen Unruhen nicht riskieren, zum Arzt zu gehen. Das hat mich an euch beide denken lassen. Geht ihr zum Arzt? Kann man schon deinen Bauch sehen?"

„Ein bisschen, nicht wirklich", sagt Mae. „Und vielleicht gehen wir zum Arzt, wenn wir an dem drohnenfreien Ort sind. Wissen wir noch nicht."

„Na ja, die Leute haben auch Kinder bekommen, bevor es Ärzte gab. Ich bin sicher, ihr werdet das schon schaffen. Wir sollten jetzt Schluss machen, um die Batterien zu schonen. Ruft ihr mich an, wenn ihr im Hippie-Camp angekommen seid?"

„Machen wir", sagt Mae. „Grüß deine Hacker-Freunde von uns."

„Frechdachs. Ich weiß, dass ihr euch über mich lustig macht."

„Tschüss, Oma."

„Gott segne euch, ihr zwei. Gott segne euch."

Pasha legt auf und lässt sich dann lächelnd aufs Bett fallen, mit glänzenden Augen. „Ein Junge. Kannst du das glauben? Unser Kleines wird einen Jungen als Cousin haben."

„Zumindest geht es ihnen allen gut."

„Was denkst du, bekommen wir?", fragt Pasha.

„Im Moment einen wunderbaren langen Schlaf."

Pasha verschränkt die Arme und schiebt seine Unterlippe vor – er macht sein kindisches Schmollgesicht. Für einen kurzen Moment fragt sich Mae, ob ihr Kind denselben Gesichtsausdruck haben wird. Sie blinzelt den Gedanken weg und ignoriert sein Schmollen. Eine Tonne Stress und ihr Leben auf den Kopf gestellt, das ist es, was sie gerade haben. Sie kann nicht darüber hinaus denken, was sie in Zukunft haben werden. Zukunftsplanung ist etwas für diejenigen, die den Luxus von Sicherheit im Hier und Jetzt haben. Sie kämpft damit, nicht an das zu denken, was vor ein paar Stunden passiert ist. Die einzige Hoffnung für die Zukunft, die sie hatte, war, einem weiteren Aufstand zu entkommen. Im Moment kann sie nur daran denken, sich zu waschen und endlich zu schlafen. Monate in der Zukunft warten – eine Schwangerschaft ohne ärztliche Betreuung, in einer Welt, in der so viele sie und ihr Baby lieber tot sehen würden.

Das ist unvorstellbar. Zu weit weg.

# KAPITEL 27

Sie bleiben drei Nächte in der Pension, während der Regen anhält. Der graue Himmel außerhalb ihres Fensters erstreckt sich bis in die Unendlichkeit. Die flüchtigsten Blicke von Blau sind nur eine Neckerei, bevor die Regenwolken sie wieder verschlingen. In diesem Zimmer fühlt es sich an, als wären sie die einzigen zwei Menschen auf der ganzen Welt. Keine Gesellschaft draußen, nichts, das gezählt oder organisiert werden muss. Sie sind, wie alles im Zimmer, am richtigen Platz. Eingeteilt. Für diese wenigen Tage wünscht sich Mae, sie könnten für immer so bleiben, weg vom Lärm und neugierigen Blicken, von Ellbogen und Missbilligungen. Niemand, der zuschaut, niemand, der urteilt, nur gedämpftes Licht und Stille, wo Mae sanft in Pashas Arme fallen und sich vorstellen kann, dass ihr Herz nicht von Zeit und Politik verhärtet ist. Sie können einfach sein.

Dawn stellt keine Fragen, was Mae sehr erleichtert. Sie serviert ihnen gerne große Portionen zum Frühstück, bevor sie wieder in ihr Zimmer zurückkehren und es nur verlassen, um eine weitere Mahlzeit im Pub auf der anderen Straßenseite einzunehmen.

Es ist ein typischer Pub im ländlichen Stil, mit alten hölzernen Landwirtschaftsgeräten, Nippes in Regalen, Bildern von Nutztieren und lokalen Bieren vom Fass. Ein Glück für Pasha, da importiertes Bier laut den Einheimischen jetzt unmöglich zu beschaffen ist.

Die Stammgäste des Pubs sagen, wie schön es ist, Touristen außerhalb der Hauptsaison zu haben. Pasha und Mae erzählen, sie kämen aus Exeter und bräuchten etwas frische Luft. Ob die Einheimischen denken, sie seien Konservierte oder nicht, sagen sie nicht, aber sie sind so gastfreundlich wie möglich.

Mae fühlt sich nicht fehl am Platz, zumindest nicht zu sehr. Sie trägt immer einen weiten Pullover – ihr Bauch unauffällig. Ihr Haar hat aufgehört, sich von den Jahren des Flechtens zu kräuseln und fällt jetzt natürlicher. Sie hasst immer noch das Gefühl, wenn es ihren Nacken hinunterfällt, aber es ist eine kleine Unannehmlichkeit, die sie gut verbirgt. Sie waschen ihre schmutzige Wäsche von Hand, schlafen in einem bequemen Bett und meiden die Nachrichten.

Es sind ein paar Tage der Zuflucht. Ein winziges Versteck, ruhig, wo die Zeit ausgelöscht ist, weg von den geschäftigen Städten. Sicher, die Leute sind etwas altmodisch, benutzen unangemessene Ausdrücke, sprechen von den guten alten Zeiten, aber Mae mag das; sie fühlt sich weniger wie eine Fremde. Nicht zu Hause, aber nicht so seltsam, wie sie dachte. Ihr war nie zuvor bewusst gewesen, wie sehr sie Menschenmengen verabscheut. Reading ist ihre Heimat, denn dort ist sie aufgewachsen. Mae verbrachte ihr Leben in kleinen Räumen eingesperrt, mied die Menschenmengen, die mit der Stadt einhergehen, die Nase in einem Buch, lernte Algebra und Gleichungen. Buchhaltung ist weit unter ihrem Kompetenzniveau, aber es war – oder ist – eine sichere Arbeit. Das ist das Ding mit Zahlen. Mit der Zeit verändert sich die Sprache, die Wissenschaft lernt dazu, alles bewegt sich vorwärts. Außer Zahlen. Sie sind unendlich und unendlich gleich. In dieser Regelmäßigkeit liegt Sicherheit. Sie musste nie wieder lernen zu zählen. Egal wie viel Zeit vergangen ist, der Wert von X in einer gegebenen Formel ist derselbe.

Am vierten Tag, als sich der Himmel endlich aufklärt, beschließen sie abzureisen. Über das cyanblaue Firmament verstreuen sich ein paar federleichte Wolken, die Sonne strahlt, und mit der steigenden Temperatur wird Mae bewusst, dass es bereits der 18. Februar ist. Der Frühling kommt immer früher, so viel früher als in ihrer Kindheit. Narzissen öffnen sich und wiegen sich fröhlich im Wind entlang des Weges und am Straßenrand, Vögel singen ihre Frühlingslieder. Sie zählt an ihren Fingern, fast neunzehn Wochen. Es lässt sich nicht leugnen. Ihr Bauch wölbt sich. Pasha fährt mit seinen Händen über ihre Taille und strahlt so, wie sie es eigentlich sollte, erfreut sich an den Veränderungen ihres Körpers, während sie versucht, ihn einzuziehen.

Er umfasst ihr Gesicht, schaut ihr in die Augen und sieht ihr Innerstes, da ist sie sich sicher. Er bemerkt Menschen auf eine Weise, wie sie es nicht tut, versteht ihre Gesichter und Handlungen, kann jeden lesen, als hätten sie nichts zu verbergen. Kennt er sie so gut, wie sie denkt – die inneren Vorgänge ihres Geistes, den dunkelsten Ort, den sie zu ignorieren versucht? Wenn sie Menschen ansieht, sieht sie nur ihre Bewegung, den Übergang von A nach B. Er bemerkt alles dazwischen. Falls sein Blick beruhigend wirken soll, gelingt es ihm nicht. Stattdessen fühlt sie sich inspiziert und untersucht. Sie schaut weg. Ihr Gesicht ist rot vor Scham. Sie kann seine Aufregung, seine Liebe für dieses große Unbekannte nicht spüren. Sie muss sich einfach anziehen und packen. Praktische Dinge. Ablenkende Dinge. Planen, nicht denken.

Während sie packt, geht Pasha in einen Laden die Straße runter, um sie mit etwas Essen für die Reise einzudecken. Snacks aus Obst und Energieriegeln war sein Plan, aber er kommt mit Chips, Trockenobst und einer kleinen Tüte Nüsse zurück. Das ist angeblich alles, was sie haben.

„Das wird schon gehen", sagt er.

Mae greift nach einem weiten T-Shirt, dann gehen sie nach unten zum Frühstück. Dawn hat Croissants, Toast, Marmeladen, Müsli und Milch bereitgestellt. Immer noch kein Orangensaft. Kein frisches Obst. Nicht, dass es Mae stört. Die Croissants duften köstlich.

Dawn sieht müder aus als sonst und läuft so schnell wie möglich herum, was nicht sehr schnell ist, und scheint all die Dinge nachzuholen, die sie erledigen wollte.

„Reist ihr heute noch ab?", fragt sie.

„Ja", sagt Pasha. „Wir nutzen das gute Wetter zum Wandern."

„Tut mir leid, dass das Frühstück etwas unordentlich aussieht. Bles hat mich die halbe Nacht wachgehalten."

„Bles?"

„Mein Mann. Wisst ihr was, wenn ihr fertig seid, warum kommt ihr nicht mit und lernt ihn kennen?"

„Okay, klar", sagt Pasha höflich, während Mae bei dem Gedanken finster dreinblickt.

Sie beenden ihr Frühstück und folgen dann Dawn den Flur entlang zu einer Tür mit Holzrahmen und Milchglasfenstern.

Sie sieht nicht schwer aus, aber Dawn stöhnt, als sie dagegen drückt. Ihr Atem beschlägt das Glas. Ihr eigener Wohnbereich, sagt Dawn, als sie hindurchgehen. Ihre Schritte sind auf dem abgenutzten Teppich leiser als auf dem Laminat im Flur. Der Geruch von Ammoniak und ungeputzten Zähnen lässt Mae einen Moment zögern, bevor sie sich sammelt und Dawn hineinfolgt. In der Ecke des Wohnzimmers steht ein Krankenhausbett, in dem ein Mann liegt – schlafend, gelegentlich stöhnend. Ruckartige Bewegungen.

„Das ist Bles", sagt Dawn und rümpft die Nase, während sie spricht. „Er ist schrecklich. Der mieseste Mann, den man je treffen könnte. Er hat mich immer schlecht behandelt. Nie ein nettes Wort zu mir gesagt. Mir nie etwas Schönes gekauft oder mich irgendwohin mitgenommen. Und er fügt mir die letzte Beleidigung zu, indem er einen schweren Schlaganfall hat und dement wird, sodass er ständig betreut werden muss. Ich bin oft nachts wach, während er herumwandert und herumbrüllt, sich verirrt und Sachen kaputt macht, ein Arschloch, wie er es immer war. Dann liegt er den ganzen Tag hier, niemandem von Nutzen."

„Nun, ich bin sicher, Sie hatten auch einige glückliche Zeiten", sagt Mae, während sie versucht, nicht zu starren.

„Ich werde froh sein, ihn los zu sein."

Pasha und Mae schauen sich mit hochgezogenen Augenbrauen an. Der stickige Raum wird plötzlich frostig.

„Ich kann eine schwangere Frau kilometerweit erkennen", sagt Dawn und blickt auf Maes Taille, die Augenbrauen hochgezogen. „Du musst nicht schüchtern sein bei mir, Liebes. Ich war selbst sechsmal schwanger, aber keine davon hat geklappt. Ich war wohl nicht dazu bestimmt, Mutter zu werden. Ich denke, das Universum hat nur versucht zu verhindern, dass seine fiesen Gene weitergegeben werden. Ganz richtig so. Der alte Mistkerl."

„Oh, das tut mir leid, wirklich", sagt Mae.

„Du hast etwas Weises an dir", sagt Dawn zu Mae und setzt ihre Lesebrille auf, um sie genauer zu betrachten. „Ich sehe es in dir. Klug. Als ob du den Lauf der Dinge verstehst." Sie mustert nun Pasha mit zusammengepressten Lippen. „Sie ist älter als du, nicht wahr?"

„Eigentlich zwei Jahre jünger", erwidert Pasha.

„Wenn du meinst", sagt Dawn mit einem Achselzucken. „Jedenfalls fällt mir auf, dass du kein Armband trägst. Also, fünfhunderttausend und er gehört dir."

„Wie bitte?", fragt Mae.

„Fünfhunderttausend und ich melde ihn als Spender an. Ich habe eine Vollmacht. Ich kann das machen. Wir können auch ein bisschen verhandeln, wenn du willst. Aber ich gebe ihn nicht umsonst her. Das ist ein ehrlicher Verkauf. Es gibt viele Leute, die bereit sind zu zahlen, massenhaft online. Ich könnte ihn auf einer dieser Auktionsseiten anbieten, aber ihr beiden scheint so nett zu sein. Ich habe das Gefühl, das Schicksal hat euch hierher geführt."

Mae und Pasha tauschen einen Blick aus und rutschen unruhig hin und her. „Es ist so", sagt Pasha. „Wir haben wirklich kein Geld."

„Es ist so, Schätzchen, ihr habt wirklich keine Wahl", sagt Dawn, als würde sie einem Kind erklären, wie man Schnürsenkel bindet. „Ihr Stadtkinder habt immer viel mehr auf der hohen Kante. Ihr seid nicht aus Exeter, so viel weiß ich. Ihr kommt aus einer reicheren Stadt, London oder so. Ich wette, ihr habt ein Haus, das ein hübsches Sümmchen wert ist."

Mae nimmt das Haus, in dem sie sich befinden, wirklich wahr, so viel größer als jedes in Reading und wahrscheinlich nur ein Zehntel des Preises wert. Fünfhunderttausend schienen vor ein paar Wochen noch möglich, aber jetzt kann sie sich nicht vorstellen, wie sie den zusätzlichen Schlag auf die Hypothek zurückzahlen könnten. Und das auch nur, falls die Bank ihnen überhaupt erlauben würde, das Geld aus ihrem Haus zu holen. Erst jetzt wird ihr die Endgültigkeit ihrer Entscheidung bewusst. Wegzulaufen. Sie hatte nicht bedacht, was das wirklich bedeutet. Ihre Jobs waren ohnehin unsicher, die Kunden wurden weniger, und ihre geringen Ersparnisse würden in den kommenden Monaten von den Hypothekenrückzahlungen verschlungen werden. Ihr Herz rast, als Zweifel und Angst in ihr hochkriechen. Das war ein Fehler. Diese ganze Flucht war ein überstürzter Fehler. Vielleicht ist dies eine Chance, eine Chance, die Uhr zurückzudrehen, zurück in die Vertrautheit des Zuhauses zu gehen und sich aus den Schulden herauszuarbeiten. Sich umschulen lassen, wie sie es geplant hatten.

Pasha schüttelt den Kopf und hebt die Hände – genau wie Iris, wenn sie Hooper zeigt, dass sie kein Futter für ihn hat. „Wir haben das durchdacht und ehrlich, wir können nicht. Wir können einfach nicht. Wir haben im Moment nicht einmal Jobs. Und außerdem stimmen wir dem nicht einmal zu. Es ist nicht richtig. Es ist einfach nicht richtig."

„Er ist ein miesepetriger alter Arsch. Ihr würdet ihm einen Gefallen tun", sagt Dawn und rümpft die Nase beim Anblick ihres Mannes. „Es ist nicht fair, ihn so weitermachen zu lassen, gefangen in seinem Kopf, keine Ahnung, welches Jahr wir haben, erkennt mich die Hälfte der Zeit nicht einmal. Ihr würdet ihm einen Gefallen tun. Außerdem könnte das Geld meiner Lebenspunktzahl verbessern, mir eine Chance geben, etwas Pres-X zu bekommen. Ihr würdet sein Leben nehmen, aber mir ein ganz neues geben. Ich könnte wieder leben, ohne dass dieser Idiot mir alles vermasselt."

Mae zuckt zusammen, als Bles neben ihr sich regt und stöhnt. Ein geisterhafter Laut, als würde er sie aus dem Jenseits rufen.

„Pasha", sagt Mae, immer noch auf Bles starrend. „Vielleicht sollten wir darüber nachdenken."

„Es tut mir leid. Aber wir können einfach nicht", sagt Pasha. „Wir haben einfach nicht so viel Geld."

„Dreihunderttausend", sagt Dawn und streckt ihre Hand zum Handschlag aus.

„Pasha-"

„Ernsthaft, Mae?" Er starrt sie an und schüttelt den Kopf.

„Du warst derjenige, der jemanden finden wollte", sagt Mae und wechselt ihren Fokus zwischen Pasha und dem Mann, der sich anstrengt, vom Bett aus zu sprechen – das Weiße seiner Augen rötet sich vor Anstrengung, sein Atem riecht wie eine alte Mülltonne. „Erinnerst du dich an deine aufgeplatzte Lippe, Pasha? Wie Dawn sagte, wir würden ihr ein neues Leben geben. Wir könnten nach Hause gehen."

Ein Schreibtischstuhl steht in der Ecke des Zimmers und Pasha rollt ihn herüber, setzt sich und lässt Mae neben Bles stehen. Sie mustert Bles' Gesicht – jetzt völlig wach, aber mit leerem Blick. Sein Mund steht leicht offen, als wäre niemand zu Hause.

„Er scheint schon weg zu sein", sagt Mae.

„Er ist es praktisch", fügt Dawn hinzu. „Ihr würdet ihm einen Gefallen tun. Nicht, dass er es verdient hätte."

„Ich denke, wir müssen darüber nachdenken", sagt Mae.

„Nun, bleibt noch eine Nacht. Kostenlos", sagt Dawn, etwas leichter. „Wie klingt das? Denkt darüber nach."

„Das Wetter ist gut, Mae", erwidert Pasha. „Wir sollten aufbrechen."

„Wir müssen nachdenken, Pasha."

Dawn räuspert sich. „Die Vorhersage ist gut für die ganze nächste Woche. Kein Grund zur Eile."

Mae und Pasha zögern einen Moment. Pasha sitzt auf dem Stuhl und reibt sich die Stirn, während Mae einen Schritt zurücktritt, dann seine Hand nimmt, um ihn zum Aufstehen zu bewegen. Gemeinsam kehren sie in ihr Zimmer zurück. Der billige Laminatboden gibt leicht nach unter ihren schweren Schritten, als würde er ihr Zögern spiegeln. Das Gewicht ihrer Entscheidung lastet spürbar auf ihnen. Zurück im Zimmer setzen sie sich nebeneinander auf das Bett, ihre Finger berühren sich nur flüchtig.

„Ich weiß, ich habe vorher gesagt, wir sollten", sagt Pasha. „Aber tatsächlich einen so alten Menschen zu sehen, der noch lebt, zu wissen, dass wir sein Leben nehmen würden, das ist ganz anders. Ich wusste nicht, wie anders es sich anfühlen würde. Und er sagt es nicht selbst. Es wäre anders, wenn er es wäre, aber er ist es nicht."

Mae antwortet nicht, verschränkt aber ihre Finger mit seinen, fühlt seine Wärme. Immer zu viel Wärme. Zu mitfühlend, zu gütig. Warum kann er nicht der rücksichtslose und praktische sein? Warum muss eine solche Entscheidung ihre sein? Sie legt eine Hand auf ihren Bauch und stellt sich Pashas Wärme in ihr vor. Was für ein Kind würde von jemandem geboren werden, der gezwungen ist, eine so kalte Entscheidung zu treffen? Von einer Mutter ohne Herz.

„Wir warten auf unsere Ausnahmegenehmigung", entscheidet er. „Und das Hippie-Camp könnte wirklich gut funktionieren. Wir haben andere Möglichkeiten."

„Keine davon sind gute Möglichkeiten."

„Aber trotzdem."

Sie rückt näher, dann lehnt sie ihren Kopf an seine Schulter. „Bei der Ausnahmegenehmigung hieß es, es hängt davon ab, wie viele sich bewerben. Wenn wir sie also nicht nutzen, bekommt sie jemand anderes. Der Nettoeffekt ist derselbe."

„Hast du diese Situation gerade wirklich in eine Mathe-Aufgabe verwandelt?"

Sie lächelt halb, als er stöhnt und seinen Kopf auf ihren legt. Sie bleiben eine Weile so. Still, nachdenklich. Mit jeder verstreichenden Sekunde versteift sich Mae ein wenig mehr, nimmt etwas von Pashas Wärme und verschließt sie. Ungenutzt und unerwidert, dämpft sie seine Zuneigung. Sie richtet sich auf, steif, und wird zu der kalten Person, die sie sein muss.

„Ich gehe runter, um ihn noch einmal zu sehen", sagt sie. „Um sein Gesicht noch einmal anzuschauen. Um mir vorzustellen, verantwortlich zu sein. Um ein Gefühl dafür zu bekommen, ob es eine böse Tat wäre oder eine Gnade, wie Dawn sagt."

„Okay. Ich komme mit. Lass uns gemeinsam schauen."

Sie schleichen die Treppe hinunter und in Richtung des hinteren Zimmers, dessen Tür lautlos aufschwingt. Dawn ist nirgends zu sehen. Mae waren die Bilder an den Wänden vorher nicht aufgefallen. In den Rahmen stecken noch die Fotos, mit denen sie geliefert wurden – keine von Dawn und Bles. Sie hängen schief und auf der Oberseite sammelt sich Staub. Insgesamt zwölf Stück. Auf dem Kaminsims stehen fünf angeschlagene, staubige Ornamente in unpassenden Farben und eklektischen Stilen. Plastikpflanzen. Eine kaputte Uhr, die bei 13:07 stehengeblieben ist. Mit dem gemusterten Teppich und den verfärbten gestrichenen Wänden wirkt es, als wäre das Zimmer seit einem Jahrhundert nicht mehr berührt worden. In diesem Raum gibt es keine Liebe, nicht einen Hauch von Fürsorge.

Bles liegt noch immer auf dem Rücken im Bett, die Augen offen, doch ohne Fokus, der Mund leicht geöffnet, doch stumm. Hand in Hand treten Mae und Pasha näher. Irgendwie wirkt Bles noch leerer als zuvor. Sein Atem geht in rauen Flüstern, seine dunkle Haut ist fleckig, die Lippen rissig und wund.

„Er sieht nicht so aus, als hätte er noch lange, Pasha. Findest du nicht?"

Pasha beugt sich vor, sein Gesicht nur Zentimeter von Bles' entfernt. „Es ist, als wäre er innerlich leer. Armer Kerl."

Pasha zuckt erschrocken zurück, als Bles plötzlich grunzt. Seine Augen fokussieren sich, treffen direkt auf Pashas Blick – ein Funke der Erkennung. Er blinzelt, sein Mund bewegt sich, doch kein Laut dringt hervor. Dann holt er tiefer Luft, als wolle er sprechen, aber die Worte bleiben unhörbar.

„Was sagt er?", fragt Pasha.

Mae schüttelt den Kopf und beugt sich näher ans Bett. „Ich weiß nicht."

Bles' Mund bewegt sich weiter, formt Worte ohne Ton. Auf der Seite steht ein Krug Wasser neben einem leeren Glas. Mae gießt etwas ein, hebt dann leicht seinen Kopf, damit er einen Schluck nehmen kann. Die ganze Zeit lässt er sie nicht aus den Augen. Sie starrt nicht auf sein Gesicht, sondern auf die Krümel und Flecken auf seinem T-Shirt und der Bettwäsche. Siebzehn große Krümel und unzählige winzige. Nachdem er mehrere Schlucke genommen hat, nimmt Mae das Glas weg. Blasser Speichel haftet am Glas und hinterlässt einen Halbkreis aus Matsch am Rand.

Sein Atem wird ruhiger. Er findet seine Stimme und schafft es, zwei einfache Worte zu sagen. „Helft mir."

Mae neigt den Kopf. Sicher hat sie sich verhört?

Er keucht einen Atemzug, dann sagt er: „Rettet mich."

# KAPITEL 28

Es gibt keinen Zweifel. Er hat gesagt, *rettet mich.* Maes Augen weiten sich und sie beugt sich näher heran.

„Dawn wird mich umbringen."

Mae weicht zurück und Pasha packt ihr Handgelenk.

„Scheiße, Mae."

„Oh mein Gott, Pasha."

Mit schwachem Arm zeigt Bles auf den Nachttisch. „Schau", sagt er.

Mae öffnet die Schublade und stößt einen kleinen Schrei aus, als sie die vielen Flaschen mit Beruhigungsmitteln sieht. „Pasha, was zum Teufel?"

Pasha nimmt eine Flasche nach der anderen und inspiziert die Etiketten. „Das geht über mein Wissen als Physiotherapeut hinaus, aber fünf verschiedene Beruhigungsmittel. Das reicht, um ihn tagelang auszuknocken."

„Helft mir", röchelt Bles erneut, leiser als ein Flüstern.

Maes Gehirn arbeitet nicht schnell genug. Sie kämpft damit, nachzudenken, während Pasha nur auf die Flaschen starrt.

„Was sollen wir tun, Pasha?“

„Wir sollten jemanden anrufen, jemandem Bescheid geben“, sagt er.

„Jemandem was sagen?“

Die schrille Stimme erschüttert Maes Knochen genauso wie die Pillen in den Flaschen. Sie zucken zusammen und drehen sich um. Dawn steht in der Tür, ein aufgesetztes Lächeln beherrscht ihr Gesicht.

„Der alte Knacker braucht seine nächste Medizin. Er wird ganz durcheinander sein“, sagt Dawn, während sie sich nähert und langsame Schritte macht. Mae stellt sich vor den Nachttisch, die Schublade noch offen, Pashas Hände hinter seinem Rücken, immer noch die Flaschen haltend.

„Muss ihn nur schnell dosieren. Dann wird er schön ruhig sein.“

Sie tritt näher, ihr Blick fällt auf die offene Schublade – und augenblicklich läuft Mae und Pasha die Röte ins Gesicht.

Pasha hält seine Hand jetzt nach vorne, die Pillenflaschen direkt unter Dawns Nase. „Du betäubst ihn. Warum so viele davon?“

„Wir haben uns nur Vorrat besorgt, bevor sie Medikamente für uns Senioren verboten haben. Nimm eine, wenn du magst. Sie nehmen dir all deine Sorgen.“

„Er hat gesagt, *helft mir*“, sagt Pasha. „Er sagt, du versuchst ihn umzubringen.“

„Er hat Demenz, Liebes. Er redet eine Menge Unsinn. Und ich dachte, zweihundertfünfzig, wie klingt das? Ein Schnäppchen, das ist es. Ein besseres Angebot wirst du nicht bekommen.“

Mae zuckt zurück, als Bles' Hand ihre berührt, kalte, dünne Finger wie eine Begegnung mit einem Geist.

„Bitte", sagt Bles, mit der bisher leisesten Stimme, immer noch von Angst durchdrungen.

Dawn tritt noch weiter vor, immer noch lächelnd. „Ich habe eure Bilder, wisst ihr. Ich werde sie in die App der Gesellschaftspolizei hochladen. Nur weil ich alt bin, heißt das nicht, dass ich solche Dinge nicht tue. Ich weiß wie, und ich werde es tun."

„Es ist nicht illegal, schwanger zu sein", sagt Mae.

„Ja, aber gefälschte Ausweise zu benutzen schon. Und ihr wisst, was passieren wird. Euer Gesicht wird überall erkannt werden. Eure echten Namen auch, nicht die falschen, mit denen ihr euch eingetragen habt. Und kein Armband? Diese Genug-Leute werden euch auf der Straße niedermähen. Dieses Baby aus dir herausprügeln."

Dawn ist jetzt nur noch ein oder zwei Schritte von ihnen entfernt, eine Hand in der Tasche, etwas Großes umklammernd, ein Holzgriff ragt oben heraus.

„Wen glaubt ihr zu täuschen?", sagt sie. „Ihr habt keine Optionen mehr."

Maes Herz hämmert gegen ihren Brustkorb. Sie blickt zurück zu Bles, ihre Sicht verschwimmt vor Tränen. Er ist so krank und so verängstigt. Wie kann es möglich sein, dass jemand einem anderen so viel Angst einjagen kann?

„Du bringst ihn um", sagt Pasha.

„Er ist sowieso auf dem Weg nach draußen. Ich verhindere nur, dass er in der Zwischenzeit so viel Ärger macht. Zweihunderttausend, und das ist wirklich mein letztes Angebot."

„Du wirst ihn töten, mit oder ohne uns", sagt Mae.

„Ja, aber ich wäre ihn viel lieber los und ein paar hunderttausend reicher. Dieser Nan-E soll ein schöner Weg sein zu gehen, sagen sie. Zu schön für seinesgleichen. Jemand wird seine Spende wollen. Ihr solltet euch glücklich schätzen, so weit vorne in der Schlange zu stehen."

„Hilf mir." Bles' Flehen wieder, kräftiger jetzt, kehlig und kratzend.

„Wir können das nicht tun", sagt Pasha. „Er willigt nicht ein."

„Er weiß nicht, was er sagt", sagt Dawn, ihr Lächeln verzerrt sich zu einer Grimasse. „Und ihr geht hier nicht weg, ohne zu unterschreiben."

Dawn nimmt ihre Hand aus der Tasche und hält einen Polsterhammer.

„Wow!", sagt Pasha, als er Mae hinter sich schiebt.

„Verdammt, Dawn", sagt Mae. „Du willst versuchen, uns zu verprügeln?" Dawns winziger, zerbrechlicher Körper sieht nicht nach einer großen Bedrohung aus, und sie bewegt sich wieder an Pashas Seite. „Ernsthaft, das ist eine lächerliche Idee."

Dawn grinst, sieht Mae direkt in die Augen und schlägt sich dann mit dem Hammer gegen die Stirn.

„Nein!", schreit Pasha. „Was zum Teufel machst du da?"

„Bin vor Jahren vom Fahrrad gefallen. Habe eine Metallplatte am Schädel." Sie schlägt sich erneut mit dem Hammer gegen den Kopf.

„Versuchst du, sie zu verbiegen?", sagt Mae. „Hör auf, Dawn! Das ist dumm."

Sie schlägt sich noch einmal, Blut rinnt zwischen ihren Augenbrauen herunter, und Pasha stürzt nach vorn und ringt ihr den Hammer aus der Hand, bevor sie sich noch einmal schlagen kann. In ihrer anderen Hand ist ihr Handy. Mae erkennt das orangefarbene Leuchten der Kamera, die mit der App der Gesellschaftspolizei filmt.

„Sie haben mich geschlagen!", schreit Dawn in die Kamera. „Sie versuchen, mich und meinen Mann zu stehlen. Sie sind Alte-Leute-Entführer!"

Sie dreht die Kamera zu Pasha, der erstarrt ist, den Mund offen, den Hammer noch in der Hand. Er lässt ihn los und er fällt klirrend zu Boden. „Ich habe dich nicht geschlagen! Ich würde nie!"

„Scheiße, Pasha", sagt Mae, die sich jetzt hinter ihm duckt und ihr Gesicht mit den Händen bedeckt. „Wir müssen hier raus."

„Zweihunderttausend, und ich werde keine Anzeige erstatten", sagt Dawn, ihr Pullover jetzt um die Kamera gewickelt, das Mikrofon dämpfend. „Eure Fingerabdrücke sind auf diesem Hammer und eure Gesichter auf der Kamera."

„Wir werden uns nicht erpressen lassen, deinen Mann zu töten", sagt Mae laut in der Hoffnung, dass das Telefon ihre Stimme aufnimmt.

„Ich habe nichts getan", sagt Pasha wieder, mit zitternder Stimme, sein stumpfer Blick bohrt sich in Dawn. „Wie konntest du nur?"

Das Blut tropft jetzt auf den Teppich, bisher sieben Tropfen. Sein Fleck vermischt sich mit dem Muster, und Mae fragt sich, welche anderen Geheimnisse dieses Muster im Laufe der Jahre wohl verschleiert hat.

„Nutze einfach eine Auktionsseite", sagt Mae. „Wie du schon sagtest, du wirst einen guten Preis bekommen."

„Bei meinem Glück wird er tot sein, bevor jemand Zeit hat zu bieten und zu bezahlen. Er muss sich jetzt als Spender registrieren.

Heute." Sie reibt sich das Auge, um etwas Blut zu entfernen, verschmiert es aber nur noch mehr über ihr Gesicht.

Mae schaut noch einmal zu Bles, sein Mund formt immer noch die Worte, die er wieder zu schwach ist auszusprechen. Vielleicht war er schrecklich zu Dawn, ein schlechter Ehemann, sogar ein schlechter Bürger. Aber jetzt ist er ein gebrechlicher alter Mann, der darum bettelt, nicht zu sterben. Sie kann nicht. Sie weiß, sie kann einfach nicht.

„Es tut mir leid. Aber nein. Das können wir nicht. Komm, Pasha. Lass uns gehen."

Sie machen sich auf den Weg zur Tür, Dawn folgt ihnen so schnell sie kann. Pasha befestigt die Taschen an den Fahrrädern, steckt das Ladekabel aus, Mae versucht zu helfen, steht aber eher im Weg. Sie schaut nicht zurück, aber Dawns Stimme kommt näher, schreit lauter.

„Ihr wart in unserem Dorf, habt uns das Essen aus dem Mund genommen, wo es doch schon nicht genug für alle gibt. Das ist das Mindeste, was ihr tun könnt. Verdammte Schmarotzer. Zweihunderttausend, letztes Angebot."

Pasha lädt die Fahrräder auf den Träger, Mae prüft, ob sie festgezurrt sind, und setzt dann mit zitternden Händen ihren Helm auf.

„Ihr werdet zurückkommen. Ich gebe euch zwei Tage. So lange warte ich, bevor ich die Gesellschaftspolizei informiere, nur weil ich weiß, dass ihr zurückkommen werdet. Ihr werdet kein besseres Angebot bekommen."

Pasha zieht den letzten Gurt an Maes Fahrradgepäckträger fest, und sie fährt als Erste los, ihr Treten ist durch das Adrenalin unregelmäßig. Zumindest sind die Fahrradbatterien voll, und sie kann die Turbo-Funktion nutzen. Pasha holt sie nach wenigen Augenblicken ein, während Dawns Rufe leiser werden, als sie davonradeln.

# KAPITEL 29

Mit dem Wind im Rücken und der strahlenden Sonne fahren sie eine Stunde lang in gutem Tempo, schonen die Batterien und nutzen nur ihre ausgeruhten Beine. Sie sprechen nicht und konzentrieren sich darauf, Abstand zwischen sich und Dawn zu bringen. Über das Moor hinweg blühen Frühlingsblumen. Mae sieht den ersten Schmetterling seit Jahren, und Pasha sagt, er habe noch nie einen gesehen. Dann noch einen. Zuerst einen rot-schwarzen, kurz darauf einen gelben. Sie verlangsamen ihr Tempo zwischendurch, um dem Summen der Bienen zu lauschen.

Nach ein paar Stunden hören die Straßenschilder auf, in ihre Richtung zu zeigen, und weisen sie alle an, umzukehren oder eine andere Richtung einzuschlagen.

„Wir müssen nahe an der Grafschaftsgrenze sein", sagt Pasha. „Steck vielleicht wieder eine Wasserflasche in deine Tasche, nur für den Fall."

Sie tut das, und nach wenigen Minuten lassen sie die Fahrräder an einem Getreidefeld zurück, lange Halme wiegen sich im

Wind. Sie haben seit einigen Minuten kein Haus mehr gesehen und die Straße ist mehr oder weniger leer. Das einzige Geräusch ist das Rascheln der Pflanzen und das ferne Summen von Landmaschinen.

„Wie weit denkst du, ist es noch bis zur Grenze?", fragt Mae.

„Schwer zu sagen. Nicht allzu weit, schätze ich, den Schildern nach zu urteilen. Halten deine Beine durch?"

„Ich denke schon."

Sie gehen. Meistens schweigend, wartend, ob sich ihnen jemand nähert oder sie befragt. Sie achten auf prüfende Blicke und wappnen sich für Verhöre. Mae bindet ihre Haare zurück, die Reizung an ihrem Nacken erscheint sinnlos, wenn niemand in der Nähe ist. Sie essen kleine Portionen ihrer Rationen und nippen dann an Wasser, während der Tag wärmer wird.

Nach einer Weile biegen sie links ab und gehen über etwas abgelegeneres Gelände, über sanfte Hügel. Auf der Spitze eines Hügels sehen sie die Meeresbucht, die ins Landesinnere reicht. Oben auf der Klippe ist es kälter, der Wind bringt eine eisige Brise mit, keine Erleichterung vom Land her. Sie gehen weiter bergab, über Grasland, sandig, weich unter den Füßen. Die Art von Boden, die den Beinen die Energie raubt. Seevögel fliegen über ihnen, aber sie sind nicht so lärmend wie jene, die sie zuvor gesehen haben. Sie gleiten mühelos im Wind.

Der grasige Sand wird mehr zu Gestrüpp, raue und spitze Büsche zwicken an ihren Beinen und verhaken sich in ihrer Kleidung. Mae trinkt den letzten Rest ihres Wassers, und Pashas Flasche enthält nur noch einen Schluck.

„Verdammt", flucht er. „Ich dachte, wir hätten etwas mehr als das." Er inspiziert seine Tasche und findet einen nassen Fleck, wo die Flasche gewesen ist, dann schraubt er den falsch aufgesetzten Deckel der Flasche wieder auf. Zu spät, als dass das jetzt noch etwas bringen würde.

„Wir sollten irgendwo eine Flasche kaufen", meint Mae.

Beim Umschauen scheint „irgendwo" ein sehr weit entfernter Ort zu sein. In der späten Nachmittagssonne blinzelnd, mustert Pasha die Landschaft und sucht den Horizont nach einem Zeichen für einen Laden oder ein Café ab.

„In diese Richtung", sagt er nach langem Nachdenken. „Da ist eine Straße. Straßen führen zu Läden und es ist nicht zu weit vom Weg ab."

Ohne eine bessere Idee oder auch nur eine Ahnung, der sie folgen könnten, stimmt Mae zu, und sie machen sich auf den Weg zur Straße.

„Wenn wir jemanden sehen, sehen wir jetzt wenigstens wirklich wie Wanderer aus", sagt Pasha.

„Toll. Ironie. Das ist genau das, was wir brauchen."

„Es wird nicht weit sein, Mae-Käferchen. Ganz sicher."

Sie spürt, wie sich ein Zehennagel in ihr Fleisch bohrt, und ihr unterer Rücken schmerzt mehr als ihre Waden. Nichts im Vergleich zum Durst, sagt sie sich, während sie mehrere Schritte hinter Pasha hertrottet. Es dauert über eine Stunde, bis sie einen Laden finden. Die Sonne ist jetzt nur noch ein Nachglühen, die Wolken rosa und lila über ihnen. Grillen zirpen, und Mae kann bereits den Tau spüren, der sich auf ihrem Kopf sammelt. Zu ihrer Erleichterung ist der Laden geöffnet. Ein kleiner Zeitungskiosk neben einem Pub und einem anderen Laden, der einst Strandzubehör verkauft hat. Seine Fenster sind mit Brettern vernagelt, die Scheiben an einigen Stellen eingestürzt und ein ausgebranntes Loch geht durch das Mauerwerk. Acht Autos parken davor, alle Besitzer anscheinend im Pub.

„Ich frage mich, ob wir im Pub eine warme Mahlzeit bekommen?", sagt Pasha.

Mae betrachtet ihre mit Schlamm gestreiften und mit Blättern bestäubten Beine, bewegt ihre Zehen in ihren Schuhen und spürt Blasen und Schmerzen. Ein bequemer Stuhl wäre schön.

„Okay", sagt sie. „Lass uns aber zuerst das Wasser holen."

Mae wartet draußen, während Pasha das Wasser kauft, und fühlt sich allein und exponiert. Sie wiegt sich auf ihren Fußballen, die Hände in den Taschen, und wartet in einer dunklen Ecke außer Sichtweite der Pubfenster. Der Duft von herzhafter Hausmannskost weht vom Pub herüber, vermischt mit dem tröstlichen Aroma eines Holzofens. Das tiefe Geräusch männlichen Gelächters ist weitaus verlockender als das Moskito-Kreischen in ihrem Ohr. Als Pasha mit dem Wasser zurückkommt, führt Mae den Weg zum Pubeingang an und scheucht dabei die Dämmerungsinsekten weg.

Eine Glocke klingelt, als sich die Pubtür öffnet, und die zehn Männer drinnen drehen sich alle um und starren. Pasha und Mae verharren in der Türöffnung. Die unfreundlichen Blicke lassen sie erstarren. Sie machen einen weiteren Schritt. Die Blicke bleiben auf sie gerichtet. Härter als die Steinmauern, kälter als die Nachtluft.

Sie machen noch einen Schritt.

„Wir haben hier einen Gesetzesbrecher, Jake", verkündet ein Mann, der an der Bar steht, ohne seinen Blick abzuwenden.

Der Barmann erscheint, ein Geschirrtuch in der einen Hand, ein Glas in der anderen. „Was glaubt ihr, was ihr hier macht? Ihr kennt das Gesetz.“

„Ähm, nein?“, sagt Pasha.

„Nicht du. Sie.“ Er zeigt mit dem Finger auf Mae. Das Geschirrtuch darunter unterstreicht seine Geste.

Mae sagt nichts, steht nur still da, ihr Gesicht rötet sich vor Hitze und Aufmerksamkeit.

„Habt ihr die Nachrichten nicht gesehen?“, fragt der Barmann mit weit aufgerissenen Augen und schnalzt dann mit der Zunge. „Verdammte Jugend. Zu selbstbezogen, um sich um die Gesellschaft zu kümmern. Scheren sich einen Dreck um die Gesetze ihres eigenen Kreises.“

„Tut mir leid“, sagt Pasha. „Wir sind durch die Grafschaft gewandert. Hatten nicht wirklich Zugang zu Nachrichten.“

Mae presst die Lippen bei seiner Stimme zusammen. Nicht der richtige Akzent. Nicht einmal annähernd.

„Nun, lasst mich euch aufklären.“ Der Mann, der Jake genannt wurde, tritt einen Schritt vor, das gedämpfte Licht spiegelt sich auf seinem kahlen Kopf. „Frauen wie sie, im fruchtbaren Alter, dürfen nicht in Pubs kommen. Sie dürfen keinen Alkohol trinken. Falls sie leichtsinnig werden und in Stimmung kommen, verstehst du? Solche Frauen müssen ihre Triebe unter Kontrolle haben und aufhören, die Grafschaft zu belasten. Die ganze verdammte Gesellschaft ist voll von Frauen und ihren Trieben.“

„Ich versichere Ihnen, dass das nicht passieren wird“, sagt Mae und betont dabei ihre Rs etwas stärker.

„Bist du lesbisch? Nun, du solltest trotzdem nicht in der Öffentlichkeit sein. Hast immer noch eine Gebärmutter, lesbisch oder nicht."

„N-nein", sagt Mae und ringt um Worte. „Ich meine, ich werde weder Alkohol trinken noch irgendwelche Triebe haben."

Der Mann tritt jetzt direkt vor Mae, sein Bieratem wie ein nebliger Gestank in ihrem Gesicht. Sie schluckt etwas Galle zurück.

„Warum kein Alkohol, hm? Bist du etwa schwanger?"

„Wir stimmen völlig zu", sagt Pasha. „Frauen, die leichtsinnig sind, haben die Gesellschaft ruiniert. Ich halte meine Frau an der kurzen Leine."

Mae knirscht mit den Zähnen, unentschlossen, ob sie von Pashas Worten eher erleichtert oder wütend ist.

Der Mann klopft Pasha auf den Arm. „Gut zu hören. Trotzdem, Gesetz ist Gesetz. Sie kann nicht rein."

„Wir könnten euch was zum Mitnehmen machen, wenn ihr was zu essen wollt?", sagt der Barmann. „Haben nicht viel da. Diese verdammten *Pro Grow* haben es schwer gemacht, an Fleisch und so zu kommen. Aber ich könnte euch eine Hühnerpastete machen, kein rotes Fleisch, dazu Kartoffeln. Keine Nachspeisen. Wir kriegen keinen Zucker."

„Verdammte Terroristen, diese *Pro Grow*", knurrt ein anderer Mann, der sich über die Bar beugt. „Seit Wochen keinen Apfelstreusel mehr gehabt. Auch keine Steaks. Die gehören eingesperrt."

Der Rest der Bar trinkt darauf.

„Klingt super", sagt Mae, ihre Stimme rau in ihrem trockenen Hals. „Wir schätzen das sehr."

„Vielleicht noch eine Flasche Bier zum Mitnehmen? Nur für mich, natürlich", sagt Pasha.

Sie warten draußen, wie angewiesen. Es ist jetzt dunkel. Der rosafarbene Schimmer der Wolken durch Schwärze ersetzt. Die Mücken kreisen wieder um Maes Ohren. Das Licht über dem Außensitzbereich flackert mit den Motten, die darum flattern. Mae zappelt herum – ihr Rücken und Nacken jucken –, dann streift sie jedes Haar, das sie auf ihren Schultern spürt, ab. Pasha steht unter der flackernden Glühbirne, halb im Licht, halb im Schatten. Sein zerzaustes Haar wirft einen markanten Schatten über seine Stirn, während seine Kieferlinie in der gedämpften Dunkelheit betont wird. Schwer zu glauben, dass er gerade diese Worte gesagt hat. Diese schrecklichen, frauenfeindlichen Worte.

„Diese Worte, die du gesagt hast, waren schrecklich", sagt Mae, leiser als ein Flüstern, aber mit aller Härte, die sie vermitteln kann.

„Du weißt, dass ich es nicht so gemeint habe."

„Aber es hat sie besänftigt. Es hat sie tatsächlich besänftigt. Das ist jetzt die Welt, in der wir leben." Sie will schreien statt flüstern, will gehört werden statt zum Schweigen gebracht zu werden. Für einmal scheint es nicht das Beste zu sein, ignoriert zu werden. Es ist, als würde die Gesellschaft ihre Wünsche erfüllen und Frauen wegsperren. Nur jetzt scheint es falsch. Erzwungen. Ihre Entscheidungen werden ihr entzogen.

Pasha legt seine Arme um sie und zieht sie eng an sich. „Es wird schön sein im Hippy-Camp. Keine solchen Leute dort."

„Das weißt du nicht, Pasha."

„Wir müssen Oma vertrauen. Was können wir sonst tun? Zumindest haben sie unsere Akzente nicht bemerkt. Deiner war ziemlich gut, fand ich."

Sie lacht darüber und schüttelt den Kopf. „Deiner war nicht gut. Nicht mal ansatzweise."

Er hält sein Gesicht in gespielter Verteidigung, dann legt er seinen Arm wieder um sie, obwohl es die Kälte nicht abhält. Mae zittert, ihre Wanderkleidung ist nicht warm genug für solche Witterung. Weg von der Kneipe wartet die Weite des kargen Landes auf sie. Eine unbequeme Nacht beim Campen auf rauem Boden mit einer Million Insekten drumherum ist nicht im Geringsten verlockend.

Als das Essen ankommt, die Takeaway-Box heiß in ihren Händen, schalten sie ihre Taschenlampen ein und gehen hinaus ins Gestrüpp.

# Kapitel 30

Nach einer weiteren Stunde Fußmarsch, während sie an dem Essen in der Box herumpickten und vorsichtig Wasser tranken, hat Mae genug.

„Es ist fast halb neun, Pasha. Ich denke, wir sollten für heute Schluss machen. Vielleicht früh ins Bett gehen?"

„Dann sollten wir früh aufstehen. Richtig früh. Wir können nicht mehr weit sein. Wir sollten die Grenze im Dunkeln überqueren, versuchen unbemerkt rüberzukommen."

Mae hat wenig Geduld zu argumentieren und da sie keinen besseren Plan hat, stimmt sie zu. Sie finden eine freie Stelle im Gebüsch, um ihr Zelt aufzubauen – größtenteils windgeschützt. In der Nachtluft ist der kühle Wind bitterkalt, keine Wolke am Himmel, die sie isolieren könnte. Als sie zum dunklen Nachthimmel aufblicken, sehen sie Sterne wie nie zuvor. Ein ganzer Streifen von ihnen durchschneidet den Himmel wie ein großer Fleck. Kein Mond, kein künstliches Licht. Der Himmel ist atemberaubend. Kein Wunder, dass sich Mae immer so allein fühlt, wenn das Universum so groß ist. Sie ist ein Staubkorn auf einem

Staubkorn, weniger bedeutsam, als ihr je bewusst war. Es liegt etwas Tröstliches darin zu wissen, wie winzig und unbedeutend ein Leben ist. Egal wie lang dieses Leben ist, mit welchen anderen Leben es interagiert. Fehler sind nur Bruchteile eines Lebens, das ist alles. Auch das Gute wird in der endlosen Leere verdünnt. Sie sieht es dann, in der Weite des Himmels. Nichts davon spielt wirklich eine Rolle.

Im Zelt in der Dunkelheit liegend, sind Pashas Arm und Bein über sie gebreitet. Sie liegt still auf dem Rücken und starrt ins Nichts, so weit weg von überall. Als sie ein Mädchen war, hatte sie einen Albtraum, an den sie sich nicht mehr erinnern kann. Aber sie wachte weinend auf, schreiend, dass jemand kommen solle. Niemand kam. Sie teilte eine Wand mit dem Schlafzimmer ihrer Eltern, also müssen sie es gehört haben. Aber sie ließen das kleine Mädchen schreien, so verängstigt. Mae hatte gedacht, die Welt außerhalb ihres Zimmers sei verschwunden, weggebrannt. Es müsse nichts mehr übrig sein. Denn welche andere Erklärung gab es für ein zu Tode erschrockenes Kind, das um Hilfe schreit, aber so allein gelassen wird? Als sie am nächsten Tag aufwachte, trat sie aus ihrem Zimmer und erwartete, Schwärze zu sehen, wo einst die Welt war. Aber alles war gleich. Ihre Eltern sagten nichts, kein Wort, um sie zu trösten. Ihre Ängste wurden ignoriert. Nur eine weitere Handlung eines lästigen Kindes. Sie wusste von dem Moment an, dass sie allein war. Niemand würde kommen, um zu helfen, um sich zu kümmern. So sehr Pasha es auch versucht, so sehr sie ihn liebt und er es gut meint – sie bleibt auf einer Insel, immer weit weg von ihm. Haut berührt sich, doch die Seelen bleiben getrennt.

Pasha wacht früh auf und stupst Mae an. Irgendwie hat er es geschafft, ohne Wecker oder auch nur einen Schimmer Licht, der ihn wecken könnte, früh aufzuwachen.

„Mae. Es ist fünf Uhr. Lass uns aufbrechen.“

Sie tragen noch immer die Kleidung vom Vortag, es war zu kalt zum Umziehen. Das Zelt abzubauen dauert in der Dunkelheit lange, aber sie schaffen es und sind auf dem Weg, bevor auch nur ein Hauch von Sonne zu sehen ist. Im dunklen Morgen ist es unmöglich, den Dornen auszuweichen. Nach einer Weile bemerkt Mae sie nicht mehr. Sie kann die Schrammen nicht sehen und das kratzende Gefühl ist inzwischen zu normal, um ihm Beachtung zu schenken.

Der Boden unter ihren Füßen wird sumpfig, an manchen Stellen sickert Wasser durch ihre Schuhe. Sie steuern direkt auf eine holprige Straße mit bröckelnden Rändern und alten Schlaglöchern zu. Vor ihnen liegt erneut die glitzernde Flussmündung im künstlichen Licht. Bojen schaukeln neben kleinen Booten, das leise Knarren des Holzes und das sanfte Plätschern des Wassers hallen in der Stille. Doch sie finden keinen Weg, sie zu überqueren.

„Ich glaube, das ist es“, sagt Pasha. „Es ist der Fluss. Das ist die Grenze.“

Es ist noch zu dunkel, um zu erkennen, was vor ihnen liegt. Ein paar Häuser, nur ihre Umrisse sind zu unterscheiden, die Fenster dunkel. Der Fluss fließt sanft, sein Geräusch übertönt alles andere.

„Ich kann keine Brücke sehen“, sagt Mae.

„Es wird keine geben, wenn es eine Grafschaftsgrenze ist.“

Natürlich wird es keine geben. Warum sollte jemand eine Grafschaftsgrenze überqueren wollen? Mae scharrt mit ihren nassen Schuhen auf dem Boden. „Ich schätze, wir müssen dann schwimmen. Toll."

„Du bist eine tolle Schwimmerin. Und ich glaube nicht, dass es so tief ist."

„Schön, dass deine Nachtsicht und Tiefenbrille funktionieren." Sie entschuldigt sich nicht für ihren bissigen Kommentar. Pasha lässt es an sich abprallen.

„Da sind ein paar Boote, siehst du? Vielleicht könnten wir eins benutzen. Da sind ein paar kleine Ruderboote, schau. Das könnten wir schaffen. Es wäre allerdings Diebstahl."

„Das oder erfrieren. Das Wasser sieht kalt aus."

„Schön, dass deine Thermometer-Sicht funktioniert", kontert er.

Mae runzelt die Stirn und selbst in der Dunkelheit ist sie sich sicher, dass er es sieht.

Über den Weg führt ein Ponton zum Wasser hinunter, wo mehrere einfache Ruderboote verlassen daliegen. In der Dunkelheit zählt Mae sechs, vielleicht mehr. Pasha schiebt eins ins Wasser, das Kratzen des Rumpfes gegen den Beton klingt wie das Lauteste, was Mae seit Ewigkeiten gehört hat. Sie schaut sich um. Niemand in Sicht. Er legt die Taschen hinein, dann nimmt er Maes Hand. Ihre Knöchel sind vom Fluss durchnässt.

„Scheiße! Das ist kalt", sagt sie, als das eisige Wasser durch ihre Schuhe sickert. „Sieht so aus, als wären meine Thermometer-Augen doch gut."

Pasha kichert, schüttelt den Kopf und steigt vorsichtig ein, wobei das Boot zur Seite schwankt. Mae umklammert die Seite mit all ihrer Kraft, als könnte das verhindern, dass das Boot kentert. Als es stabil ist, stößt er das Boot mit dem Ruder vom Ufer weg und sie sind unterwegs.

Es ist still. Das Wasser plätschert sanft gegen eine Seite des Bootes, ein gleichmäßiges Schaukeln von Seite zu Seite. Zur Rechten wird der Himmel heller und bringt eine Spur Erleichterung von der tiefen Schwärze – die Mitte der Flussmündung bleibt dunkler als ihr Rand. Mae blickt auf ihre durchnässten Schuhe und stellt sich vor, wie ihre Zehen darin blau anlaufen. Es müsste noch viel wärmer werden, damit sie trocknen.

Pasha sitzt an den Rudern, das Holz ächzt unter der Kraft des Wassers. Er versucht, einen Rhythmus zu finden, ohne Erfahrung im Rudern außer den Maschinen im Fitnessstudio. Aber sie kommen weiter in den Fluss hinaus, die Strömung ist nicht zu stark, und die Meter vergehen langsam.

„Hey! Die haben mein Boot gestohlen!“

Stimmen hallen über den Fluss, ihr Echo trägt sich von den umliegenden Hügeln. Die dunklen Umrisse der Häuser sind nun sichtbar, Licht fällt durch die Fenster. Am Ufer schüttelt ein Mann wütend die Faust und Pasha erhöht das Tempo.

„Scheiße, Pasha!“

„Ich weiß. Verdammt!“

Er rudert mit all seiner Kraft, knirscht mit den Zähnen, sein Gesicht wird in der frühen Sonne scharlachrot, der Schweiß rinnt. Mae schaut zurück, wünschte, sie hätte es nicht getan. Jetzt sind vier Männer zu sehen, alle sind groß. Sie kann die Details in ihren Gesichtern nicht erkennen, aber ihre Körpersprache und Stimmen machen es deutlich. Sie steigen alle in ihre eigenen Ruderboote. Und sie kommen.

Pasha rudert, schneller und schneller. Mae sitzt nutzlos da, zitternd, verängstigt. Der Wind frischt auf, nur ein wenig, genug, um es für Pasha schwieriger zu machen, genug, um das Boot etwas mehr schwanken zu lassen.

„Komm schon, Pasha."

„Ich versuche es!"

Seine Worte sind durch seinen angespannten Hals kaum hörbar. Er keucht, atmet schwer bei jedem Ruderschlag. Die Männer holen auf, sind aber noch ein Stück entfernt. Sie würden sie sicher nicht bis nach Cornwall verfolgen. Die Hälfte dieses Flusses muss Cornwall sein. Sobald sie die Hälfte erreicht haben, werden sie in Sicherheit sein.

Mae blickt nach links und rechts, geblendet von der Sonne, die über dem Horizont glänzt. Es ist schwer zu sagen, aber sie müssen inzwischen mehr als die Hälfte überquert haben. Doch die Männer kommen immer noch, schreiend, wütend, unerbittlich. Vielleicht ist es das Ufer, denkt Mae. Der Fluss ist Devon; das Land ist Cornwall.

Vielleicht ist dies überhaupt nicht die Grenze.

Sie können ihnen nicht davonlaufen. Auf keinen Fall könnte sie es auch nur versuchen. Sie würden aufgeben, wenn sie ihr Boot zurückbekommen. Sicherlich. Sie schaut wieder nach hinten. Die Männer sind jetzt über die Hälfte hinaus, einige rudern mit einer Hand, Telefone in der anderen. Gesellschaftspolizei. *Großartig.* Mae schirmt ihr Gesicht ab. Es ist sowieso zu dunkel. Sie sind zu weit weg.

Das Ufer rückt näher. Fast da. Pashas Arme zittern bei jedem Zug, sein Atem ist schwer, dann – mit einem dumpfen Stoß – prallen sie ans Land. Keine Zeit für Vorsicht. Beide springen aus dem Boot, Wasser spritzt an ihren Beinen hoch, ihre ohnehin durchnässten Stiefel saugen sich noch voller. Schnitte und Schürfwunden brennen im salzigen Wasser. Pasha greift nach den Taschen, und sie rennen – ohne zurückzublicken, ohne zu wissen, wohin. Sie rennen einfach. Die Stimmen der Männer verblassen im Hintergrund. Niemand folgt ihnen. Sie haben es geschafft. Sie sind allein, bis-

„Ihr zwei habt gerade dieses Boot gestohlen!"

Eine Frau steht vor ihnen, ihr Truck quer über der Straße geparkt, Motor laufend. Sie könnten an beiden Seiten vorbeilaufen, aber sie würden nicht weit kommen. Pasha lässt seine Tasche fallen, hält sich die Brust, versucht, zu Atem zu kommen.

„Ausgeliehen", entgegnet Mae. „Wir haben es dort für sie gelassen."

Die Frau lacht. Ein freundliches Lachen, wie wenn man einen Witz mit einem alten Freund macht. „Na ja, ich bezweifle, dass sie das so sehen werden. Steigt ein, ich gebe euch eine Mitfahrgelegenheit."

Sie haben nicht einmal ihren Ausdruck überprüft. Mae hat keine Ahnung, welche Frisur sie haben sollte. Vogelnest, hofft sie, denn so muss es aussehen. Selbst Pashas Haar ist zerzaust und ungepflegt. Er schaut sie an, wartet darauf, dass sie die Mitfahrgelegenheit absegnet. Welche Wahl haben sie? Sie springen in den Truck und die Frau rast einen Feldweg hinunter. Sie lacht noch mehr und jubelt, als sie davonfahren.

„Juhu! Ha. Diese alten Devon-Typen werden durchdrehen. Keine Sorge, sie werden euch nicht hierher folgen. Das ist brillant. Ich werde sie jahrelang damit aufziehen."

„Du kennst sie?", fragt Pasha.

„Klar. Wir streiten uns alle schon ewig über den Fluss. Geben uns gegenseitig die Schuld, dass alle Fische weg sind. Es war ihre Schuld, falls ihr euch das fragt."

Pasha nickt, während Mae einfach dasitzt, sprachlos.

„Also", sagt sie. „In was für Schwierigkeiten steckt ihr beiden?"

Keiner antwortet. Mae bedeckt instinktiv ihren Bauch mit den Händen und die Frau fängt ihren Blick im Rückspiegel auf.

„Oh", sagt sie. „Diese Art von Schwierigkeiten."

„Wir wollen niemandem schaden", sagt Pasha. „Wir sind nicht hier, um jemanden zu verletzen."

„Ihr seid also wegen Bodmin hier, nehme ich an?", sagt sie, eine Frage, die keine ist. „Der Ort ohne Drohnen. Guter Plan, wirklich. Ich dachte mir schon, dass einige Frauen versuchen würden, dorthin zu kommen, aber ich war mir nicht sicher, wie bekannt es ist. Wie habt ihr davon erfahren?"

Pasha und Mae sind für eine Minute sprachlos, ihr Plan aufgedeckt. Pasha findet seine Worte. „Meine Oma hat es mir erzählt."

„Einfallsreich." Sie nickt beeindruckt. „Ich glaube nicht, dass viele davon wissen. Meine Schwester ist vor zwei Jahren dorthin gezogen. Hatte ewig Kopfschmerzen. Alles Quatsch, wenn du mich fragst. Aber sie mag es dort. Ich kann euch den größten Teil des Weges fahren, aber die letzten paar Kilometer müsst ihr zu Fuß gehen. Autos sind nicht erlaubt. Es ist an einem See, einer alten Fischzucht. Jetzt gibt es keine Fische mehr, also haben sie das Gelände übernommen. Sobald ihr auf dem Weg seid, könnt ihr es nicht verfehlen."

„Ich ... wir ...“ Maes Mund hängt offen, nasse Augen und trockener Hals. „Ich weiß nicht, was ich sagen soll. Danke. Vielen, vielen Dank.“

„Keine Ursache. Ich kann einem netten Pärchen helfen und die Devon-Typen verarschen. Fantastischer Morgen, wenn du mich fragst.“

Die Kälte vom Fluss verschwindet und eine Wärme breitet sich in Mae aus. Freundlichkeit, das ist das Gefühl. Fremde, obskure Freundlichkeit. Es ist zu leicht zu vergessen, wie sich das anfühlt, wenn die Welt so hart und unerbittlich ist. Mae kann sich nicht genau erinnern, wann die Herzen der Menschen zu Stein wurden. Irgendwann, als sie sich mit ihren Mathebüchern einschloss, als hätte sie den emotionalen Winter kommen sehen. War die Welt langsam, unmerklich freundlicher geworden, und sie hatte es nur nicht bemerkt? Wahrscheinlicher war, dass sich Freundlichkeit in den verborgenen Ecken der Gesellschaft festklammerte, während Gemeinheit von innen heraus wuchs und sich nach außen fraß. Vielleicht würde die Gemeinschaft, zu der sie unterwegs waren, dann doch nicht der schrecklichste Ort sein.

Die Fahrt ist nicht weit, besonders bei der Geschwindigkeit, mit der sie fährt. Meist einspurige Straßen, gesäumt von hohen Büschen. Mae schließt die Augen, spürt, wie sich ihr Nacken entspannt, und wiegt sich dann mit der Bewegung des Trucks, als würde sie davonschweben, weit weg. Der Truck kommt plötzlich zum Stehen.

„So. Hier seid ihr. Das ist so weit, wie ich euch fahren kann. Geht einfach in diese Richtung weiter. Ihr werdet wissen, wann ihr da seid. Eine halbe Stunde zu Fuß. Vielleicht vierzig Minuten, wenn ihr langsam seid.“

„Wir können dir gar nicht genug danken", sagt Pasha, während er ihre Taschen zusammensammelt.

„Tut mir bitte einen Gefallen."

„Was auch immer es ist."

„Wenn ihr dort ankommt, sagt Lottie, dass Molly sie grüßt. Sagt ihr, dass Oma und Opa Grüße schicken und sich wünschen, dass sie mal wieder zu Besuch nach Hause kommt. Und sagt ihr, dass Dusty ihre Decke gefressen hat. Ich werde sie nicht ersetzen. Werdet ihr euch an all das erinnern?"

„Klar", sagt Mae.

„Nun, viel Glück euch beiden. Und, äh, na ja, Glückwunsch."

Sie beobachten, wie der Truck davonrast und eine dichte Staubwolke hinterlässt. Die Sonne steht nun hoch genug, um die Straße sichtbar zu machen – eine versengte Linie auf dem ausgedörrten Boden. Pasha überprüft die Telefone. Nur ein Hauch von Signal, mehr nicht. Bald werden sie keins mehr haben.

„Dann rufen wir am besten Iris an", schlägt Mae vor.

Er nickt und wählt.

„Hallo?"

„Oma! Hi, hier ist Pasha. Wir haben es geschafft. Kannst du es glauben? Wir haben es geschafft. Na ja, fast. Müssen die Telefone hier wohl ausschalten. Es ist nur noch eine halbe Stunde zu Fuß."

Die Leitung knackt leicht wegen des schwachen Signals. „Ich habe keinen Moment daran gezweifelt. Wie geht es Mae?"

„Ich bin hier, Iris. Alles gut."

„Na ja, ich vermisse euch beide. Ich hab ein Auge auf den Sicherheitsfunk und die Gesellschaftspolizei geworfen. Ihr seid überhaupt nicht aufgefallen. Ich weiß nicht, wie ihr das geschafft habt, aber ihr wurdet nicht entdeckt. Ihr schlauen Füchse.

Gestern hab ich eure E-Mails überprüft. Noch keine Neuigkeiten zu eurer Ausnahmegenehmigung. Ich bin froh, dass ihr jetzt dort seid, gerade noch rechtzeitig, wie es scheint. Fast eine Million zusätzliche Morde inzwischen. Könnt ihr das glauben? Das Kriegsrecht bringt einen Scheiß, um es zu stoppen. Sie wollen es gar nicht stoppen. Ich weiß nicht, warum sich irgendjemand Sorgen um die Bevölkerung macht. Man kann sich immer darauf verlassen, dass die Menschheit sich irgendwann selbst auslöscht. Ich bin einfach froh, dass ihr irgendwo in Sicherheit seid. So erleichtert, dass ihr aus den bevölkerten Gebieten raus seid und irgendwo Schönes sein könnt. Ist es schön dort? Ich wette, das ist es. Und Rolan und Moira sind in Sicherheit. Meine ganze Familie ist in Sicherheit."

„Oma, bleib du einfach in Sicherheit. Bleib zu Hause. Mach dir keine Sorgen um uns."

„Ich hab Hooper, der mich beschützt. Mir wird's gut gehen. Ich schätze, ihr müsst versuchen anzurufen, wenn ihr könnt."

„Werden wir", versichert Pasha langsam und bestimmt. „Wir rufen einmal pro Woche an."

„Passt auf euch auf, Lieblinge. Bleibt in Sicherheit. Seid glücklich. Gott segne euch beide."

Er legt auf, prüft den Akku. Er ist immer noch fast voll, also schaltet er das Telefon aus. Sie stehen noch einen Moment lang da und blicken auf die Straße vor ihnen. Dann hebt Pasha die Taschen auf und wieder machen sie sich auf den Weg.

# KAPITEL 31

„Bist du nervös?", fragt Pasha.

„Ja", sagt Mae und schluckt. „Du?"

„Ein bisschen." Er stellt die Taschen für einen Moment ab und dehnt seinen Rücken, bevor sie weitergehen. „Willst du Hippie-Camp-Bingo spielen?"

„Pasha! Wir werden mit diesen Leuten zusammenleben müssen."

„Na und? Es ist doch nur ein bisschen Spaß."

Mae überlegt für ein paar Schritte. „Okay. Brennender Weihrauch."

„Offensichtlich."

„Batik."

„Einfach."

„Mir fällt nichts mehr ein", sagt sie nach einer Pause. „Warum ist das so viel aufregender als Oma-Bingo?"

„Weil wir Oma kennen. Und weil Oma-Bingo bedeutet, dass wir Kuchen essen dürfen."

Sie biegen um eine Ecke der heckengesäumten Straße und erkennen sofort, dass Molly recht hatte. Es ist unübersehbar, als sie ankommen. Die Morgensonne tanzt über Wimpel, die zwischen zwei Bäumen gespannt sind und verkünden: Elektromagnetisch freie Zone! Sie treten vorsichtig näher, obwohl sie niemanden sehen. Zwölf Holzhütten sind zu sehen, wahrscheinlich noch mehr auf der anderen Seite des Sees. Das stille Wasser des Sees glitzert, ein paar Enten schwimmen auf der Oberfläche, ihre Wellen fangen das Licht ein. Einige Kinderspielzeuge liegen auf dem Rasen verstreut und Frühlingsblumen sprießen überall. Hühner picken auf dem Boden, es gibt eingezäunte Bereiche mit wachsendem Gemüse und Obstbäume in früher Blüte. Sie treten noch ein wenig näher. Gelächter und Kinderstimmen kommen aus der größten Hütte.

„Hallo?", ruft Pasha.

„Psst!", sagt Mae und stößt ihn mit dem Ellbogen an. „Das könnte unhöflich sein."

„Sei nicht albern. Wir müssen irgendwann Hallo sagen. Hallo?"

Eine Tür der größten Hütte öffnet sich und eine Frau tritt heraus. Langes Haar fällt über ihre Schultern, ein übergroßer Pullover hängt über ihre Knie und bedeckt ihren geschwollenen Bauch – kein Armband an ihrem Handgelenk.

„Und wer seid ihr?", fragt sie anklagend, unfreundlich.

Mae möchte wegrennen, ihr Herz rast. Sie haben irgendwie eine Grenze überschritten. Sie sind hier nicht erwünscht. Sie macht einen Schritt zurück, aber Pasha tritt nach vorn.

„Ich bin Pasha und das ist Mae. Wir, äh, nun, wir hofften, wir könnten hier Zuflucht finden."

Die Frau hält einen Moment inne, um sie von oben bis unten zu mustern. Mae erstarrt und hält ihren Blick auf den Boden gerichtet.

„Nick! Wir haben noch ein paar Streuner!"

Nick gesellt sich zu ihr, sein Haar ist ebenso lang und vermischt sich mit seinem Bart. Er braucht nur einen Bruchteil einer Sekunde, um sie einzuschätzen. „Wir haben keinen Platz für Streuner. Tut mir leid."

„Bitte", fleht Mae. Ihre Stimme überrascht sie selbst, ihr Flehen, ihre Verzweiflung kommt von irgendwo tief in ihr, urinstinktiv. „Wir können nirgendwo anders hin." Sie streicht ihre Jacke über ihren kleinen Bauch und macht ihre Notlage deutlich. „Molly sagte, ihr wärt vielleicht so freundlich, sie sagte, Lottie-"

„Meine Molly?", fragt die Frau, ihre Stimme von Überraschung geprägt. „Meine Schwester?"

„Ja." Mae blickt jetzt auf, um ihrem Blick zu begegnen. „Sie sagt, Dusty hätte eure Decke gefressen. Tut uns leid."

Lottie schnaubt vor Lachen und bricht dann in schallendes Gelächter aus. „Dieser verdammte Hund! Ich habe diese Decke in der Schule gemacht. Mann, ich hasse diesen Hund, dummes Vieh. Süß, aber dumm. Mögt ihr Hunde?"

„Nicht wirklich."

Lottie lächelt noch mehr und winkt sie heran. „Kommt rein. Lasst uns euch sauber machen. Wir werden die Chefin fragen."

Pasha lässt die Taschen, wo sie sind, greift dann nach Maes Hand und sie folgen, machen ihre ersten Schritte in die kleine Siedlung, die Mae an das Leben von vor langer Zeit erinnert, als Menschen Gärten hatten – keine Plakate der Gesellschaftspolizei, keine *Eyes Forward*-Logos, keine schnellen oder langsamen Spuren. Nur Platz und Grün.

„Das ist Sue." Lottie zeigt auf eine ältere Frau, die sich um den Garten kümmert. Ihr Gesicht sieht aus wie raue Baumrinde. „Sie ist hier die Chefin. Ihre Gemeinschaft. Sie ist die Gründerin. Sue. Wir haben hier ein Pärchen, sie scheinen in Schwierigkeiten zu sein."

Sue tritt vor, streicht einige verirrte Haare an ihrem Kopf glatt, dann umfasst sie Maes Gesicht mit ihren Händen und blickt ihr tief in die Augen. Maes Magen verkrampft sich. Sie weiß, Sue sieht sie, auf die gleiche Weise wie Iris sie sieht. „Das sehe ich", sagt Sue, ihr Ton freundlich und selbstsicher. „Nun, wir können sie jetzt nicht auf der Straße lassen, oder? Niemand verdient das, besonders nicht in ihrem Alter."

Maes Wangen brennen unter Sues kalten Händen und sie antwortet nicht. Sie versucht zu lächeln, findet aber nur Tränen. Pasha legt seinen Arm um sie, ohne Sues Kommentar zu bemerken, und Nick führt sie zu einer Hütte, trägt ihre Taschen. Er ist größer als Pasha, breiter, die Taschen scheinen für ihn nichts zu wiegen. In der Hütte ist es dunkel, nur ein kleines Fenster an einer Wand mit Blick auf einige Bäume. Ein Regal an der Wand, eine Gaslampe, eine Matratze auf dem Boden. Es riecht nach frisch geschnittenem Holz.

Sie haben keine Zeit für sich. Nachdem ihre Taschen abgestellt sind, gibt Lottie ihnen eine Tour und stellt sie so vielen Menschen vor, dass Mae ihre Namen fast augenblicklich wieder vergisst. In der Gemeinschaft gibt es einen Waschbereich, eine Wäscherei, eine Schule für die Kinder und eine Bibliothek mit echten Büchern. Mae kann es kaum glauben. In jedem Raum stehen

Kerzen. Es gibt eine große Feuerstelle, Musikinstrumente und Gasheizungen.

„Ihr werdet hier in Sicherheit sein", sagt Lottie und streicht ihren Pullover über ihren Bauch. „Keine Drohnen, die euch finden können. Nicht viele Leute wissen überhaupt, dass wir hier sind. Der beste Ort in der Gesellschaft, gerade um ein Baby zu bekommen."

Pasha erzählt ihnen, dass er Physiotherapeut ist, und sie freuen sich bei dem Gedanken, seine Fähigkeiten nutzen zu können. Sie fragen, wie weit Mae ist, und sie antwortet ohne Scham, ohne Angst. Niemand fragt, ob sie einen Spender hat oder ob sie sich rechtzeitig registriert hat. Sie geben ihnen Essen, zeigen ihnen die Gärten und teilen ihnen dann Aufgaben zu – für den Moment, wenn sie bereit sind. Dann treffen sie die Kinder.

Als ihre Tour beendet ist, packen Pasha und Mae ihre Sachen aus, Lottie gibt ihnen Decken und Kissen für ihr Bett. Die Matratze scheint sehr bequem zu sein. Ihre wenigen Besitztümer passen problemlos in die Regale. Und es ist ihrs – ihr eigener Raum.

„So lange ihr wollt", sagt Lottie.

Als die Nacht hereinbricht, versammeln sie sich um das Feuer unter einem sternenklaren Himmel. Nick spielt eine Weile Gitarre. Sie essen Gemüseeintopf, alles vor Ort angebaut. Sie erzählen Geschichten aus ihrer Vergangenheit, drängen Pasha und Mae aber nicht zu sehr, sondern schwärmen lieber von den neuen Gesetzen, der Regierung, dem Chaos draußen und ihrer Missbilligung über die Härte der Welt. Selbst in dieser abgeschiedenen Gemeinschaft wissen sie, was draußen passiert. Alte Zeitungen werden als Anzünder verwendet. Sie sind auf

Mae und Pashas Seite, alle von ihnen. Die elektromagnetische Störung durch die Drohnen ist nur ein Grund, warum sie sich verstecken, der andere ist, dass sie überhaupt keine Einmischung mögen. Sie haben genug zu essen, sagen sie. Ihre Ausflüge in die Stadt sind selten und werden immer seltener. „Scheiß auf den Rest der Welt", sagt Sue mit einer Direktheit, die Pasha zum Lachen bringt. Sein Gesicht leuchtet im Schein des Feuers und Mae beobachtet die Kurve seines Lächelns, den Farbkontrast seiner Kleidung, die Ungleichmäßigkeit seines Bartes – und es macht ihr nichts aus.

Als das Feuer brennt, spürt Mae eine Bewegung in ihrem Inneren. Das Baby. Zum ersten Mal fühlt sie, wie es tritt. Sie ist wirklich schwanger. Welche Emotion sie dabei empfindet, kann sie nicht beschreiben. Sie hat keine Worte für eine solche Empfindung. Sie hält ihren Bauch und Tränen sammeln sich in ihren Augen, aber sie erzählt es niemandem. Es ist nur ihr Moment. Es ist das erste Mal in ihrem Leben, dass sie sich nicht wirklich allein fühlt.

# Kapitel 32

*Kein links, kein rechts. Wir blicken nach vorn. In die Zukunft. In die Zukunft der Gesellschaft.*
*Manifest-Versprechen von Eyes Forward.*

***

Pasha und Mae lernen die Namen aller kennen und gewöhnen sich im Laufe der Wochen an deren Lebensweise – Pasha schneller als Mae. Für Mae ist die Routine seltsam, der Mangel an Elektrizität noch seltsamer. Kerzenlicht in der Nacht verbirgt die Welt vor ihr – die Mängel eines Raumes verschwinden in der Dunkelheit. Doch es verbirgt auch sie selbst: die Art, wie sie ihr Kinn zurückzieht, das leichte Zucken, das sie noch nicht zu unterdrücken gelernt hat. Sie kann eine Träne wegwischen, ohne dass es jemand bemerkt. Das Lagerfeuer draußen taucht die Nacht in flackerndes Licht, sein Rauch legt sich in ihre Kleidung, ein Geruch, den sie nie ganz abschrubben kann. Doch sie sind in Sicherheit. Das kann sie spüren. Sicherheit auf eine Art, die sie seit Beginn der Schwangerschaft nicht mehr gefühlt hat. Sie kann jede beliebige Kleidung tragen, ohne sich um ihren Bauch Sorgen zu machen, kann über die Schwangerschaft sprechen, ohne Angst zu haben. Beide helfen, wo sie können, kümmern sich um den Garten, passen auf die Hühner auf. Mae trägt ihre Haare hier, wie sie möchte, was fast immer ein Zopf ist, allerdings lockerer geflochten als früher in Berkshire. Sie kann das Gefühl der Haare auf ihren Schultern immer noch nicht ertragen, die wärmer werdenden Tage lassen ihren Nacken jucken.

Mae bringt den Kindern Mathematik bei – schlecht, wie sie behauptet. Denn so gut sie selbst darin ist, Dinge zu tun, so anders ist es, sie zu erklären. Doch die Kinder beschweren sich nicht. Man sagt ihr, sie finden ihre Eigenart aufregend, und die Eltern sind mit ihrem Unterricht zufrieden. Mae lernt, die lauten Geräusche und die ungestüme Energie der Kinder zu tolerieren. Die Lehrbücher sind dürftig und ohne Computer fällt es ihr schwer, ihre eigenen Fähigkeiten aufrechtzuerhalten. Es gibt nur ein paar Taschenrechner, die sparsam verwendet werden dürfen, und einen Abakus für die Kleinsten.

Pasha findet es viel natürlicher, mit den Kindern zu spielen. Er versteht ihre Eigenarten, lässt sich von ihnen als Klettergerüst benutzen und lacht über ihre Spiele. Bei Bedarf massiert er jedem die schmerzenden Muskeln. Die Kinder mögen es alle, Maes Bauch zu berühren. Obwohl sie sich anfangs noch vor ihren klebrigen Fingern und schmutzigen Händen zurückzog, gibt sie nach einer Weile nach und genießt ihre neugierigen Gesichter und Freudenschreie.

Wenn die Sonne der Dunkelheit weicht, ziehen sie sich in ihre Hütte zurück – nur sie beide – und genießen ihre Privatsphäre, Gliedmaßen verschlingen sich, Atem keucht. Für ein paar Stunden jede Nacht ist sie nicht dort. Sie ist überall sonst.

Lottie bekommt ihr Baby nur zwei Wochen nach ihrer Ankunft – einen kleinen Jungen, den sie Felix nennen. Die Geburt verläuft schnell und Mae ist die ganze Zeit dabei. Es ist so schrecklich und magisch, wie sie es sich vorgestellt hat, und lässt sie denken, dass ihre eigene Geburt unmöglich sein wird. Sie ist nicht so stark wie Lottie, nicht annähernd so widerstandsfähig. Mae hält den Neugeborenen. Es ist das erste Mal, dass sie ein Baby hält, und während sie es tut, tritt ihr eigenes Baby. Sie blickt in die kleinen Augen von Felix mit einer Angst, die sie nicht erklären kann, und einem solchen Verlangen, ihr eigenes zu halten. Eine erschreckende Ungeduld. Es hat sich langsam eingeschlichen. Dieses Verlangen, dieses Bedürfnis.

Wann genau sie von *schwanger sein* zu *ein Baby bekommen* übergegangen ist, kann sie nicht sagen. Wann wurde ihr Gefühl der Beklemmung durch eine tiefe Sehnsucht ersetzt? Während sie sich um den Garten kümmert, träumt sie davon, wie ihr Baby aussehen wird. Ist es ein Junge oder ein Mädchen? Sie denkt über Namen nach, stellt sich eine Zukunft mit dem Baby vor, wie sie seine Hände hält, wenn es seine ersten Schritte macht, wie sie Pasha dabei zusieht, wie er als Klettergerüst für ihr eigenes Kind dient. Sein dunkler Haarschopf, seine Ungezwungenheit im Umgang mit anderen. Sie kann so viel sehen, dass sie vielleicht wirklich das Unmögliche möglich macht. Die anderen stellen alle Fragen über sie, wenn auch selten. Sie spüren ihre Schüchternheit. Sie schiebt Pashas Zuneigungen gegenüber ihrem Bauch jetzt nicht mehr weg. Sie lächelt mit ihm.

Zwei andere Frauen sind da, die geflohen sind, als die Gesetze verkündet wurden. Sie sind beide weiter als Mae. Scarlet und ihre Partnerin Dipika aus Devon, sehr zum Spott aller anderen. Freundliches Geplänkel, immer, sie teilen genauso gut aus, wie sie einstecken. Scarlet hat noch röteres Haar als Mae, was Mae dazu bringt, nicht neben ihr stehen zu wollen, als würde sie ausgebleicht werden. Dipika ist laut, freimütig, fürsorglich. Scarlet steht ihr in allen drei Punkten in nichts nach. Ihre Schwangerschaft wurde rechtzeitig registriert, aber gleichgeschlechtliche Paare ziehen zu viel Aufmerksamkeit auf sich – zu viel Hass, sagen sie. Ein Armband klimpert an Scarlets Arm. Das Baby kann tätowiert werden, sobald es geboren ist. Auf der Geburtsurkunde wird der Name eines Mannes stehen. Dipika knackt mit den Knöcheln, als sie ihre Geschichte erzählen, und sagt, sie fühle sich beiseitegeschoben, als würde sie nie die Mutter des Babys sein. Sie können nie eine Familie sein.

„Wir waren auf dem Weg zu den Scilly-Inseln", erzählt Dipika eines Abends am Feuer. Sie bemerkt Mae und Pashas leere Gesichter. „Das ist eine Inselgruppe, ziemlich weit vor der Westküste von Cornwall."

„Klingt kompliziert", sagt Mae, unfähig sich vorzustellen, noch weiter weg zu sein.

„Dort gibt es angeblich weniger Vorurteile. Die Bevölkerung ist gering, es gibt keine Menschen im arbeitsfähigen Alter mehr, also wollen sie ein paar junge Familien. Sie sagten, die ersten hundert jungen Familien wären willkommen."

„Wirklich?" Mae blickt zu Pasha, aber er schaut geradeaus, ohne ihren Blick zu bemerken.

„Ja. Aber wir sind vor ein paar Wochen zufällig auf diese Gemeinschaft gestoßen und dachten, sie wäre so gut wie jeder andere Ort."

„Ähm, besser, würde ich sagen!", erwidert Lottie mit einem Lachen und füttert Baby Felix.

Dipika und Scarlet lächeln sie an, Zufriedenheit in ihren Gesichtern, denkt Mae. Obwohl sie in ihrer Schwangerschaft nur ein paar Wochen weiter ist, ist Scarlets Bauch viel größer als Maes, und sie erwähnt es oft. Sie meint grinsend, sie werde wohl einen Kleinkind gebären.

Mae macht sich nur Sorgen. Vielleicht ist ihr eigenes Baby zu klein, oder es wächst nicht richtig. Könnte sie sich bei den Wochen verrechnet haben? Der Gedanke an eine Fehlkalkulation plagt sie nur für einen Moment. Sie ist sich sicher, dass sie richtig liegt. Aber das Baby, ist es gesund? Es tritt, als wäre es das. Scarlet muss recht haben. Babys kommen in verschiedenen Größen.

Außerdem ist da Juanita, die allein ist und ein paar Monate weiter als Mae und Scarlet. Ihr Bauch ist der größte. Sie hat ein blasses Gesicht und sieht immer erschöpft aus – Augen von bodenlosem Kummer, mehr Falten, als sie für ihr Alter haben sollte. Sie weint oft.

„Er wollte den Fötus der Wissenschaft spenden", erzählt sie. „Das Geld einstreichen. Also bin ich weggelaufen."

„Ganz allein?", fragt Pasha.

„Ja. Vom anderen Ende von Cornwall, also musste ich keine Grenze überqueren. Die Scilly-Inseln wollen nur Paare. Sie würden mich vielleicht melden, weil ich allein bin. Außerdem würde er mich dort finden. Das wäre der erste Ort, an dem er suchen würde. Sein Vater arbeitet für unseren lokalen Abgeordneten und ist ein großer *Eyes Forward*-Befürworter. Er würde mich wahrscheinlich selbst zu Tode prügeln, wenn er es herausfände. Also bin ich an einem Tag über dreißig Meilen gelaufen, um hierher zu kommen. Ich bin lange vor Sonnenaufgang losgegangen, bevor jemand bemerken würde, dass ich weg war."

Sie sagt das alles fast ohne Luft zu holen. Sie sieht so müde und traurig aus. Aber sie ist den ganzen Weg allein gelaufen. Sie schleppt sich langsam durch die Kommune, als wäre sie schwach, aber sie ist stark, denkt Mae. Juanita schaut oft zum Himmel, ungläubig, dass die Drohnen wirklich wegbleiben werden.

„Keine Sorge, Liebes", sagt Sue, als sie sie sieht. „Es liegt ein Bündnis auf dem Land. Sie können nicht hierherkommen. Du und dein Baby seid in Sicherheit."

Mae meidet Sue. Ihr wissendes Lächeln ist ihr zu persönlich, aufdringlich. Sie ist zu freundlich, alles in allem. Sue spricht in Maes Gegenwart von der alten Welt, als Großbritannien noch ein Land war und nicht die Gesellschaft. Sie erinnert sich daran, wie das Leben war, bevor die Lebenspunktzahlen erfunden wurden. Sie erzählt, wie viel freier sie alle einmal waren. Und Mae nickt, sagt aber nichts. Sie schaut auf den Boden, beißt sich auf die Innenseite der Wange und schluckt dann in ihrem trockenen Hals.

Kurz nach ihrer Ankunft überbringt Mae Mollys Nachricht vollständig an Lottie. Sie schnaubt verächtlich, als ihre Großeltern erwähnt werden.

„Hat Molly dir erzählt, was sie getan haben?"

„Nein."

„Konserviert. Die beiden. Sie müssen jetzt hundertzwanzig oder so sein. Es ist krank. Unnatürlich. Es hat mich wahnsinnig gemacht, sie Stück für Stück jünger und jünger werden zu sehen. Diese leuchtend rosa Haut erinnerte mich daran, wie ein verdammtes Neonschild. Es dauerte etwa zehn Jahre, bis es sich stabilisierte und das Rosa vollständig verschwand, und ich sage dir, wenn deine Großeltern jünger aussehen als du, ist das seltsam. Ich war damals dreißig und sie sahen aus wie zwanzig. Sie sagten, es sei, damit sie weiter auf dem Bauernhof helfen könnten, aber das ist Unsinn. Sie haben jeden Penny, den sie hatten, für dieses Medikament eingelöst und auch Geld aus dem Hof genommen. Wenn Hilfe auf dem Hof nötig gewesen wäre, hätten wir für viel weniger Geld Personal einstellen können. Wir lebten alle zusammen in diesem großen Bauernhaus – meine Eltern und meine Schwester – bis sie mit ihrer Partnerin Faye und diesem dummen Hund zusammenzog. Sie bekam einen neuen Job, etwas Geheimes. Sie hat uns nie gesagt, was. Jedenfalls brachte sie das weg vom Hof. Glückliche Kuh. Dann traf ich Nick und wir kamen hierher. Ich hatte schon immer Kopfschmerzen. Vielleicht war es die elektromagnetische Krankheit, vielleicht war es einfach das Zusammenleben mit der Familie, wer weiß? Alles, was ich weiß, ist, dass ich hier keine Kopfschmerzen mehr habe."

Mae hört jedem Wort zu und unterdrückt ihr Zusammenzucken und Sträuben. „Siehst du deine Familie jemals?", erkundigt sie sich.

„Molly kommt von Zeit zu Zeit vorbei. Ich vermisse sie. Aber wann immer sie kommt, streiten wir am Ende. Sie sagt, ich solle nach Hause kommen und auf dem Hof helfen. Und ich sage ihr, dafür sind die Frankenstein-Großeltern da."

Mae mag Lottie – sie kann nicht anders. Sie spricht frei heraus, nimmt kein Blatt vor den Mund. Ihr Akzent ist weich, mit sanften Rs und betonten Vokalen – beruhigend anzuhören. Und das Beste: Sie braucht Mae nicht, um ein Gespräch am Laufen zu halten. Lottie füllt die Stille.

Pasha und Mae sind ehrlich darüber, woher sie kommen, und erzählen alles über ihre Reise. Alle hören ihnen mit Bewunderung und Faszination zu. Die Kinder glauben, sie müssen Witze machen oder aus dem Weltraum stammen. Sie fragen nach Berkshire, lachen und schrecken zugleich zurück, wenn Mae von der Kleidung, den Frisuren und der geschäftigen Hektik erzählt. Selbst für sie wirkt es inzwischen unwirklich.

Ist sie glücklich in der Gemeinschaft? Manchmal denkt sie das. Aber ist es wirklich Glück – oder nur Ablenkung? Es ist leicht, die Welt außerhalb des Lagers zu vergessen. Leicht, so zu tun, als ob.

Berkshire scheint so weit weg. Sie fühlt sich so weit weg.

# KaPITeL 33

Das Leben ist ruhig und friedlich. Jeder grüßt Mae täglich und fragt, wie es ihr geht. Anfangs ist das schön. Doch nach ein paar Monaten vermisst Mae die Geschäftigkeit. In der Stadt Reading gaben ihr die ständigen Menschenmassen Anonymität. Sie konnte durch die Straßen gehen und Bus fahren, ohne dass jemand sie beachtete. Niemand kannte ihren Namen. Sie konnte sich in aller Öffentlichkeit verstecken. Hier kennen alle dreiundvierzig Bewohner der Gemeinschaft ihren Namen, alle wollen mit ihr reden und fragen, wie es ihr geht. Es gibt nirgendwo ein Versteck. Nie hätte sie sich vorgestellt, dass sie sich an einem Ort mit so viel Raum, so viel Platz, eingeengt fühlen könnte.

Sie beginnt, Tage in ihrer Hütte zu verbringen, vernachlässigt ihre Pflichten und schiebt es auf Schwangerschaftsmüdigkeit, geschwollene Knöchel und was ihr sonst noch einfällt, um etwas Zeit für sich zu haben. Glücklicherweise gibt es nicht viele Spiegel, denkt Mae. Sie kann neue Polster in ihrem Gesicht spüren, ihr Kinn und ihre Wangen fühlen sich schwammig an. Wird Pasha sie noch mögen, wenn sie so aussieht? Pasha ist so damit beschäftigt, sich einzubringen, dass er zwar ihre Traurigkeit bemerkt, aber keine Worte des Trostes findet. Ihr Bauch wächst, das Baby bewegt sich mehr und das Leben in ihr fühlt sich an wie ihr einziger Freund – der einzige, mit dem sie reden kann. Der einzige, der weiß, was sie fühlt.

Im Garten gibt es Schaukeln, eigentlich für die Kinder gedacht, aber sie setzt sich auf eine, um die Zeit zu vertreiben. Sie ächzt unter ihrem Gewicht. Das wachsende Baby trägt mehr als seinen Teil dazu bei. Sie schwingt vor und zurück, als wäre sie in einer Strömung gefangen. Jedes Mal, wenn sie nach vorne schwingt, ist sie frei, schwebt davon, dann schwingt sie zurück, zieht sich in die Grenzen dieses Lebens zurück, und ist wieder gefangen.

Die Buchsammlung ist nicht umfangreich, enthält aber einen dicken medizinischen Band über den weiblichen Körper, einschließlich der Geburt in all ihren grausigen Details. Mae kann es kaum ertragen, hineinzuschauen. Die Bilder versuchen, mit Kunstfertigkeit sowohl das Grauen als auch die Freude zu nehmen. Es tröstet sie ein wenig, Pasha täglich darin studieren zu sehen. Er war noch nie jemand, der vor der Wissenschaft hinter körperlichen Funktionen zurückschreckte. Sein Interesse an Biologie geht über Physiotherapie hinaus. Er studiert und lernt jede Phase der Schwangerschaft und Geburt.

„Am besten, man ist vorbereitet", sagt er zu Mae.

Sie nickt. Vorbereitet sein würde Arzttermine, Ultraschalluntersuchungen und Bluttests beinhalten. Wie sehr er es auch schönreden mag, Mae weiß, dass sie improvisieren.

Er versucht, mit Zahlen anzugeben. Die Artikulation von Regelmäßigkeit, von Regeln. Seine Art, Mae zu beruhigen, da ist sie sich sicher.

„Der Herzschlag des Babys liegt bei hundertzehn bis hundertfünfzig Schlägen pro Minute", sagt er mit lebhafter Begeisterung. „Dein Muttermund wird sich auf zehn Zentimeter weiten."

*Netter Versuch.*

Pflichtbewusst gehen sie jede Woche eine halbe Stunde die Straße hinunter, um Iris anzurufen. Der Spaziergang wird für Mae immer schwieriger. Pasha bietet an, ohne sie zu gehen, aber diese kurze Zeit weg von der Gemeinschaft ist eine willkommene Erleichterung. Sie erzählt ihnen Neuigkeiten von Rolan und Moira, dass Hooper noch am Leben ist, und einige spärliche Details über Unruhen in der Heimat. Aus ihrer fernen Grafschaft feiern sie Iris' neunzigsten Geburtstag mit ihr. Mae sieht, wie Tränen seine Augen zum Glänzen bringen, bevor sie überlaufen und Flüsse auf seinen Wangen zeichnen. In seiner Stimme verrät er nichts davon, gibt Iris keinen Hinweis auf sein Bedauern, dass er nicht persönlich dabei sein kann, um zu feiern, nicht einmal ein Geschenk schicken kann. Ein Lied am Telefon und gute Wünsche sind eine unzureichende Würdigung für ein so hohes Alter. Ein mitfühlendes Gesicht und eine widerwillige Umarmung von Mae sind ein unwirksamer Trost für Pasha.

Beim neunten Mal, als sie den Spaziergang machen, hat Iris die E-Mail.

„Sie kam heute Morgen. Ich habe sie noch nicht geöffnet", sagt sie, während Pasha das Telefon auf Lautsprecher hält.

„Okay", sagt er. „Wir sind bereit. Öffne sie."

Es folgt eine Pause, die ewig dauert.

„Oma?"

„Ich sage nur schnell ein Gebet. So, mal sehen. Ah ja. Abgelehnt. Oh je, das ist schade. Sie erklären es nicht. Sie sagen nur, dass euer Antrag erfolglos war und ihr weniger als einen Monat Zeit habt, einen Spender zu registrieren.“

Ein Kloß bildet sich in Maes Hals und sie umfasst ihren Bauch, als wüsste das Baby Bescheid; als spürte es, dass es dem Untergang geweiht ist.

„Es ist okay, Oma“, sagt Pasha. „Wir sind hier glücklich. Wir vermissen dich so sehr. Aber wir werden hier gut zurechtkommen. Wir können uns hier ein schönes Leben aufbauen.“

„Mein Angebot-“

„Nein, Oma“, fährt er ihr barsch über den Mund, bevor sie zu Ende sprechen kann. „Wir wollen nicht, dass du unsere Spenderin bist. Bitte sag so etwas nicht.“

„Ich habe neulich die Gesellschaftspolizei-App gecheckt. Ihr wurdet auf eurer Reise bemerkt. Irgendwo in Dartmoor.“

„Dawn“, zischt Mae durch zusammengebissene Zähne.

„Ich habe meine Hacker-Freunde gebeten zu versuchen, es zu entfernen, aber ich bin mir nicht sicher, ob sie es schaffen. Diese Gesellschaftspolizei-App ist etwas knifflig. Aber wir werden sehen.“

„Schon gut, Oma“, sagt Pasha. „Macht nichts. Niemand wird hier nach uns suchen. Geht es Ro und Moira gut?“

„Ja, ja, ihnen geht es ganz gut. Moira ist jetzt sehr dick. Ihr neues Haus sieht sehr schick aus. Und mir geht es auch gut, bevor du fragst. Hooper auch. Weißt du, er hat heute Morgen ein Eichhörnchen gejagt. Er ist immer noch so ein Welpe.“

Sie kann sich Iris vorstellen, wie sie am Telefon spricht und mit dieser Medaillonkette spielt, die sie immer trägt und die eine Haarsträhne von Angus‘ Rettung enthält. Sie hatten ein so langes, glückliches Leben zusammen. Wird es für sie und Pasha möglich sein, ein so langes und glückliches Leben in dieser Gemeinschaft zu haben?

Sie verabschieden sich, dann legt Pasha auf und schlingt seine Arme um Mae. „Es wird okay sein, Mae. Das sind nur die Schwangerschafts-Blues. Du wirst dich hier einleben. Ich weiß, dass du das wirst."

Mae findet keine beruhigenden Worte. Sie will nach Hause. Nicht in das Zuhause der Gemeinschaft, so nett sie alle auch sind. Sie will ihre Wohnung, ihre Lehrbücher, ihren Computer – all die Dinge, auf die sie verzichten. Etwas Anonymität. Sich verstecken. Hier zu gebären, ohne Ärzte, ohne Medizin, das kann sie nicht ertragen. Nein. Das kann nicht passieren.

„Was ist mit den Scilly-Inseln?", fragt sie. „Wir könnten dorthin gehen."

Pasha runzelt die Stirn. „Warum? Nach allem, was man hört, ist es genauso abgelegen und weiter von zu Hause entfernt." Sein Gesicht entspannt sich zu einem Lächeln, seine Augen nun flehend. „Wir können hier ein schönes Leben haben, Mae. Es ist sicher und sie sind gute Menschen."

Das weiß sie. Sie sind alle liebenswert. Freundlich, aufmerksam. Aber sie sind überall. Sie kennen sie. Sie sehen sie. Sie fühlt sich exponiert und zu sichtbar. Sie sind hier, um sich zu verstecken, aber sie hat sich noch nie so unverborgen gefühlt – als trüge sie eine Warnweste an einem düsteren Tag.

Sie gehen zurück und während sie das tun, nimmt sich Mae vor, sich mehr anzustrengen. Es sind gute Menschen, das bestreitet sie nicht. Es ist ihre eigene Güte, die in Frage steht. Sue schaut sie immer mit so wissenden Augen an, als könnte sie Maes Gedanken lesen und hätte all ihre Geheimnisse entschlüsselt.

Mae bleibt ruhig, spricht wenig und verschanzt sich hinter einer stillen Mauer. Doch das Baby in ihr weiß alles – so wie sie das Baby kennt. Die Schwaden der Einsamkeit verblassen mit jeder Bewegung in ihrem Inneren. Sie kann dieses Gefühl nicht in Worte fassen: ein anderes Wesen so tief zu kennen, als würde es geboren werden und allen alles erzählen, was es weiß. Sie weiß sogar, dass es ein Mädchen ist. Pasha ahnt nichts. Wenn er spekuliert, zuckt sie nur mit den Schultern und hütet ihr Wissen. Es ist ein weiteres Geheimnis, das sie bewahren möchte.

# KAPITEL 34

Scarlet verschwindet eines Tages für ein paar Stunden. Sie geht den Pfad entlang, der zur Straße führt. Dipika wartet in der Gemeinschaft, läuft auf und ab und kaut an ihren Nägeln.

„Du kannst auch gehen, wenn du möchtest", sagt Sue zu Mae.

„Wohin?"

„Eine Ärztin kommt zu Besuch. Sie hat ein mobiles Ultraschallgerät dabei. Sie können es am Ende des Pfades benutzen. Das alte Bürogebäude dort hat noch einen Stromanschluss. Du kannst auch mitgehen, wenn du dein Baby sehen möchtest."

Mae schüttelt den Kopf. Das klingt riskant. Zu riskant. Scarlet hat ein Armband. Sie wird wahrscheinlich nicht auffallen. „Nein. Danke, aber nein."

„Es ist eine ruhige Straße und das Bürogebäude wird für nichts genutzt."

„Trotzdem", sagt Mae.

„Ich hätte mit ihr gehen sollen", sagt Dipika, immer noch an ihrem Daumennagel kauend. „Was, wenn es ihr nicht gut geht? Was, wenn mit dem Baby etwas nicht stimmt?"

Sue legt ihre Hände auf Dipikas Schultern und atmet dann tief durch, während Dipika es ihr nachmacht. „Scarlet braucht dich entspannt und stark, als beruhigenden Einfluss. Vertrau mir. Vertrau diesem Ort. Es wird ihr gut gehen."

Dipikas Ruhe kehrt zurück, als hätte Sue tatsächlich eine Art Kontrolle über das Universum, die Gesetzgebung der *Eyes Forward* und die Mentalität der *Enough*-Bewegung. Dipika sieht jedoch entspannter aus. Vielleicht reichen Worte aus.

Genervt von Dipikas Auf-und-ab-Gehen und durch ihre eigenen Nerven beunruhigt, geht Mae in den Garten, pflegt die Pflanzen und pflückt dann etwas Gemüse. Sie tut alles, um beschäftigt zu bleiben. Um Zeit totzuschlagen. Sue gesellt sich zu ihr und bindet ihr Haar zu einem lockeren Pferdeschwanz zurück. Dieses Haar war einmal dunkel – einzelne braune Strähnen entgehen dem Ansturm des Graus. Sie steht nahe bei Mae, was ihre Achtsamkeit eine Weile stört.

„Er kennt dich nicht gut, oder?"

Maes Gesicht wird so rot wie die Tomate in ihrer Hand. „Nein."

„Er liebt dich aber."

„Ich weiß. Aber das würde er nicht, wenn er es wüsste."

„Da kannst du dir nicht sicher sein."

Sues Worte beruhigen Mae nicht so wie Dipika, und sie kniet sich wieder hin, um die Karottensämlinge auszudünnen. Mae sagt nichts mehr, gräbt nur in der Erde, während Sue die Gurken ranken lässt. Ihre letzten Worte hängen in der Luft. Diese Worte bleiben, gehen nicht weg, wie ein lästiges Insekt. Mae schüttelt den Kopf und versucht, ihren Geist von Sues Geplauder zu befreien. Denn sie ist sich sicher. Natürlich ist sie sich sicher.

„Ich gehe duschen", sagt Mae zu Pasha, als er zu ihr kommt. „Ich sehe furchtbar aus."

Er zieht sie eng an sich. „Du siehst wunderschön aus."

Sie schiebt ihn weg. Das sagt er immer. Es ist als Kompliment gemeint, aber Komplimente sollten kein Verfallsdatum haben, wie dieses. Und sie weiß, dass ihr Aussehen vergehen wird. In ein paar Jahren, da die Mutterschaft ihren Tribut fordert. Sie wird ästhetisch verkümmern, aber ihr Verstand wird noch da sein. Wie wird er ihr dann Komplimente machen? Seine Liebe zu ihr geht tiefer als die Haut – das weiß sie. Doch bald wird sie wieder ein leeres Gefäß sein. Angeschlagen und zerbrochen. Wenn die Zeit sie erneut dahingerafft hat, wird dann noch genug Liebe übrig sein? Reicht das, was in ihr bleibt? Ist sie genug?

Wenn er die Wahrheit wüsste, wahrscheinlich nicht.

Mae wechselt ihre Kleidung nach dem Duschen – eine Angewohnheit, in die sie immer mehr verfällt, da sie den Schmutz und die Flecken zu bemerken beginnt, als würde jedes Mal ein Brandfleck entstehen. Sie hat sich mehrmals durch die Kiste mit gebrauchten Kleidungsstücken gearbeitet. Es hängen immer viele Kleider auf der Leine und immer gibt es noch viel zu waschen.

Pasha sitzt auf dem Bett und wartet auf sie. „Deine Kleider waren nicht schmutzig, Mae. Du kannst die tragen, wenn du möchtest."

Sie runzelt die Stirn und knöpft ein übergroßes Hemd zu, das gerade so über ihren Bauch passt. Im Halbdunkel der Hütte findet sie eine Schere und schneidet dann Pashas Bart. Er hat ihm in letzter Zeit nicht genug Aufmerksamkeit geschenkt. Er ist ungleichmäßig und wächst den Hals hinunter. Er steht geduldig da, beobachtet ihre Arbeit und fragt, ob es ihr gut geht.

„Natürlich geht es mir gut. Es ist nur dein Bart."

Als sie fertig ist, faltet und stapelt sie ihre Kleidung auf dem Regal, schafft es aber nicht, es ordentlich genug zu machen. Die Kleidungsstücke liegen nicht ordentlich genug, egal wie oft sie es versucht.

„Nestbau", sagt Pasha. „Das ist normal."

Sie wirft ihm einen Blick zu. Er hat sie noch nie als normal bezeichnet. Es fühlt sich nicht wie die positive Bemerkung an, die er beabsichtigt hatte.

Eine Stunde später läuft Dipika los, um Scarlet entgegenzugehen, die den Pfad entlangkommt – ein einziges strahlendes Lächeln.

„Es ist ein Junge", sagt Scarlet, ihre Augen glitzern vor Tränen.

Eine von Dipikas Händen geht zu ihrem Mund, und die andere umfasst Scarlet. „Ein Junge! Wir bekommen einen Jungen."

Mae lächelt, beißt sich auf die Innenseite ihrer Wange und reibt dann ihre Hände über ihren eigenen Bauch. Ihr Baby tritt, ihr kleines Mädchen. Sie ist nicht eifersüchtig auf Scarlets und Dipikas Ultraschall, sagt sie sich. Wie könnte sie? Sie kennt ihr Baby. Sie weiß, dass jetzt alles in Ordnung ist. Wenn dieser Ultraschall die Zukunft vorhersagen könnte, wäre sie vielleicht interessiert.

Sie machen Mittagessen, einen Salat aus Dingen, die im Garten gewachsen sind. Mae nimmt eine Raupe von einem Salatblatt, bevor sie ihn anrichtet. Sie hatte so lange keine Raupe mehr gesehen, bevor sie hierherkam. Jetzt sieht sie sie fast jeden Tag.

Zuerst zuckte sie zusammen, aber jetzt schnippt sie sie weg, als wären sie Staub.

Der kleine Micky kommt, um zu helfen – ein Siebenjähriger, dem Mae versucht hat, Mathematik beizubringen. Seine Mutter bürstet sein Haar mehrmals am Tag, aber es sieht immer noch wild aus und hängt ihm vor die Augen. Er hat ständig aufgeschürfte Knie.

„Ich hab noch ein paar Tomaten", sagt Micky.

„Danke, Micky."

Er lächelt, zufrieden mit sich selbst.

Ein Paar Libellen schwebt an ihnen vorbei, in Kopulation verschlungen. Ein Insekt, dessen Namen Mae nicht einmal kannte, bevor sie ankamen. Jetzt erkennt sie sogar ihre Paarung.

„Was machen die da?", fragt Micky. „Die hängen zusammen."

„Sie paaren sich", sagt Mae. „Sie machen Babylibellen."

„Nun, darüber sollten sie wahrscheinlich etwas sorgfältiger nachdenken", sagt Micky mit einem Hauch von Überlegenheit, während er die Tomaten wäscht.

*Kluges Kind.*

Der Nachmittag ist warm und sie sitzen draußen. Alle reden über Babynamen, Babyspielzeug und noch mehr Babynamen. Maes Wunsch, sich an einen ruhigen Ort zurückzuziehen, ist vorerst unterdrückt. Sie möchte an ihrer Freude teilhaben, ihre Begeisterung in sich aufnehmen. Sie will nicht unhöflich erscheinen.

„Ich habe eine Weile Radio gehört", erzählt Scarlet. „Und die Ärztin erzählte, wie schlimm es da draußen ist."

„Wie schlimm?", fragt Pasha. „Wollen wir das wissen?"

Mae will es nicht, aber sie hält sich zurück.

„Schlimm. Richtig schlimm. Die Zahl der Toten geht jetzt in die Millionen."

„Nein!", keuchen mehrere von ihnen.

„Und es interessiert niemanden", fährt Scarlet fort. „Die *Eyes Forward* jedenfalls nicht. Sie halten es für eine Errungenschaft. Die Reduzierung der Bevölkerung war ihr Wahlversprechen, und sie erreichen es. Vor allem Ältere, Unmengen von Frauen. Oft werden Frauen geschlagen, aber nicht getötet. Die *Enough*- und *Time's Up*-Gruppen haben so viele ausgelöscht."

„Wir haben so viel Glück, hier zu sein", sagt Dipika und hält Scarlets Hand.

„Diese Altenwohnheime, viele von ihnen wurden bombardiert. Die bewaffnete Sicherheit reicht nicht aus. Die *Time's Up*-Leute haben Benzinbomben über Zäune geworfen. Viele weitere Pflegeheime sind niedergebrannt. Entbindungsstationen in siebenundzwanzig Krankenhäusern wurden bombardiert. Kindergärten sind geschlossen. Frauen haben zu viel Angst, alleine rauszugehen. Nicht nur schwangere Frauen, alle Frauen. Sie tragen T-Shirts und Markenkleidung, um zu zeigen, dass sie keine Kinder wollen. Viele haben sogar das *Enough*-Abzeichen an ihre Kleidung geheftet. Sie haben sich als vollwertige Mitglieder angemeldet, nur um nicht auf der Straße verprügelt zu werden. Einige versuchen, sich mit Make-up älter zu machen. Postmenopausal – damit sie nicht als Risiko betrachtet werden. Niemand protestiert mehr gegen die Erbschaftssteuer, zumindest nicht laut Presse. Sie sind alle zu sehr damit beschäftigt, wegen allem anderen zu randalieren."

Niemand antwortet. Pashas Hand umklammert Maes fester.

„Wir haben Glück, dass wir hier Essen haben. Die Knappheit verschlimmert die Gewalt. Jede Stadt hat jetzt Ausgangssperren, Lebensmittel sind rationiert, aber es wird immer noch geplündert. Am helllichten Tag passiert es. Man braucht angeblich jetzt eine Lebenspunktzahl von 500, nur um in einen Discounter zu gehen."

Sie essen ihren Salat, kauen eher, als zu sprechen. Mae stochert in ihrem Salat herum und schneidet dann ihre Tomaten kleiner. Sie hat keinen Hunger mehr.

„Ich mache mir Sorgen um deine Oma", sagt sie zu Pasha.

„Wir haben gerade mit ihr gesprochen. Es ging ihr gut."

„Das wird aber nicht so bleiben. Reading wird fallen, wie London und Manchester. Sie sagte, sie wolle nicht allein sterben."

„Sie hat Hooper."

Mae kann nicht sagen, ob er scherzt.

„Du denkst doch nicht über ihr Angebot nach?", fragt Pasha.

„Nein. Gott, nein. Natürlich nicht. Aber wie viel schlimmer wäre es? Wäre es das? Ich weiß es nicht. Aber es wäre schlimm. Wenn sie allein und verängstigt durch die Hände irgendwelcher *Time's Up*-Rowdys stirbt."

„Es ist Oma. Sie hat wahrscheinlich Hacker-Freunde, die über sie wachen."

„Ich meine es ernst."

Als sie aufhört zu sprechen, zerreißt der ohrenbetäubende Lärm von Kampfflugzeugen den Himmel. Lottie beruhigt Felix, obwohl niemand sein Weinen über dem Getöse der Flugzeuge hört. Die wackeligen Tische rattern, die Vibrationen kitzeln Maes ganzen Körper von den Füßen bis zur Nase. Sie zählt sieben von ihnen, die in Formation fliegen, alle in Richtung Osten. Zu den Städten, zu den Unruhen, zum Großteil der Bevölkerung.

Sie hat es nicht vermisst, Nachrichten im Fernsehen zu sehen oder online darüber zu lesen. Bis jetzt. Jetzt will sie mehr wissen, Bilder von ihrer Heimatstadt sehen, ihren Lieblingsgeschäften und Cafés. Steht ihre Wohnung noch? Reading ist nur eine Stadt. Sicher wird sie nicht so sehr leiden wie die Großstädte. Welche Städte brennen? Ist Edinburgh in Ordnung? Ihre Gedanken wandern zu Ro und Moira, ihren Freunden in London... Sie zappelt herum und knirscht mit den Zähnen. Sie fühlen sich weicher an als früher. Liegt es an dem vielen Knirschen oder nimmt das Baby ihr Kalzium? Noch etwas, das sie der Liste von Google-Themen hinzufügen möchte, die sie gerne suchen würde. Die Ruhe des Lagers fühlt sich jetzt alles andere als ruhig an. Eine Frustration, ein isoliertes Vakuum des Wissens. Sie steht auf und blickt nach Osten, wohin die Flugzeuge geflogen sind. Vorsichtig klettert sie auf eine niedrige Mauer und kann bis zu den Mooren sehen. Leer. Keine Feuer, keine Menschen, keine Häuser, keine Stadt. Ein Puffer des Nichts. Welche Stadt ist ihrem Standort am nächsten? Sie fragt sich das und ärgert sich darüber, dass sie etwas so Einfaches nicht weiß. Exeter scheint wie eine Ewigkeit her, eine ganze Grafschaft entfernt. Sie atmet tief durch und schaut sich in ihrer Oase um, ihrer sicheren Gemeinschaft. Morbide Neugier, das ist alles, was ihre Wünsche sind.

In dieser Nacht entzünden sie kein Lagerfeuer. Es ist Frühsommer, der Abend warm und lichtdurchflutet. Die untergehende Sonne taucht die Moore in einen orangefarbenen Schimmer, während der westliche Wind ihre letzten Strahlen mit sich trägt — warm und sanft. Doch in der Brise liegt ein anderer Duft. Subtil, kaum wahrnehmbar. Aber Maes empfindliche Nase erkennt ihn sofort. Der Geruch von Feuer.

Irgendwo im Landesinneren brennen die Städte.

# Kapitel 35

Am nächsten Abend sitzt Juanita unruhig am Feuer, geht dann zurück zu ihrer Hütte und putzt sie. Sie fegt den Staub rund um das Feuer weg und zappelt dann noch mehr. Ihr geschwollener Bauch ist in der frühen Sommerhitze unangenehm, und sie stöhnt auf.

„Alles in Ordnung, Liebes?", fragt Sue.

„Ich glaube", sagt sie keuchend, „ich glaube, heute ist es soweit."

Die Nacht zieht sich hin mit sporadischen Momenten des Unbehagens für Juanita. Niemand außer den Kindern schläft. Mae beobachtet das Geschehen meist aus der Distanz, während Pasha ihr den Rücken reibt, als wäre sie diejenige mit Schmerzen. Sue und Lottie kümmern sich am meisten um Juanita – bringen ihr Wasser, kühlen sie ab oder wärmen sie auf. Gemeinsam begleiten sie sie, umrunden den See ganze zwölfmal in der Nacht. *Die Schwerkraft hilft*, behauptet Sue. Bei Tagesanbruch verwandelt sich Juanitas Unwohlsein in den zyklischen Schmerz, den Sue und Lottie so gut kennen. Die Wehen schreiten schnell voran, die Abstände werden kürzer. Und als Juanitas Schreie durch das Lager hallen, mischt sich ein neuer, unerwarteter Klang in den Morgenhimmel.

Eine Drohne.

„Was? Nein! Das kann nicht sein!", klagt Sue, während sie Juanitas Stirn abwischt. „Die dürfen hier nicht her. Es gibt einen Bund auf diesem Land."

Aber sie ist da. Sie alle sehen sie, alle hören sie. Diese schwarze Scheibe und diese roten Laseraugen, die den Himmel durchbohren.

Sue steht über Juanita und hält sie in ihrem Schatten. „Bringt sie in Sicherheit, sofort. Mae, Scarlet, versteckt euch. Um Gottes willen, versteckt euch! Nehmt die Kinder mit!"

Mae und die anderen rennen zur nächsten Hütte, schließen die Tür, aber es gibt kein Schloss, also stemmen sie alles dagegen, was sie können. Dann ziehen sie die Vorhänge zu, bis auf einen winzigen Spalt, durch den sie spähen. Lottie hat Felix mit bunten Tüchern – so farbenfroh wie ein Schmetterling – vorne an sich gebunden, schimmernd im Halbdunkel. Er schläft. Gott sei Dank schläft er. Die kleineren Kinder quengeln. Pasha hält die kleine Anabel fest, seine Hand über ihrem Mund. Mae legt ihren Finger an die Lippen, um allen zu bedeuten, leise zu sein. „Leise wie die Mäuschen", flüstert sie.

Nick und Sue versuchen, Juanita hochzuheben, doch eine weitere Wehe zwingt sie auf die Knie. Sie schreit. Die Drohne ist jetzt direkt über ihr. Ihre pechschwarze Oberfläche glänzt in der Morgensonne, während die roten Laseraugen wie Dolche in die Szene schneiden. Mae hält die Hand vor den Mund, ihr eigenes Wimmern droht, sie zu verraten.

*Nicht registrierte Schwangerschaft erkannt.*

„Nein!", schreit Juanita.

*Diese Schwangerschaft muss beendet werden.*

Ein Teleskoparm kommt aus der Drohne, eine Nadel glitzert am Ende.

„Das könnt ihr nicht!", schimpft Sue und schirmt Juanita mit ihrem Körper ab. „Verschwindet! Ihr dürft hier nicht sein!"

*Erlaubnis vom Bürgermeister, hier zu sein. Auf Befehl von Eyes Forward.*

„Nein!", schreit Juanita wieder. „Er hat mich gefunden. Der Bastard hat mich gefunden!"

„Sie ist zu weit", erwidert Sue. „Ihr könnt jetzt nicht mehr abtreiben. Sie ist in den Wehen."

*Kein Baby darf ohne Opfer den ersten Atemzug nehmen. Auf Befehl von Eyes Forward.*

„Nein!", schreit Juanita erneut und zuckt zwischen den Wehen zurück. „Bitte nicht. Bitte tötet mein Baby nicht."

Die Drohne summt näher und Mae hält ihre Hand vor den Mund, um ihre eigenen Schreie zu dämpfen. Juanita presst jetzt. Das Baby ist fast da. Die Nadel nähert sich Juanita, als sie erneut schreit.

„Ich melde mich freiwillig", sagt Sue, während sie sich mit ihrem ganzen Körper über Juanita beugt.

Nick keucht. „Was? Sue, nein!"

„Ich habe eine chronische Herzerkrankung. Ich qualifiziere mich. Bitte, ich melde mich freiwillig."

Juanitas Schrei ist gespenstisch, wie eine Todesfee. Sie presst erneut.

Maes Wimmern bricht durch, ebenso wie Lotties, Tränen strömen über ihr Gesicht, sie schüttelt den Kopf. Die Drohne dreht sich auf der Stelle, rote Augen blinken, als würde sie nachdenken.

*Spende akzeptiert. Halte deinen Arm hin.*

„Nein!", der gedämpfte Schrei aus der Hütte, von allen.

Sue küsst Juanitas Kopf. „Es ist schon gut, Liebes. Es ist mir eine Ehre."

Sie streckt ihren Arm aus, dann injiziert die Drohne. Sie bricht auf dem Boden zusammen. Tot. In einem Augenblick.

Nick sinkt auf die Knie. „Sie soll doch eine Stunde mit dem Baby haben!"

*Spätspender erhalten keine solchen Zugeständnisse. Neues Gesetz. Herzlichen Glückwunsch.*

Und sie fliegt davon.

# KAPITEL 36

Als die Drohne außer Sichtweite ist, verlassen sie die Hütte, Pasha zuerst, so leise wie möglich, und lauschen auf das Summen der Drohne. Juanita schreit und weint bei ihrem letzten Pressen, während Lottie herbeiläuft, um zu helfen. Nur wenige Meter entfernt liegt Sues regloser Körper, als Juanita ihr Baby zur Welt bringt. Schreie der Qual und Freude, der Verzweiflung und Liebe. Das kleine Mädchen kündigt ihre Ankunft mit kräftigen Lungen an, während Juanita es hält und schluchzt und schluchzt. Mae weicht zurück. Es ist zu viel. Es ist alles zu viel.

Pasha findet sie in ihrer Hütte, ihre Tasche gepackt, bereit zu gehen.

„Es ist nicht sicher hier, Pasha."

„Ich weiß. Aber die Unruhen-"

„Ich nehme lieber meine Chancen mit den Schlägern als mit den Drohnen. Wir können uns dort verstecken. Hier sind wir leichte Beute. Lass uns jetzt gehen. Wir haben noch ein paar Wochen Zeit, um zu den Scilly-Inseln zu kommen. Sie sind alle beschäftigt. Lass uns einfach weglaufen." Sie kann nicht an

Abschiede denken. Sie kann dieses Baby nicht ansehen, während das Leben ihres eigenen Kindes auf der Kippe steht. Sie müssen weg, bevor ihre Zeit, einen Spender zu finden, abläuft. Sie muss wegrennen, irgendwohin, nur nicht hierbleiben.

„Okay", sagt Pasha. So einfach ist das. Und während die frühe Sommersonne den See küsst und alle trauern und feiern, gehen sie. Nur eine Notiz bleibt zurück, die sagt: Danke für alles.

„Ich habe ein paar Karten studiert, die sie hatten, nur für den Fall", meint Pasha. „Es sind über 96 Kilometer bis zum Hafen. Ich glaube nicht, dass du jetzt noch Fahrrad fahren kannst, nicht in diesem Zustand."

Sie gehen weiter. Mae sagt nichts. Was gibt es schon zu sagen?

Sie laufen den ganzen Tag, Maes Beine schmerzen. Sie essen die mageren Rationen, die sie auf dem Weg hinaus mitgenommen haben. Ihr verbliebenes Bargeld ist minimal und die frühe Sommersonne ist heftig. Mae kann ihre Situation nicht begreifen, kann sich nicht vorstellen, dieses Baby jetzt nicht zu bekommen.

Es ist unmöglich zu wissen, wie weit sie gelaufen sind. Der Verkehr auf den Straßen ist konstant, also halten sie sich meist an Felder der Bauern, an Wälder, wenn sie welche finden, ungefähr in die richtige Richtung. Sie denken zumindest, dass es so ist. Als die Nacht hereinbricht, schlagen sie ihr Lager auf. Nun ja, Pasha tut es, indem er das Gewirr von Farnkraut niedertritt, um den Boden darunter weicher zu machen. Mae sitzt still da und sagt ihrem Bauch, dass alles in Ordnung ist, dass sie einen Weg finden werden, ihn in Sicherheit zu bringen. Ihre Füße und Knöchel pochen – sie ist in den letzten Wochen nicht viel gelaufen – Blasen bilden sich bereits, Muskeln verkrampfen sich. Sie muss pinkeln, die ganze Zeit muss sie pinkeln.

Pasha lässt sie im Lager zurück und geht zu einem Laden in der Nähe. Sein Haarschnitt ist im kornischen Stil. Niemand bemerkt ihn, sagt er. Als er zurückkommt, ist er außer Atem. Sein rotes Gesicht sagt ihr alles, bevor er spricht.

„Habe eine Drohne gesehen", erzählt er zwischen keuchenden Atemzügen. „Eine schwarze. Eine Drohne der *Eyes Forward*. Ich glaube, sie war nur auf dem Weg irgendwohin. Hat niemanden gescannt. Trotzdem, bleib besser außer Sichtweite. Zum Glück wurden die Väter nie nano-getaggt."

Ja, denkt Mae. Zum Glück können Männer immer noch tun, was sie wollen.

Ihre bitteren Gedanken sind unfreundlich, das weiß sie. Zu müde und erhitzt – um vernünftig zu sein, hält sie den Mund. Der beste Weg, Konflikte zu vermeiden, ist, zu schweigen.

Sie essen kalte Bohnen, Obst und trockenes Brot. Es ist zu heiß, um ein Feuer anzuzünden. Und es gibt zu viele Mücken, um draußen zu bleiben. Im Zelt liegen sie getrennt, Seite an Seite, eine Million Meilen voneinander entfernt. Das Baby protestiert, weiß, dass etwas nicht stimmt, da ist sich Mae sicher. Das Baby kennt all ihre Geheimnisse.

Sie bleiben eine Weile in diesem Lager. Versteckt vor neugierigen Blicken. Ein Laden befindet sich in der Nähe. Der Ort scheint gut genug zu sein, denken sie. Maes Blasen verhärten sich, ihre geschwollenen Knöchel gehen zurück. Sie müssen weitergehen. Das wissen sie, aber sie bleiben noch eine Weile länger. Einfach warten, lauschen.

Mae zählt die Vögel, die Bäume, die Tage. Sie brauchen keinen Kalender, da Mae so gut die Übersicht behält. Der säuerliche

Geruch ihrer ungewaschenen Kleidung stört sie weniger. Sie hat aufgehört, die Flecken und den Schmutz zu bemerken.

Die meisten Tage sind trocken und heiß. Die Bäume über ihnen halten das Schlimmste der Sonne ab. Wenn es regnet, nieselt es nur. Der staccatoartige Rhythmus auf dem Blätterdach ist wie das Zählen der Sekunden. Pasha ermutigt sie, sich mehr zu bewegen, aber ihre Hüften schmerzen, ihr Rücken beugt sich nach unten, beschwert von ihrem hängenden Bauch. Pasha reibt ihre Füße, aber es kitzelt nur und Mae zuckt zusammen – unbeeindruckt, als hätte er etwas Kraft in seinen Händen verloren. Oder sie ist einfach weniger empfänglich für seine Berührung.

In der Nacht spricht sie zu ihrem Bauch, stumm, doch sie weiß, das Baby hört zu. Sie gibt ihm die Versicherungen, die Pasha ihr gibt, und sagt dem Baby, dass alles gut wird – der Quatsch, der sie dazu bringt, sich von Pasha abzuwenden. Sie kann es nicht laut sagen, kann ihre eigenen Lügen nicht hören, aber sie gibt sie pflichtbewusst weiter und sagt ihrem Baby, es solle sich keine Sorgen machen und dass sie eines Tages bald eine Familie sein werden.

Wenn Mae schläft, träumt sie von dem Baby. Ein Kleinkind, das in ihrer Wohnung herumläuft. Spielsachen übersäen den Boden, aber Mae kümmert es nicht – sie zählt sie nicht einmal. Alles, was sie bemerkt, ist ihre Tochter. Ihr Lachen ist alles, was sie hört. Manchmal hat sie Pashas unbändiges dunkles Haar, manchmal Maes feuriges Rot. Das Gesicht ihrer Tochter wird nie enthüllt. Sie hat immer den Rücken zu Mae gedreht, als wolle sie sich nicht zeigen. Sie will Mae nicht zeigen, was sie vielleicht nie sehen kann.

Ein anderes Mal träumt sie, sie sei eine Spinne, wie die vielen, die sie in den Wäldern gesehen haben, mit ausgestreckten Beinen, die von brillant grünen Blättern baumeln. Wenn das Baby geboren wird, frisst es sie und Pasha, nährt sich selbst und befreit die Welt von überflüssigem Leben. Sie kennt keine Angst. Es ist einfach der Lauf der Dinge, sagt sie sich in ihrem Traum – zu konsumieren und dann konsumiert zu werden.

Pasha ruft Iris an, um sie über ihren Fortschritt – oder dessen Mangel – auf dem Laufenden zu halten. Er führt das Gespräch abseits von Mae, doch sie hört, wie er Iris sagt, dass Mae sich ausruht und er sie nicht stören möchte. Mae weiß, was er wirklich meint: dass er ihr nicht zutraut, mitzuspielen, Iris vorzuspielen, dass es ihnen gut geht. Er traut ihr nicht einmal zu, überhaupt zu sprechen. Es sind Tage vergangen, seit sie ein Wort gesagt hat. Zumindest lebt Iris noch.

Er kehrt von dem Anruf zu Mae zurück, sein Gesicht von Emotionen verzerrt, aber Mae kann ihn nicht lesen.

„Moira und Ro, sie haben ihr Baby bekommen, ihren kleinen Jungen. Angus, nach Opa.“

Die Urne ist immer noch in ihrer Tasche. Mae schaut sie an, erwartet halb, dass sie lebendig wird und wie das Baby schreit. Das Baby, das Pasha miterschaffen hat – ein Grund mehr, warum ihr eigenes Kind illegal geboren werden soll. Schmuggelware. Mae stellt sich vor, wie Moira ihr Kind mit seinem Tattoo herumzeigt, seine Geburt legitimiert, mit seinem legalen Status prahlt, während sie sich mit ihrem eigenen Baby in den Wäldern verstecken. Für immer verbannt.

„Es geht allen gut“, fährt er fort. „Alle gesund. Aber die anderen Neuigkeiten: Onkel Charlie ist gestorben. Sein Haus wurde in Brand gesetzt. Sie waren eingesperrt. Sie sind alle darin umgekommen."

Er zittert, als er das sagt. Ist es ein nervöses Zucken oder sind es zurückgehaltene Emotionen? Mae kann es nicht genau sagen. Es gelingt ihr nicht, um Onkel Charlie zu trauern. In diesem Moment, während sie im Dreck liegt und um das Leben ihres eigenen Babys fürchtet, erscheint Onkel Charlies Tod wie eine Verschwendung. Ein Leben, das sie hätten nutzen können. Sie glaubt, dass Pasha genauso empfindet, hofft es zumindest. Sie kann nicht die Einzige sein, die solch schreckliche Gedanken hegt. Pasha wirkt nicht traurig. Keine Tränen, keine Veränderung seiner Gesichtsfarbe. Das Beben in seiner Stimme kommt von etwas anderem, von irgendeiner Neuigkeit, die er ihr nicht erzählt. Erschöpfung. Muskelmüdigkeit. Sie macht sich eine gedankliche Notiz, seine Medikamente zu überprüfen.

„Oma geht es aber gut. Sie sagt, sie habe nicht viele Probleme gesehen. Kann einige Lebensmittel nicht bekommen, aber sie hat genug, sagt sie. Meint, Hooper wird sich um sie kümmern."

Sein Scherz entlockt Mae kein Lächeln. Sie nickt leicht, lässt ihn wissen, dass sie ihn gehört hat. Wenn man doch nur Hunde als Spender registrieren könnte.

„Unser Haus steht noch, sagt Oma. Der Norden des Flusses wurde bisher kaum berührt."

*Bisher.* Genau das denkt auch Mae.

„Die Hauptstraße wurde geplündert", fährt er fort. „Die meisten Cafés und Geschäfte sind vorerst geschlossen. Überall herrscht Ausgangssperre. Die Gesellschaftspolizei hat anscheinend Hochkonjunktur, wenn jemand nach der Sperrstunde draußen ist. Oma sagt, es werde unter Kontrolle gehalten, nicht wie in den großen Städten. Ich wünschte, ich könnte mit Roger sprechen. Zumindest geht es Ro gut. Aber trotzdem, Charlies Haus ist abgebrannt. Er war in einer schlechten Gegend."

Die Luft riecht immer noch nach Rauch, die Blätter an den Bäumen schwärzen sich von der Asche, die der Wind trägt. Aus welcher Stadt kam das? Die letzten Gluten der Zivilisation. Würden sie eine Stadt haben, in die sie zurückkehren könnten? Waren sie dazu bestimmt, in den Wäldern zu leben? Vielleicht würden die Drohnen in den Unruhen zerstört werden. Vielleicht würde *Eyes Forward* niederbrennen.

Keine Chance.

„Ich glaube, wir werden es schaffen, Mae-Käferchen. Ich glaube, alles wird okay."

Seine Worte hängen in der Luft wie der rauchige Geruch. Sein Tonfall ist abgesackt, so anders als noch vor Monaten. Was sie dafür geben würde, ihn wieder „gut" sagen zu hören – und es auch so zu meinen. Und es selbst glauben zu können.

Sie bewegen sich Stück für Stück durch den Wald, dringen weiter nach Westen vor, aber im Schneckentempo. Ein paar Kilometer pro Tag sind alles, was Mae schaffen kann, manchmal braucht sie ein paar Tage Pause dazwischen. Nicht genug Nahrung, wahrscheinlich Eisenmangel, ihr wachsender Bauch verlangt immer mehr.

Eines Tages bringt Pasha eine Zeitung mit einigen Vorräten mit. Die Hitze ist drückend, die Bäume spenden kaum Schatten. Mae betrachtet die Zeitung, als könnte sie in Flammen aufgehen, doch sie liest über seine Schulter – schweigend, halb ungläubig.

Fast vier Millionen Menschen wurden in der Gesellschaft seit der Ankündigung ermordet. Nicht genug jedoch, scheint der

Ton der Zeitung zu implizieren. Lebensmittel- und Treibstoffknappheit werden weiterhin gemeldet, während *Pro Grow* an Einfluss gewinnt und den Hass auf der anderen Seite der Debatte weiter anheizt. Die *Enough*- und *Time's Up*-Gruppen zeigen keinerlei Anzeichen des Nachlassens. Milliarden wurden durch Steuern und Einsparungen bei den Kosten für die Unterstützung von Jungen und Alten eingenommen. Ein voller Erfolg, verkünden die Zeitungen. Die Wirtschaft boomt!

Ritterlichkeit wird verteufelt, da gesunde Väter versuchen, sich für ihr ungeborenes Kind zur Spende anzubieten, aber abgelehnt werden, da sie gesund und im arbeitsfähigen Alter sind. Die Gesellschaft braucht solche Männer. Sie sind nicht überflüssig wie die Babys und ihre Großeltern. Maes Gedanken schweifen zurück zu dem Mann, der eine Spritze mit Krankheit verkaufte. Ist er der Einzige, der vom Chaos profitiert? So unappetitlich die Methoden auch sein mögen, die *Eyes Forward* bekommen, was sie wollen. Die *Enough*- und *Time's Up*-Gruppen rahmen die Bevölkerung mit Mord ein. Keine Kinder mehr, keine Alten mehr. Die Gesellschaft wird ausschließlich aus Bürgern im arbeitsfähigen Alter bestehen. Das wirtschaftliche Rad am Laufen halten. Der endlose Marsch von Verdienen und Ausgeben, Verdienen und Ausgeben. Streben nach Punkten, die Gesellschaft verlässt sich darauf.

Ausgangssperren werden von der übereifrigen Gesellschaftspolizei durchgesetzt, Grafschaftsgrenzen geschlossen – richtig geschlossen, nicht nur mit zertretenem Hühnerdraht. Kein Zugang zu öffentlichen Verkehrsmitteln, Heimarbeit ist für die meisten unerlässlich. Frauen wurden überall degradiert, Gleichstellungsgesetze zerrissen – zu ihrem eigenen Schutz, heißt es.

*Frauen sind einfach nicht wie Männer*, zitiert die Zeitung einen Vertreter von Eyes Forward. Sie haben Triebe und Bedürfnisse, die kontrolliert werden müssen. Sie verursachen zu viele Probleme.

Es geschah so schnell – das Versprechen des Fortschritts kippte in den Niedergang der Gesellschaft. Als hätte alles Gute stets auf Messers Schneide balanciert, ohne jemals festen Halt zu finden. Es war nie dazu bestimmt, von Dauer zu sein. Die Welt, wie sie einmal war, scheint zugleich eine Ewigkeit her und doch erst gestern gewesen zu sein. Jetzt ist sie kaum noch wiederzuerkennen.

Weltweit wird größtenteils das Gleiche berichtet. Die Konservierten sind bisher mit ihrem Versuch gescheitert, XL Medico aufzukaufen. Ein kleines bisschen gute Nachricht, denkt Mae, bevor sie weiterliest und die verheerendste Nachricht erfährt. Neuntausend Babys wurden in den letzten Schwangerschaftswochen im vergangenen Monat abgetrieben, die Drohnen dicht auf den Fersen all jener, die versuchten, das Gesetz zu umgehen. Sechstausend Frauen haben sich das Leben genommen, was die Zeitung mit Gleichgültigkeit zur Kenntnis nimmt.

Mae beobachtet den Himmel, lauscht und fleht das Universum an, ihr Kind zu retten, ihres das eine sein zu lassen, das entkommt. Stattdessen ihr Leben zu nehmen. Gott weiß, sie hat lange genug gelebt. Sie spürt ständig Augen auf sich, das kriechende Gefühl an ihrem Rücken hinauf, ein Kribbeln in ihrem Nacken.

*Was wäre wenn*, ist Maes ständiger Gedanke. Was, wenn eine Drohne sie findet und das Baby tötet, bevor es geboren wird? Das Leben würde zur Normalität zurückkehren, vor all diesem Schlamassel, bevor sie fliehen und sich verstecken mussten. Wäre das so schlimm? Sie waren damals glücklich. Gemütliche Tage unter der Bettdecke, über irgendeine Fernsehsendung lachend, Essen leicht zu bekommen. Es ist nur ein fantasievoller Gedanke, denn sie weiß, dass die Veränderung zu groß war. Es gibt keine Rückkehr zu diesem Leben. Vielleicht wird die Drohne auch ihr Leben nehmen. Sie war nie dazu bestimmt, so lange zu leben. All diese Jahre allein. Das Leben zieht sich einfach endlos hin. *Schlechte Mutter*, sagt sie sich. Keine gute Mutter würde so leicht aufgeben.

Aber sie ist keine Mutter. Noch nicht.

# KAPITEL 37

Wochen vergehen und sie gehen wenig. Ihre Beine halten es nicht aus. Der Fortschritt ist quälend langsam. Ihre Knöchel bluten ständig von Farnkraut und Dornen, ihre Schuhe passen nicht mehr richtig. Ein Gewirr von dicken und dornigen Pflanzenzweigen schlägt nach ihr, bringt sie zu Fall, raubt ihr die wenige Energie, die sie hat. Sie wünscht sich eine Dusche, eine richtige Matratze, auf einer echten Toilette zu pinkeln. Dieses Spülgeräusch ist das einzige Geräusch der Zivilisation, das sie wirklich vermisst. Pasha spricht noch mehr mit Iris – die uralten Telefonakkus halten ewig. Iris sagt, dass ihre Hacker-Freunde von *Schwestern und Spione* ihr helfen, was ihn zum Lachen bringt. Maes ausdrucksloser Gesichtsausdruck bleibt unverändert. Sie kann an nichts mehr Freude finden.

Dann, an einem stickig heißen Tag, kommen sie an einem Strand an. Dem perfektesten Strand. Das Wasser hat eine Blauschattierung, wie Mae sie noch nie gesehen hat, eine kühle Brise nimmt das Schlimmste der Hitze weg. Das Meer wird weiß, als es die Gezeitenlinie leckt, wo Sand zu Kieseln wird. Die

Steine schreien zu Tausenden, wenn das Meer sich zurückzieht. Ein angenehmes Schreien, fröhlich, hoffnungsvoll, mit dem Versprechen, zurückzukehren. War das der Anblick, den Strände boten, als Pasha vor Jahren in den Urlaub fuhr? Sie kann es sich vorstellen – die Freude, wegzufahren, einen so unvorstellbar schönen Ort zu finden. Ihre Lippen kräuseln sich zu einem winzigen Lächeln, erfreut darüber, dass sie es sehen darf. Jetzt, bevor die Welt gedämpft und trüb wird. Doch ihr Genuss des Moments ist für immer überschattet von ihrem Wissen um das Kommende.

Pasha nimmt ihre Hand, als sie die schlecht gehauenen Stufen zum Sand hinuntergehen. Er zittert, wackelt bei jedem Schritt. In letzter Zeit zittert er immer mehr. Er sollte stärker sein als das. Sie kann sich in diesem Moment nicht auf seine Stärke verlassen. Ist ihm die Medizin ausgegangen? Nein, sie haben genug mitgenommen, erinnert sich Mae. Er ist einfach nur müde, das ist alles.

Sie schlafen am Strand, in einer Höhle, die die Flut nicht erreicht, umgeben von Seetang und Muscheln. Der Geruch ist unverwechselbar, der Klang beruhigender als alles, was sie je gekannt hat. Doch sie kann sich nicht wohlfühlen, egal wie sie sich setzt – das Baby drückt auf Stellen, die nicht gedrückt werden wollen. Sie ist hungrig, aber ohne Appetit, müde, aber unfähig zu schlafen. Die endlose Weite des Horizonts täuscht sie, flüstert ihnen vor, sie seien nicht in die Enge getrieben.

Mae stellt sich ihre alte Wohnung vor und spürt einen stechenden Schmerz in der Brust, wenn sie sich fragt, ob sie je dorthin zurückkehren können. Sie denkt an Sadie. Warum gerade an Sadie? An ihre Klienten. Ob Katlyn ohne sie den Verstand verliert. Ihr früheres Leben – ein Leben, das sie nun hinter sich lassen muss. Doch noch will sie es nicht ganz loslassen. Sie flüstert Sadies Namen, lässt das S auf ihrer Zunge verweilen.

„Was hast du gesagt?", fragt Pasha.

Mae schüttelt den Kopf. *Nichts. Spielt jetzt keine Rolle mehr.*

Tagsüber ziehen sie sich tiefer in die Höhle zurück, auf der Suche nach Schatten – Maes rotes Haar und ihre sommersprossige Haut vertragen die Julisonne nicht. Pasha sitzt vor ihr, schirmt sie mit seinem Körper ab, wenn die Höhle nicht genug Schutz bietet. „Godrevy", sagt Pasha, als er von einem Schild erzählt, das er gesehen hat, während er nach Essen suchte. Aber es gibt keine Boote. Kein Fischen. Keine Menschen. Er hat eine Papierkarte gekauft und zeigt ihr, wo sie ein Boot zu den Scilly-Inseln nehmen könnten. Es ist weit. Immer noch zu weit. Und sie ist zu schwanger, um sich zu bewegen.

Sie bleiben eine Nacht, dann noch eine. Sie starren einfach auf das blendende Meer hinaus. In der flirrenden Hitze sieht Mae Erscheinungen – lächelnde Gesichter von Menschen, die sie vermisst, eine Tasse Kaffee, Algebra-Formeln. Trugbilder eines Lebens, das längst vergangen ist. Wenn die Sonne der Nacht weicht, verschwinden die Visionen und die Decke der Dunkelheit legt sich über sie. Dann fühlt sie sich wieder klein, wie ein Kind, das glaubt, die Welt draußen sei einfach verschwunden. Dass nichts mehr übrig ist.

„Wir müssen bald aufbrechen", sagt Pasha am nächsten Morgen.

„Bald."

„Kannst du laufen?"

„Ein bisschen."

Sie steht auf, aber als sie das tut, schießt ein Schmerz durch ihr Becken und Flüssigkeit ergießt sich aus ihr. Es ist zu spät. Sie haben keine Zeit mehr.

Die Wehen dauern Stunden, länger als Stunden. Mae schreit und schluchzt und sorgt sich und flucht. Die Sonne geht unter und geht wieder auf, bevor sie auch nur annähernd fertig ist. Sie sucht den Himmel immer nach Drohnen ab, wartet auf das Summen, fürchtet ihre Ankunft.

„Es wird nicht mehr lange dauern", meint Pasha. Seine Augen scannen ebenfalls den Himmel, lauschen auf das Summen zwischen Maes Schreien und Stöhnen. Seine Hände zittern.

Sie beobachtet sein Zittern. Seine Glieder zittern jetzt immer. Wann ist es so schlimm geworden? Er sollte stark und mutig sein, ihr Fels in der Brandung. Es ist falsch. Alles ist falsch.

„Hör zu, Mae", sagt er, als sie nach ihm ruft, nach dem Baby, dass der Schmerz aufhören soll. „Alles wird gut. Dir und dem Baby wird es gut gehen. Ich habe vor einer Weile aufgehört, meine Medikamente zu nehmen. Wenn eine Drohne kommt, kann ich mich freiwillig melden. Ich bin berechtigt."

Mehr Schmerz kommt, überall, innen und außen. „Nein. Nein, bitte. Ich kann das nicht alleine."

„Doch, Mae-Käferchen. Du weißt, dass du es kannst."

Aber sie kann nicht. Sie weiß, dass sie es nicht kann.

„Ich habe dir gesagt, ich würde mir etwas einfallen lassen, Mae. Ich würde es herausfinden, und das ist der Weg. Ehrlich, Mae, ich bin glücklich. Unser Baby wird weiterleben. Du wirst eine wunderbare Mutter sein, mit oder ohne mich."

„Nein, Pasha. Bitte, ich kann nicht. Du und ich, zusammen in dieser Sache, hast du gesagt. Keine Lügen. Du hast gelogen!"

Er legt seinen Arm um sie, als sie vor Qualen schreit, ihre Nägel graben sich in seine Schultern. Er kann nicht im Begriff sein zu sterben. Das passiert nicht.

„Vertrau mir, Mae. Du vertraust mir doch, oder?“

Das tut sie. Sie vertraut ihm – darauf, dass er dumme Entscheidungen trifft, aber immer mit den besten Absichten. Er lächelt sie an, dieses weiche, teigige Lächeln, sein Gesicht nass von Tränen. Sie spürt, wie ihr Baby sich seinen Weg aus ihr herausreißt. Ist es darauf hinausgelaufen? Die schlimmste vorstellbare Wahl.

„Ich vertraue dir, Mae. Ich vertraue dir, unser Baby großzuziehen, die Mutter zu sein, zu der du geboren wurdest.“

Er vertraut ihr, aber er kennt sie nicht einmal. Nicht wirklich. Kann sie ihn sterben lassen, ohne je die Wahrheit zu kennen?

„Ich muss dir etwas sagen, Pasha.“ Ihre Worte kommen keuchend heraus, in kurzen Pausen zwischen den Schmerzen.

„Ich weiß, Mae. Ich liebe dich auch.“

„Das ist es nicht. . . Ich muss ehrlich zu dir sein. . . dir alles erzählen-“

„Es ist fast da, Mae. Das Baby ist fast da.“

Das Geräusch kommt. Ein fernes Summen, zuerst sanft, dann lauter. Mae kann es in ihren Knochen spüren, es lässt den Sand unter ihr vibrieren. Sie versucht, still zu sein, aber es ist unmöglich und sinnlos. Es ist niemand sonst hier. Es kann nur für sie kommen. Das Summen wird lauter und lauter. Zu laut für eine Drohne. Lauter als ihre Schreie. Hundert Drohnen, so klingt es, so fühlt es sich an.

Ein Auto fährt vor – ein großer schwarzer Geländewagen, der sich durch den Sand wühlt. Mae kneift die Augen zusammen, versucht, es zu erkennen, doch ihre Sicht ist vernebelt von Schweiß und Tränen. Eine weitere Wehe durchzuckt ihren Körper und sie schreit.

„Es kommt, Pasha", schreit Mae durch ihr Stöhnen. „Das Baby kommt jetzt."

„Sieht aus, als wäre ich gerade noch rechtzeitig gekommen."

Wessen Stimme ist das? Mae blickt zum Auto hinauf. Da ist jemand, der auf sie zukommt.

„Oma?"

Iris. Eine Silhouette gegen den Himmel. *Das kann nicht sein. Das kann einfach nicht sein.*

„Komm schon, Liebes", sagt sie, als sie sich neben Mae hinhockt, ihre Knie knarren dabei. „Noch ein paar Mal pressen."

Für Fragen ist keine Zeit. Mae kann an nichts anderes denken als an den Schmerz, an ihr Baby. Ihr Blick verschwimmt, doch sie sieht Pasha, der sie anfeuert, seine Augen weit vor Angst und Hoffnung. Sie krallt eine Hand in seine. Sie kann nicht fragen warum. Inmitten der Verwirrung und des Chaos kommt das Baby zur Welt.

Das Weinen ist das Schönste, was sie je gehört hat. Ein Schrei, ein gesunder Schrei. Pasha hält das Baby hoch, so unglaublich winzig, zerbrechlich wie Porzellan, verschwommen durch ihre tränenden Augen. „Es ist ein Mädchen", sagt er weinend. „Du hast es geschafft, Mae. Ein kleines Mädchen."

Ihr Herz ist erfüllt von Liebe.

Aber Mae kann ihr Baby nur für einen Moment anschauen. Sie sucht den Himmel ab, lauscht auf das Summen über dem Schreien des Babys, während Pasha das winzige Mädchen einwickelt.

„Es kommen keine Drohnen, Liebes", sagt Iris.

Die Worte klingen seltsam, fremd, weit weg, als wäre Iris gar nicht wirklich hier. Sie kann nicht hier sein. Maes Kopf ist dumpf und es klingelt darin, dann reicht Pasha ihr das Baby. Ihr Baby. Es weint nicht mehr. Es schaut Mae mit den blausten Augen an. Mae kennt diese Augen. Sie hält es eng an sich, ihre Tränen fließen. Mae hält ihr Baby – ihr eigenes Baby. Trotzdem lauscht sie. Ihr Kind hat Atem geschöpft – das eine, was die Drohne sagte, würde ihm nicht erlaubt sein. Ihr Beschützerinstinkt übertrifft jedes andere Gefühl. Sie denkt an Pasha und seine Medikamente. Er küsst ihre Stirn. Sie kann ihn nicht verlieren. Aber ihr Baby – das winzige Wesen, das zu ihr aufschaut – sie kennt es. Es muss leben.

Koste es, was es wolle.

Sie versteht es jetzt – mehr als alles andere. Ein Anflug von Verständnis durchzieht sie, für die Handlungen ihrer Mutter. So alt wie sie war, als sie Mae zum Leben zwang, so alt wie Mae damals war – ihr Wunsch war derselbe. Ihr die Medikamente zu geben, bedeutete, ihnen beiden eine weitere Chance auf ein gemeinsames Leben zu geben. Mae dachte, es sei eine Strafe, ein weiteres Leben im Fegefeuer. Durch ihre undeutlichen Worte und zweideutigen Handlungen hatte Mae es nicht erkannt. Doch die letzten Handlungen ihrer Mutter, all diese Jahre zuvor, waren als Güte gedacht. Mutterliebe.

Iris' Stimme ist fern, unwirklich. „Ich habe euch natürlich verfolgt. Die Schwestern sind immer noch überall und angesichts der aktuellen Situation waren sie mehr als glücklich zu helfen. Sie haben mich hierher gefahren."

Pasha und Mae spotten diesmal nicht. Das Auto steht nur ein kleines Stück entfernt. Menschen stehen davor, lehnen am Auto, lächelnde Gesichter von Leuten, die sie erkennen. Molly. Die Kellnerin aus Exeter. Schwestern und Spione. Iris war aufrichtig gewesen.

„Nun, ich habe nicht viel Zeit", erklärt Iris. „Vielleicht kann ich meine Urenkelin eine Weile halten."

„Oh, Oma", sagt Pasha, die Hände vor dem Mund. „Nein, das hast du nicht."

„Natürlich habe ich das. Schon vor langer Zeit, als eure Ausnahmegenehmigung abgelehnt wurde. Nun, keine Tränen, ihr zwei. Das war meine Entscheidung. Mein Leben, meine Bedingungen, erinnert ihr euch? Um dir zu danken, meine liebste Freundin", sagt sie zu Mae und umfasst ihr Gesicht mit den Händen. „Ich habe immer gesagt, ich würde es dir zurückzahlen. Du hast mir ein Leben mit meinem Angus geschenkt. Und jetzt darf ich an der Seite meiner Familie sterben. Welch eine Ehre."

Durch ihre Tränen nickt Mae. Sie weiß es. Sie hat es immer gewusst. Pasha ist am Rande ihres Blickfelds, seine Verwirrung wandelt sich in Erkenntnis. Iris nimmt das Medaillon ab, das sie immer um den Hals getragen hat, mit einem eingravierten Heiligen Christophorus vorne, und reicht es Pasha. Er zögert, bevor er es öffnet. Seine Hände zittern mehr als je zuvor. Er starrt auf die rote Haarlocke darin. Das rote Haar von dem Tag, als Angus aus dem Wasser gezogen wurde. Maes Haar, von vor so vielen Jahren. Ein Leben lang her.

Mae kann Pasha jetzt nicht ansehen. Ihre alte Freundin braucht sie mehr. Mae reicht Iris das Baby, ihr kostbares kleines Bündel.

Iris nimmt das Baby, gurt es an, küsst seine Wange. „Du siehst genauso aus wie dein Urgroßvater. Habt ihr seine Asche noch?"

Pasha, immer noch die Hände vor dem Mund, nickt.

„Gut, gut. Ich möchte, dass wir zusammen sind. Ich freue mich darauf, ihn jetzt zu sehen.“

„Oma-“

„Ich habe gestern einen Priester gesehen, also macht euch keine Sorgen um mich. Ich werde in guten Händen sein. Ihr zwei hattet ein echtes Abenteuer, nicht wahr? Das hatte ich gehofft, um euch aus Berkshire herauszubekommen. Etwas anderes zu tun, als Bilder geradezurücken und Dinge zu zählen.“

Mae möchte antworten, aber ihr fehlen die Worte. Ihr Baby wird leben. Pasha wird leben. Das ist alles, was sie wollte. Dies sollte ein glücklicher Tag sein.

„Nun, seid still“, sagt Iris, bevor Pasha weiter protestieren kann. „Lasst mich einfach die Ruhe genießen. Keine Traurigkeit. Nur etwas Ruhe.“

Mae sagt nichts, greift aber nach Pashas Hand, während sie ihrer alten Freundin ihren Wunsch erfüllt. Pashas Augen sind auf Mae gerichtet, starrend, aber er hält ihre Hand fest. Gott sei Dank hält er weiterhin ihre Hand.

„Mae ...“ Ihr Name hallt durch die Höhle wie eine Brise. „Du bist k... k...“ Das Wort ist zu seltsam auszusprechen, unaussprechlich, verloren in seiner Kehle. „Konserviert.“

Sie nickt, beißt sich auf die Unterlippe und schaut auf ihren Schoß. „Ich wollte es dir sagen. Es tut mir so leid. Ich wollte es dir immer sagen.“ Ein klägliches Flehen. Kaum mehr als ein Wimmern.

Er rückt näher, lehnt sich ganz nah heran, seine Stirn ruht auf ihrer. Sein Atem wärmt ihre Wangen. „Du hättest mir vertrauen sollen, Mae. Du hättest wissen müssen, dass ich dich genug liebe.“

Sie schaut zu ihm auf, seine Augen so nah. Die Barriere, die sie immer von ihm getrennt hat, ist verschwunden. Alles, was sie ist, liegt offen. „Es gibt so viel, was ich dir erzählen sollte."

Er blickt auf das Medaillon in seiner Hand, die Strähne von Maes Haar aus einem früheren Leben darin eingeschlossen. Dann steckt er es in seine Tasche und legt seine Hand an ihren Kopf. „Wir haben unser ganzes Leben, Mae. Erzähl es mir, wann immer du bereit bist. Es sind du und ich, Mae-Käferchen. Hier und jetzt." Er küsst sie auf den Mund, salzig von Tränen der Erleichterung, die wie ein Fluss aus ihr hervorbrechen. Er lehnt sich zurück und wischt ihre Wange mit seinem Daumen ab. Er ist jetzt stark genug, dass Mae sich an ihn lehnen kann. Sein Gesicht trägt dieses entspannte Lächeln, das Mae so sehr liebt.

„Ihr zwei werdet schon zurechtkommen", sagt Iris, als sie aus der Höhle tritt, in Sonnenlicht gebadet. Sie setzt sich auf den Sand, betrachtet eine Weile ihr Baby, dann das Meer. Nach einem Moment steht Mae auf. Ihre schwachen Beine zittern, doch Pashas Hand hält die ihre fest. Sein anderer Arm stützt ihre Taille, als sie gemeinsam hinausgehen. Sie setzen sich schweigend neben Iris, ihre Schultern berühren sich.

Blauer Himmel voraus, die Sonne warm, doch die Meeresbrise kühl. Ein paar wabbelige Wolken treiben träge dahin. Das Rascheln der Bäume, das leise Piepsen der Vögel, die ihre Küken rufen.

# EINE NOTIZ VON EMMA

Bitte scanne den QR-Code, um dieses Buch zu bewerten und um die Fortsetzung herunterzuladen.

„Spende" ist das erste Buch der *Eyes Forward*-Reihe. Wenn es dir gefallen hat, hinterlasse bitte eine Bewertung auf Amazon und Goodreads. Bewertungen sind für Indie-Autoren wie mich sehr wichtig. Außerdem zeigt es mir, dass dir meine Arbeit gefallen hat und macht alles lohnenswert.

Die Fortsetzung heißt „ Bewahre". Es spielt zehn Jahre nach „Spende" und zeigt, wie sich die Gesellschaft angepasst hat, um die Fraktionen *Enough, Time's Up* und *Pro Grow* zu besänftigen. Es gibt neue Charaktere und die Geschichte wird deutlich düsterer. Halte auf meiner Website und Facebook-Seite Ausschau nach

Updates. Das dritte und letzte Buch, „Rebelliere", ist ebenfalls erhältlich. Es ist das nervenaufreibendes Finale dieser Reihe!

Abonnenten meiner Website erhalten KOSTENLOS eine Spin-off-Thriller-Novelle, in der einer der Charaktere aus dem nächsten Buch, „Konservieren", vorkommt. Melde dich über meine Website an, um dein Exemplar zu erhalten.

„Spende" ist im Kern eine Geschichte über Liebe – die Liebe zwischen Eltern und Kind, zwischen Partnern und Familienmitgliedern. Es geht darum, wie diese Liebe weiterbesteht und kämpft, selbst wenn die Welt um sie herum zerbricht. Ich liebe diese Charaktere. Maes und Pashas Verbindung ist roh und unvollkommen, voller Fehler und Intensität. Doch erst im letzten Buch der Reihe, Rebell, wirst du erfahren, wie sich alles entwickelt.

Die Gesellschaft entstand aus meiner eigenen alternativen Lebensweise. Ich bin seit einigen Jahren Nomadin und verbringe die meiste Zeit damit, durch die Berge und Küsten Europas zu schlendern. Dystopische Literatur spielt mit unseren Ängsten, unseren Was-wäre-wenns. Ich habe überall in Großbritannien gelebt, einschließlich einer guten Zeit in Reading und Cornwall. Die Grafschaften in Großbritannien sind alle wunderbar einzigartig und ich liebe es, sie zu erkunden. Wenn es verboten wäre, Grafschaftsgrenzen zu überqueren, würde ich wohl verrückt werden. Es gibt so viel zu sehen in dieser kleinen Welt. Falls du den Godrevy-Strand nicht kennst: Er ist genauso atemberaubend, wie dieses Buch ihn beschreibt – vielleicht sogar noch schöner. Worte können ihm kaum gerecht werden. Und eines kann ich mit Sicherheit sagen: Das Essen in der Realität ist um Längen besser als in meiner dystopischen Geschichte! In diesem Teil des

Vereinigten Königreichs einen Cream Tea zu genießen, ist eine meiner Lieblingsbeschäftigungen.

# Danksagung

„Spende" wäre ohne die Unterstützung meiner wunderbaren Betaleser und Kritikpartner nicht im Druck gegangen. Vielen Dank an Maggie, Mitra, Danica, Emily und Chrissy – eure Zeit und euer ehrliches Feedback haben dieses Buch zu dem gemacht, was es heute ist.

Mein besonderer Dank gilt auch meiner Lektorin Shannon K. O'Brien für ihre unglaublich gründliche Arbeit und Natasja Smith für ihr scharfes Auge beim Korrekturlesen.

Ein großes Dankeschön auch an meinen Übersetzer, Simone.

Ein riesiges Dankeschön an meinen Partner John – für den Raum und die Zeit zum Schreiben, für seine unermüdliche Unterstützung, Geduld und Ermutigung.

Und danke, dass du dieses Buch liest.

www.ingramcontent.com/pod-product-compliance
Lightning Source LLC
Chambersburg PA
CBHW030922120726

47906CB00002B/443